LE PRINCE DE NEW YORK

Né à New York, Robert Daley a fait ses études avant d'être correspondant du *New York Times* en France de 1959 à 1964. Ses articles et ses nouvelles ont paru dans les principaux magazines américains : *Vogue, Life, Esquire*... Il est l'auteur de nombreux romans *(La nuit tombe sur Manhattan, Chasseur de trésors)*, dont plusieurs films ont été tirés, en particulier *Le Prince de New York* par Sidney Lumet et *L'Année du Dragon* par Michael Cimino. Il a été commissaire délégué de la ville de New York, spécialisé dans la lutte contre la corruption, d'où ses analyses très justes des rouages du système policier américain.

Dans Le Livre de Poche :

L'ANNÉE DU DRAGON.
LA NUIT TOMBE SUR MANHATTAN.
L'HOMME AU REVOLVER.

ROBERT DALEY

Le Prince de New York

TRADUIT DE L'ANGLAIS
PAR HÉLÈNE DEVAUX-MINIÉ

ALBIN MICHEL

Édition originale américaine :
PRINCE OF THE CITY

Mais si tu veux faire un holocauste, tu l'offriras à l'Éternel.

JUGES 13, 16

Et Samson dit au jeune homme qui le tenait par la main : Laisse-moi afin que je puisse toucher les colonnes sur lesquelles repose la maison et m'appuyer contre elles.

JUGES 16, 26

NOTE DE L'AUTEUR

Tous les événements décrits dans ce livre sont authentiques et les personnages réels. Aucun nom n'a été changé. Les dialogues proviennent d'enregistrements clandestins faits à l'époque ou ont été soigneusement reconstitués après des entretiens avec les protagonistes.

LIVRE I

1

Ce n'étaient pas des policiers ordinaires, ni même de simples agents des Stupéfiants. Ils appartenaient au Service spécial de recherche des stupéfiants du Département de la police de New York, et pendant les longues heures qu'ils passaient à attendre devant les chambres d'accusation bondées ils se faisaient remarquer. Par choix. Leur allure était particulière, leurs prisonniers peu communs et leurs pièces à conviction spéciales.

Les autres flics présents portaient l'uniforme ; ceux de la police judiciaire étaient en civil, généralement en blouson, sweater, pantalon de velours ou jeans, la tenue habituelle des durs. Les policiers du SSR avaient adopté une sorte d'uniforme bien à eux. En hiver ils affectionnaient les manteaux de cuir ou de daim, qu'ils portaient sur un costume trois-pièces. En été, ils optaient souvent pour les polos italiens en maille, les pantalons sur mesure à quarante dollars et les mocassins. Ils s'observaient sans cesse et n'arrêtaient pas de se complimenter mutuellement sur leur mise. En général ils avaient aussi les ongles bien soignés, parfois vernis. Ils fleuraient bon l'eau de toilette et donnaient l'impression de sortir tout juste de chez leur coiffeur (un coiffeur de luxe), ce qui en fait était souvent le cas.

C'était devenu un rite chez les inspecteurs du SSR de se faire dorloter une heure ou deux sous des serviettes chaudes, immédiatement après une arrestation.

Leurs prisonniers, parqués dans les salles attenantes, étaient tout aussi peu communs qu'eux. Les autres flics arrêtaient des malfaiteurs ordinaires, ou des junkies dans les affaires de drogue. Les malfrats, une fois enfermés, ressemblaient à des bêtes sauvages. Les camés se blottissaient dans un coin, le visage maculé de morve et de larmes, parfois prostrés au milieu de leurs vomissures.

Les policiers du SSR ne s'embarrassaient pas de junkies, ils ne tombaient que par hasard sur des délinquants de droit commun, en rentrant chez eux par exemple, s'il leur arrivait d'être témoins d'un délit. En général, leurs prisonniers portaient des vêtements coûteux, et ils étaient souvent même très séduisants — il s'agissait de Français, de Turcs, de Sud-Américains ou de mafiosi notoires de New York. Tous des grossistes, des importateurs, des gros bonnets de la drogue et, tandis qu'ils étaient là à attendre, aux côtés des malfaiteurs ordinaires, la plupart d'entre eux essayaient de comprendre comment les inspecteurs du SSR étaient arrivés jusqu'à eux.

Quant aux pièces à conviction, les autres flics se cramponnaient à un pistolet, un couteau ou un pied-de-biche, armes ayant servi aux inculpés pour agresser une vieille dame, braquer un magasin ou cambrioler une maison. Ou bien, dans les affaires de drogue, ils avaient des enveloppes transparentes sur les genoux. On y voyait distinctement des sachets à cinq, dix ou vingt sacs d'héroïne très allongée. Les agents du SSR, quant à eux, avaient dans les mains ou près d'eux des paquets enveloppés de papier kraft, des valises, ou même des malles, contenant de la came pure, non allongée. Le contenant pouvait varier, mais il était rempli à ras bord de stupéfiants d'une valeur d'un million de dollars ou plus.

Les flics normaux qui attendaient devant la chambre d'accusation étaient parfois en sang ou blessés, à la suite d'une arrestation violente. Les hommes du SSR se pomponnaient toujours avant d'arriver. Le Palais de Justice constituait en un sens leur théâtre et, en scène, ils étaient toujours impeccables. De plus, ils procédaient à leurs arrestations avec une telle habileté que la violence était rarement nécessaire.

Bien sûr ils opéraient si près de la rue qu'ils ne pouvaient l'éviter entièrement, et certains de leurs exploits touchaient à la légende parmi les flics ordinaires. Un jour qu'il roulait en voiture, l'inspecteur George Bermudez fut témoin de l'agression d'un type qui se faisait poignarder et voler. Sautant de son véhicule, il saisit l'agresseur qui le poignarda en plein cœur. Non seulement Bermudez n'en mourut pas, mais il ne lâcha pas le voleur jusqu'à l'arrivée des secours.

Après un achat clandestin de drogue dans un immeuble de Harlem, l'inspecteur Eddie Codelia fut attaqué dans l'entrée par quatre hommes qui le menacèrent avec leurs pistolets et un couteau de chasse qu'ils lui appuyèrent sur le visage. Codelia en pleurs tomba à genoux, se prosterna, les supplia de lui laisser la vie sauve. Il vida ses poches de tout l'argent qu'elles contenaient. La dernière chose qu'il en sortit fut son arme, il tira, toucha les quatre individus et en tua deux sur le coup.

Les policiers du SSR dédaignaient les médailles et en demandaient rarement. Ils étaient au-dessus des décorations ; ils n'en avaient pas besoin. Mais parfois on leur donnait tout de même un signe de considération officielle ; c'est ainsi que Codelia reçut la Médaille du Mérite, la plus haute distinction du Département de la police.

Les policiers du SSR jouissaient d'une sorte de prestige. Ils se mêlaient rarement aux autres flics. Dans l'univers de la police ils étaient aussi célèbres que des vedettes de cinéma et en avaient conscience. Au tribunal, lorsque le juge prenait enfin place à son banc, le plus gradé d'entre eux s'avançait et donnait son titre en entier : « Inspecteur Untel, du Service spécial de recherche, Brigade des stupéfiants. »

Ensuite, il s'installait au premier rang. Invariablement, les autres flics et inspecteurs le laissaient faire.

Lorsque des crimes importants, en particulier des homicides volontaires, se produisaient à New York, les responsables de la sécurité faisaient souvent appel aux agents du SSR dans l'espoir de voir rapidement aboutir l'enquête. Par exemple une fois, sans l'aide de personne, l'inspecteur Robert Leuci ne mit que deux jours à coffrer Johnny Loco, un assassin recherché. Mais il était contraire à l'étrange code moral des inspecteurs du SSR de revendiquer le mérite de telles arrestations. L'agent refilait invariablement l'assassin à un policier de la Brigade criminelle, puis il rentrait chez lui ou reprenait l'enquête sur l'affaire de drogue dont il avait été détourné.

Pour les autres flics, ceux du SSR puaient le succès. Ils avaient de la classe, et, de toute évidence, de l'argent aussi, bien plus qu'un flic n'est censé en avoir. Mais pendant longtemps personne ne le remarqua dans les hautes sphères, on ne se demanda pas non plus d'où venait cet argent.

Bien sûr on les enviait.

Non pas à cause de leur rang. Ils n'étaient pas supérieurs. Comme tous les agents de la police judiciaire, ils avaient commencé par des patrouilles avant d'être chargés d'enquêtes. Ils n'avaient aucune supériorité hiérarchique. Le dernier sergent intégré était supérieur à l'inspecteur de premier échelon le plus chevronné, et le dernier arrivé des agents de patrouille était, en théorie, son égal.

Les inspecteurs du SSR suscitaient l'envie parce que, à l'âge de vingt-cinq ou trente ans, ils étaient au sommet de leur carrière ; aucun poste n'était plus enviable que le leur. Ils ne faisaient pas cas des règlements et procédures du Département qui pesaient sur tous les autres flics.

En pratique, l'inspecteur du SSR n'était pas surveillé. La direction de cette unité se trouvait au deuxième étage du commissariat de la première circonscription, mais certains agents n'y mettaient pas les pieds des mois durant, pas même les jours de paie : ils envoyaient quelqu'un chercher leur chèque. En effet, certains d'entre eux travaillaient chez eux ou dans leur voiture.

On ne les jugeait que sur leurs résulats. Il leur suffisait de faire sans cesse d'importantes arrestations et de grosses saisies d'héroïne. On ne mettait jamais leur volume de travail en question. Ils pouvaient rester des jours, et même des semaines devant leur table d'écoute ou leur système de surveillance, sans prendre de repos ; ils ne comptaient jamais leurs heures supplémentaires. C'étaient des chasseurs. Leur gibier était des plus fuyants, l'hallali toujours proche, pour le lendemain peut-être, ou pour le jour même. Ils dédaignaient autant les heures supplémentaires que les médailles ou la considération que leur valaient leurs arrestations d'assassins.

Mais après une affaire de drogue, une fois les principaux contrevenants arrêtés et l'héroïne saisie, après la séance rituelle chez le coiffeur, nombre d'entre eux, à l'insu du Département de la police, s'allouaient deux semaines de vacances. Puis ils reparaissaient en pleine forme, le visage hâlé, toujours vêtus avec le même luxe, et ils se remettaient au travail, sur une nouvelle affaire, à l'affût d'un nouveau gibier.

Leur compétence s'étendait sur tout New York. Ils choisissaient leur cible et fouillaient la ville à volonté. On les avait un jour qualifiés de « Princes de New York », car ils opéraient impunément, avec parfois l'arrogance des princes de la Renaissance. Ils pouvaient choisir d'appliquer la loi ou non, d'arrêter un individu ou d'en relâcher un autre. Ils étaient eux-mêmes à l'abri d'une arrestation. « Princes de New York » : le qualificatif leur plut, ils l'adoptèrent.

Au début des années soixante, la Brigade des stupéfiants du Département de la police de New York comprenait moins de deux cents inspecteurs, tous concentrés sur les junkies et les petits dealers. En octobre 1961, deux de ces policiers, Sonny Grosso et Eddie Egan, tombèrent sur un réseau de fournisseurs appartenant à la Mafia, qui importaient leur héroïne directement de France. Les meilleurs agents disponibles des Stupéfiants furent alors regroupés en une petite équipe qui ne dépassa jamais les vingt personnes, et ce fut le début du Service spécial de recherche.

Travaillant conjointement avec les agents fédéraux des Narcotiques, les hommes du SSR unirent leurs efforts pendant les mois suivants ; ils établirent des dossiers, effectuèrent des arrestations, saisirent cinquante kilos d'héroïne (la plus importante saisie de l'époque sur le terrain), et, ce faisant, ils anéantirent les Tuminaro en tant que grande famille de la Mafia. Cette célèbre affaire fut à l'origine d'un best-seller en 1968, et d'un film qui reçut un Oscar en 1971. Même si le monde entier la connaissait sous le nom de French Connection, au sein du SSR on continuait à dire l' « affaire Tuminaro ». En théorie, elle devint un modèle de référence pour chaque inspecteur. En pratique elle permit l'extraordinaire liberté d'action dont jouirent les agents du SSR et elle domina cette unité pendant ses douze années d'existence.

Dans les années soixante, au fur et à mesure que l'indignation montait dans l'opinion et que la Brigade des stupéfiants se développait, le SSR s'élargit également, même s'il ne dépassa jamais dix pour cent de l'effectif supplémentaire des Stups. De 1967 à 1972 — la période qui nous occupe ici —, son personnel comprit une soixantaine d'inspecteurs.

Sa structure d'encadrement se composait d'un commandant, d'un lieutenant, et de cinq sergents, ce qui est à peine suffisant vu le nombre d'enquêteurs travaillant seuls ou par petits groupes dans des quartiers obscurs de la ville. Au fil des années, plusieurs responsables de la sécurité tentèrent d'introduire des contrôles, auxquels les policiers vedettes opposèrent une farouche résistance et qui échouèrent tous.

Normalement, les soixante inspecteurs opéraient par équipes de quatre. En général, l'équipe se désignait un chef parmi les quatre membres. La tâche de celui-ci consistait à choisir la cible de chaque enquête et à distribuer sa mission quotidienne à chacun.

Les chefs d'équipe formaient l'élite des élites. La plupart étaient uniques, chacun dans leur genre. L'inspecteur Carl Aguiluz, né au Honduras en 1935, et naturalisé américain à l'âge de vingt-deux ans seulement, était un homme exceptionnel en matière de surveillance électronique et de tables d'écoute, le meilleur du SSR. Ingénieur électronicien avant d'entrer chez les flics, il s'y connaissait en téléphones.

Il n'avait jamais patrouillé en uniforme, car tout de suite après l'obtention de ses diplômes à l'Académie de police, il avait été affecté à la Brigade BOSSI, spécialisée dans le renseignement ultra-secret, et il avait infiltré une cellule communiste de l'East Village. Lorsque sa mission avait pris fin, il était immédiatement entré à la

Brigade des stupéfiants comme officier chargé des arrestations, et au bout de quelque temps il avait été promu au SSR.

La plupart des enquêteurs du SSR savaient poser une écoute téléphonique sur un boîtier d'arrivée dans les sous-sols des immeubles. Mais Aguiluz savait trouver la paire de fils dont il avait besoin à quatre ou cinq rues de l'appartement du suspect. Il savait repérer la direction des fils téléphoniques ainsi que la bonne borne. Il pouvait ponter son écoute sur une ligne désaffectée si bien que même les experts, ceux du FBI ou des Télécommunications, ne pouvaient la découvrir. L'installation de micros clandestins chez un suspect était une autre de ses spécialités. Il était bon cambrioleur, et il connaissait les principes des émetteurs directionnels. Il ne laissait jamais de traces et aucune de ses installations d'écoute ne fut jamais découverte.

De plus, il parlait espagnol. Il fut un des premiers du SSR à concentrer ses efforts sur les gros importateurs hispaniques, et il mit rapidement au point la technique qui, un peu plus tard, devait le conduire à la saisie la plus gigantesque jamais réalisée : une armoire remplie d'héroïne et de cocaïne venant directement de France. L'un de ses partenaires, Joe Novoa, d'origine espagnole, parlait espagnol avec un accent castillan. Mais Novoa était blond, on aurait dit un Irlandais ou même un Scandinave.

En présence de prisonniers, Aguiluz ne s'adressait à Novoa qu'en anglais. Puis il injurait copieusement les prisonniers en espagnol et quittait la pièce, l'air furieux.

Invariablement, dès que la porte avait claqué, les détenus se retournaient et se mettaient à discuter entre eux de leur situation, sans se douter une seule seconde qu'au même moment, le blond Novoa, qui regardait dans une autre direction, buvait chacune de leurs paroles.

C'est ainsi que Novoa avait appris l'existence et l'emplacement de l'armoire secrète et de son contenu clandestin. Mais l'idée venait d'Aguiluz, et ce fut son affaire.

Le lendemain on épingla une photo de journal sur le tableau d'affichage du bureau du SSR ; huit ou neuf agents, le sourire aux lèvres, se tenant par le bras, debout derrière une table où se trouvaient soixante kilos de drogue. Au-dessus de la photo on avait collé un commentaire écrit à la main : QUI DIT MIEUX ?

L'inspecteur Joe Nunziata, né en 1932, élevé à Brooklyn, n'avait pratiquement jamais vu de cheval avant d'entrer dans la police. Il fut malgré tout engagé dans la garde mobile pour patrouiller dans le centre ville, et c'est à cheval qu'il se fit une première réputation. Il semblait tout comprendre des chevaux, exactement comme il parut tout comprendre de la drogue quand il arriva à la Brigade des stupéfiants.

Comme chef d'équipe, Nunziata fut un enquêteur hors pair. Il suivait son instinct. Il savait choisir ses cibles, et dès qu'il en avait cerné une, il voyait immédiatement la forme qu'allait prendre son « affaire ». La plupart du temps, après avoir procédé aux arrestations, il était capable de deviner où était cachée la drogue. Une fois, il retrouva quarante-cinq kilos d'héroïne cachés dans le fond de bouteilles de vin à l'hôtel McAlpin.

Nunziata avait un caractère exceptionnellement ouvert et engageant. Il plaisait d'emblée. Sans même le vouloir, il était la vedette dans les réunions. Au cours des soirées, tout le monde faisait cercle autour de lui, car il dégageait un charme magnétique. Il usait à volonté de ce même charme dans ses enquêtes. Il arrivait sans peine à persuader les gens de lui ouvrir leur domaine privé, et lorsqu'il partait en quête de renseignements, soit à la Commission des libérations sur parole, soit dans un organisme administratif quelconque, les personnes à qui il s'adressait se mettaient en quatre pour le satisfaire. De tous les inspecteurs du SSR, il était le plus admiré.

Comme chef d'équipe, l'inspecteur Robert Leuci avait les meilleurs informateurs, et les plus nombreux. Il n'hésitait pas en effet à passer tout le temps nécessaire pour recruter un indicateur potentiel. Un jour, apprenant qu'un certain revendeur allait entrer sur son territoire, il mobilisa seize ou dix-sept junkies, leur fournit une description du type en question et les posta à des endroits stratégiques. Puis il se contenta d'attendre au poste le coup de fil lui indiquant où avait échoué sa proie.

Né en 1940, il était bien plus jeune qu'Aguiluz et Nunziata, plus jeune aussi que les trois coéquipiers qu'il dirigeait.

Même s'il n'avait pas le talent d'Aguiluz en matière d'électronique, il se débrouillait fort bien. Même si son charme n'avait pas le magnétisme de celui de Nunziata, l'homme était agréable et sensible, et lorsqu'il demandait aide ou renseignements, on faisait son possible pour les lui accorder. Il s'acharna toujours contre les plus grands noms du trafic des stupéfiants, si bien qu'il procéda à un nombre important d'arrestations et fit des saisies de drogue fréquentes (plutôt que spectaculaires). De tous les agents du SSR, il était le mieux introduit dans le monde du crime organisé, car son cousin germain, John Lusterino, était un des chefs d'une famille de la Mafia, les Colombo.

Dans la rue, on considérait Leuci comme un flic humain. Un type à qui les criminels en cavale préféraient parfois se rendre par crainte d'être sauvagement tabassés par les autres flics. Ils savaient que celui-ci ne leur ferait aucun mal.

Tous les inspecteurs mentionnés jusqu'ici participent

à la trame de ce récit, mais le personnage principal en est Leuci ; Aguiluz et Nunziata sont d'importants seconds rôles, et différents procureurs jouent le rôle du chœur grec.

Leuci se glorifiait d'être un flic coriace (ils le faisaient tous), mais à la fin il se montra nettement moins solide que n'importe lequel des autres. Il avait peut-être plus de conscience qu'eux, ou alors ce qu'ils faisaient tous le troublait davantage. En tout cas, cc fut lui qui fit le premier pas, et, par là, provoqua la chute de tous les autres. Ce fut presque biblique. Comme Samson, il fit d'abord pénitence avant de renverser le temple.

2

A la mi-février de 1971, l'inspecteur Leuci fut appelé devant la commission chargée d'enquêter sur les allégations de corruption au sein de la police : la Commission Knapp.

Il était à quelques jours de son trente et unième anniversaire. Il avait épousé Gina depuis sept ans, avait un fils de cinq ans, Anthony, et un bébé, la petite Santina. Il habitait à quatre-vingts kilomètres à l'est de New York, à Kings Park, ville de Long Island, dans un lotissement de petites villas toutes semblables, et six des neuf maisons de sa rue appartenaient à des flics de New York. Des milliers d'autres flics vivaient dans cette ville ou dans des communes semblables de la région, et tous les jours leurs voitures faisaient route vers New York, comme une armée d'envahisseurs.

En service ou non, Leuci était flic parmi les flics.

Quelques mois plus tôt, on l'avait démobilisé d'office du SSR et son équipe avait été dispersée. Il se trouvait à présent dans un commissariat où il enquêtait sur les crimes quotidiens ; il considérait que son passé était derrière lui.

Mais il avait été appelé aux bureaux de la Commission Knapp, où on le fit attendre pendant une heure dans une salle d'attente chichement meublée. De là, il voyait certains des bureaux. On y allait et venait dossier en main. La raison d'être de la Commission Knapp, de ces gens, de ces dossiers, était d'envoyer des flics en taule.

La Commission Knapp ne possédait rien sur lui, mais Leuci l'ignorait. Il attendait d'être reçu par un certain Nicolas Scoppetta, qu'il n'avait jamais rencontré. Et au fil des heures sa tension augmentait.

Scoppetta, ancien adjoint du procureur général Frank Hogan, parut enfin dans la salle d'attente.

« Bob Leuci ?

— Oui. »

Scoppetta, trente-huit ans, avait un nez de boxeur et ressemblait à un « poids-lourd léger ».

« Entrez dans mon bureau. »

Malgré ses craintes, Leuci lui décocha un sourire éclatant de petit garçon.

Scoppetta s'attendait à rencontrer un policier endurci. Aussi fut-il surpris par la jeunesse et le sourire désarmant de Leuci. Il lui trouva une expression presque angélique. Malgré ses trente et un ans, Leuci avait l'air innocent d'un enfant de chœur.

Le bureau de Scoppetta avait le même aspect miteux que la salle d'attente.

« Et si nous bavardions un peu ? Commençons par ce qui se fait ici, chez nous à la Commission Knapp. »

L'appréhension de Leuci s'était muée en une sorte d'inquiétude sourde.

« Personnellement, je préférerais être ailleurs », répondit-il d'un ton léger.

Scoppetta replaçait des dossiers dans l'armoire de classement.

« Je ne vous connais pas ? demanda-t-il par-dessus son épaule. Nous n'aurions pas travaillé sur les mêmes affaires à Manhattan ? »

Il essayait de mettre Leuci à l'aise, en vain.

« Non », dit Leuci.

Scoppetta avait examiné son dossier, mais n'en avait pas appris grand-chose. Il décida de changer de sujet, de parler des autres flics plutôt que de Leuci.

« J'aimerais vous poser quelques questions. Que pensez-vous de Carl Aguiluz ? de Joe Nunziata ?

— Des agents hors pair. »

Scoppetta lui lança un regard perçant.

« Il existe de nombreuses allégations selon lesquelles ils auraient commis des fautes.

— Il y a aussi des allégations visant des agents fédéraux des Narcotiques ? dit Leuci.

— C'est vrai. Nous pourrons en parler plus tard. Mais pour le moment, nous nous occupons des flics.

— Évidemment ! C'est commode, n'est-ce pas ? C'est facile les flics. »

Scoppetta s'aperçut que l'entretien ne conduisait nulle part. Mais l'inquiétude intense de Leuci l'intriguait. Le procureur se demanda ce qu'elle cachait.

A cette époque, Scoppetta était un magistrat inconnu mais ambitieux. Il avait grandi dans un orphelinat. Plus tard, pour payer ses études à l'université et à la faculté de droit, il avait travaillé durant les trois dernières années pour l'Association de défense des enfants maltraités. Lorsqu'il prit le poste de procureur adjoint, son obstination s'avéra payante.

A deux reprises, il avait quitté le service public pour gagner davantage dans des cabinets privés d'avocats ; chaque fois il était revenu à des postes moins rémunérateurs comme celui de la Commission Knapp. La carrière qu'il recherchait, le prestige, l'aisance relative, il avait décidé de les trouver tout en contribuant au bien public. Pour lui, ou bien la Commission Knapp était un interlude de six mois avant de retourner à une étude privée, ou bien elle lui donnait sa meilleure occasion de réussir dans la carrière publique.

Il décida d'inviter Leuci à dîner chez lui.

« Si nous allions chez moi ? dit-il. Ma famille n'est pas là. Nous dînerons ensemble. Vous pourriez peut-être me donner des tuyaux sur la manière d'aborder l'enquête. »

Leurs regards se croisèrent au-dessus du bureau.

Scoppetta se mit à remplir son attaché-case.

« Allons-y ! » dit-il d'un ton décidé.

Dans l'appartement du West Side de Scoppetta, Leuci fit le tour du séjour en étudiant les agrandissements de photos accrochés aux murs. La plupart représentaient la femme ou les enfants de Scoppetta. Les clichés, d'une qualité exceptionnelle, avaient été pris par le procureur lui-même.

« Dites-moi, lança Leuci à Scoppetta qui était dans la cuisine, comment dois-je vous appeler ? »

Scoppetta passa la tête à la porte.

« Appelez-moi Nick.

— Nick, qu'y a-t-il ? Que voulez-vous me demander ? Je n'ai rien fait, rien !

— Vous n'êtes pas l'objet de l'enquête. Que vous imaginez-vous ? »

On lui avait indiqué Leuci comme le policier intègre qui pourrait peut-être l'éclairer sur les problèmes de corruption au sein de la Brigade des stupéfiants.

« Apparemment vous avez quelque chose en tête, dit Leuci. J'aimerais bien que vous me disiez quoi, pour pouvoir le nier et partir. »

La tête de Scoppetta réapparut dans l'encadrement de la porte. Il sourit.

« Non, il ne s'agit pas de cela ! Comment voulez-vous votre steak ?

— Pourquoi ne passez-vous pas du temps sur des choses vraiment importantes ? demanda Leuci qui se sentait un peu rassuré. A enquêter sur les juges, par exemple. Vous avez travaillé chez le procureur général de Manhattan, pas vrai ? Je suis sûr qu'il y a toutes sortes de corruptions dans ces services.

— Absolument aucune ! Je n'ai jamais entendu le moindre bruit à ce sujet. Mais peut-être savez-vous des choses que j'ignore.

— Vous plaisantez ! grogna Leuci avec ironie.

— Cette conversation commence à m'ennuyer », dit Scoppetta, et il retourna dans la cuisine.

Mais Leuci le suivit.

« La conversation devient tout de suite ennuyeuse quand on parle de corruption chez les juges et les magistrats. Vous préférez parler des flics. »

Scoppetta plaça les steaks et la salade dans les assiettes et les apporta sur la table. Dès qu'ils furent assis, il reprit la conversation sur la corruption dans la Brigade des stupéfiants.

Mais Leuci l'interrompit.

« Si nous parlions de la corruption de certains juges que je connais ? demanda-t-il. Si nous parlions des procureurs qui palpent ?

— Bien, si vous avez des renseignements sur certains juges et procureurs, je vous écouterai. Nous travaillerons là-dessus. Mais vous savez que la Commission Knapp est là pour enquêter sur les flics. »

Ils ne mangeaient ni l'un ni l'autre.

« Parce que c'est une pratique courante, dans la Brigade des stupéfiants, de vendre de la drogue ? »

La colère du policier semblait sincère. Mais comment le procureur pouvait-il en être certain ?

« Voilà le genre d'âneries stupides que publient le *Village Voice* ou le *New York Times*. Nous ne vendons pas de drogue. Ce sont les dealers qui vendent de la drogue. Nous ne sommes pas des dealers, nous sommes des policiers !

— Il est parfois difficile de faire la distinction, rétorqua Scoppetta.

— Si nous parlions des magistrats véreux ? dit Leuci. Si nous parlions de la façon d'aborder ce problème-là ? »

Scoppetta se mit à couper son steak.

« Si nous mangions ? dit-il, et si nous laissions tomber toutes ces conneries ? »

Pendant le repas, les questions de Scoppetta se firent plus personnelles, et il ne fut plus question de corruption. Le procureur, qui cherchait une faille chez son interlocuteur, l'interrogea sur ses études, sur sa femme et ses enfants, sur ce qu'il pensait de la vie, de l'amour, et sur le Département de la police. Sur les origines italiennes qu'ils avaient en commun.

Leuci raconta que, dès l'âge de seize ans, il n'avait eu d'autre ambition que de devenir flic. Il avait fait son service militaire à dix-neuf ans, et il était entré à l'Académie de police à vingt et un ans, dans la première classe qui avait pu l'admettre. Voilà donc comment, cinq mois plus tard, il patrouillait en uniforme de flic dans les rues de New York, et même de son quartier, le Queens, où il était né.

Il n'y avait encore ni femme ni enfants ni petite villa. Il habitait chez ses parents avec son frère et sa sœur plus jeunes, dans une maison calme d'une rue résidentielle et tranquille. Son père, Hooks Leuci, ancien joueur de base-ball semi-professionnel, était contremaître dans une fabrique de tuyaux. Sa mère travaillait dans une usine de machines à coudre. C'étaient de braves gens, travailleurs, issus d'un ghetto italien de Brooklyn, et le jour où leur fils reçut son diplôme de l'Académie de police ils éprouvèrent sans doute la plus grande fierté de leur vie. Ils l'imaginèrent en commandant de police un jour.

Ils baignaient dans le milieu de la Mafia, il y en avait même au sein de leur propre famille, mais ils évitaient ces gens-là, à l'égard desquels ils essayèrent d'inculquer leur mépris à leur fils. Chaque fois qu'il se trouvait en présence de sa sœur Rosa Lusterino, Hooks Leuci se rappelait que son fils était policier, alors que son neveu Johnny passait le plus clair de son temps en prison.

L'agent de police Leuci fut le premier membre de sa famille à terminer ses études secondaires — et il avait une grande famille : neuf tantes ! Selon les critères de la police il avait fait des études « longues », car à dix-huit ans il était entré dans l'équipe de foot de l'université Baker, dans le Kansas. Ce garçon trapu, d'un mètre soixante-quinze, jouait arrière. Au Kansas, au milieu des prairies et des Anglo-Saxons bon teint, il s'ennuya ferme. Il rêvait de retrouver les rues de New York, et lorsque sa première année s'acheva il se hâta de rentrer chez lui pour attendre l'âge de devenir flic à New York.

Dans toutes les brigades où il fut affecté il procéda à des arrestations, si bien que sa promotion fut rapide. En février 1966, moins de quatre ans après avoir pris l'uniforme, il fut promu inspecteur de troisième échelon, puis de deuxième échelon en août 1969. Ces promotions n'avaient qu'une valeur pécuniaire : en tant qu'inspecteur de deuxième échelon il touchait le salaire d'un sergent.

A cette époque il venait d'être intégré au Service spécial de recherche et faisait maintenant partie de l'élite. Dans la rue on le surnommait Frimousse, et Scoppetta l'interrogeait à présent là-dessus.

Leuci répondit qu'il devait une partie de sa réussite de flic à son apparence extraordinairement innocente. Il avait toujours semblé beaucoup plus jeune que son âge. A ses débuts, il pouvait facilement passer pour un adolescent, et même à l'approche des trente ans il faisait encore très jeune. Souvent les gangsters et les revendeurs de drogue ne parvenaient à le prendre au sérieux que lorsqu'il était trop tard.

Après le dîner, Scoppetta et son invité passèrent dans

le séjour, et l'entretien se poursuivit. Scoppetta cherchait à lui arracher des bribes de renseignements. Mais Leuci persévérait dans son refus de parler de corruption ou du SSR.

« Vous êtes un type drôlement désarmant, constata Scoppetta. J'ai beaucoup entendu parler de Bob Leuci avant de le rencontrer aujourd'hui. Le policier coriace qu'on m'a décrit n'a rien à voir avec celui à qui j'ai affaire maintenant ! Jamais je n'aurais invité chez moi le Bob Leuci dont on m'a parlé. »

Scoppetta continuait à sonder Leuci, pesait avec soin chacun de ses mots, surveillait chacune de ses réactions.

« Tous les flics sont comme moi, répondit Leuci. Je ne suis pas différent. Je représente ce que nous sommes tous.

— Certains flics sont des malfaiteurs, répliqua Scoppetta. Certains sont de vrais escrocs. Ils vous ont démoli. Ils ont détruit le Département de la police. »

Scoppetta sondait toujours plus profond.

« Je sais que vous n'êtes pas uniquement celui qu'on croit. En particulier, certains vous prennent pour un type totalement honnête. Je ne pense pas que ce soit exact. »

Leuci le fixa droit dans les yeux.

« Je fais ce que j'ai à faire. Je fais mon boulot. »

Scoppetta avait éteint toutes les lumières de l'appartement sauf la lampe posée au bout de la table, à côté de Leuci. Le cercle lumineux enfermait les deux hommes. Ils étaient isolés comme des acteurs sur scène. Au-delà c'était l'obscurité : l'appartement sombre, la ville encore plus noire. Scoppetta n'avait pas manigancé l'effet de la lampe, il se contenta de le remarquer, de constater son importance pour Leuci. Le cercle de lumière les isolait du monde extérieur. Il établissait une intimité de confessionnal. Leuci était sur le point de confesser quelque chose, Scoppetta en avait la certitude. Quel que fût cet aveu, seul Scoppetta, le confesseur, l'entendrait.

« Vous remuez des tas de pensées dans votre tête. Je ne sais pas exactement lesquelles, mais visiblement vous vous sentez coupable de quelque chose. Vous voulez m'en parler ?

— Si j'en parlais, je me coulerais.

— Pas nécessairement. Vous devriez songer à me dire ce qui vous tracasse. Vous devriez songer à un nouveau début. A une nouvelle vie. »

Leuci saisit avidement la perche.

« Vous voulez dire qu'il me serait possible de repartir à zéro ?

— Vous pourriez coopérer avec nous, effacer votre ardoise. Voulez-vous y réfléchir ?

— J'y réfléchirai », dit Leuci au bout d'un moment.

L'aube était presque là lorsqu'ils gagnèrent la porte.

« Vous allez rentrer chez vous maintenant, dit Scoppetta, et vous allez vous poser quelques questions. Comment vous considérez-vous ? Quelle image avez-vous de vous le matin dans votre miroir ? Que pense de vous votre épouse ? Que penseront vos enfants d'ici trois ou quatre ans quand ils seront assez âgés pour décider par eux-mêmes de ce que vous êtes ? Voilà ce dont nous parlerons demain. »

Les deux hommes regardèrent l'aube se lever : Scoppetta de sa fenêtre donnant sur Central Park, Leuci pendant son trajet de quatre-vingts kilomètres jusqu'à Long Island. Tout en conduisant, Leuci se demanda ce qu'il avait commencé à raconter à Scoppetta, et pourquoi. Son désir même de parler, qu'il ne comprenait pas, était terrifiant, car il ne savait pas où il le conduirait.

De son côté, Scoppetta était aux anges et songeait au lendemain. Leuci représentait peut-être une clé de l'énigme, la première depuis la création de la Commission Knapp. Au bout de six mois la Commission n'avait toujours pas établi de preuve de corruption significative. Là où d'autres magistrats avaient échoué, lui réussirait peut-être. Il pressentait d'immenses possibilités en la personne de Leuci. Les dossiers du Département de la police regorgeaient d'allégations selon lesquelles la Brigade des stupéfiants serait sérieusement touchée par la corruption et Leuci semblait sur le point d'en parler.

3

Ils passèrent la nuit suivante à parler, et encore celle d'après.

Oui, admit Leuci, la corruption frapppait fort au sein de la police judiciaire. Elle frappait fort aussi au sein de la Brigade des stupéfiants. Il hochait vigoureusement la tête. Elle était également massivement présente à tous les étages du système judiciaire, à commencer par celui des procureurs adjoints qui aidaient les enquêteurs à préparer les ordres d'écoute téléphonique et leur demandaient couramment de porter de faux témoignages, jusqu'à celui des magistrats qu'ils rencontraient dans des couloirs, en complet à trois ou quatre cents dollars, qui s'approchaient d'eux et leur murmuraient que l'affaire ne représentait pas grand-chose — « tenez, cinquante, cent, cinq cents, mille cinq cents dollars, et laissons tomber ».

Les deux hommes se dévisagèrent.

« Qu'allez-vous y faire ? demanda doucement Scoppetta.

— Je ne peux rien y faire ! s'écria Leuci. C'est à moi de vous poser la question ! C'est vous qui avez le pouvoir d'y faire quelque chose. »

Scoppetta se montra d'une habileté extrême au cours de ses interrogatoires.

« Parlons de ma famille, de la vôtre, et comparons, dit-il. Nous sommes de même sang. »

Il changeait radicalement de terrain, et cela marcha.

« Oui, nous sommes tous deux Italiens, convint Leuci au bout d'un moment.

— Parlez-moi de votre frère, de votre sœur », fit Scoppetta.

Ce fut comme si, sans le savoir, Scoppetta avait appuyé sur un bouton dissimulé quelque part en Leuci. Le policier se mit à parler de son frère Richie, de cinq ans son cadet, qui depuis sa plus tendre enfance devait porter des lunettes à verres épais. Les parents de l'enfant avaient considéré cela comme une tare — jamais personne dans la famille n'avait porté de lunettes ; Hooks et sa femme furent minés par la honte. Ils étaient allés trouver des médecins pour s'assurer que la tare de Richie n'était pas héréditaire, que ce n'était pas de leur faute, et à cause de leur honte, ils avaient trop couvé l'enfant, semblant le préférer à Bobby, le costaud, qui allait devenir policier.

Mais la honte qu'ils ressentaient quant au handicap de leur fils ne fut rien comparée à celle qu'ils avaient éprouvée en découvrant, quelques mois auparavant seulement, que Richie se droguait à l'héroïne. La voix de Leuci se fit rauque lorsqu'il décrivit la souffrance de son frère et la douleur de ses parents. Richie avait perdu toute sa virilité. Il pleurait, se traînait par terre, ne voulait pas travailler, n'était même pas propre. Il vivait dans l'attente de la prochaine piqûre, et suppliait sans cesse son frère, l'agent des Stups, de lui rapporter de l'héroïne.

Le plus dur, dit Leuci, et les larmes lui montèrent aux yeux, c'est que ses parents le rendaient responsable du vice de Richie, de la disgrâce et du malheur qui s'étaient abattus sur toute la famille. Selon Hooks Leuci, c'étaient des flics comme son fils qui avaient rendu cette situation possible, des flics comme son fils qui permettaient aux revendeurs de came de poursuivre leur petit commerce, de traîner à droite à gauche et de corrompre les enfants innocents.

Leuci se mettait à présent à décrire un déjeuner-barbecue qu'il avait organisé chez lui. Il avait invité un certain nombre de ses collègues des Stupéfiants et leurs épouses, et soudain, son père apparut à l'improviste dans le jardin. Il était sorti faire un tour et, en passant, avait décidé de s'arrêter chez son fils. Il accepta un verre, se mit à bavarder avec les inspecteurs. D'abord il sembla content : « Ils sont bien, ces petits gars italiens », disait-il. Puis il commença à remarquer le luxe de leurs vêtements et l'éclat de leurs bagues sous le soleil ; il les écouta raconter leurs voyages à Miami et à Las Vegas. Son sourire s'évanouit, il posa son verre, chercha son fils et lui dit : « Ces types sont des flics corrompus, et toi aussi. »

Hooks Leuci avait été un héros dans son quartier, et bien sûr pour son fils aussi. Robert Leuci avait de tout temps convoité l'estime de Hooks Leuci. Et voilà que le père filait à grands pas vers la porte, le fils criant derrière lui : « Papa, tu ne comprendras jamais. Je ne pouvais pas te raconter ce que c'est et ce qu'il faut que je fasse ! »

Mais son père sortit, claquant la porte derrière lui.

En écoutant Leuci, Scoppetta avait été ému, en partie par le récit lui-même, en partie par la souffrance que dégageait le policier. Leuci avait eu les larmes aux yeux et en avait même versé quelques-unes. Qu'est-ce que ses parents attendaient de lui ? Ce n'était pas à lui de surveiller Richie. Ils auraient dû le faire eux-mêmes.

Au bout d'un moment, ses larmes séchèrent et la colère prit le dessus. Ses parents ne comprenaient rien aux pressions subies par les flics, et Scoppetta non plus, dit-il. Ce qui se déversa ensuite, ce fut surtout sa honte.

Il était impossible de discerner ce qu'il avouait exactement, ou si même en fait il faisait des aveux.

« Vous autres, à la Commission Knapp, continua-t-il, vous vous concentrez sur le Département de la police. Vous dites aux flics que vous êtes là pour les surprendre à se faire inviter au restaurant, à accepter des cadeaux à Noël, à distribuer de la drogue aux camés. C'est absolument incroyable ! Les flics vous regardent et disent : " Bande de salauds ! " C'est vous, les procureurs adjoints, les magistrats, les juges, qui faites marcher le système, et tout le foutu mécanisme est pourri d'un bout à l'autre. Nous savons comment vous devenez juges. Vous payez cinquante mille dollars et vous voilà avec la robe. Le dimanche, nous voyons des magasins ouverts sur la Cinquième Avenue, mais ils n'ont pas l'autorisation d'ouvrir dans le quartier de la Petite Italie. Et après, vous vous demandez pourquoi les flics restent en groupe. Les seules personnes à nous connaître, à nous apprécier, à nous aimer, ce sont les autres flics. Vous autres, vous ne cherchez qu'à nous faire mal. Le système déconne, et vous voulez nous faire porter le chapeau.

« Vous savez ce que c'est d'être un agent des Stups ? poursuivait Leuci. En avez-vous la moindre idée ? Savez-vous ce que c'est qu'une nuit de février, au sud de Brooklyn, à une ou deux rues des quais, quand on a deux indics à l'arrière dans la voiture, qui chialent tous les deux, et qui vous supplient de leur donner un sachet d'héroïne ? Est-ce que vous savez ce que c'est de faire quatre-vingts kilomètres pour rentrer chez soi et, cinq minutes après votre arrivée, recevoir un coup de fil qui vous dit : " J'ai loupé mon fix, je vous en prie, revenez m'en donner d'autre. " Et refaire les quatre-vingts kilomètres en sens inverse, le regarder se shooter, et ressortir de la pièce. Ensuite travailler le lendemain, et coffrer un petit dealer qui est tout aussi défoncé que lui.

C'est de la folie. Et puis on va au bureau, et le chef vous dit qu'il vous faut cinq arrestations ce mois-ci. Vous savez ce que c'est que de travailler six et même sept jours par semaine ? Il faut être dans les meilleurs, sinon on se retrouve à faire la circulation, un bâton à la main. »

Chaque cellule nerveuse de Scoppetta absorbait les états d'âme de Leuci. Mais son cerveau tournait à cent à l'heure, cherchant à chaque pause de Leuci, le mot clé qui le ferait continuer.

« Vous êtes à Westbury, ou dans West End Avenue, pérorait Leuci. Nous, on est dans le Barrio, dans la 125e Rue. Vous voulez qu'on enferme tout le monde à l'intérieur de barricades pour que vous puissiez plastronner dehors. Je me trouve à l'intersection de Pleasant Avenue et de la 116e Rue à trois heures du matin, seul avec mon collègue, et Tony Machin que nous suivons depuis trois semaines ; il va m'offrir de l'argent et, mon collègue et moi, nous allons décider de l'accepter ou non. Vous vous fichez pas mal de moi. Il y aura un révolutionnaire noir pour me tabasser s'il en a l'occasion. Les journaux me traiteront de voleur, que je prenne le fric ou pas. Le seul à qui je ne suis pas indifférent, c'est mon partenaire. Il n'y a que lui et moi, et le type que nous avons cravaté. Nous allons l'envoyer en taule et le coffrer. Nous allons accepter son fric. Et on lui dit merde, et on vous dit merde, et encore merde aux autres. »

Scoppetta écoutait et attendait.

« Je vois votre genre : entre vous et mon collègue, aucune comparaison possible, vous comprenez ? Je vais prendre son parti. Il me dit : " C'est bon, Bobby, ouais Bobby, c'est toi et moi contre le reste du monde. " Vous autres, vous dînez au Copa six soirs par semaine. Nous, on essaie d'obtenir quarante dollars de frais, et le Département ne nous les alloue même pas. »

Leuci déglutit avec peine.

« De toute façon, vous finissez par gagner. Nous nous vendons, et nos familles avec. Les gens dont nous acceptons l'argent nous tiennent. L'avenir de nos familles dépend du fait qu'un petit dealer ne nous dénoncera pas, ou qu'un assassin, une vraie merde, ne nous donnera pas.

« Pour vous, les flics sont des gens détestables. Mais la grande majorité des flics sont des hommes bons, honnêtes, respectueux des lois, convenables, et qui aiment leur famille. Certains commettent peut-être un écart parfois, mais ce sont les seules personnes entre vous et la jungle. »

Le long monologue prit fin. Il avait été pathétique mais imprécis. Un seul élément s'en dégageait clairement : le jeune policier était en proie à des émotions extrêmement fortes, dont Scoppetta pourrait peut-être tirer profit.

« Pourquoi ne faites-vous rien ? demanda-t-il d'un ton posé. Vous savez certaines choses. Vous pouvez fournir des preuves. Vous pouvez établir des culpabilités.

— Je peux en établir beaucoup. Des culpabilités de magistrats également. De procureurs, de gens qui graissent la patte aux flics. Pourquoi ne pas faire ça ? »

D'un ton ferme, Scoppetta répondit que la Commission Knapp avait l'obligation de se concentrer sur les flics.

« Alors qu'elle aille se faire foutre ! »

La nuit suivante, Leuci était plus calme, les deux hommes discutèrent en détail du type d'enquête que Leuci pourrait accepter d'entreprendre. D'abord, dit Leuci, Scoppetta devrait quitter la Commission Knapp et ouvrir un bureau distinct.

Scoppetta hocha la tête. Cela pouvait peut-être se faire. Il se voyait accorder des fonds par le ministère de la Justice et établir un bureau à part, sous l'autorité du procureur du sud de l'Etat de New York, peut-être.

Leuci déclara qu'il avait l'intention de travailler essentiellement sur les cas de magistrats véreux. Il voulait mettre en prison les procureurs et les juges qui sollicitaient régulièrement des pots-de-vin, les avocats de la défense ayant pour habitude de séduire les policiers. Si l'accent devait porter strictement sur les flics, alors il ne participerait pas à l'opération. S'il tombait sur un flic corrompu au cours de son enquête, alors il l'enverrait en taule. Mais ce serait fortuit. De plus, il refuserait de travailler sur des dossiers visant des flics qui avaient été ses amis ou ses partenaires au SSR. Il acceptait de porter sur lui un dispositif d'enregistrement. Il voulait bien avoir à manipuler des billets marqués. Il ne refusait pas de jouer un rôle, de risquer sa vie pendant le nombre de mois ou d'années où l'enquête pourrait rester secrète.

Scoppetta jubilait.

« Vous rendez-vous compte de l'importance que pourrait avoir une telle enquête ? Nous la ferons ensemble. Je resterai à vos côtés jusqu'à la fin. A quel genre d'affaires pouvons-nous nous attaquer ? »

Lorsque Leuci commença à énumérer les différents cas de figure, il devint clair pour Scoppetta qu'il faisait référence à des affaires réelles, impliquant des policiers. Puis Leuci sélectionna une affaire particulière et la décrivit dans presque tous ses détails.

Une équipe du SSR, dit-il, avait mené une longue enquête sur un réseau de trafic de drogue de la Mafia, mais elle n'était pas parvenue à établir des preuves assez solides pour obtenir une inculpation. L'équipe avait alors décidé de contacter le suspect, de lui proposer d'abandonner son dossier (qui l'aurait été de toute façon), en échange d'argent. Légalement, ceci était à coup sûr unc incitation à la subornation, probablement même de l'extorsion de fonds — la ligne de démarcation entre les deux infractions est plutôt floue.

Grâce à ses formidables contacts au sein de la Mafia, Leuci fut engagé par l'équipe pour entrer en relation avec le suspect. Il le fit, et lorsque le trafiquant accepta de payer dix mille dollars, le dossier fut abandonné et Leuci toucha une commission, dont il tut le montant à Scoppetta.

Scoppetta avait écouté le récit le visage fermé.

« Quoi d'autre ? » demanda-t-il, lorsque Leuci eut terminé.

Le policier dit qu'il avait été impliqué dans deux autres situations similaires. Sans les développer. Il observait attentivement Scoppetta. Il n'avait pas peur d'être poursuivi. Si Scoppetta essayait, ce qui était inconcevable au vu de l'enquête proposée, Leuci pourrait toujours se rétracter devant la Cour.

Pourtant, il venait d'avouer des infractions, aveu qu'il n'était pas forcé de faire, et plus tard, certains trouvèrent cela ahurissant. Il semble clair qu'il avait une double motivation pour agir ainsi. D'abord, il était cruellement tourmenté par son passé. La culpabilité et la honte l'affligeaient comme une maladie. Il portait partout avec lui son remords comme une chape de plomb. Par sa confession, il avait espéré alléger ce fardeau écrasant. Et certes, il se sentit plus léger après s'être livré. Deuxièmement, il tentait de faire ses preuves auprès de Scoppetta : il disait qu'en raison de son propre passé obscur, l'enquête marcherait, et qu'il serait capable d'approcher des individus très très louches.

« Trois faux pas, dit Scoppetta d'un air sombre. C'est tout pendant toutes ces années ?

— C'est tout, Nick », affirma Leuci.

Scoppetta l'observa avec attention, puis il se frappa la paume d'un coup de poing.

« Nous allons faire quelque chose d'important, dit-il avec enthousiasme. L'avantage de cette enquête, c'est qu'elle sera menée par un vrai policier. »

4

Nul doute que Leuci lui-même fut profondément agité par ce qu'il avait décidé de faire. Chaque fois qu'il avait passé la nuit à parler avec Scoppetta, le lendemain il errait dans New York, cherchant conseil auprès d'autres flics incapables de l'aider : l'un d'eux était un inspecteur à l'intégrité notoire, un autre, un ancien partenaire tout à fait à l'inverse du premier ; et dans les deux cas il risquait d'éventer le secret avant même de commencer sa mission clandestine.

Il eut de longues conversations tourmentées avec sa femme, la plupart du temps à l'aube naissante, pendant que la petite Santina tétait ou suçait la tétine de son biberon sur les genoux de sa mère. Il débitait un flot de paroles qui semblaient dangereuses à Gina.

Elle était venue d'Europe à vingt ans pour voir un cousin, et elle avait rencontré l'agent de police Leuci. « Parle-lui, papa, avait dit fièrement Leuci la première fois qu'il l'avait amenée chez lui. Son accent est tellement beau ! »

Elle avait toujours son passeport italien.

« Gina, entendit-elle dire à son mari, il se pourrait que j'aie trouvé un ami important. Ce soir j'ai l'intention de tout lui raconter. Je veux tout sortir. Tout ce qui a fait que depuis ces dernières années je suis tendu, malade.

— A qui vas-tu porter un coup ? » demanda-t-elle. Elle se mit à mentionner les inspecteurs avec qui avait travaillé Leuci. Qu'arriverait-il à ses trois anciens partenaires ? Et à Joe Nunziata, à Carl Aguiluz ? « Tu vas les impliquer ? Tu vas gâcher leur vie ?

— Je ne mouillerai personne de proche.

— Crois-tu qu'on va te permettre de faire tes choix ? Penses-tu qu'on va te dire : d'accord, Bob, de qui voulez-vous parler ? A vous de décider. Je ne pense pas qu'on te permettra de faire ça ! »

Au bout d'un moment elle ajouta : « Je sais que tu te sens coupable. Arrête ! Le responsable ce n'est pas toi, mais d'autres, plus coupables que toi.

— Je veux mettre un terme à la vie que je mène, répondit-il d'une voix basse.

— Alors quitte la police ! »

Mais il adorait la police.

« Pour quoi faire ? Vendre des assurances ? Travailler dans une banque ?

— Je te connais, dit Gina. Cette affaire va te tuer. On va te forcer à porter un coup à tes amis, à des gens qui ne t'ont jamais fait de mal, seulement du bien. Quand tu as été malade, ils sont tous venus. Ils m'appelaient tous les jours. Je sais quel genre d'homme tu es. Ça va te tuer. Tu me parles de ce que tu ressens à l'égard des balances, et voilà que tu vas en devenir une. Comment vas-tu vivre avec ça ? Et moi, comment je vais vivre avec toi après ça ?

— Je vais accepter, dit Leuci. Tu décideras de rester ou non avec moi. Mais je prends la décision d'accepter. »

Cette conversation eut pour résultat de l'expédier en toute hâte à Brooklyn, voir l'inspecteur Frank Mandato, l'un de ses ex-partenaires du SSR. Mandato habitait dans un des nouveaux immeubles sur Ocean Parkway. Il vivait sur son salaire de policier, mais il avait un portier en bas et son balcon donnait sur une vue panoramique du port de New York. Mandato lui ouvrit la porte, ils s'installèrent dans la cuisine pendant que son ami faisait un café bien serré.

Mandato, trente-cinq ans, avait les cheveux noirs et bouclés, les yeux noirs, et une barbe noire bien taillée. Derrière son dos, en parlant de lui ses collègues l'appelaient « Jésus-Christ » ou alors « le Diable ».

Ses deux autres partenaires avaient été Les Wolff et Dave Cody, mais Leuci se sentait plus proche de Mandato, c'est pourquoi il était venu frapper chez Mandato. Ils avaient fait équipe ensemble pendant cinq ans, et ils étaient tous deux italiens.

« J'entre dans la salle d'audience », dit Leuci à Mandato. Il arpentait le séjour, sa petite tasse à la main. Il était visiblement agité. « J'entre dans le cabinet du procureur. Les gars ne m'appellent pas Leuci. Ils sourient et disent : « Comment ça va, Frimousse ». Ce n'est plus drôle. Parce que pour moi Frimousse représente un type tout ce qu'il y a de plus dégueulasse.

— Qu'est-ce qu'ils savent ? demanda Mandato d'un ton apaisant. Est-ce qu'ils savent quelque chose sur toi ? » Il posa sa tasse sur la table basse.

Leuci sortit sur le balcon. L'autre inspecteur le suivit. Ils contemplèrent le port.

« Tu te rappelles, Frank, fit Leuci, comme on se retrouvait dans un restaurant le soir avant une descente ? Toi, moi, Les Wolff et Dave Cody. On se tapait de ces plats de spaghetti, et je crois qu'on avait tous la trouille. Parce que le lendemain matin on allait défoncer des portes. On avait besoin les uns des autres. On parlait du gars qu'on allait pincer, et l'un de nous disait immanquablement : “ Tony, Marco — peu importe le nom du type —, j'espère que tu vas bien baiser ce soir, parce que ce sera la dernière fois avant longtemps. " »

Mandato l'observait attentivement.

« Tu comprends, Frank ? Peut-être qu'il y a des types qui te font pareil en ce moment même, ou à moi, ou à Wolff ou à Cody. Et je n'ai plus envie de vivre ce genre de vie, bordel. Je ne tiens pas à être une connerie de cible, pour personne ! »

Cela ne traduisait qu'une partie des sentiments de Leuci : la peur. Son remords était plus difficile à expliquer.

« Tu as peur que l'un de nous te dénonce ? demanda Mandato. C'est ça ? Les ? Ou moi ? Ou Dave ?

— Ce n'est pas de vous autres que j'ai peur. J'ai peur de me trahir moi-même. Je ne peux plus le supporter ! »

La voix de Leuci commença à monter, jusqu'au hurlement.

« Je ne veux être la cible de personne, criait-il. Et toi non plus.

— Rentrons, fit Mandato. Il fait frais ici. »

Il faisait froid en dehors de l'ancienne équipe, en dehors du SSR.

De retour dans le séjour, Mandato demanda d'un ton calme : « Que vas-tu faire, Bob ? Faut-il que j'aille me percher sur le rebord de la fenêtre tout de suite ? Tu me préviendras avant qu'ils viennent me passer les menottes ? »

Leuci dévisagea son ami. Ces cinq dernières années il avait passé plus de temps avec Mandato qu'avec Gina, partagé plus d'émotions avec lui qu'avec sa femme, et il se pouvait même qu'il ait davantage aimé Frank que Gina.

« Frank, je ne vais rien faire. Qu'est-ce que je peux faire, bordel ? »

Ces scènes, si elles montrent un peu la souffrance de Leuci, son indécision aussi, ne parviennent pas à expliquer ses motivations de façon satisfaisante.

Finalement, il retourna chez Scoppetta. Ce fut du procureur qu'émana la force qu'il recherchait. C'était Scoppetta qui avait juré d'observer les mêmes lois que lui — et qui le faisait. C'était Scoppetta qui lui semblait comprendre tout ce qui ne pouvait se dire.

Leuci n'y pensa certainement pas de façon réfléchie. Il s'engagea dans l'enquête les yeux fermés. Il était assez sûr de lui pour se croire capable de contrôler Scoppetta, de contrôler n'importe quel procureur, de se protéger, de protéger ses anciens partenaires, et même le SSR dans son entier.

Il semble s'être imaginé qu'il pouvait créer un nouveau Robert Leuci.

« Et puis j'ai rencontré Scoppetta, devait-il dire plus tard, et nous avons changé ce que j'étais. »

Sur le point de s'envoler pour Washington en quête de fonds pour le nouveau bureau, Scoppetta avait besoin d'une pièce à conviction de choc à apporter avec lui.

Leuci avait déjà fait son choix.

« Que diriez-vous, demanda-t-il, si je vous annonçais que par un simple coup de fil je peux obtenir l'emplacement de toutes les tables d'écoute de la ville ? »

Scoppetta refusa de le croire.

Leuci donna le coup de fil en question — à l'inspecteur Bernie Geik de la Criminelle — et un peu plus tard, portant sur lui un système d'enregistrement, Leuci le retrouva dans une contre-allée. Scoppetta, garé dans sa voiture à quelques mètres de là, enregistra la conversation lui-même sur un magnétophone posé sur ses genoux.

A la fois horrifié et transporté par cet enregistrement

terrible, le procureur se hâta de gagner Washington pour des réunions au niveau de l'attorney général. Les fonds dont il avait besoin lui furent accordés, on lui assigna des agents de protection, et on fit le nécessaire pour l'assermenter en tant que procureur adjoint spécialement chargé de l'enquête Leuci. Plus tard il y eut des réunions à New York avec des membres du Département de la justice, et avec Whitney North Seymour, le procureur du district sud, ensuite il y eut, au club Whitman Knapp, une réunion plutôt longue et poignante où la Commission Knapp fit officiellement passer Leuci, son plus gros atout jusqu'ici, au service des autorités fédérales, et de Scoppetta.

Et c'est ainsi que démarra l'enquête Leuci.

5

Scoppetta établit son bureau dans le même immeuble que la Commission Knapp, et il se mit à coordonner ses projets avec E. M. Shaw, trente-quatre ans, procureur depuis sept ans, directeur de l'Unité anti-corruption du bureau de l'attorney Seymour.

Etant donné que Leuci ne pouvait se permettre d'être vu à l'intérieur ou aux abords d'un bâtiment abritant la Commission Knapp ou des procureurs, non plus qu'en compagnie de Scoppetta, les réunions stratégiques se déroulèrent la nuit dans l'appartement de Shaw à Brooklyn Heights. Margaret, l'épouse de Shaw, servait à dîner. Puis les deux procureurs et Leuci s'installaient dans la salle de séjour et tiraient des plans. Habituellement, Margaret, assise sur le tapis jambes croisées, écoutait fascinée.

Bostonien instruit à Harvard, Shaw du haut de son mètre quatre-vingts avait l'assurance absolue que confèrent parfois l'aristocratie et la richesse. Il faisait partie de ces gens qui paraissent riches même en jeans et T-shirt maculés de peinture.

Malgré le plaisir qu'il retirait à être le centre de tant d'intérêt, réflexion faite, Leuci se demandait s'il serait capable de contrôler les directions éventuelles que prendrait l'enquête. Il était inquiet. Il voulait se hisser jusqu'au niveau des procureurs et des juges dans la hiérarchie judiciaire, mais sans se heurter à quelqu'un de moins important qui ne lui serait pas indifférent. Il essayait d'imaginer comment y parvenir. Il savait qu'il lui faudrait avoir recours à des flics pour toucher ces gens-là. Il savait qu'il aurait à mouiller des flics. Mais il voulait choisir. Il tenait à déterminer ses cibles lui-même.

Shaw était pressé.

« Par où commençons-nous, et comment ? » ne cessait-il de répéter, sans arrêter de proposer des idées. Mais nombre d'entre elles étaient inacceptables pour Leuci.

L'un des premiers projets visait à appeler le chef de chacune des cinq familles de la Mafia new-yorkaise. Shaw proposait de leur dire qu'ils pouvaient être poursuivis pour fraude fiscale. « Ensuite Bob, ici présent, les contacte grâce à ses relations dans le monde du crime organisé. Il laisse entendre qu'il a accès aux dossiers du ministère des Finances. Puis il les rencontre, ils le soudoient pour obtenir ces dossiers. Alors nous les arrêtons pour corruption d'un officier de police.

— Je ne peux pas faire cela ! protesta Leuci. C'est un coup monté de toutes pièces. Les types de la Mafia ne diffèrent pas des comptables de Scarsdale, expliqua-t-il. Dites à quelqu'un qu'il va subir un contrôle fiscal et il s'affole. » Sûr qu'un gars de la Mafia irait offrir de l'argent à Leuci. Mais le comptable de Scarsdale aussi. Et le voisin immédiat de Leuci aussi, ou même celui de Shaw.

Et comment allait-il toucher ces gens du crime organisé ? demanda Leuci avec emphase. Par l'intermédiaire de son cousin John Lusterino, n'est-ce pas ? Et qu'adviendrait-il de Lusterino après ? C'était un coup monté, et une fois la supercherie découverte, Lusterino serait descendu.

« Ce qu'on ne peut pas leur faire, aux types du crime organisé », déclara sérieusement Leuci à Shaw, car à la différence de son interlocuteur il les connaissait, ces gens-là, « c'est les mettre dans une situation fausse, les berner, les couillonner. S'il s'agit d'une situation réelle et qu'ils viennent vers moi, c'est une tout autre histoire. A ce moment-là mon cousin est hors de cause, même s'il m'a recommandé à l'origine. Chaque fois qu'il me présente à quelqu'un, il dit toujours : “ Rappelle-toi que ce type est un flic. ” Etre flic c'est une maladie pour Johnny. Tous ceux qui veulent mettre des gens en taule, qui veulent leur ôter leur liberté... c'est qu'ils ne tournent pas rond. Mon cousin a toujours été clair là-dessus : tous les flics sont des salauds. Un point c'est tout. »

Leuci continua : « Mais ce coup monté de contrôle fiscal dont vous parlez, c'est de la supercherie, et il se ferait buter à coup sûr. »

Shaw hocha la tête, et on abandonna l'idée de fraude fiscale.

La voiture de Leuci, une Pontiac neuve modèle 1971, fut conduite à Boston chez Bell et Howell. On y fabriqua une fausse paroi dans le coffre pour y dissimuler un magnétophone. On installa au plafond un micro si sensible qu'il captait même les murmures. La commande de marche-arrêt fut encastrée dans la boucle de la ceinture de sécurité.

Leuci se mit à insister pour qu'on le réintègre au SSR, afin de pouvoir se déplacer plus librement dans la ville de façon à être constamment en présence d'avocats, de juges, de procureurs dans des situations où beaucoup d'argent était en jeu et où les pots-de-vin étaient monnaie courante.

Mais personne n'avait jamais été réintégré au SSR.

Pour cela il aurait fallu que Scoppetta sollicite directement le préfet de police Patrick Murphy, ce qui semblait risqué.

Dans sa déclaration publique, le nouveau préfet s'était proclamé ennemi de la corruption. Mais malgré tout, Murphy était toujours un flic. Et voilà qu'un simple inspecteur de deuxième échelon représentait une menace potentielle de démantèlement de son Département : on ne pouvait quand même pas s'attendre à ce que Murphy apprenne la nouvelle sans réagir ! Il faudrait qu'il en parle à quelqu'un, à son premier adjoint au moins, et c'en serait fini de la sécurité totale. C'était trop dangereux. Si la clandestinité de Leuci était éventée, l'enquête serait fichue, et tout ce temps, ce travail et cet argent gâchés. En outre, si on surprenait Leuci avec son dispositif d'enregistrement sur lui en train de collecter des preuves contre des individus véreux, il pouvait se faire tuer.

Alors, Shaw revint à l'idée de Lusterino. Shaw souligna que Lusterino était l'un des chefs de la famille Colombo. Comme tel il représentait une fameuse source de renseignements. Shaw demanda à Leuci s'il serait prêt à enregistrer clandestinement son cousin, sous certaines conditions.

Ces enregistrements ne seraient utilisés que dans un but d'information, pour fournir un aperçu de l'intérieur de la Mafia. Shaw les écouterait personnellement. Les bandes seraient conservées dans son coffre privé. En aucun cas elles ne seraient rendues publiques, ni utilisées en vue de poursuites judiciaires. La ou les bandes enregistrées ne nuiraient en aucune façon à Lusterino, qui ne s'apercevrait jamais de leur existence.

« Vous me demandez d'enregistrer clandestinement mon cousin, s'écria Leuci en colère. C'est non ! »

Dans ces moments-là, Scoppetta avait une certaine façon de se prendre la tête entre les mains. Sinon, il baissait les yeux et se frottait les paupières. Il craignait que Shaw n'effraie Leuci pour de bon. Entre eux, Shaw et Scoppetta s'étaient mis d'accord pour être patients avec Leuci. Pourtant, il fallait faire démarrer cette enquête.

Shaw ne s'intéressait qu'à la Mafia elle-même, dit-il à Leuci. Pas du tout à Lusterino : Lusterino n'avait absolument rien à craindre de lui. Mais comment fonctionnait la Mafia ? De quelle façon incorporait-on les nouvelles recrues ? Comment s'opéraient les transferts d'argent ? De quelle manière les différentes familles se contactaient-elles ?

Après leur départ de chez Shaw, Scoppetta avait dit à Leuci : « Il a assez de bon sens pour ne pas insister. Nous lui en reparlerons. »

Shaw continua dans le même sens. Les bandes de Lusterino fourniraient des renseignements inestimables aux forces de l'ordre.

De nouveau Leuci refusa.

« Mon père me mépriserait. Il n'aime pas beaucoup Johnny, mais c'est son neveu. C'est le fils de sa sœur. Johnny est mon cousin. Vous me suivez ? »

Aux yeux de Shaw, Lusterino était un truand de quarante-deux ans ayant déjà passé plus de quinze ans en prison. Mais il se contenta de dire : « Bien sûr. Je vous prie de croire que nous ne vous forcerons jamais à faire une chose qui vous rendrait la vie insupportable. »

6

En mars 1971, l'enquête Leuci en cours depuis à peine deux semaines, deux agents du FBI se présentèrent à la Criminelle, où ils furent reçus par l'inspecteur Bernie Geik. Ils demandèrent à consulter le casier de Mikey Coco.

Dans sa jeunesse, Mikey Coco avait été soldat de la Mafia. A présent, à quarante-huit ans, il évoluait au sein de la hiérarchie du crime organisé. Il exploitait un petit restaurant à l'angle de la 100e Rue et de Central Park West, et on le disait un des propriétaires d'une agence de voyages du Bronx. Il était supposé faire partie d'un groupe d'individus qui, par la méthode forte, reprenaient des commerces de Long Island, bars, restaurants, casses de voitures et sociétés d'enlèvement d'ordures. On le voyait souvent au Blue Lounge, Chez Joey, et au Lagoon Clam House, établissements du Bronx, tous connus comme repaires de la haute pègre, et donc soumis à une surveillance permanente de la part des forces de l'ordre. Il était réputé tenter de s'approprier le contrôle du Lagoon Clam House par l'intermédiaire d'un prête-nom.

Ses associés étaient presque exclusivement des membres de la Mafia, que l'on pensait impliqués dans le trafic de drogue : Joe Indelicata, Dom Trinchera,

David Petillo, Anthony Novello, Sal Panico. Auparavant Coco avait été étroitement lié avec Frank Mari, gros bonnet de la Mafia et trafiquant de drogue actuellement disparu.

Coco lui-même était un gros importateur de stupéfiants. Il habitait en banlieue à Dobbs Ferry, avec sa compagne Phillis qui avait un jour été convoquée et interrogée à la suite d'une agression armée contre l'inspecteur Vince Albano devant Chez Joe.

On pensait que le cousin de Coco, Oscar Ansourian, avait tué Emmanuel Morris par balle avant de balancer le cadavre sur la pelouse de Joseph « Bug » Bugliarelli à Dobbs Ferry, trois ans plus tôt. On supposait que Coco avait été impliqué dans ce meurtre et dans de nombreux autres, y compris celui de Frank Salzberg, qui en 1968 succomba à de nombreux coups de poignard dans le dos. Plus récemment un groupe de jeunes voyous avait kidnappé des mafiosi pour les échanger contre rançon. Certaines personnes des forces de l'ordre imaginaient que Coco, entre autres, avait entraîné le groupe en Louisiane et tué quatre de ses membres. En tout, les dossiers des Renseignements généraux le rattachaient à sept assassinats.

Coco différait des mafiosi de haut rang en ce sens qu'il n'était pas italien. Fils d'immigrés arméniens, il s'appelait Murad Nersesian. Il avait fait partie des très jeunes parachutistes de la Deuxième Guerre mondiale et avait vu de sanglants combats en Afrique du Nord. Il avait obtenu des médailles pour avoir tué des Allemands. Lorsqu'il rentra de la guerre, n'ayant jamais appris de métier, ne sachant rien, il descendit dans la rue. Il revint à la seule activité qu'il connaissait : la guerre.

La guerre dans laquelle il s'engagea en rentrant n'était pas très différente de celle qu'il avait quittée. La fin des années quarante fut tumultueuse dans la pègre de New York. Les familles de la Mafia menaient une lutte de pouvoir, et les rues étaient jonchées de cadavres aux noms italiens. De jeunes brutes ayant l'expérience des terribles combats en Europe s'alignaient sur différents rangs, non seulement pour ou contre les cinq familles principales, mais aussi pour ou contre diverses factions au sein de ces familles. Mikey Coco avait choisi de rejoindre les gens de Joey Gambino, dans le Bronx.

Il y avait un groupe de tireurs indépendants qu'on appelait les paras. Carmine Persico, Mikey Coco, Alphonse Indelicata, Sonny Pinto, Joey Accafelli. C'étaient tous des jeunes gens sans pitié dont certains devinrent des tueurs d'un sang-froid hors du commun, mais ils étaient aussi plus intelligents que la plupart des voyous traînant dans les rues. Ils s'étaient ralliés à Joseph Gambino, et par son intermédiaire à Carlo Gambino. Lorsque Carlo Gambino se détacha en tant que *capo di tutti capi,* les paras devinrent, selon le jargon de la Mafia, des hommes « arrivés », et après cela ils eurent peu de soucis. L'argent commença à affluer dans leurs poches grâce aux jeux d'argent et aux prêts usuraires qu'ils pratiquaient. Dans les années cinquante, Coco gagna jusqu'à mille dollars par semaine.

En tant qu'arménien, il eut toujours le sentiment de n'être pas totalement accepté. « Je suis plus italien que tous les Italiens réunis, disait-il. Je suis plus brave qu'eux. »

Il avait joui d'une grande réputation. Il était courageux, et il était méchant.

« Un dur, ce n'est pas quelqu'un qui sait appuyer sur la détente, dit-il un jour. Un enfant le ferait. Le vrai dur, c'est celui qui peut aller faire un bon gueuleton après. » Il donna en exemple Carmine Persico, presque infirme.

Il en était un lui aussi.

Bientôt Frank Mari, important trafiquant de drogue ayant des problèmes de recouvrement, engagea Coco comme associé. Dès que les clients apprirent qu'ils avaient affaire à Mikey Coco, il n'y eut plus de retards de paiement.

Du jour au lendemain, la drogue fit de lui un homme riche. Au bout de deux mois il gagnait cinq mille dollars par semaine, et parfois dix mille ou même quinze mille, sans beaucoup d'efforts. Il fit certaines opérations. Il alla très souvent conclure des affaires en Floride. Il n'approchait jamais la marchandise lui-même.

Personnellement, il ne comprenait pas vraiment la drogue, n'avait aucune idée de sa fabrication, ni de son utilisation.

« La marijuana, ça rend idiot, dit-il un jour. Pourquoi j'irais en prendre ? Je suis déjà assez bête comme ça. Faudrait que j'en fume pour le devenir encore plus ? Et puis, qu'est-ce qu'ils font avec, tous ces drogués ? Je sais qu'ils en fument. Mais ils se shootent aussi, pas vrai ? »

Il dépensait énormément. A une époque il roulait en Rolls Royce. Il était capable de laisser un pourboire de cinquante dollars à une serveuse. Vu qu'il était souvent sous surveillance, ses amis trouvaient ce comportement exagéré et lui reprochaient d'attirer l'attention.

Mais l'attention lui plaisait. « Autrement, pourquoi je vivrais ce genre de vie ? demandait-il. J'entrerai ici la semaine prochaine, et elle se souviendra de moi. Tout le monde se souviendra de moi. J'irai en prison quand on me prendra. Mais pour le moment je suis à l'air libre. Je suis un type important. Pour un an de liberté, je peux faire cinq ans de taule, n'importe quand. »

A l'âge de seize ans il avait récolté trois ans pour vol à main armée, et plus tard il tira encore trois ans pour possession et vente de faux billets, et une peine de huit à dix ans pour vente d'héroïne. Autrement, on l'avait arrêté pour troubles sur la voie publique, port d'arme illégal, violation des lois sur le jeu, et outrage à magistrat. Chaque fois qu'il était cité comme témoin, il refusait régulièrement de répondre aux questions ; une fois il eut même un mois de prison pour refus de comparaître.

Les deux agents du FBI trouvèrent la plupart de ces informations dans le dossier de Coco, tandis que l'inspecteur Geik traînait par là, très attentif à leur conversation. Aussitôt après leur départ, Geik téléphona à son ami Leuci.

« Ils essaient d'associer Coco à quelqu'un d'autre, rapporta Geik, un type qui serait aussi dans le crime organisé, mais ils ne connaissent pas son nom. Ils essaient de l'identifier. Il serait petit et trapu, aurait la quarantaine et les cheveux poivre et sel. » Il y eut une pause. Puis Geik ajouta : « Tu connais Coco. J'aimerais lui vendre le renseignement. J'aimerais que tu le contactes pour moi. Vois si ça l'intéresse. »

Leuci connaissait effectivement Coco. Après avoir raccroché, il songea pendant longtemps à la proposition de Geik, et à Coco.

Pour toucher Coco, il fallait faire le numéro du Lagoon Clam House et laisser un message. Leuci procéda ainsi, et en temps voulu son téléphone sonna. Il décrocha. Coco avait de nombreux pseudonymes, mais on ne sait pourquoi, au téléphone, il se présentait toujours sous le nom de Sidney.

« Bobby, fit-il d'une voix râpeuse, ici Sidney. » Sa voix faisait un bruit de vaisselle cassée secouée dans un sac.

Ils convinrent de se rencontrer ce soir-là dans le parking du restaurant Baychester, dans le Bronx. Tandis qu'il roulait vers le lieu de rendez-vous au volant de sa Pontiac, Leuci était aussi agité que s'il allait tendre un piège à un collègue. Il connaissait Coco depuis si longtemps que cet homme était presque devenu un ami intime. Leuci ne se faisait aucune illusion sur Coco, pourtant depuis le tout début il se sentait fasciné à la fois par l'homme et par les aperçus qu'il lui permettait d'avoir sur le monde de la Mafia. De plus, Coco ne s'était jamais montré désagréable, ni indifférent. La plupart des autres contacts de Leuci au sein de la Mafia étaient des hommes grossiers, mauvais, certains même psychopathes.

Ses premières rencontres avec Coco avaient été arrangées par Lusterino, qui lui avait dit : « Mikey Coco veut te voir. Mais je ne sais pas pourquoi. »

Ainsi Coco et lui s'étaient retrouvés à une même table dans un restaurant du Queens. Leuci remarqua que Coco n'avait pas seulement la voix d'un soldat de la Mafia, mais aussi l'allure. Il mesurait un mètre soixante-quinze, pesait quatre-vingt-dix kilos et avait les épaules carrées. Ses cheveux étaient noirs, ses yeux noirs, enfoncés dans les orbites, son nez de boxeur avait été cassé à plusieurs reprises. Il avait le visage mat et criblé de petite vérole. Ses deux bras portaient des tatouages : deux aigles, un tigre, un poignard et les mots US ARMY.

Bien sûr Leuci connaissait l'existence des tatouages et la réputation de truand de Coco, mais seulement d'après les dossiers.

Le trafiquant de drogue portait un blouson de cuir de très belle qualité. Ses chaussures et son pantalon avaient dû également coûter cher. Leuci estima l'ensemble des vêtements de Coco à cinq cents dollars environ. Malgré sa forte carrure et son visage grêlé, il avait fait très bonne impression à Leuci qui avait demandé : « Pourquoi vouliez-vous me voir, Mike ? »

Apparemment, Coco et ses associés venaient de se faire coincer par deux inspecteurs du SSR : payez ou on vous arrête. Ils avaient payé. Mais voilà qu'un troisième inspecteur réclamait lui aussi de l'argent. « Je lui dirais bien d'aller se faire foutre, dit Coco, mais je veux bien le rencontrer s'il est digne de confiance. Faut bien que tout le monde gagne sa vie. J'aime voir les gens se faire du fric, mais je n'irais pas parler avec un mouchard. Vous m'avez été hautement recommandé par votre cousin. Vous allez me dire si je peux lui faire confiance. Il s'agit de l'inspecteur Bell.

— Si vous voulez, je peux le rencontrer à votre place, avait timidement dit Leuci.

— Non, je veux qu'une fois il me voie en face. Qu'il me regarde dans les yeux au moins une fois.

— Etes-vous aussi mauvais qu'on le dit ? demanda Leuci.

— Bien pire », répondit Coco.

Mettant la main à la poche, Coco sortit une liasse de billets qu'il tendit à Leuci.

Mais Leuci dit : « Mike, je ne veux pas accepter votre argent. Vous me demandez si vous pouvez vous fier à Dick Bell ? Vous le pouvez. Ce n'est pas le bout du monde ! Ça vous ennuie de ne pas me donner d'argent ? Soyez tranquille. Je ne vous déteste pas. Nous resterons en contact. »

Coco rit. « Vous êtes plutôt pas mal », fit-il.

Après cette première rencontre, Leuci s'était mis à voir Coco de temps à autre. Le truand voulut savoir à quoi ressemblait la vie dans le monde de la police, et en échange ils parlèrent souvent de sa vie à lui et de sa morale.

A présent, quatre ans plus tard, en attendant de voir apparaître Coco dans le parking, Leuci, dans sa voiture, était envahi par ces souvenirs et il tenta de se ressaisir. Il ne trahissait personne ce soir, ici. Il faisait son boulot, Mikey Coco était un gros trafiquant de la Mafia, Geik était un flic vénal. Leuci allait rassembler les éléments d'une affaire impliquant la vente d'un renseignement confidentiel par le flic corrompu Geik au trafiquant Coco. C'était le genre de dossier idéal, de ceux qu'il rêvait d'établir.

Après ce soir, Coco irait en prison. L'affaire serait facile. La raison de cette facilité résidait dans le fait que Coco lui faisait confiance.

Au moment où les doigts de Leuci jouaient sans se décider sur la ceinture de sécurité, une Mercedes flambant neuve s'arrêta sur le parking. Leuci regarda Mikey Coco en sortir, traverser le terrain et se glisser sur le siège à côté de lui.

Le trafiquant de drogue était content de le voir et lui serra chaleureusement la main. Se libérant de la poigne de Coco, Leuci tendit le bras vers la boucle et enclencha le bouton. Puis il se mit à lui parler de l'inspecteur Bernie Geik, de l'enquête du FBI, de l'homme aux cheveux poivre et sel qu'ils essayaient de relier à Coco sans pouvoir l'identifier.

« Quarante ans et des cheveux poivre et sel..., dit Coco. Ça pourrait être n'importe qui. Sacrée devinette ! C'est un foutu casse-tête que vous m'avez apporté ! je suis censé l'avoir rencontré dans la drogue ?

— Non, au jeu. »

Au-dessus de leur tête, le micro caché aspirait leurs paroles, et derrière la double paroi du coffre le magnétophone conservait chacune d'elles.

« Le jeu, c'est pire que la came. On est bien plus surveillé au jeu que dans tout autre domaine. » Coco sortit une liasse de billets de sa poche. « Voilà mille dollars. Donnez-les à cet inspecteur Geik. Dites-lui que j'aimerais bien le rencontrer. Et servez-vous au passage, prenez ce que vous voulez. »

Leuci hocha poliment la tête. Il pensait au magnéto en marche, et à l'argent entre ses doigts. Deux solides pièces à conviction. Une affaire en béton. Coco, qui avait déjà passé la moitié de sa vie en prison, se trouvait plus ou moins face à la même punition...

Après avoir parlé affaires, Coco aborda d'autres sujets. Les révolutionnaires noirs, avait-il lu dans le journal, se mettaient à tendre des embuscades aux flics pour leur tirer dessus. Un accent d'affection bourrue lui monta dans la voix. L'article lui avait donné des inquiétudes sur la sécurité de son ami Bobby.

« Vous les flics, vous passez votre temps à poursuivre des types comme moi, à nous chercher des circonstances aggravantes, continuait Coco, pendant que des salauds de nègres se pointent pour vous faire sauter la cervelle. C'est de ces gars-là qu'il faudrait vous préoccuper. Nous, on ne vous tuera jamais. » Soudain il sourit de toutes ses dents, ayant trouvé la solution au problème. « Donnez-moi un an ou deux ; un jour je vais empoisonner les lots de came, et je ferai crever un million de ces crétins. »

Très drôle ! Leuci riait. Mais il se rendit compte qu'un jury, qui comprendrait sans doute un ou plusieurs jurés noirs, écouterait bientôt la bande magnétique, et eux, ils ne riraient pas ! Les enregistrements secrets, réfléchit Leuci, représentaient des incursions dans les pensées d'un accusé, auxquelles les jurys n'avaient pas normalement droit. Il se sentait coupable de trahir Coco plus profondément encore qu'il ne l'avait imaginé, de livrer aux jurés jusqu'aux plus banals préjugés de cet homme.

« Vous savez pourquoi je ne porte pas d'arme ? demandait Coco d'un ton aimable. Parce que tous les nègres que je connais en ont une. Vous avez un flingue, vous avez des pépins. J'ai pas besoin de pistolet. J'ai un couperet sous le siège de ma voiture. Un con me rentre dedans, et je bondis, coupe-coupe à la main, pour lui donner une raclée. »

Cette fois, Leuci se contenta de sourire.

Coco, appuyé contre la portière, se mit à parler de balances, ah, comme il les avait en horreur ! Le milieu de la drogue en était infesté, dit-il. Un mouchard était un salaud, une vraie maladie. La seule solution consistait à supprimer tous ceux qu'on rencontrait, car il n'y avait pas d'individu plus vil.

Voilà qui mit Leuci très mal à l'aise. Il a appris à m'apprécier, pensait-il, et à me faire confiance, mais ce soir, pour lui, je suis devenu un mouchard impossible à distinguer des autres.

Leuci ne parlait plus. Le trafiquant le remarqua et s'en inquiéta aussitôt. « Vous n'avez pas l'air dans votre assiette ce soir, Bobby. Qu'est-ce qu'il y a ? Vous ne vous sentez pas bien ? C'est votre boulot ? Vous préféreriez travailler en usine ? Je peux vous faire entrer au syndicat de la métallurgie. Mais vous seriez dingue de vouloir changer pour devenir OS et vous crever à la tâche. »

Comme Leuci restait silencieux, Coco lui dit gentiment : « Nous avons besoin de vous où vous êtes, Bobby. Vous le savez qu'on a besoin de vous. On a confiance en vous. Les autres flics cherchent à nous sucer le sang. Pas vous. Faut que vous restiez, parce que vous êtes le seul à qui on peut se fier. »

Une heure plus tard, dans le séjour de Scoppetta, Leuci mit la bande sur le magnéto et, confortablement installés, ils écoutèrent la voix rauque du truand.

« Voilà mille dollars. Donnez-les à l'inspecteur Geik... »

Cette seule réplique suffisait, se dit Leuci. Coco irait en prison à cause d'un type d'une quarantaine d'années aux cheveux poivre et sel dont il ne se souvenait même pas. Il irait en taule à cause d'un millier de dollars, et dans son esprit il n'essayait même pas de graisser la patte à quelqu'un, il payait simplement une bonne volonté.

Scoppetta était resté tard à lire un recueil de nouvelles en attendant Leuci. A présent, considérablement excité par ce qu'il écoutait, il n'arrêtait pas de dire : « C'est une affaire en or ! »

Mais Leuci répondit : « Ce soir j'ai eu l'impression d'être un serpent qui se serait faufilé dans le lit de ce type, et qui l'aurait mordu. J'ai du mal à le supporter. »

Scoppetta arrêta l'appareil. Observant Leuci avec attention, il dit : « C'est pourquoi vous êtes si important, Bob. C'est pourquoi vous êtes sur le point de tant contribuer au bien de la société. Aucun autre flic clandestin ne pourrait pénétrer là-dedans aussi profondément que vous. Vous rendez-vous compte de ce que vous avez accompli aujourd'hui ? Vous avez un flic en position extrêmement délicate qui vend des renseignements confidentiels à un type du crime organisé. Un individu qui a tué un certain nombre de gens. »

Mais Leuci secoua la tête. « Etablir des preuves contre des gens que je ne connais pas, dit-il, faire évoluer des situations nouvelles, ça ne me pose aucun problème. Mais je ne sais pas si je serai capable de traiter beaucoup de cas comme ce soir. La conversation sur cette bande... » il fit un geste vers le magnétophone — « n'a pas eu lieu entre un flic et un membre du crime organisé. Mais entre deux personnes qui se connaissent. Je n'appartiens peut-être pas à ce monde-là, mais ce soir j'étais avec lui, et il était totalement désarmé. Il n'était pas du tout sur ses gardes pendant la conversation. Il me faisait totalement confiance. Et il va payer pour ça.

— Coco est un assassin, dit Scoppetta. Pensez aux fois où il a pris place à l'arrière d'une voiture, avec un type sans méfiance assis devant, et où il a emmené le type quelque part. Il a fait ça à bon nombre de personnes. Vous le savez. Il vit dans un monde dont nous devons nous débarrasser. »

Plus tard, lorsqu'il se glissa au lit au côté de son épouse endormie, Scoppetta se sentit content de lui. Il se dit qu'il avait su venir à bout des craintes de Leuci avec doigté.

Leuci pensa la même chose.

« Nick a été très bien ce soir », dit-il à Gina en rentrant chez lui.

Pourtant Leuci resta longtemps éveillé. Pour donner plus de poids au dossier, il lui faudrait voir Geik et lui remettre l'argent. Ensuite, il aurait à organiser une rencontre entre Geik et Coco, pour les avoir tous les deux sur la même bande. Ce qui mettrait deux individus malhonnêtes hors circuit et servirait la justice. Ce serait sans risque, car Geik et Coco lui faisaient tous deux confiance. Au nom d'un intérêt supérieur, il allait trahir deux hommes qui se fiaient à lui. Allongé dans le noir, il se sentait déprimé.

7

Comme toujours, Scoppetta avait un bloc-notes sur les genoux, où tour à tour il lisait ou jetait des notes. Face à lui, Shaw, déchaussé, avait allongé son grand corps maigre sur le canapé, jambes pendantes, et il regardait Leuci par-dessus le triangle de ses mains jointes.

« Et à propos du commandant Tange, que savez-vous ? » s'enquit Scoppetta.

Daniel Tange avait dirigé le Service spécial de recherche à l'époque où Leuci en faisait partie ; en fait, c'était lui qui, en 1967, l'avait promu dans cette unité d'élite. Tange n'avait alors que trente-six ans, c'était l'un des plus jeunes commandants de l'histoire du Département de la police, l'un des plus brillants également. On avait prédit qu'un jour il s'élèverait au moins au poste de directeur de la Division des inspecteurs, sinon à celui de préfet de police.

On avait d'abord envoyé Tange à la Brigade des stupéfiants en mission temporaire. Son travail était d'étudier les allégations selon lesquelles les inspecteurs de police commettraient des écarts de conduite. Il prit un bureau et se mit à convoquer des policiers. Le mot se répandit comme une traînée de poudre à l'intérieur des Stups : ce Tange ne présageait rien de bon !

Le tour de Leuci était arrivé. Le commandant Tange ne souriait pas, et il ne lui offrit pas non plus la chaise vide devant son bureau. Il lui montra une lettre qu'il avait reçue, signée par un certain Carti. Selon Carti, Leuci aurait placé de la drogue sur la personne de son cousin, il l'aurait arrêté, puis il aurait accepté une somme d'argent de sa part.

« Foutaises, mon commandant », déclara Leuci. Mais il eut peur. Tout inspecteur, coupable ou innocent, appréhendait ce genre d'enquête.

Il y avait plusieurs allégations de ce genre visant Leuci, dit Tange, il les avait étudiées pendant plusieurs jours. « Elles ne peuvent pas toutes être des foutaises », déclara-t-il.

Il portait un pantalon et une veste sport, une chemise au col boutonné et une cravate rouge. Il avait fait des études supérieures, parlait bien, était beau. Etant d'ascendance catholique irlandaise, il s'intégrait facilement dans la structure hiérarchique du Département de la police, mais contrairement aux rudes officiers du passé qui mâchouillaient constamment leur cigare, il semblait représenter ce qu'il y avait de mieux parmi les jeunes officiers ambitieux.

Les allégations visant les inspecteurs actifs n'étaient pas chose rare. Les amis et parents d'inculpés envoyaient souvent des lettres injurieuses au préfet de police ou à un procureur. Après tout, les accusés luttaient pour rester en liberté. La grande majorité des allégations étaient fausses et, dans le passé, les inspecteurs n'avaient jamais beaucoup eu à s'en soucier. L'allégation était transmise au lieutenant, qui recevait le plaignant et qui, habituellement, essayait de l'arrêter. Les gens le savaient et répugnaient à porter des accusations. Même si après l'avoir étudiée le lieutenant croyait l'allégation juste, il avait tendance à l'enterrer quand même, car l'alternative consistait à arrêter un de ses inspecteurs, et, en 1967, cela ne se faisait pas.

Le commandant Tange commença à citer à Leuci d'autres noms de personnes ayant porté des allégations contre lui. Avait-il jamais donné de la drogue à ces gens-là ? Leuci avait nié chacune des accusations.

Dès le lendemain, Tange alla lui-même interroger certains des plaignants, après quoi il informa Leuci que toutes les plaintes manquaient de teneur. Il refermait donc les dossiers.

« Mais la prochaine fois, menaça-t-il, j'aurai votre peau. Vous pouvez leur dire, à tous vos collègues, que si j'en pince un à enfreindre le règlement, je l'envoie en taule. Je me fiche de la façon dont on procédait avant mon arrivée ici, désormais nous ferons différemment. » Puis il ajouta : « Je vais appuyer votre mutation au Service spécial de recherche. »

Vers le milieu de l'année 1967, Tange fut lui-même nommé directeur du SSR. Pendant plusieurs jours il entra chaque matin en arborant son visage rasé de frais et ses vêtements bon chic bon genre, croisa les policiers sans même un signe de tête, entra dans son bureau et referma la porte. Tout le monde était inquiet. Qu'allait-il faire ?

On épingla un message sur le tableau d'affichage : « Réunion du bureau pour le lendemain matin à dix heures. »

Les inspecteurs attendaient nerveusement lorsque Tange entra à grands pas dans la salle et demanda le silence.

« Apparemment ce bureau est uniquement composé de superstars », commença-t-il, après avoir obtenu le silence.

Ces derniers jours, il avait étudié leurs dossiers, leur dit-il. Même s'ils étaient des superstars, leurs dossiers prouvaient l'incompétence et l'inefficacité de certains, et faisaient douter de l'intégrité de certains autres. Eh bien, les incompétents allaient débarrasser le plancher de façon imminente ; le reste ferait bien de comprendre ses sentiments vis-à-vis de la corruption. Il l'avait en horreur. Il n'aurait aucun remords à procéder à l'arrestation de tout flic qu'il pincerait.

Les policiers dans leur ensemble commencèrent à s'affaisser sur leurs sièges, et une fois que Tange eut quitté la pièce, secoués, ils s'assemblèrent en petits groupes. La plupart des groupes se formaient suivant des critères ethniques, car c'est ainsi que tendaient à se développer les amitiés intimes au sein du SSR. Leuci discuta avec Nunziata et Mandato, tandis que tout près, Aguiluz, Codelia et les autres inspecteurs d'origine hispanique bavardaient en espagnol avec volubilité. A cette époque, Nunziata était déjà le flic attirant et respecté du SSR, mais Aguiluz, dont la saisie monumentale n'aurait lieu que deux ans plus tard, n'était même pas encore chef d'équipe. Au lieu de cela, il se joignait à l'équipe de Nunziata chaque fois qu'on avait besoin d'un câbleur électronicien ou d'un interprète.

Le discours sévère de Tange le préoccupait au plus haut point, dit Nunziata à Leuci. Il était convaincu que Tange irait jusqu'au bout, y compris jusqu'à coffrer un collègue flic. Leuci se faisait également du souci, mais, en même temps, curieusement, il exultait. Un homme comme Tange pouvait faire du SSR l'unité d'élite efficace et incorruptible qu'il était censé être. Il pouvait de nouveau faire d'eux tous des chevaliers sur leurs destriers blancs.

Le premier ordre de Tange fut de nettoyer les bureaux. Il exigea qu'on balaie par terre, qu'on range les dossiers. Ayant abandonné son air distant, il allait et venait dans les couloirs en bras de chemise, la cravate desserrée, donnant des ordres. Il parlait à ses inspecteurs par petits groupes, leur donnant des directives, promettant des fonds pour les achats clandestins de came, de l'argent pour payer les indicateurs. Il promit également du nouveau matériel, surtout en équipement radio. Il leur demanda de refaire leurs demandes d'écoutes téléphoniques et de mandats de perquisition par écrit : la plupart furent acceptées.

Certains policiers avaient peur de Tange. D'autres l'observaient d'un œil critique, attendant avec un certain cynisme de le voir montrer son vrai visage. Et un certain nombre, dont Leuci, étaient enchantés de ce jeune directeur, et du sens qu'il avait apporté à leur travail.

Ensuite, Tange essaya d'introduire des contrôles. Il voulait qu'au moins un membre de chaque équipe soit présent au bureau chaque jour, et il donna des ordres à cet effet. Mais les inspecteurs gueulèrent que les dealers étaient dehors, et pas au bureau. Ils protestèrent si fort et opposèrent une telle résistance que Tange revint sur sa décision au bout de deux semaines.

Un soir, environ deux mois après l'arrivée de Tange, le sergent Jack Hourigan fit passer une information à plusieurs inspecteurs : Tange voulait les voir, séparément, au Chez Jimmy, le bar d'en face. « Le ver se pointe dans la pomme, dit Hourigan de façon énigmatique. Vous avez un nouvel associé. »

Leuci alla consulter Nunziata. « Que se passe-t-il, Joe ? »

L'inspecteur Nunziata, le visage fendu par un sourire, secouait la tête d'arrière en avant. Il avait rendez-vous avec Tange à six heures et demie, dit-il, une demi-heure avant Leuci. « Je pense que ce type est italien, et qu'il a changé de nom », plaisanta Nunziata.

A sept heures, Leuci se trouvait face au commandant Tange au Chez Jimmy.

« Vous buvez quelque chose ? » proposa Tange.

Tange, en civil, se mit à faire l'éloge du travail de

Leuci. Il y avait peu d'équipes du SSR qui connaissaient leur boulot, dit-il. L'une des meilleures était celle de Leuci. Leuci était un inspecteur remarquable.

On apporta son verre à Leuci.

Quant à lui, dit Tange, il ne resterait pas longtemps commandant. Il était le plus jeune de la profession. Son avenir n'avait aucune limite. Pour Leuci la conclusion était claire. Chaque inspecteur avait besoin d'un protecteur pour donner un coup de pouce à sa carrière, et Tange se trouva être la personne idéale qu'il pouvait espérer.

« Mais j'ai encore beaucoup de chemin à faire », dit Tange. Sa main jouait avec son verre sur la table. « Et je viens juste de m'acheter une maison à Northport. J'ai fait une folie. »

Pour Leuci la lumière se fit et il comprit enfin ce qui se préparait. Il avait entendu assez de collègues policiers, n'ayant encore jamais accepté d'argent, essayer d'excuser le comportement inverse. Tange décrivit sa maison : située sur deux hectares de terrain donnant sur Long Island Sound, il fallait la voir pour y croire, dit-il. « Je pensais pouvoir me la payer. Mais je me suis trompé.

— Qu'essayez-vous de dire, commandant ? demanda carrément Leuci.

— Que vous avez un nouvel associé, et c'est moi », répondit Tange. Il étudiait son verre. « Je prends une part égale sur toutes vos opérations. »

A présent, c'était au tour de Leuci de fixer le dessus de la table. Jamais de sa vie il n'avait commis d'acte malhonnête, dit-il, et il ne voyait pas à quoi Tange pouvait bien faire allusion.

Tange se contenta de hocher la tête. Sa voix se fit dure et il eut de nouveau un ton de commandant. « Si je découvre que vous avez fait une opération sans que j'aie eu ma part, dit-il, non seulement je vous fais sauter votre boulot, mais j'aurai votre peau. » L'argent passerait par le sergent Hourigan qui servirait d'intermédiaire.

Tange passa trois ans à la direction du SSR et pendant cette période il n'eut aucune difficulté à régler les traites de sa maion de Northport. Entre-temps, à chaque importante saisie d'héroïne opérée par ses inspecteurs, sa réputation grandissait à l'intérieur du Département et, peu avant le début de l'enquête Leuci, on lui proposa une nouvelle affectation de choix : la direction de la vingt-huitième circonscription de Harlem, l'un des postes les plus délicats du Département, qui exigeait un rang d'inspecteur général adjoint. Il n'avait toujours que trente-neuf ans. Son ascension vers les sommets avait commencé.

Mais voilà que Scoppetta, en examinant les anciens registres du SSR, était tombé par hasard sur son nom et qu'il avait demandé à Leuci, assis en face de lui : « Et à propos du commandant Tange, que savez-vous ? »

D'abord Leuci prit la défense de Tange : c'était un homme juste, honnête, et il ajouta : « Un jour il sera le patron des inspecteurs. »

Mais Scoppetta poursuivit : « S'il y avait des cas de corruption dans le service, s'obstina-t-il, et si Tange était si brillant, il aurait dû s'en apercevoir. »

Scoppetta observa Leuci. L'inspecteur était bon acteur — les bandes magnétiques sur Geik et Coco le prouvaient — mais il mentait mal, car ses émotions affleuraient à la surface, comme en ce moment. Dans le mouvement de ses yeux, dans le pincement de sa bouche, transparaissait le conflit intérieur de Leuci.

Scoppetta jugea que c'était là une question de loyauté. Envers Tange et le SSR d'une part, ou envers lui d'autre part. Il n'avait encore jamais trahi Leuci. Et Tange ?

Au bout d'un moment, ayant pris sa décision, Leuci marmonna : « Il acceptera de l'argent. »

Scoppetta et Shaw essayèrent immédiatement d'interroger Leuci, mais celui-ci refusa de dire comment il le savait, ou de raconter ses expériences avec Tange. Au lieu de cela, il demanda cinq cents dollars. Il les remettrait à Tange et l'enregistrerait, dit-il. Si Tange acceptait l'argent, cela prouverait sa qualité d'escroc. Inutile de revenir sur le passé.

Mais pour Scoppetta l'argent c'était de l'argent. Il craignait qu'on ne juge son enquête trop coûteuse et qu'on n'y mette le holà. Certes, il avait envie d'épingler Tange si possible — qui d'autre avait pincé un commandant de circonscription ? — mais il voulait le faire sans trop dépenser.

Il voulait aussi davantage de renseignements de la part de Leuci, et il continua à le questionner. A quel titre Leuci remettrait-il de l'argent à Tange ? voulut-il savoir. Et comme celui-ci se refusait à répondre, il ajouta : « Enfin, vous ne pouvez pas simplement lui tendre cinq cents dollars sans raison !

— Ne venez pas me dire ce que je peux faire ou pas, rétorqua Leuci. Je n'ai pas besoin de motif pour lui donner de l'argent. »

Scoppetta soupira, et le lendemain il retira la somme qu'il tendit à contrecœur à son agent clandestin. Voilà qui n'était pas une manière intelligente de mener une enquête de longue haleine, se dit-il. Elle n'aboutirait jamais. Mais pour le moment il n'avait pas le choix. Il se rendit compte que Leuci essayait de prendre le contrôle de l'enquête, mouvement qu'il fallait stopper immédiatement.

Ce soir-là, Leuci se rendit à Harlem en voiture. Il avait cinq cents dollars en poche et rendez-vous avec le commandant Tange. Il pleuvait. La chaussée mouillée luisait.

Vous auriez pu nous diriger, commandant, rumina Leuci derrière son pare-brise balayé par les essuie-glaces. Nous étions les meilleurs policiers de New York. Vous auriez pu nous donner un dessein, nous faire mériter le genre d'honneur et de respect que nous n'avions jamais eu auparavant. Au lieu de cela, vous vous êtes posé en partenaire. Vous avez nommé le sergent Hourigan comme intermédiaire. Hourigan était vraiment sympa, mais c'était un faible, doublé d'un ivrogne. Il avait la boisson mauvaise, il devenait dangereux. Traiter avec Hourigan équivalait à manier une charge de dynamite.

Un chef doit savoir choisir ses subordonnés, commandant. Et qui avez-vous sélectionné ? Hourigan, un vieux copain du temps où vous étiez motards ensemble. Quel genre de patron est-ce donc là ? Avez-vous jamais entendu le grand refrain de Hourigan, commandant ? « Le ver se pointe dans la pomme. » Il ne me l'a pas seulement dit à moi, mais aussi au greffier et au standardiste. Une fois il est entré dans un bureau où se trouvaient neuf inspecteurs du SSR. Les neuf types se levèrent comme un seul homme et psalmodièrent : « Le ver se pointe dans la pomme. » C'était son grand secret — et le vôtre — que Hourigan faisait partager à tout le monde.

Leuci se gara devant le commissariat et se tâta rapidement. L'argent faisait un renflement dans sa poche, et l'émetteur une bosse à sa ceinture. Il courut jusqu'au commissariat pour éviter la pluie et pénétra dans le bureau de Tange. Son ancien patron semblait content de le voir, à en juger par sa poignée de main, ferme et chaleureuse.

Les deux vieux amis parlèrent des récentes mutations et autres rumeurs du Département. Leuci fit remarquer qu'il espérait bientôt réintégrer le SSR. Puis, prétextant qu'il avait quelque chose de personnel à discuter avec lui, il invita Tange à faire un tour en voiture. On ne peut pas remettre une somme d'argent à l'intérieur d'un commissariat !

Les deux hommes roulèrent sous la pluie. Un commandant de police est assimilable à un parrain de la Mafia, pensa Leuci qui essayait de s'expliquer ce qui allait se passer. Je vais lui donner l'argent au nom de principes généraux, et il le prendra. Je vais lui donner de l'argent parce que c'est à cause de lui que je suis dans ce pétrin. C'est à cause de lui que je trahis des flics. Il aurait pu tous nous sauver.

Non, il ne punissait pas Tange pour des erreurs passées, se dit Leuci. Il n'avait qu'à refuser l'argent. S'il refusait, alors Leuci ne parlerait jamais à personne du passé de Tange, de son association avec ses hommes. Si ce soir Tange refusait l'argent, alors il n'aurait rien à craindre.

Leuci menait le jeu, et voilà qu'il commençait à en changer les règles parce que celles-ci, les nouvelles, étaient les seules qui lui permettaient de se regarder en face. Celles de Scoppetta étaient trop sévères. C'était compliqué, et, pour toute autre personne, incompréhensible.

Et si Tange acceptait l'argent ? S'il le prenait, alors ce serait la fin de sa carrière, à trente-neuf ans, et aussi la fin de sa vie dans une certaine mesure. Mais s'il l'accepte, se dit Leuci, ce ne sera pas de ma faute s'il a gâché sa vie, ce sera sa faute à lui.

Alors, lâchant le volant d'une main, Leuci l'enfonça dans sa poche d'où il sortit la liasse.

« Ecoutez, mon commandant, j'ai fait un truc la semaine dernière, dit-il. Je veux vous donner quelque chose », et il lui tendit les cinq cents dollars.

Tange les prit. « Je vous remercie, dit-il. Vous feriez une partie de golf la semaine prochaine ? »

Plus tard ce même soir, dans l'appartement de Shaw, Leuci passa la bande de l'enregistrement pour les deux procureurs. « Je n'entends pas l'échange d'argent, dit Scoppetta, écoutant de toutes ses oreilles. Je ne l'entends pas recevoir l'argent. »

Leuci appuya sur le bouton « arrière », arrêta la bande, puis la fit repasser. « Je lui dis : " Je veux vous donner quelque chose ", et il répond : " Je vous remercie. " Là, vous entendez ? »

Scoppetta entendit, mais cela le rendit furieux. « Ce n'est pas bon pour le tribunal, et vous le savez très bien, lâcha-t-il. Vous n'avez jamais mentionné le mot " argent ". Quand vous remettez de l'argent à quelqu'un, dites-lui : " Tenez, voici l'argent. " Comptez-le, bon sang, dites quelque chose qui montre que vous passez de l'argent.

— C'est moi le flic, fit valoir Leuci. C'est moi l'agent clandestin. Si je lui dis : voilà l'argent, ou bien Tange en attrape une syncope, ou bien il saute de la voiture pour appeler les Affaires intérieures. Il fera un truc dingue parce que je ne lui ai jamais parlé comme ça avant. Personne ne dit ce genre de chose en remettant du fric. » Leuci eut un ricanement dérisoire. « Voici l'argent ! Ne me donnez pas de leçon pour passer du fric à quelqu'un ! »

Les deux procureurs avaient perdu de vue — Shaw aussi — la révélation essentielle : comment Leuci savait-il cela ?

Scoppetta arpenta la pièce d'un pas furieux.

Avant de partir pour son rendez-vous avec Tange, Leuci avait été fouillé par ses agents suiveurs, ensuite on lui avait remis les cinq cents dollars. Les deux agents ne l'avaient jamais perdu de vue, sauf au moment où il s'était trouvé à l'intérieur du commissariat. Après s'être séparé de Tange il avait de nouveau été fouillé et les cinq cents dollars n'y étaient plus. Le procédé suffisait pour établir une preuve. Pourtant, si Tange comparaissait au tribunal, son avocat de la défense pourrait toujours suggérer que Leuci avait caché l'argent à l'intérieur du commissariat, ou même qu'il s'en était débarrassé.

« Voilà cinq cents dollars fichus en l'air, dit Scoppetta. Vous ne voulez peut-être pas établir de preuves contre Tange. C'est ça ? Il vous faudra le voir encore une fois. Ce que nous avons ici n'est pas suffisant. »

Furieux, Leuci fixa la nuque de Scoppetta.

« Nous voulons le tenir solidement, dit Scoppetta, se tournant pour faire face au policier. Et désormais je veux entendre les échanges d'argent. Si vous remettez de l'argent à quelqu'un, je veux l'entendre. »

Les deux hommes se dévisagèrent.

Shaw, allongé sans ses chaussures sur le canapé, dit : « Calmez vous, Nick. »

Scoppetta était très contrarié.

« C'est un commandant de police, Bob, dit Shaw. Dans une confrontation entre vous deux, c'est lui que le jury croira, et pas vous. Il faudra nous fournir un meilleur enregistrement. »

8

Leuci eut la tâche d'organiser une nouvelle rencontre avec Coco, cette fois en présence de l'inspecteur Bernie Geik.

A ce rendez-vous, Leuci portait sur lui un émetteur Kel d'un watt de la taille d'un briquet Zippo. L'appareil ainsi que ses puissantes petites piles étaient fixés bien à plat à sa taille. On lui avait serré des bandes autour de la ceinture à la limite du supportable, de telle sorte que l'émetteur et les piles s'encastraient pratiquement dans son corps. Ensuite on avait lissé le sparadrap aussi soigneusement que possible. Il n'y avait aucun pli. Quiconque aurait fouillé Leuci par routine n'aurait senti qu'un bourrelet d'embonpoint.

Le minuscule micro était fixé au milieu de sa poitrine : on aurait pu le prendre pour un bouton, une médaille ou un pendentif au bout d'une chaîne autour de son cou. Le fil du micro allant de son ventre à son sternum était fixé par une bande adhésive, et les deux antennes qui remontaient vers ses épaules également. Leuci se croyait à l'abri d'une découverte, à moins qu'on ne lui ordonne de se déshabiller, ou à moins d'être palpé par une personne sachant exactement ce qu'elle recherche.

Ses agents suiveurs appartenaient au Fisc et avaient

été détachés dans le service de Scoppetta pour cette mission. Leur tâche consistait à rester assez près de Leuci pour enregistrer ses émissions, qui portaient à un ou deux pâtés de maisons, et aussi à se précipiter comme gardes du corps en cas de besoin. Mais ils étaient habitués à appréhender des comptables malhonnêtes et des fraudeurs du Fisc. Ce n'étaient pas des hommes de terrain et ils s'avérèrent incapables (comme on en aurait bientôt la preuve) de réussir une filature difficile.

Le lieu de rendez-vous de ce soir-là fut de nouveau le parking du Baychester. A cette différence près qu'au lieu de monter dans la voiture du policier, Coco invita Leuci et Geik, arrivés ensemble, à venir dans sa Mercedes. Puis il accéléra et, dans un crissement de pneus, fit un brusque demi-tour, enjambant le terre-plein central, et fila plein nord — manœuvres que l'équipe du Fisc fut incapable de suivre.

Leuci, équipé de son matériel d'espionnage, se retrouvait à présent seul dans la nuit, en voiture, avec un flic véreux et un gangster de la Mafia. Il n'y pouvait absolument rien. Il s'enfonça contre son dossier et tenta de calculer ses chances. Ces deux hommes risquaient la prison à cause de lui. S'ils le soupçonnaient, que feraient-ils ? Le plus gros risque encouru serait une séance de fouille. Leuci essaya alors de se figurer où et comment se ferait l'opération, et comment il réagirait.

Geik était armé. Coco l'était peut-être également.

Geik, qui bavardait à l'arrière, ne semblait pas soupçonneux. Coco se taisait. Il roulait normalement à présent, et lorsqu'il détourna la tête de sa route, son visage grêlé ne révéla rien.

Avait-il repéré la voiture des suiveurs sur le parking ? Sinon, pourquoi tous ces virages brusques ? L'associait-il à Leuci ?

Geik était un policier, songeait Leuci. Geik était au

courant des systèmes d'écoute. S'il le fouillait, il trouverait les fils.

Plus il réfléchissait à tout cela, plus Leuci devenait nerveux, ce qui eut pour résultat de le faire transpirer, et presque immédiatement il prit conscience d'une brûlure vive près du nombril, là où étaient fixés l'émetteur et les piles. La sueur excessive suintant de son corps semblait avoir établi un court-circuit. Les piles et l'émetteur le brûlaient, mais il n'y pouvait rien non plus, à moins d'arracher sa chemise et de décoller l'adhésif.

Coco roulait toujours vers le nord. A ses côtés, Leuci se tenait parfaitement immobile, l'esprit concentré sur sa douleur à la ceinture.

Une demi-heure plus tard, Coco s'arrêta à Yonkers, dans le parking d'un restaurant italien. Les trois hommes entrèrent dans l'établissement, choisirent une table et on prit leur commande.

S'excusant alors, Leuci se leva lentement et, avec mille précautions, se fraya un chemin entre les tables en direction des toilettes. Une fois arrivé, il chercha à verrouiller la porte, car il voulait glisser ses doigts sous la bande adhésive et décoller l'émetteur de sa peau.

Malheureusement, il n'y avait pas de verrou, aucun moyen de fermer à clé la porte ! Pour atteindre le sparadrap qui lui enserrait la taille, il lui fallait déboutonner ses vêtements, mais Geik ou Coco risquait d'entrer à n'importe quel moment. Il ne pouvait pas se le permettre. Devant l'urinoir, la braguette ouverte, il tenta de faire remonter ses doigts pour les passer sous la bande adhésive. Mais la gomme avait fondu. Il essaya d'éloigner de son ventre l'émetteur qui lui donnait l'impression d'être chauffé au rouge, mais en vain. La bande ne se détachait pas. Il n'arrivait pas à glisser ses doigts dessous.

Alors il retourna à sa table. Il s'était absenté un long

moment, et Coco le regarda s'approcher d'un air soucieux.

« Vous ne m'avez pas l'air très en forme », dit le truand avec sollicitude. Une bougie brûlait sur leur table. La flamme faisait de curieuses ombres vacillantes sur son nez écrasé, sur son visage grêlé, qui lui donnaient l'apparence d'un gentil satyre. « Vous êtes sûr que ça va bien, Bobby ? »

Leuci réussit à produire un sourire.

« Sûr, Mike. »

Rassuré, le truand se mit à manger. Leuci le regarda dévorer une énorme assiette de fettucini baignant dans une sauce aux palourdes, suivie d'un plat de cannelloni juteux fourrés avec une farce de veau et de chair à saucisse. On servit la salade. Puis le dessert.

Enfin on paya l'addition, et ils retraversèrent le parking pour rejoindre la Mercedes de Coco. Coco démarra et reprit la route de New York. La douleur de Leuci semblait avoir doublé d'intensité. Il essayait de se tenir tout à fait immobile, pensant que s'il se mettait à gigoter, il ne pourrait plus s'arrêter. Coco et Geik parlaient de surveillance électronique. Geik révélait les secrets du Département. Coco, conduisant lentement, écoutait fasciné.

Sa douleur était devenue atroce, et Leuci essayait aussi discrètement que possible de glisser ses doigts sous sa chemise et sous l'adhésif. Mais l'émetteur restait hors d'atteinte. Craignant que Coco ne s'aperçût de quelque chose, Leuci ramena ses doigts de sous sa chemise. Mais ils y retournèrent très vite, tentant en vain de creuser sous le sparadrap. Leuci s'était mis à gigoter, très discrètement pour l'instant.

Bientôt Coco fit la grimace en reniflant.

« Ça pue sacrément dans cette voiture, dit-il. Quelqu'un aurait marché dans de la merde ou quoi ? Hé, c'est une bagnole qui coûte cher, ça. Vérifiez un peu vos pieds ! » Il s'arrêta au bord du trottoir et alluma le plafonnier. Les trois adultes se mirent en devoir d'examiner les semelles de leurs souliers.

« Je ne sais pas ce que ça peut être, dit Coco, en continuant sa route, mais ça pue toujours autant là-dedans. »

Leuci, concentré sur sa douleur, n'avait encore rien senti. Mais l'odeur lui montait à présent aux narines, et il la reconnut. Ça sentait la chair brûlée, la sienne, et cette révélation le fit gigoter davantage.

Une demi-heure plus tard, l'enseigne au néon du Baychester apparut enfin. Coco entra dans le parking et s'arrêta près de la voiture de Leuci. Leuci avait maintenant le visage dégoulinant de sueur et, après avoir coupé le contact, le truand le remarqua. Il tendit la main pour tâter le front de Leuci.

« Je pense que vous avez de la fièvre, lui dit Coco. Vous couvez quelque chose, vous.

— Grands dieux, vous avez le dos trempé ! » s'exclama Geik. Il se penchait en avant, la main sur l'épaule de Leuci.

« Vous feriez mieux de rentrer vous coucher », dit Coco d'un air soucieux. Leuci ne voulait pas de conseil ; la seule chose qu'il voulait, c'est que Coco et Geik s'en aillent.

Coco finit par partir, mais Geik restait debout à côté de la voiture de l'inspecteur. Il attendait que Leuci le ramène chez lui. Ce dernier en était à peine conscient.

« Il faut que j'aille aux toilettes », marmonna-t-il avant de se précipiter vers le restaurant dont il traversa la salle en courant jusqu'aux toilettes. Il ferma la porte avec le verrou, déboutonna ses vêtements avec brusquerie et, le pantalon à mi-jambes, il essaya de décoller l'adhésif de son corps. Mais il lui tenait toujours à la peau ; la douleur rendait ses doigts gourds et malhabiles. Il ne cessait de tirer et il finit par l'enlever.

L'appareil et les piles apparurent enfin et il s'aperçut que l'émetteur avait glissé de son logement et qu'il collait à sa peau. Lorsqu'il eut fini de le dégager avec délicatesse, il vit qu'il avait une brûlure de la taille d'une pièce de monnaie.

Maintenant qu'il s'était débarrassé de la bande adhésive, il ne savait qu'en faire. Il ne pouvait pas la laisser là — cela ferait jaser et Coco fréquentait l'établissement. Il la remit avec mille précautions, puis tapota le sparadrap pour l'aplatir, rentra sa chemise dans son pantalon et sortit rejoindre Geik.

Quand il retrouva Geik au parking, il lui dit qu'il était malade et lui demanda de rentrer en taxi. Mais Geik protesta qu'il ne savait pas vraiment où il était, ni comment rentrer chez lui. S'infligeant lui-même la punition, Leuci reconduisit le flic véreux chez lui.

La nuit n'était pas terminée. Il avait encore à faire son rapport à Scoppetta qui l'attendait.

« Comment ça a marché ce soir ? demanda-t-il lorsque Leuci entra dans l'appartement.

— Formidablement bien ! répondit Leuci. Il n'y a pas d'enregistrement. Les gars du Fisc m'ont paumé. »

Scoppetta se mit en colère.

Mais Leuci souffrait tellement qu'il le remarqua à peine. Déboutonnant ses vêtements, il enleva encore une fois la bande adhésive, l'émetteur et les piles. Il regarda le rond de chair à vif à l'endroit où il avait la peau brûlée.

« Il faut trouver autre chose, du meilleur matériel. Je ne peux pas porter ça », dit-il.

Scoppetta contempla la brûlure avec horreur et compassion.

Une fois la douleur quelque peu calmée, Leuci se mit à supplier qu'on lui donne des flics de New York comme suiveurs.

« Si vous n'obtenez pas des flics qui connaissent le

terrain, ce genre de truc arrivera tout le temps. Nous allons perdre beaucoup d'enregistrements précieux. C'est des flics qu'il nous faut. »

Ce n'était pas la première fois que Leuci mettait la question sur le tapis. Mais Scoppetta ne pouvait pas disposer de flics sans l'accord du préfet de police Murphy.

« Eh bien, allez le voir », insista Leuci.

En outre, seul Murphy pouvait le réintégrer au sein du SSR — où il aurait la liberté d'action nécessaire pour s'attaquer à des affaires importantes.

« Et nouvelles », compléta tout bas Scoppetta. Des affaires impliquant des inconnus plutôt que ces fantômes qui hantaient son passé...

« D'accord, dit Scoppetta, j'en parlerai à Murphy. »

Une heure plus tard et quatre-vingts kilomètres plus à l'est, Leuci était allongé sur son lit, sur des draps frais, pendant que Gina étalait de la pommade sur sa blessure. Elle avait des gestes doux, un visage soucieux, et elle passa beaucoup de temps à le soigner. Leuci lui raconta comment l'émetteur avait commencé à le brûler, lui dit combien il désirait travailler avec des collègues flics et non des agents du Fisc. Il voulait mener une enquête de police, pas une enquête des services fiscaux. Il avait besoin d'autres flics avec lui. Il voulait ne pas se sentir coupable.

Au milieu de la nuit il se réveilla, se rappela la terrible douleur éprouvée dans la soirée, et se demanda dans quelle mesure il ne se l'était pas infligée lui-même. Son action, même si elle visait le bien, pouvait pourtant être perçue comme un mal. Dans son subconscient il pensait peut-être mériter une telle douleur. Il se mit à craindre que chaque fois qu'il porterait cette bande adhésive autour de la taille elle le brûle à nouveau, car c'était ce qu'il méritait et peut-être même désirait.

9

On avait nommé pas mal de nouveaux inspecteurs au SSR en l'absence de Leuci, pourtant nombre de ceux qu'il y avait connus y étaient encore, dont certains le regardèrent avec suspicion dès qu'il prit place derrière son nouveau bureau. Car il venait d'accomplir ce qu'aucun autre policier n'était encore jamais parvenu à faire. Il était revenu.

Mais d'autres anciens lui montrèrent de l'amitié, l'un d'eux l'accueillit même par une accolade chaleureuse. Leuci regarda autour de lui. Ses anciens partenaires avaient changé d'équipe bien entendu. Nunziata aussi était parti. Mais Aguiluz était toujours là, son équipe intacte, ainsi qu'Eddie Codelia, Jack McClean et d'autres vieux amis.

Tous ceux-là, Leuci avait l'intention de les éviter à tout prix. Il savait qu'on lui attribuerait des coéquipiers. Il était résolu à ce que ce soient des hommes qu'il n'avait jamais rencontrés auparavant.

Le lendemain on lui présenta ses partenaires : les inspecteurs Jim Sheridan et Bill Hubert. Tous deux avaient travaillé à la Brigade des stupéfiants de Harlem, y avaient obtenu de bons résultats, et venaient juste d'être promus au SSR.

Il rencontra d'abord Sheridan, grand Irlandais blond

de Belfast, qui parlait avec le plus fort accent qu'il ait jamais entendu. Leuci était décidé à maintenir leurs relations dans un cadre strictement professionnel. Il ne voulait pas entendre parler de la famille de Sheridan, ni connaître ses problèmes. Car si jamais ce flic se laissait corrompre, il irait en prison.

Mais l'Irlandais se montra d'un caractère si ouvert, si plein de vie à cette première rencontre que Leuci pensa immédiatement : je vais avoir des problèmes avec ce type. Il sera impossible de garder des distances avec lui.

Plus tard il rencontra Hubert qui, à l'inverse de Sheridan, lui fit l'impression d'un flic pur et dur, et peu bavard. Ce fut Hubert qui proposa à Leuci de venir dîner avec Sheridan et lui ce même soir. Il fallait faire connaissance, et boire au succès de leur nouvelle équipe.

Mais Leuci refusa sous prétexte qu'il avait « d'autres chats à fouetter ».

La première tâche d'un policier au début d'une nouvelle mission était de contacter les drogués, les anciens détenus et autres délinquants qu'il avait connus dans le passé. Et de soutirer d'eux des renseignements.

C'est ce que fit Leuci, et bientôt il entendit parler d'un type du Bronx, un certain Joseph Andretta, censé vendre de la drogue. Andretta, bien que revendeur de moyenne importance, achèterait à un type ayant accès à de grandes quantités d'héroïne.

Espérant parvenir jusqu'à ce contact, Leuci, Hubert, et Sheridan établirent une surveillance à l'extérieur de chez Andretta. Se relayant l'un l'autre, ils s'installèrent des heures durant dans leur voiture en attendant qu'il sorte, et lorsqu'il apparaissait, ils le filaient partout où il allait. Mais les jours passaient, et Andretta ne les conduisait nulle part.

Sheridan et Hubert étaient désarçonnés, ils ne savaient qu'inventer. Mais aux yeux de Leuci, c'était là une affaire classique pour le SSR ; et cela commençait à devenir intéressant. Le seul moyen de trouver le contact d'Andretta, leur dit Leuci, c'était de placer son téléphone sur table d'écoute. Mais les preuves n'étaient pas suffisantes pour leur permettre d'obtenir un mandat légal de mise sur écoute.

« Allons nous occuper de son téléphone, fit Sheridan, conquis par l'idée. Voyons un peu qui il appelle, avec qui il traite. »

Mais les écoutes illégales constituaient une infraction à la loi fédérale, et Hubert n'y tenait pas.

« Est-ce bien nécessaire ? Si on se fait prendre, on va en taule. »

De retour au bureau, ils en discutèrent avec leur supérieur, le sergent Norman Cohen. Il fut décidé qu'ils iraient faire un tour dans le sous-sol de l'immeuble d'Andretta. Ils trouveraient et regarderaient un peu le boîtier d'arrivée des câbles et ils prendraient leur décision finale à ce moment-là.

Ils se rendirent en voiture à l'adresse d'Andretta, dans le Bronx, forcèrent la serrure de l'entrée de l'immeuble, puis ils descendirent au sous-sol où, à travers des couloirs sombres, ils cherchèrent le boîtier d'arrivée du téléphone. « Facile à installer cette écoute », annonça Leuci aux autres lorsqu'ils l'eurent trouvé. Ils reviendraient dans la nuit pour le faire. Leuci vérifia aussi la cave d'à côté, encombrée de bicyclettes, de voitures d'enfant et d'appareils ménagers inutilisés, et lorsque les autres demandèrent ce qu'il cherchait, il leur répondit qu'ils le découvriraient bientôt.

Cette nuit-là, les trois inspecteurs se glissèrent dans le sous-sol de l'immeuble d'Andretta. Un coup sec sur le cache du boîtier et les fils apparurent à l'intérieur. Par paires. Dans certains bâtiments les paires étaient marquées du numéro de l'appartement qu'elles desservaient. Pas ici. Leuci devrait trouver celle d'Andretta.

Sortant un appareil portatif de son sac, il fixa les deux pinces crocodiles à une paire au hasard. Il pouvait à présent appeler l'extérieur, ce qu'il fit : il composa le numéro d'Andretta. Au moment où le cadran revenait en position après le dernier chiffre, le téléphone d'Andretta se mit à sonner en haut.

A la cave, Leuci se lécha le bout de l'index et du majeur qu'il fit courir le long des paires terminales, cherchant la petite décharge électrique. Sa main eut un brusque sursaut en touchant la paire du bas à droite.

« C'est là », dit-il à Sheridan et Hubert, puis il abandonna son appareil portatif. Si jamais Andretta avait décroché, il venait d'être coupé.

Avec des pinces à bec effilé qu'il sortit de son sac, Leuci desserra les deux écrous terminaux. Choisissant une longueur de fil téléphonique dans son sac, il en dénuda une extrémité et fixa les fils aux deux boulons. Puis il introduisit son câble par le trou situé sur le boîtier, l'entrelaça à ceux de la compagnie du téléphone, le fit passer dans chacune des gaines jusqu'à un endroit face au débarras. Après avoir dérivé là son branchement, il conduisit son câble à l'intérieur du réduit sombre et encombré de vieilleries. Ensuite, il fit courir son fil jusqu'à une cuisinière abandonnée, le brancha dans la prise de son magnétophone Craig, puis il glissa l'appareil dans le four et referma la porte. Revenant au boîtier, il composa de nouveau le numéro d'Andretta. Mais dès que le téléphone sonna, il libéra son appareil portatif.

Revenant au débarras, il ouvrit la porte du four et examina son magnétophone à mise en marche automatique. La bobine avait tourné d'un tour complet. L'écoute téléphonique était installée, le magnétophone fonctionnait parfaitement. Leuci referma la porte du four et tira un réfrigérateur devant.

Au moment où les trois policiers quittaient l'immeuble, Hubert dit d'un ton inquiet :

« Tout ça est bien exaltant et très nouveau pour moi. C'est formidable de pouvoir avoir ce genre de renseignement de l'intérieur. Mais si on se fait pincer, on va en taule. »

Il n'y avait aucune raison de se faire prendre, lui assura Leuci. Hubert faisait à présent partie du Service spécial de recherche, n'est-ce pas, et c'était ainsi qu'y travaillaient les policiers. Puis, il expliqua la suite de son plan. Son informateur passerait une commande d'héroïne à Andretta. Andretta téléphonerait à son contact pour se procurer la marchandise. Comme ils écouteraient la conversation, ils sauraient où et quand Andretta serait livré. Ils le prendraient en filature jusqu'au point de rendez-vous et l'appréhenderaient lui et son contact. Ce serait facile.

Ce plan en imposa aux deux inspecteurs moins expérimentés, mais le soir où Leuci le lui révéla, il rendit Scoppetta furieux. Le procureur arpentait le séjour.

« C'est une écoute illégale, fulmina-t-il. Vous êtes en infraction. Vous n'avez pas le droit.

— Nick, répliqua Leuci, ce n'est pas moi. C'est eux, et j'ai suivi. Si je veux être crédible au SSR, eh bien il faut que je fasse comme eux. Et dans un cas comme celui-ci, tous les policiers que je connais auraient posé une écoute sur le téléphone d'Andretta. Ils n'y auraient pas réfléchi à deux fois. Comment croyez-vous qu'ils aient procédé à toutes ces grosses arrestations ? Si vous voulez me discréditer, alors dites-moi d'aller crier à l'illégalité de notre écoute sur tous les toits ! »

Sous le coup du choc, Scoppetta dévisagea Leuci. Au bout d'un moment il admit le bien-fondé de ses arguments, mais la loi était la loi. Il n'avait pas le pouvoir d'autoriser Leuci à enfreindre la loi. Il en discuterait avec Shaw et avec le procureur général Seymour.

Scoppetta était très troublé par ce qu'il découvrait sur le SSR. Il faudrait poser de sérieuses questions à Leuci, et Scoppetta allait bientôt devoir le faire.

Plusieurs conférences eurent lieu le lendemain, réunissant Scoppetta, Shaw, l'attorney Seymour ainsi que d'autres procureurs. On parvint à un accord. Pour préserver la clandestinité de Leuci, et pour recueillir la preuve de la pose illégale d'écoutes, son équipe aurait la permission de continuer à enregistrer les conversations téléphoniques d'Andretta.

L'affaire Andretta avança. Comme prévu, l'informateur rencontra Andretta et lui commanda l'héroïne. Les policiers, garés dans leur voiture, surveillèrent la rencontre, puis ils filèrent Andretta jusqu'à chez lui. Au moment où Andretta entrait dans son appartement, ils étaient déjà au sous-sol et déplaçaient le réfrigérateur pour avoir accès à leur magnétophone dans le four. A l'instant même où ils ouvrirent la porte du four, les bobines se mirent à tourner.

Andretta avait appelé un certain Joe, dans une salle de billard. Joe et lui convinrent de se retrouver le lendemain soir, sur la Boston Road, dans le Bronx. Joe aurait un « huitième de pneu » sur lui.

Leuci eut un geste cynique de mépris en entendant cela.

« Tu parles d'un code ! » marmonna-t-il.

Lorsque les trois inspecteurs sortirent par le hall de l'immeuble d'Andretta, Hubert dit :

« Ce ne sera pas plus difficile que ça ? Nous allons attendre que ce type se pointe sur Boston Road, avec ses cent vingt-cinq grammes d'héroïne ?

— Eh oui ! » fit Leuci.

Ce fut effectivement facile. Le lendemain soir, les trois policiers et leur supérieur, le sergent Norman

Cohen, procédèrent à l'arrestation de trois hommes : Andretta, son chauffeur armé et Joe, qui s'appelait Joseph Marchese ; ils saisirent le huitième d'un kilo d'héroïne.

C'était une opération classique pour le SSR : imaginative, efficace, illégale. Et elle le resta jusqu'au bout. Une fois arrivés au poste, Marchese offrit « un peu d'oseille » au sergent Cohen pour obtenir sa libération.

Tirant Leuci à part, Cohen lui rapporta la proposition de pot-de-vin. D'un coup l'atmosphère de la pièce se fit électrique et tendue. Tout le monde chuchotait. Chacun dévisageait les autres. Sheridan et Hubert avaient entendu un mot ou deux et deviné le reste.

Cohen, toujours tout bas, dit à Leuci : « Hubert ne m'inspire pas confiance. Et en fait, Leuci, vous non plus. Des rumeurs circulent à votre sujet.

— Si vous n'avez pas confiance, répondit Leuci, laissez tomber. On le coffre. Moi, j'en ai rien à foutre. »

A son tour, Sheridan entraînait Leuci à part. Leuci était le chef d'équipe, dit-il. Hubert et lui approuveraient la décision qu'il prendrait.

« Ce Marchese est bourré de fric, ajouta Sheridan. Merde, t'as remarqué sa chemise ? Elle coûte plus que ma garde-robe complète ! »

Marchese vint vers eux. Il dit qu'il devait de l'argent dans ce district et qu'il fallait absolument qu'il s'en aille tout de suite. Pour lui ça représentait quatre mille dollars.

« Vendu », fit Cohen.

Il restait le problème de Hubert.

« Je ne suis pas d'accord, dit-il. Que faisons-nous, nous arrêtons ces deux camés ? Et nous laissons filer le contact ? »

Son regard allait de Cohen à Leuci, puis à Sheridan, cherchant un soutien.

S'approchant de Hubert, Cohen gronda entre ses dents :

« Ce type est un homme d'affaires. Il possède une compagnie de taxis à Yonkers. Nous le libérons. Il doit de l'argent à des gens et a besoin de sortir d'ici avant qu'ils lui tombent dessus. C'est la raison pour laquelle nous acceptons les quatre mille dollars, pas parce qu'il est un contact. »

Hubert fixa le sol.

« Vous n'appartenez pas au SSR, lui jeta Cohen. Vous n'êtes qu'un petit flic qui fait la chasse aux nègres de Harlem, voilà ce que vous êtes ! »

Sur ce, il s'éloigna d'un air furieux, laissant Hubert le regard toujours fixé au sol.

J'ai là un bon dossier, pensa Leuci en voyant la déception de Hubert. J'ai Marchese. Je tiens Cohen, Sheridan. Et je vais avoir Hubert.

« Ecoute, Bill, dit Leuci, tu es d'accord pour accepter l'argent ou pas ? Dis-moi ce que tu veux faire. Je ne suis pas ton père. Ne crois pas que je vais prendre tes décisions à ta place. Fais-le toi-même. Je ferai ce que tu décideras. Si tu veux le coffrer ce type, c'est d'accord.

— Je déteste cette foutue situation, dit Hubert. Merde, c'est le plus beau coup de ma carrière. Tellement rapide en plus ! J'ai enfoncé des milliers de portes. Je n'ai jamais vu autant de came d'un coup. Jusqu'à présent, j'ai jamais récolté autre chose que des petits sachets, quatre ou cinq à la fois au maximum. Je suis avec toi depuis deux jours et en vingt minutes je pince un de ces enculés de la Mafia. Avec cent vingt-cinq grammes d'héroïne ! »

Leuci le regarda.

« Je ferai ce que tu veux, marmonna Hubert d'un ton malheureux. Mais je n'adresserai plus jamais la parole à ce petit con de sergent, parce que je risquerais de lui envoyer mon poing dans la gueule. Ce con-là me renverrait sur le terrain dès demain si je n'acceptais pas le fric. Et après ça, l'uniforme ! »

Une demi-heure plus tard Marchese était libre et Leuci le conduisait à un grill-room. Stationnant en double file devant l'établissement, Leuci attendit sans arrêter le moteur que Marchese en ressorte avec un sac en papier. Le trafiquant tendit le sac par la vitre ouverte. Leuci en palpa le contenu pour vérifier qu'il était bien plein de billets.

« Vous me ramenez chez moi ? demanda Marchese sur un ton plaisant.

— Merde ! » répondit Leuci, et il rentra au poste.

Hubert l'attendait sur le trottoir. Sheridan et Cohen étaient partis au restaurant où se ferait le partage, Hubert monta dans la voiture de Leuci.

Ayant pris de la vitesse, Leuci poussa le sac en papier sur le siège.

« Il devrait y avoir quatre mille dollars là-dedans. Compte.

— Ça me rend malade, Bob, dit Hubert, en comptant.

— Tu veux me faire croire que ça ne t'est jamais arrivé avant ? demanda Leuci sans le regarder.

— Jamais comme ça. Jamais !

— Combien y a-t-il ? »

La réponse fut : trois mille six cents dollars. Marchese les avait carottés de quatre cents dollars.

« Prends-en neuf cents pour toi, dit Leuci. Et retire la part de Sheridan. Je donnerai la sienne à Cohen. »

Les deux policiers entrèrent au restaurant, où ils se glissèrent sur la banquette face à Cohen et Sheridan. Passant la main sous la table, Leuci remit ses neuf cents dollars à Cohen qui, en saisissant les billets, se mit à glousser en tremblant.

Le lendemain, à son rendez-vous avec Scoppetta,

Leuci lui tendit ses neuf cents dollars comme pièce justificative.

« Voilà une affaire en béton, fit Scoppetta, très satisfait. Vous tenez le type de la Mafia et le sergent. Vous avez aussi les deux policiers. Tout ce qu'il vous reste à faire, c'est d'obtenir des confirmations de tout ça. »

Le procureur décida que Leuci devrait revoir les quatre hommes, équipé de son micro secret, et parler de l'affaire avec eux. Cela suffirait comme confirmation. Mais en levant les yeux, Scoppetta vit la grimace de Leuci.

« Je tiens tout de suite à vous prévenir, fit Leuci, que si vous essayez de poursuivre Hubert, j'arrête tout. Voyons une bonne fois pour toutes quel genre de type vous êtes. Je ne permettrai pas qu'on poursuive Hubert. »

Scoppetta l'observa attentivement. Chacune de ces crises de conscience, de ces accès de culpabilité ou de remords exigeait de lui une décision à part. Le procureur allait-il choisir la fermeté, l'indulgence, ou quoi ?

« L'affaire s'est-elle passée comme vous me l'avez dit ? demanda Scoppetta.

— Exactement.

— Je ne vous crois pas. Si Hubert était tout à fait honnête, il n'aurait pas pris l'argent. »

Cela provoqua chez Leuci un nouveau monologue pathétique.

« Vous n'avez pas la moindre idée de ce que c'est que d'être flic, n'est-ce pas ? cria-t-il. Après de longues années dans un commissariat de quartier, vous avez enfin la possibilité d'entrer à la police judiciaire. Puis l'occasion se présente de travailler à la Brigade des stups. Et puis c'est le SSR. Et toute votre carrière est fichue en l'air parce que vous tombez sur un petit con de sergent malhonnête qui est prêt à vous recoller l'uniforme sur le dos. Est-ce que vous comprenez la pression qu'a dû subir Bill Hubert ? Et quand il est venu me demander conseil, qu'est-ce que je lui ai conseillé ? “ Prends l'argent. ” Et maintenant vous voulez poursuivre ce petit gars. Si vous le faites, je démissionne.

— Prouvez-moi que ce petit gars est honnête, dit Scoppetta au bout d'un moment, et nous ne lui ferons rien.

— Je vais vous le prouver, fit Leuci, et après ça vous le ferez muter ailleurs qu'aux Stupéfiants. Vous l'enverrez là il pourra faire son fichu boulot. »

Scoppetta haussa les épaules.

« Attendons de voir ce qui arrive. »

Les enregistrements de confirmation. Leuci voulait trois preuves de culpabilité, et une preuve disculpante.

Alors il revit Marchese, qui lui parla du pot-de-vin qu'il avait offert. L'émetteur à piles de Leuci capta cela et ce fut enregistré dans la voiture de son équipe de suiveurs.

De nouveau muni de son micro caché, il parla à Cohen. Cohen fut prudent, mais il en dit assez pour confirmer son délit.

Le troisième rendez-vous de Leuci eut lieu avec Sheridan. Ce dernier ne posa aucun problème. L'Irlandais fut tout à fait franc, confiant, exubérant, sympathique. Mais Leuci ne voulait pas de l'amitié de Sheridan. C'était facile de ne pas sympathiser avec Cohen, mais avec Sheridan et Hubert c'était une autre histoire.

Leuci téléphona à Hubert qui vint le retrouver dans sa voiture. Leuci pressa le bouton logé dans la boucle de sa ceinture de sécurité, mettant le magnétophone secret en marche. Ils commencèrent à parler de l'argent de Marchese. Hubert, qui ne se doutait de rien, dit au magnétophone qu'il avait été incapable de dépenser les neuf cents dollars. Il voulait les rendre. Le seul fait de les voir le rendait malade. Il ne pouvait plus regarder sa femme en face, ni ses gosses. Il refusait de participer à ces merdes. Il ne désirait qu'une chose : faire son boulot de flic.

Leuci se rua chez Scoppetta avec cette bande, la mit sur l'appareil et la fit défiler. Scoppetta écouta attentivement jusqu'au bout, avant de dire :

« Vous avez dirigé toute la conversation. Le cas d'Hubert mérite une action en justice.

— Je m'en fiche ! » cria Leuci.

Voyant dans quel état était Leuci, Scoppetta accepta d'en discuter avec Shaw.

A ce moment-là, Leuci menait dejà plusieurs affaires de front, clandestinement. Il rencontrait deux autres trafiquants de drogue de la Mafia et deux magistrats suspects, qu'il enregistrait aussi. Il fit également une partie de golf avec le commandant Tange pendant que son équipe de suiveurs traînait un caddie et enregistrait leur conversation. De plus, il y avait constamment des réunions stratégiques avec Shaw et Scoppetta.

Par conséquent, Leuci manquait souvent les réunions avec Sheridan et Hubert, qui n'avaient pas suffisamment d'expérience pour opérer sans lui. Ils commencèrent à se plaindre. Ils étaient flics, ils voulaient procéder à des arrestations. Leuci leur donna des excuses : il avait dû remonter un indicateur, aller chez le dentiste, retrouver une amie.

En fin de compte ses collègues cessèrent de le croire. Ils se mirent en colère, lui donnèrent un ultimatum. Ou il se pointait au travail le lendemain, ou ils feraient un rapport.

Mais le lendemain matin, Scoppetta convoqua Leuci à une réunion stratégique importante.

Sachant que Sheridan et Hubert seraient furieux, Leuci appela le SSR et leur laissa un message. Son fils s'était fait renverser par une voiture. Il ne pouvait les voir.

Lorsqu'il rentra chez lui ce soir-là, Gina était en larmes.

« Qu'as-tu fait ? pleura-t-elle. Tu me rends folle. Je ne peux plus supporter cela. Toute la journée j'ai eu des coups de fil de cette gentille dame irlandaise et de son mari au si joli accent. Ils voulaient venir ici. Ils voulaient savoir si mon fils avait été gravement touché. »

Leuci était atterré.

« Le téléphone n'a pas cessé de sonner, sanglota Gina. Ils m'appelaient toutes les heures. Je leur ai donné l'impression d'être inquiète. Ils vont venir de New York. Sheridan te fait dire de ne pas t'en faire. Que tu devrais prendre la semaine. Il te remplacera. J'ai parlé à ce Bill Hubert. Qui dit qu'il est ton partenaire et qu'il ne faut pas t'en faire. Il te remplacera. »

Leuci était incapable de parler.

« C'est horrible. Horrible ! disait-elle. Tu vas faire du mal à ces gens-là. »

Lorsque Leuci lui rapporta cela, Scoppetta tenta d'apaiser l'angoisse du policier. Il avait discuté avec Mike Shaw, dit-il.

« Shaw pense que vous avez tout à fait raison. Nous avons décidé qu'il pourrait ne pas y avoir d'action contre Hubert, à condition qu'il accepte de témoigner contre les autres. »

Peu après, Leuci apprit que Hubert allait être muté aux Renseignements généraux. Scoppetta et Shaw lui dirent qu'ils n'y étaient pour rien. Leuci les remercia quand même, et fonça annoncer la nouvelle à Hubert.

« Tu vas être muté aux Renseignements, lui dit Leuci. Tu travailleras sur des affaires longues.

— J'aimerais bien ! » Puis la voix d'Hubert s'assombrit. « Mais je n'y arriverai jamais.

— Ne t'inquiète pas, Bill. Tu y seras bientôt. »

Lorsque sa mutation arriva, Hubert appela Leuci.

« Sacré nom d'une pipe, je ne sais pas comment tu t'es débrouillé, cria-t-il tout joyeux, mais je viens d'être muté aux Renseignements. »

Quelques mois plus tard, Hubert et plusieurs autres inspecteurs des Renseignements procédèrent à des arrestations en série dans la Mafia. Essayant d'acheter sa libération, l'un des truands tendit cent vingt mille dollars en liquide à Hubert et à son collègue. Hubert et son partenaire l'inculpèrent une deuxième fois pour corruption de fonctionnaires, et remirent les cent vingt mille dollars au greffe.

Pendant ce temps, Leuci continuait à souffrir à cause de Jim Sheridan qui le suivait partout, cherchant à devenir son ami. Leuci demanda un nouveau partenaire, sous prétexte qu'il ne voulait pas d'un abruti comme Sheridan. Mais Sheridan n'était pas un abruti et Leuci le savait bien. C'était un type courageux, dur. Il invita Leuci chez lui à plusieurs reprises. Leuci refusait toujours. Il lui montra des photos de sa fille, des photos de sa femme. Il lui parla de ses années dans l'IRA. Il avait fait de la prison en Irlande comme révolutionnaire. Son ambition était de gagner assez d'argent pour quitter New York, « partir de cette misérable ville à la con et retourner en Irlande ».

Leuci s'efforçait sans cesse de le tenir à distance. Il ne pouvait se permettre de laisser se développer une amitié entre eux.

10

Par crainte de les compromettre, Leuci avait scrupuleusement évité pendant des mois ses trois anciens partenaires — Frank Mandato, Les Wolff et Dave Cody.

Une fois, peu de temps avant, cela s'était presque produit. Il devait rencontrer Mikey Coco, et il portait sur lui son dispositif d'enregistrement. Il venait de monter dans sa voiture lorsque la portière du passager s'ouvrit et que Mandato sauta sur le siège à côté de lui. Son ami voulait simplement lui demander d'utiliser son influence apparente pour le faire réintégrer au SSR lui aussi.

« Je ne peux pas te parler maintenant, Frank, avait protesté Leuci, montant immédiatement le volume de la radio. J'ai un truc à faire dans le Bronx.

— Je viens avec toi », dit Mandato, tournant le bouton.

Derrière eux suivait la voiture des agents ; l'un d'eux conduisait tandis que l'autre réglait le magnétophone qui reposait sur ses genoux, sans couvercle, bobines en action.

Leuci n'arrêtait pas de hausser le volume de la radio et Mandato de le baisser. Leuci essayait de persuader son ancien partenaire de sortir de la voiture. Mais

Mandato ne partait pas. Il ne voyait aucun inconvénient à faire le trajet jusqu'au Bronx. Il voulait que Leuci le pistonne pour rentrer au SSR.

Dans le Bronx, Mandato s'installa derrière et Mikey Coco se glissa à côté de Leuci. A présent Leuci était affolé, inquiet non seulement de ce que pourrait dire Mandato, mais aussi de la réaction qu'il pourrait avoir s'il entendait les propos de Coco. En effet, le manquement au devoir est une infraction grave.

Se penchant vers Coco, Leuci monta à nouveau le volume aussi fort que possible.

A l'arrière, lorsque Mandato saisit ce qui se passait, il se raidit. Leuci s'en aperçut dans le rétroviseur. A côté de lui, le truand haussa simplement le ton de sa voix rocailleuse et couvrit sans peine la musique. Mais au fond de la voiture, Mandato resta figé et ne dit plus un mot.

Depuis, Leuci s'était tenu à l'écart de ses anciens partenaires.

Et voilà qu'une affaire qui remontait à deux ans les rassemblait de nouveau. Le procès de leurs inculpés devait commencer le lendemain, et on les emmenait voir le procureur adjoint chargé du dossier, dans une petite pièce du tribunal du Bronx.

Le procureur s'appelait Carl Bornstein. Il leur conseilla de bien revoir leurs notes et de tirer leur histoire au clair. C'était une affaire extrêmement importante, leur dit Bornstein, mais elle posait un problème, un problème très grave sur lequel il allait bientôt les interroger. Bornstein avait le visage lisse et impassible qu'ils voyaient souvent aux magistrats, et son attitude envers les flics leur était également familière : un mélange d'arrogance et de mépris. Leur affaire était devenue *son* affaire. La vedette, c'était lui à présent. Il aurait souhaité se passer d'eux, mais malheureusement il ne le pouvait pas. Il avait besoin de leur témoignage. Et il lui fallait entendre leur explication du « problème ».

Bornstein sortit. La porte claqua derrière lui.

Les quatre anciens partenaires se regardèrent, et pendant un moment personne ne parla.

Leuci avait espéré être accueilli avec la même chaleur et le même sentiment d'intimité que par le passé. Comme cela s'était passé avec Cody, qui était plus âgé et différent des trois autres. Mais il sentit une certaine froideur et une certaine réserve chez Mandato et Wolff. Il les regarda au fond des yeux et vit qu'ils ne lui faisaient pas confiance. Ils semblaient attendre de lui des explications.

L'atmosphère devint si tendue que même Cody le remarqua, son regard allait de l'un à l'autre, dans un effort pour comprendre ce qui se passait.

Mandato et Wolff avaient tous deux trente-six ans, cinq ans de plus que Leuci, mais Cody en avait quarante-cinq. Dans le monde de la police, il appartenait à une autre génération. Il avait fait la Deuxième Guerre mondiale dans la Marine et parlait souvent de « la guerre », provoquant ainsi une vive réaction de la part des autres qui se demandaient de quelle guerre il s'agissait. Pour eux, sa guerre était de l'histoire ancienne.

Cody était mince, presque maigre, et à l'inverse de la plupart des policiers du SSR, il portait des vêtements trop grands et démodés. Il se tenait mal. Il paraissait maladif, sous-alimenté même — peut-être l'était-il. Il ne s'était jamais marié, ne mangeait pas comme il faut, et prenait nombre de ses repas au bistrot. Comme personne ne l'attendait à la maison, ni femme ni enfants, les autres lui laissaient souvent les gardes de nuit. Ils le quittaient en disant : « Ne prends pas un mauvais coup, Dave. » Ils se faisaient toujours du souci pour lui qui semblait si fragile. Mais comme dans l'univers macho de la police, toute expression d'affection est immédiatement tempérée, l'un ou l'autre des collègues ajoutait toujours rapidement : « Parce que si tu prends un mauvais coup, on passera trois jours à remplir des papiers. »

Mandato, avec sa barbe noire bien taillée et ses vêtements coûteux, ressemblait plus à un Juif qu'à un Italien. Il avait l'air d'un jeune businessman juif. Fils de greffier de tribunal, il avait passé presque toute sa vie au milieu de flics et son père l'avait poussé à entrer dans la police. Le travail de bureau l'ennuyait. Ainsi que les débuts d'enquêtes, si bien que parfois il s'absentait du bureau plusieurs jours d'affilée. Mais il était assez brillant. Il avait des idées. Une fois, Mandato prit un policier noir comme chauffeur et se cacha dans le coffre d'une limousine de location afin d'entrer dans un garage de Harlem que l'on soupçonnait d'abriter des épaves de véhicules renfermant de la drogue.

L'inspecteur noir se gara dans le garage et s'en alla. Mandato sortit du coffre et attendit seul dans le noir, jusqu'à l'arrivée du trafiquant armé jusqu'aux dents qui s'approcha de sa planque. Mandato l'arrêta sans l'aide de personne. Sans violence. Sans aucun problème d'aucune sorte.

Le bûcheur impassible de l'équipe de Leuci avait toujours été Wolff ; il désapprouvait souvent Mandato et ses façons de procéder, et le disait. Tous deux étaient des athlètes de un mètre quatre-vingts. On prenait souvent Mandato pour un Juif, alors que c'est Wolff qui en était un, mais ils étaient très différents, d'allure comme de personnalité. Mandato s'habillait avec une grande élégance. Quant à Wolff, bien qu'il fût né et qu'il eût grandi dans les rues de New York, il avait un faible pour les vêtements « western » et pour le cuir. Il portait souvent des bottes, et ressemblait parfois à un cow-boy.

Malgré leurs différences, ces quatre hommes avaient été extrêmement proches sur le plan affectif. Sur le plan professionnel, ils avaient également été formidablement efficaces, envoyant un grand nombre de gros trafiquants de drogue en prison. Lorsque, presque un an auparavant, leur association avait été dissoute sans raison vraiment valable, sur ordre des autorités supérieures, tous quatre en avaient éprouvé beaucoup de chagrin.

Mais à présent, ils se retrouvaient dans un petit bureau, prêts à témoigner à un procès concernant une vieille affaire, et si Wolff et Mandato se méfiaient de lui, Leuci savait que c'était de sa faute, et celle de personne d'autre.

Cependant la tension des premiers moments était passée. Personne ne fit de commentaires. Au lieu de cela, les quatre hommes se mirent à discuter de l'affaire qui allait être jugée ; c'était une de leurs plus belles réussites. Une affaire importante, mais qui avait aussi des côtés très drôles, et, pendant la discussion, leurs visages s'animèrent, ils se mirent à rigoler, et la bonne vieille intimité d'autrefois commença à reprendre le dessus. Ils savaient également quel était le « problème » de Bornstein, mais eux ne s'en faisaient pas pour cela.

Voilà l'affaire : un certain Raymond Acervedo possédait une pharmacie à l'angle de la 116e Rue et de Madison Avenue, où il vendait principalement de la quinine, élément de base dans les mélanges de drogue. Il vendait sa quinine par sacs de quinze à vingt kilos. Mandato, Wolff, Leuci et Cody avaient entamé des recherches au sujet de cet Acervedo, qui, apprirent-ils, possédait également un important magasin de discount dans le Bronx.

Bientôt les quatre inspecteurs demandèrent l'autorisation de mettre le téléphone de ce magasin sur table d'écoute. Lorsqu'elle fut accordée, ils installèrent leur dispositif dans un sous-sol voisin et, en se relayant, ils commencèrent à surveiller les appels d'Acervedo. C'était une belle affaire de drogue. Ils avaient le sentiment de faire un travail très professionnel. Ils aimaient ça.

Mais arriva un appel sans aucun rapport avec la drogue. Une grosse voix à l'accent italien dit : « Raymond, je vais venir chez toi demain. J'ai besoin de ton magasin pour un jour ou deux. »

Acervedo répondit d'une voix basse, presque mourante, avec des inflexions espagnoles très prononcées. Il dit qu'il n'était pas sûr de bien comprendre.

« Nous avons besoin d'un endroit pour décharger un camion de postes de télévision. »

Les quatre policiers à l'écoute dans leur sous-sol se regardèrent, surpris. L'homme parlait d'appareils volés et ils n'arrivaient pas à croire qu'il le faisait au téléphone.

La voix italienne continua : « Je ne sais pas combien de postes. Dans les trois cents. »

La voix d'Acervedo, trahissant son affolement, répondit : « Je viens juste d'ouvrir. C'est un magasin de discount. C'est ouvert depuis quelques jours.

— Nous serons là demain », fit la voix italienne.

Les quatre inspecteurs se dévisagèrent. Un camion plein de téléviseurs volés allait être déchargé en plein milieu de leur enquête.

Mais ils n'eurent pas le temps d'en discuter, car la bobine du magnétophone s'était remise à tourner et ils entendirent les appels plaintifs d'Acervedo à ses amis. L'Hispanique était au bord des larmes. « Ces types de la Mafia vont débarquer et me fourrer leurs postes de télévision sur les bras, l'entendirent-ils dire. Je ne sais pas quoi en faire. Je n'ai pas de place dans le magasin. Ils vont me remplir mes allées avec des postes de télé. »

Silence. Dans le sous-sol, la bobine cessa de tourner. Pendant un moment les quatre policiers se turent. Puis la discussion commença. Leur affaire de drogue se transformait en un cas de détournement de marchandises. Que devaient-ils faire ?

Après avoir retiré du commissariat des appareils-photo munis de téléobjectifs, ils réquisitionnèrent un appartement donnant directement sur la rue en face du magasin en question.

L'appartement se trouvait juste au-dessus de la boutique d'un tailleur, auquel il appartenait, un vieux Juif qui parlait le yiddish plutôt que l'anglais. Ce fut Leuci qui persuada le tailleur de lui remettre les clés de chez lui. Leuci ne fit jamais allusion ni à la drogue ni à la Mafia ni aux postes de télévision volés, car ces choses auraient pu terrifier l'artisan. Plaçant quelques expressions yiddish et prétendant lui-même être juif, Leuci inventa une histoire de révolutionnaires noirs qui projetaient d'installer une cache d'armes ici, dans ce quartier blanc. Le tailleur regarda le visage ouvert, engageant de Frimousse, et fit son devoir de bon citoyen. Il tendit ses clés à Leuci.

Une fois installés là-haut, les policiers se mirent à prendre des photos de tous ceux qui entraient et sortaient du magasin. Ils avaient l'intention de photographier toute la scène quand le camion serait là. En même temps, l'un ou l'autre d'entre eux continuerait à surveiller le téléphone dans le sous-sol voisin.

A quatre heures de l'après-midi, le camion de téléviseurs arriva. Les policiers eurent du mal à croire leurs yeux en voyant ce qui se passa ensuite.

Le camion s'arrêta. Wolff et Mandato commencèrent à prendre des photos. Trois hommes sortirent du véhicule. Trois autres descendirent d'une voiture. A en croire les policiers, aucun d'entre eux ne portait un costume de moins de cinq cents dollars. Ils commencèrent à décharger le camion, mais se fatiguèrent vite. C'était drôle à regarder. Il y avait des jeunes dans la rue, qu'ils se mirent à embaucher pour les aider à décharger le camion. Ils stockèrent tous les postes dans le magasin.

Lorsque enfin le camion fut vide et le magasin plein, ils allèrent au bistrot d'en face et commandèrent des cafés. Pendant qu'ils buvaient, un type en civil remonta la rue. Les policiers l'observaient de leur fenêtre. Ils l'identifièrent immédiatement comme un flic, et ils regardèrent avec une sorte de fascination horrifiée pour voir ce qu'il allait faire.

De toute évidence il voulait acheter un paquet de cigarettes ou quelque chose comme ça dans la boutique. Il essaya d'ouvrir la porte, mais elle était fermée. On était en milieu d'après-midi et il ne pouvait entrer dans le magasin. Il se retourna et vit le camion garé devant la porte. Il regarda à travers la vitrine. C'était un bazar, mais il y vit des postes de télévision entassés dans les allées. Partout où se posaient ses yeux il y avait des appareils empilés jusqu'au plafond.

Le flic en civil se détourna de la vitrine, traversa la rue pour se rendre au café d'en face où les six gangsters buvaient leur café, et il appela le 10/13 pour demander des renforts. Environ trente secondes plus tard on entendit des sirènes. Des voitures de police arrivaient de tous les coins. Les gangsters devaient être sidérés, mais leur visage ne trahit aucune émotion. Ils payèrent simplement leur addition et s'envolèrent dans la nature.

Dans les dix minutes qui suivirent il y eut cinquante flics dans le magasin. Les premiers arrivés enfoncèrent la porte, entrèrent et trouvèrent à l'intérieur des employés à qui ils demandèrent les bons de livraison des appareils de télévision. Comme ils ne purent les leur fournir, ces hommes furent arrêtés — des flics sortirent du magasin en les traînant derrière eux, menottes aux poignets.

Ensuite, d'autres voitures arrivèrent. Non pas des véhicules de police, mais des Volkswagen, des breaks. Presque tous les flics de la circonscription garèrent leur véhicule particulier et se mirent à sortir des postes de télé du magasin. Ils attachaient les appareils sur les toits des Volkswagen, ils en fourraient dans les breaks. Dans toute la rue on transportait des télévisions vers les voitures. Il devait y avoir une bonne quinzaine de véhicules particuliers, un flic en uniforme au volant. Ils attendaient à la queue leu leu pour être servis.

Mais les inspecteurs n'avaient pas vu le pire. Après avoir regagné en hâte leur installation du sous-sol voisin, ils appuyèrent sur la touche « écoute » de leur magnétophone, et, horrifiés, ils entendirent les flics parler l'un après l'autre au téléphone d'Acervedo. Ils répandaient la bonne nouvelle. Un chef de brigade appela son patron : « Hé, j'ai dégoté une télé pour le bureau. » Il y eut plus d'une vingtaine d'appels de flics à des parents ou amis : « Magnez-vous. J'ai un poste de télé pour vous ! »

Après avoir arrêté l'appareil, les inspecteurs restèrent muets de stupeur. Tous se rendaient compte des implications. Cette bande représentait une pièce à conviction, et serait présentée au tribunal lorsque l'on jugerait l'affaire du détournement de marchandises ou l'affaire de drogue, et elle ferait condamner quelque vingt-cinq flics pour vol de postes de télévision. Bien sûr on pouvait effacer une partie de la bande, mais le reste indiquerait que trois cents appareils avaient été livrés au magasin de discount, et que, par la suite, environ la moitié avaient été volés.

Leur bande suffirait à déclencher une enquête importante. Comme pièce à conviction, elle allait condamner des flics. Mieux valait se rendre immédiatement au commissariat et prévenir le commandant. Celui-ci n'aurait qu'à récupérer les cent cinquante postes et à les porter tous sur son inventaire. Surtout, il fallait qu'il empêche le reste de ses hommes d'approcher des appareils disponibles et de se servir du téléphone.

Mais tandis que les quatre inspecteurs roulaient vers le commissariat, ils repensèrent à leur affaire de drogue. S'ils mentionnaient leur écoute téléphonique au commissariat, l'information parviendrait certainement aux oreilles d'Acervedo.

« Laissez-moi faire », dit Mandato, et il entra d'un pas ferme dans le commissariat.

Mais le commandant n'y était pas. Quelques minutes plus tard, Mandato sortit furieux, en marmonnant :

« J'ai vu le lieutenant de service, rapporta-t-il à ses partenaires. Une espèce de grand con d'Irlandais. Je lui ai dit : “ Récupérez ces postes. Les murs ont des oreilles dans cet endroit-là ”, et il s'est mis à me crier dessus. D'où je venais ? Qui j'étais ? Je lui ai dit que j'étais de la Brigade des stups et que les murs avaient des oreilles.

— Ce type ne sait pas que les murs ont des oreilles, dit Wolff. C'est un administratif. Laisse-moi faire. »

Wolff entra au commissariat. Bientôt il en ressortit et monta en voiture.

« Il a compris », dit Wolff.

Mais apparemment le lieutenant n'avait rien compris du tout, car ils n'étaient pas sitôt de retour devant leur installation, groupés autour du magnétophone, que le téléphone sur écoute servait de nouveau. Un autre flic était dans le magasin. Après s'être identifié, le flic dit :

« Tu crois que ça vaut combien un RCA de quarante-six centimètres ? Et si je t'en procurais un pour cent dollars ? »

Hors de lui, Leuci cria : « Personne ne les a prévenus ces types, dans ce foutu commissariat ?

— Retournons au poste, fit Cody, allons revoir ce lieutenant. »

Cette fois, c'est Cody qui entra dans le commissariat. Le lieutenant et lui avaient le même âge, et l'officier l'écouta. Lorsque Cody sortit il avait l'air satisfait.

« Je lui ai fait un dessin, dit Cody. Je lui ai dit de récupérer les télés. Je lui ai dit que ce fichu téléphone était sur écoute. Je lui en ai dit assez. “ N'utilisez pas le téléphone. Nous surveillons l'endroit, lieutenant. Empêchez vos gars de s'approcher, et ne vous servez pas du téléphone là-bas. ” »

Un seul agent fut envoyé monter la garde devant le magasin. C'était le début de la soirée. Dans leur appartement, le tailleur et sa femme dînaient, aussi les inspecteurs décidèrent-ils d'interrompre leur surveillance là-haut — il n'y avait plus rien à voir de toute façon, sauf un flic qui s'ennuyait en face, à la porte du magasin.

Ils retournèrent donc à leur installation en sous-sol, et tentèrent de résoudre le problème Acervedo, doublé de cette nouvelle affaire de marchandises volées qui leur tombait brusquement sur les bras. L'affaire des téléviseurs était en béton : non seulement ils avaient des photos des malfaiteurs en train de décharger le camion dans le magasin, mais une de leurs voix était sur la bande magnétique.

Ils effacèrent très soigneusement de leur bande toutes les voix de flics qui avaient fauché des postes de télé. Puis ils continuèrent à attendre dans leur sous-sol. Ils attendaient Acervedo.

Dehors, le soir tomba sur la ville. Les heures passèrent. Les quatre inspecteurs attendirent en mâchonnant des sandwiches. Il semblait logique d'espérer l'arrivée d'Acervedo. Il ne s'était pas manifesté de la journée. Il voudrait jeter un coup d'œil sur son magasin, voir comment les gangsters avaient entassé les appareils. Lorsqu'il trouverait le flic de garde, il donnerait peut-être un coup de fil, pour prévenir un correspondant de faire attention. Cela le relierait davantage à la conspiration du piratage des télés. Avec ce genre d'emprise sur lui, les inspecteurs pourraient peut-être le faire parler de ses contacts dans le milieu de la drogue.

Soudain les policiers entendirent une nouvelle voix appelant l'extérieur depuis l'appareil sur écoute. Le flic de garde téléphonait au poste. Il voulait parler au collègue du service administratif, dit-il au standardiste.

D'après sa voix, le secrétaire était flic depuis longtemps. Les observateurs déduisirent de la conversation qui suivit qu'il servait de conseiller au jeune flic. Le petit gars demandait conseil à son mentor, car il venait de trouver deux mille dollars sous le comptoir du magasin.

L'ancien lui conseilla carrément de les mettre dans sa poche.

Mais le jeune était nouveau, et encore en période d'essai. Il le fit remarquer à son aîné — il ne voulait pas d'ennuis, dit-il.

« Cet argent est à toi », interrompit brusquement l'ancien, et pendant les minutes qui suivirent il pressa le nouveau de le dérober. « Personne ne saura que tu l'as pris. N'importe lequel des employés de ce magasin pourrait l'avoir piqué. Il y avait des flics des Stups sur les lieux aujourd'hui, non ?

— Oui », murmura le nouveau. C'était vrai. A un moment, Mandato et Wolff avaient traversé la rue et, stupéfaits, avaient regardé les postes de télévision leur passer sous le nez.

« Les types des Stups ont pris le fric, continua l'ancien. C'est ces cons-là qui ont fait le coup. Mets-le dans ta poche. Ça y est ?

— D'accord, il y est, mais... »

Leuci et Mandato se précipitèrent au magasin et tapèrent à la porte vitrée. Le téléphone était situé sur le mur près de l'entrée. Ils voyaient le flic à travers la vitre. Il parlait toujours à son collègue. Il avait enlevé son pardessus. Il portait son revolver à la ceinture. C'est alors qu'il les vit dehors.

Leuci appliqua son insigne contre le carreau.

Le jeune flic raccrocha et ouvrit la porte.

Leuci et Mandato entrèrent d'un pas vif.

« Sergent Russo, des Affaires intérieures, dit Leuci. Qu'avez-vous dans la poche ? »

Le nouveau mouilla immédiatement son froc. Tout y passa. Il dut faire un pas en arrière pour sortir de la flaque. Il s'empoigna les cheveux. Il les supplia en pleurnichant de ne pas l'arrêter.

« Le propriétaire de ce commerce donne du fric à des flics depuis des années, dit Leuci. Son téléphone est sur table d'écoute. Chacune de vos paroles a été enregistrée, espèce de crétin. »

Le jeune flic, les joues dégoulinantes de larmes, les supplia de ne pas être trop durs.

Ce fut Mandato qui eut pitié le premier.

« Ecoute, mon petit gars, dit-il. On n'est pas des Affaires intérieures, mais des Stups. Mais le téléphone est quand même sur table d'écoute, et il y a un procureur qui va écouter nos bandes. Combien de fois faudra-t-il vous le dire, espèces d'enfoirés ? Bon, maintenant prends-moi ce fric et remets-le dans le tiroir. »

Pour la troisième fois de la journée, les quatre inspecteurs retournèrent au commissariat.

Derrière le bureau, il y avait le même lieutenant.

« Vous savez, lieutenant, dit Mandato d'une voix glaciale, cet après-midi je vous ai dit que l'endroit était surveillé. »

Le service du lieutenant était terminé depuis plusieurs heures. Mais il se trouvait toujours au commissariat parce qu'il avait emballé un poste de télé et attendait un moyen de transport pour l'emmener.

« Vous n'avez pas à me dire ce que j'ai à faire, cria-t-il. A qui croyez-vous parler ?

— Je vais vous dire une chose », fit Mandato. Il se tourna de façon à ce que son regard englobe chaque flic du bureau. « Je vais le dire assez haut pour que tout le monde entende. Si nous avions une paire de menottes assez grande pour prendre tout votre foutu commissariat, on vous embarquerait tous. Vous savez que nous surveillons l'endroit, que nous prenons des photos, que le téléphone est sur table d'écoute. Je présume que vous n'avez jamais entendu parler d'écoutes téléphoniques ? Il ne vous est jamais venu à l'esprit, à aucun de vous, que le téléphone était surveillé ? Chacun de vous a utilisé ce téléphone, bande de couillons. Maintenant je veux savoir à qui parlait ce petit gars il y a deux minutes. »

Personne ne pipa.

« Vous êtes la honte du Département ! enchaîna Leuci. Vous êtes vraiment des minables, bordel. Vous devriez tous aller en taule. »

Le lieutenant commença à s'excuser, mais Leuci lui coupa la parole.

« Et récupérez-moi ces postes de télé. Combien en avez-vous inventorié, cent vingt-cinq ? Le nombre qui a été déchargé est sur la bande.

— Nous ne les récupérerons jamais, fit le lieutenant.

— Vous auriez intérêt pourtant. Un jour quelqu'un va écouter cette bande. Et il entendra qu'il y en avait environ trois cents.

— Nous allons essayer de les récupérer », dit le lieutenant.

A présent, deux ans plus tard, les quatre anciens partenaires se trouvaient dans le petit bureau et discutaient de l'affaire. Quatre des six hommes de leurs photos s'étaient révélés être d'importants personnages de la Mafia. La voix de l'un des quatre avait été identifiée comme étant celle de la bande enregistrée. C'étaient ces quatre hommes qui allaient être jugés.

Voilà que les quatre inspecteurs parlaient du bon vieux temps depuis plus d'une heure, et la suspicion à l'égard de Leuci s'était évaporée. La prudence avait disparu. Jusqu'à environ un an auparavant, ces quatre amis très proches avaient pratiquement vécu ensemble, risqué leur vie ensemble.

Ils se souvinrent que, finalement, on avait seulement inventorié environ cent soixante-dix postes. Personne n'avait remarqué les appareils manquants. L'affaire en elle-même était plutôt drôle, et sérieuse à la fois, car on était sur le point d'envoyer quatre gros bonnets de la Mafia en taule.

Au même moment, le procureur adjoint Bornstein entra à nouveau dans le bureau et commença à leur parler des écoutes téléphoniques et des conversations enregistrées qui constituaient une partie des pièces à conviction.

« Il y a quelque chose que j'aimerais vous faire entendre, dit Bornstein. Vous autres, vous êtes bien experts en écoutes téléphoniques, n'est-ce pas ? »

Les quatre inspecteurs, soudain conscients de ce qui se préparait, regardèrent Bornstein avec attention, essayant d'arborer un air innocent. Bornstein fit passer la bande. Ils écoutèrent une communication venant de l'extérieur. Ce fut une conversation brève, après laquelle les deux interlocuteurs raccrochèrent.

Il y avait aussi un autre bruit sur la bande. Ils l'entendirent tous. Bornstein fit passer plusieurs fois le même fragment avant de demander :

« Qu'est-ce que c'est que ça, bon sang ? Il y a quelque chose de bizarre sur cette bande. Laissez-moi vous en passer un peu plus. »

Ils écoutèrent une autre conversation venant de l'extérieur, derrière laquelle on entendait le même léger sifflement.

Leuci se tourna vers Mandato.

« Qu'est-ce que ça peut bien être d'après toi, Frank ?

— Défaut de l'appareil », répondit Mandato.

Bornstein le regarda.

Dave Cody se dressa d'un bond.

« Faut que j'aille aux toilettes », dit-il.

Dès que Cody eut quitté la pièce, Wolff s'adressa à Bornstein.

« Dave s'occupait de l'appareil ce jour-là. De temps en temps il s'énerve un peu, et cet après-midi-là il a probablement déconné.

— L'avocat de la défense a écouté la bande, dit Bornstein, et d'après lui il s'agirait d'un effacement. Cela me pose un problème. Parce que pour moi aussi ça ressemble à un effacement.

— Qu'est-ce qu'on serait allés effacer, nom de Dieu ? protesta Leuci. C'est absurde de penser qu'on aurait effacé quelque chose. »

Bornstein leur fit remarquer que le lendemain, en salle d'audience, on leur demanderait de certifier sous serment que la bande n'avait pas été trafiquée.

« Vous êtes tous d'accord ? »

Ils répondirent que oui.

Plus tard, ils en rediscutèrent, mais brièvement. L'effacement concernait uniquement la protection des flics du commissariat. Le lendemain, sous serment, ils nieraient avoir effacé quoi que ce soit. C'était un faux témoignage, mais sans rapport avec l'affaire des quatre gangsters. C'était le genre de faux témoignage que commettaient sans arrêt les policiers, en particulier ceux du SSR, dans le but de faire mettre les mauvais éléments en prison.

Fin de la discussion. Il n'y avait aucun moyen pour

Leuci de se dissocier de la décision du groupe sauf à annoncer qu'il était tenu par des règles plus strictes que par le passé.

Donc ils sortirent du tribunal, entrèrent dans un bar en face où ils burent quelques verres, et toute la chaleur et la bonne camaraderie du passé régnèrent pendant un peu plus d'une heure. Puis Leuci quitta les autres et retourna en ville faire son rapport à Shaw et Scoppetta.

Une fois arrivé chez Shaw, il leur raconta ce qui s'était passé. Il leur parla des truands, des postes de télévision volés, et du témoignage du lendemain au tribunal. La main au menton, Scoppetta écoutait le récit de Leuci. Parfois il riait. Parfois il s'exclamait : « Je ne parviens pas à y croire ! »

Mais il ne s'agissait pas d'une blague, et Shaw et lui firent la grimace avant la fin. Car le lendemain Leuci devrait témoigner sous serment.

« Si vous témoignez, dit Shaw, vous ferez un faux témoignage. Nous ne pouvons pas vous laisser faire ça. »

Les deux procureurs en discutèrent. Il leur faudrait entamer une enquête sur les téléviseurs volés, aucun doute là-dessus, même si l'affaire remontait à deux ans en arrière et qu'elle risquait de compromettre la clandestinité de Leuci. Mais il fallait à tout prix empêcher Leuci d'aller à la barre le lendemain — et il fallait également éviter que les trois autres inspecteurs fassent un faux témoignage.

Comment allaient-ils procéder ? Ils décidèrent qu'à l'heure de fermeture des bureaux, ils se rendraient dans le Bronx chez le procureur Burton Roberts. Roberts devrait jurer le secret, bien sûr. Pour avoir davantage de poids, ils devraient emmener le procureur général Seymour avec eux.

Ce fut fait. Une fois leur récit terminé, suivit un chapelet d'injures violentes de la part de Roberts. Mais au bout de quelques minutes il se calma, et ce fut lui qui trouva le seul moyen possible d'empêcher Leuci et les trois autres de venir à la barre.

« Nous allons obtenir un non-lieu pour les quatre gangsters, dit Roberts écœuré. Il y a longtemps qu'ils le réclament. Nous n'étions pas chauds. Mais maintenant nous sommes obligés d'en venir là. Voilà. Nous inscrivons la condamnation à leur casier judiciaire, et ils sont libres. »

Le lendemain matin les quatre inspecteurs attendaient dans une salle des témoins lorsque Bornstein entra et annonça que l'affaire était classée. Les accusés avaient eu droit au non-lieu.

Bornstein était mal à l'aise. Il semblait se perdre en conjectures devant chacun d'entre eux. Apparemment on lui avait dit qu'une importante enquête en cours impliquait l'un de ces quatre hommes, qui par conséquent ne pouvait témoigner. Et voilà qu'il se demandait lequel ?

Alors, les quatre inspecteurs quittèrent le tribunal et allèrent déjeuner ensemble. Au restaurant, Mandato ne cessa de regarder Leuci. Il ressentait quelque chose que Wolff et Cody ressentaient aussi. Même si tous quatre évoquèrent à nouveau le bon vieux temps pendant le repas, l'ancienne chaleur n'y était plus vraiment, et il y eut des moments où les autres semblèrent prendre un certain recul par rapport à Leuci, l'air de dire : nous ne sommes plus sûrs de toi à présent.

Le déjeuner se termina. Dehors, sur le trottoir, ils échangèrent une poignée de main et dirent : « On se rappelle. »

Leuci s'éloigna dans sa voiture. Les autres le regardèrent partir. Au bout d'un moment, ils partirent aussi, chacun de son côté.

11

Après dîner, chez lui à Brooklyn Heights, Shaw sortit un dossier et montra les photos de deux individus monstrueusement gros, deux garants selon lui. Leuci les reconnaissait-il ?

L'inspecteur répondit avec prudence que l'un d'eux lui semblait familier. En fait, Leuci avait reconnu les deux photos. Mais il observait attentivement Shaw.

Shaw commença à expliquer que ces garants professionnels, ainsi qu'un troisième, étaient réputés « arranger » des affaires. Ils travaillaient presque en équipe, et faisaient partie de ce que les forces de l'ordre avaient identifié comme le gang de Baxter Street. Baxter Street passait derrière le Palais de Justice. Dans cette rue se trouvaient un ou deux bars qui en général étaient remplis de flics attendant d'aller témoigner, et au-dessus de ces bars il y avait des études d'avocats et des bureaux de professionnels de la caution. On appelait les magistrats qui avaient là leur bureau les « Bar-oh » de Baxter Street. Beaucoup d'entre eux allaient chercher leurs clients sur les lieux d'accidents. D'autres, disait-on, distribuaient régulièrement des pots-de-vin à des flics et autres témoins pour qu'ils changent leur déposition. On disait souvent que la lie de la profession juridique exerçait à Baxter Street.

Selon Shaw, un trafiquant de drogue sud-américain, Felix Martinez, actuellement en prison, avait dénoncé ces garants. Martinez avait été arrêté par quatre inspecteurs du SSR ; la drogue avait été saisie, et l'un de ces garants était venu le voir en prison. Si Martinez était prêt à payer cent dix mille dollars, la drogue saisie reviendrait du laboratoire de la police sous l'étiquette : « produit inoffensif ».

Martinez resta deux jours en prison tandis que sa femme rassemblait quatre-vingt-dix mille dollars et les apportait au garant. Le lendemain Martinez comparut au tribunal, il obtint un non-lieu car les preuves matérielles contre lui s'étaient avérées être des produits inoffensifs et non de la drogue.

Dès qu'il fut de nouveau à l'air libre, Martinez reçut la visite du même garant l'informant qu'il lui devait toujours vingt mille dollars. Martinez protesta qu'il n'avait plus d'argent, que sa femme avait emprunté à tous ses parents et avait raclé tous les fonds de tiroirs.

Le garant lui suggéra de retourner vendre un peu de came pour trouver l'argent qui manquait. Martinez s'exécuta et se fit aussitôt prendre par une autre équipe de policiers. Il se trouva de nouveau en prison, attendant son procès.

Les accusations de Martinez contre ce garant avaient peu de valeur juridique, dit Shaw à Leuci, car elles ne représentaient que les déclarations non fondées d'un malfaiteur. Il faudrait des preuves supplémentaires pour que la police puisse engager une action contre ce garant, et ce ne serait pas mal non plus de s'occuper des trois par la même occasion.

Y avait-il un moyen, demanda Shaw à l'inspecteur Leuci, y avait-il même une chance sur un million que Leuci puisse infiltrer le gang de Baxter Street, révéler la pagaille au grand jour et y faire le ménage.

« Serait-ce possible ? » s'enquit Shaw plein d'espoir.

Leuci examina de nouveau le visage des truands. L'un d'eux, Nick Di Stefano, lui était particulièrement familier, et il se rendit soudain compte qu'il l'avait souvent vu en compagnie d'un inspecteur du nom de Nick Lamattina. Leuci songea que Lamattina pourrait lui servir pour accéder à Di Stefano, et Di Stefano pour parvenir jusqu'au gang de Baxter Street.

Mais il n'en dit rien ni à Shaw ni à Scoppetta, qui le regardaient tous deux avec anxiété. Au lieu de cela, il leur promit de réfléchir et de leur donner une réponse le lendemain.

Le matin suivant, Leuci s'installa derrière son bureau au SSR et il songea à l'inspecteur Lamattina, qui ne faisait pas partie du SSR. Dans le passé, les policiers ayant arrêté un Sud-Américain trouvaient parfois une note dans leur casier disant : *SVP Appeler Nick Lamattina.* Cela n'était arrivé qu'une fois à Leuci. Par conséquent il avait rencontré Lamattina qui lui avait dit : « Je connais des gens qui s'intéressent à cette affaire. Vous seriez “ vendeur ” ? »

Leuci avait trouvé l'approche abrupte de Lamattina à la fois stupide et insensée. Comment savait-il de quel genre de dossier il s'agissait, ou ce que l'inspecteur ayant procédé à l'arrestation, en l'occurrence, lui Leuci, ressentait ? Lamattina n'avait même jamais sondé Leuci. Simplement : « Etes-vous “ vendeur ” ?

— Je peux m'occuper tout seul de mes affaires, avait répondu Leuci avec agacement. Je n'ai pas besoin de vous pour ça. »

A présent, Leuci continuait à songer à Lamattina, ami de Di Stefano, et à Di Stefano, en cheville avec tous les avocats et garants véreux de Baxter Street. Dans un bureau proche, se trouvait Carl Aguiluz qui examinait un dossier et qui, la plupart du temps, avait affaire à des Sud-Américains. Carl avait-il jamais reçu une telle note de la part de Lamattina ? se demanda

Leuci. Aguiluz pourrait-il lui donner quelques indications sur Lamattina ou Di Stefano ?

Contrairement à ce que pensent les gens de l'extérieur, les inspecteurs ne revenaient jamais sur les points marqués, en fait la méfiance les repliait sur eux-mêmes quand on leur posait un certain type de questions directes, même si elles émanaient de leurs partenaires. Donc Leuci, qui n'avait jamais travaillé sur aucun dossier avec Aguiluz, ne connaissait pas de précédent d'entorse au règlement de la part de ce policier originaire du Honduras. Il avait simplement l'impression qu'il y en avait eu quelques-uns — ou plutôt beaucoup ! Cette conviction instinctive reposait sur des petits détails à peine perceptibles, mais elle était si puissante qu'elle ressemblait presque à une certitude — sur laquelle on pouvait agir. Si on le lui avait demandé, Leuci aurait eu du mal à expliquer sa conviction ; elle était moins fondée sur les beaux habits d'Aguiluz que sur sa façon de parler, de marcher. Il se déplaçait avec l'assurance que donne l'argent. Il n'y avait pourtant qu'une poignée d'inspecteurs intègres au SSR, mais Leuci était certain qu'Aguiluz n'en faisait pas partie.

« Carl, tu as déjà fait des trucs avec Lamattina ? »

« Des trucs » : tel était l'euphémisme du SSR !

Leuci se tenait devant le bureau d'Aguiluz. Il avait décidé de lui poser franchement la question, et ce faisant il fut convaincu qu'Aguiluz répondrait, car c'était le genre de question qu'un policier pouvait poser à un collègue. C'était régulier. Il avait ses raisons de la poser.

Aguiluz leva brusquement la tête. Agé de trente-six ans, il était flic depuis sept ans seulement, mais grâce à une saisie fabuleuse, il avait acquis une célébrité immense. Avant sa fameuse saisie il n'avait même pas de bureau à lui, ou alors il s'installait à un bureau du hall d'entrée. Après, il devint une vraie star, et les autres inspecteurs voulurent à tout prix faire équipe avec lui. Au SSR, on parlait toujours de « seuil ». Un jour, aimaient à se vanter les inspecteurs, ils franchiraient le « seuil », alors leur vie et leur carrière seraient faites. Ils n'auraient plus jamais à se faire de souci.

Aguiluz était pratiquement le seul parmi eux à avoir en fait franchi le « seuil ».

Aguiluz observa Leuci pendant quelques secondes, comme pour décider de ce qu'il allait lui dire. Les deux hommes étaient bâtis à peu près sur le même modèle. Aguiluz, qui ne mesurait qu'un mètre soixante-douze, pesait quatre-vingt-dix kilos ; ils se ressemblaient aussi un peu : yeux noirs, cheveux noirs et peau mate. Le visage de Leuci avait quelque chose de sicilien, tandis qu'Aguiluz avait le type sud-américain, presque indien, comme si, dans son passé, il y avait eu quelques gouttes de sang aztèque ou maya.

« N'approche pas trop de Lamattina, conseillait à présent Aguiluz à Leuci. Nick le garant et lui sont des gars incroyables. Ne te fie pas à eux. Marche autrement. Tous ceux qui traitent avec eux se retrouvent victimes d'allégations, parce que une fois le contrat rempli ils font encore casquer les gens. Ils reviennent demander un supplément. »

Cela stimula Leuci. Il se sentit libre de poursuivre l'inspecteur Lamattina, pourtant un collègue.

« Merci, Carl », dit Leuci du fond du cœur.

Aguiluz ne chercha pas à savoir pourquoi Leuci avait envie ou besoin de renseignements sur Lamattina. Au SSR, on avait pour règle : pas de questions superflues.

Sans en aviser ni Scoppetta ni Shaw, Leuci téléphona à Lamattina et lui concocta une histoire moitié vraie, moitié inventée : le trafiquant de drogue Martinez collaborait avec les procureurs. Un garant y était mêlé. Ses renseignements, dit Leuci, venaient d'un ami, fonctionnaire corrompu travaillant au bureau du procureur général. Lamattina sembla intéressé et accepta de le rencontrer le jour suivant.

Alors, Leuci retourna chez Scoppetta et Shaw et leur raconta ce qu'il avait fait. L'affaire était en marche. Par l'intermédiaire de Lamattina il essaierait d'approcher les garants de Baxter Street.

« Je lui ai dit qu'un fonctionnaire corrompu de votre bureau voulait " vendre " le dossier », ajouta Leuci.

Cela amusa Shaw.

« Voilà qui ne donne pas une image bien sérieuse de nous.

— Je me soucie peu de votre image, messieurs ! » fit Leuci.

Scoppetta observa Leuci, les sourcils froncés, soucieux. Cela l'inquiétait toujours de voir l'inspecteur prendre des initiatives, car cela risquait de lui faire perdre le contrôle de l'enquête. De plus, il commençait à se faire du souci pour la sécurité de Leuci ; en effet, le policier avait déjà été fouillé, ou menacé de l'être, à plusieurs reprises. Jusqu'à maintenant, grâce à son bagou, il s'était toujours tiré d'affaire.

Une fois, il était allé voir Louis Tolentino Senior et Junior, deux mafiosi. Il avait arrêté Junior l'année précédente et son procès allait débuter. Les Tolentino essayaient de lui graisser la patte par l'intermédiaire de leur avocat. Soudain Tolentino Junior avait interrompu sa conversation avec Leuci en disant :

« Vous ne portez pas un de ces trucs sur vous, n'est-ce pas ? Je vais vous fouiller. »

Cela se passait dans une rue du Bronx, devant une société privée d'enlèvement d'ordures appartenant à la famille Tolentino. Au moment où la main de Tolentino Junior approchait du micro scotché sur la poitrine du policier, Leuci la saisit et dit :

« Ce n'est pas là qu'il faut chercher. Si vous voulez trouver un micro sur un type, il faut le prendre aux couilles, parce que c'est là qu'il va le planquer. Il sait que vous n'irez pas le peloter à cet endroit-là. »

Cela dit, Leuci guida la main de Junior vers son entrejambe.

Le trafiquant se dégagea brusquement.

« Si c'est là que vous l'avez, dit-il, vous pouvez le garder. »

Plus tard, en écoutant ce dialogue au magnétophone, Scoppetta avait été profondément ébranlé. Combien de temps une telle chance allait-elle encore durer ? Et il avait eu peur en regardant Leuci. L'inspecteur, tout fier de lui, arborait un grand sourire. Il riait presque. Maintenant, Leuci voulait infiltrer le gang de Baxter Street, composé d'individus réputés extrêmement dangereux, harnaché de son dispositif d'enregistrement. Scoppetta se dit qu'ils voudraient sans doute fouiller Leuci avant de lui parler.

Scoppetta avait récemment parlé à Bell et Howell. Du nouveau matériel était disponible, annonça-t-il à Leuci. On pouvait désormais placer un micro dans le talon d'une chaussure. On disposait aussi d'un faux pistolet automatique de calibre 45 avec un émetteur dans la crosse à la place de la détente.

Mais Leuci refusa. Il préférait laisser son revolver dans son attaché-case, dit-il, ou dans le coffre de sa voiture. Il aimait mieux se déplacer sans arme la plupart du temps. Il n'avait nullement l'intention de porter un calibre 45, ni de fourrer son pied dans la bouche d'un type en train de parler. Il était content de son émetteur actuel. N'avait-il pas toujours réussi à se sortir de tous les guêpiers jusqu'à présent ? Pourquoi se faire du mouron ?

« Voilà le fond du problème, Nick, dit Leuci. Tout ce qui vient trop facilement ne vaut pas grand-chose. »

Le lendemain, Leuci retrouva Lamattina comme

convenu au tribunal, à l'accueil. Il était midi, et une foule de gens circulait dans le vaste hall d'entrée.

Ce jour-là, le suiveur de Leuci était John Buckley, encore un agent du Fisc. Buckley, récemment affecté dans le service de Scoppetta, était un petit homme tout ratatiné d'une cinquantaine d'années, qui ne mesurait pas plus d'un mètre soixante-huit. Il avait été atteint d'hémiplégie et en avait gardé une infirmité au bras ; sa qualité principale était l'effacement. Portant son dispositif d'enregistrement dans un attaché-case ou dans un paquet cadeau, il pouvait s'approcher très près. Un flic, un garant ou un magistrat qui l'aurait remarqué aurait trouvé invraisemblable que ce petit bonhomme puisse être « l'Homme ».

Lamattina et Leuci sortirent dans la rue. Il faisait grand soleil, c'était l'heure du déjeuner, et des centaines de gens allaient et venaient autour d'eux.

Un peu plus haut dans la rue, les deux policiers entrèrent dans un restaurant chinois. Il était vide. Leuci avait espéré une salle bondée et très bruyante. Lorsque Buckley entrerait il se ferait remarquer. Cette nouvelle enquête n'était pas commencée depuis vingt minutes que déjà Leuci en perdait le contrôle.

Un géant adipeux entra dans le restaurant et s'approcha de leur table. Lamattina le présenta : Nick Di Stefano.

Leuci et Di Stefano échangèrent une poignée de main. Puis les trois hommes s'assirent, examinèrent le menu et passèrent leur commandc. Lorsqu'ils furent débarrassés de ces détails, Leuci répéta l'histoire qu'il avait déjà racontée à Lamattina : il avait appris par un ami au tribunal que le trafiquant mouchardait. Di Stefano lui-même était menacé.

Di Stefano écouta très attentivement. Il ne prit la parole qu'une fois le récit de Leuci terminé, mais il fut interrompu par le serveur qui plaçait les plats devant eux. Avant même que le serveur soit parti, l'énorme type se jeta sur son assiette. Il engouffra avidement sa nourriture, en faisant un bruit considérable.

A la table voisine, John Buckley essayait de consommer quatre mets différents. Le petit bonhomme avait posé son paquet cadeau sur la table. Il portait des verres en demi-lune et, de temps à autre, il jetait un coup d'œil vers Leuci.

Finalement Di Stefano fut repu. Il se tourna vers Lamattina.

« Ce type pourrait peut-être nous aider pour l'autre truc. »

Les deux hommes acquiescèrent. Puis Lamattina s'adressa à Leuci.

« Ecoutez, nous avons autre chose en cours. C'est très important. »

Il se mit à évoquer une affaire de drogue dans laquelle Leuci pouvait immédiatement gagner de l'argent s'il voulait y prendre part. S'il inscrivait un certain trafiquant de drogue comme indicateur et qu'il antidatait cette inscription de plusieurs mois, il percevrait six mille dollars. Pour cette affaire, deux avocats, le procureur adjoint et le président du tribunal recevraient également de l'argent pour assurer la libération du trafiquant.

« Il y a autre chose de plus important encore que les deux affaires dont nous venons de discuter, fit Di Stefano. Avez-vous entendu parler d'un certain Eddie Rosner ?

— Ouais, répondit Leuci qui n'avait aucune idée de qui il s'agissait. On m'a dit que c'était une sacrée ordure.

— Pourquoi dites-vous ça ? Je sais qu'il a mauvaise réputation, mais c'est un brave gars. »

Rosner risquait un procès pour subornation de témoins, expliqua Di Stefano, c'est-à-dire incitation à faux témoignage. Rosner, avocat qui défendait souvent d'importants trafiquants de drogue, paierait une grosse somme pour découvrir où en était son dossier, ajouta Di Stefano.

Leuci dit qu'il en parlerait à son ami du tribunal.

« Si je peux vous aider, Rosner et vous, je serai content de le faire. »

C'est dans un état d'exaltation considérable que Leuci quitta le restaurant à la hâte. C'était un début incroyable pour une enquête, et il le savait. Tout ce qu'on avait pu supposer jusqu'à présent sur le gang de Baxter Street avait été exposé en détail au cours de cette première rencontre. Ces gens-là étaient en rapport avec des juges, des procureurs, des avocats, des flics.

Ce jour-là, Leuci ne se rendit pas compte que le nom le plus important que l'on avait mentionné était celui d'Edmund Rosner. Rosner était l'avocat de la défense que tous les procureurs gardaient en travers de la gorge.

« Chaque époque a son ennemi public numéro un parmi les avocats, fit un procureur adjoint à cette même période, et le nôtre c'est Rosner. »

Rosner avait alors trente-cinq ans, de l'argent et du succès. Sa spécialité était de s'occuper des trafiquants d'héroïne que le gouvernement avait dans le collimateur — et de les faire acquitter. Rosner gagnait cause sur cause. Et toujours de la même façon : en présentant des alibis de témoins qui juraient que l'accusé se trouvait en fait avec eux ailleurs. Chaque fois que cela se produisait, le gouvernement criait au scandale, mais sans pouvoir prouver le faux témoignage. L'accusé était libre. Rosner encaissait son dû — considérable. Et l'accusation se regroupait pour plancher sur un moyen de poursuivre Rosner qui avait tourné en dérision la loi, les procédures judiciaires et le gouvernement lui-même.

C'était un homme jeune, grand, ayant une tendance à l'embonpoint et le visage légèrement marqué de petite vérole. Ses manières étaient arrogantes. Au tribunal il se pavanait, prenait des poses, parlait fort ; il portait ces attitudes à de telles extrémités que ses adversaires concevaient pour lui un dégoût physique aussi bien que professionnel. Ils le traitaient d'individu abject, puant (selon un procureur adjoint).

On le rencontrait invariablement dans les affaires où les témoins s'étaient apparemment laissé arroser, où les faux témoignages semblaient abonder. Il arrivait même que les témoins aient purement et simplement disparu, et une fois l'accusation alla jusqu'à penser qu'on en avait assassiné un pour l'empêcher de témoigner.

Rosner incarnait la honte de la profession.

L'affaire Hernandez était classique. Un agent fédéral clandestin avait directement acheté de la drogue au Cubain Hernandez. Celui-ci choisit Rosner comme avocat. L'affaire passa en jugement. Cela alla très vite : en une journée, le gouvernement avait gain de cause.

Rosner cita alors trois témoins à décharge. Tous trois affirmèrent que Hernandez ne pouvait avoir procédé à cette vente de drogue à New York ce jour-là, car il se trouvait avec eux en Floride, où ils organisaient une mission secrète à destination de Cuba pour le compte de la CIA.

Abasourdie, l'accusation demanda une suspension de séance pour vérifier ces dires auprès de la CIA. L'un des trois témoins était en fait un détective du secteur de Miami payé pour l'occasion. L'accusation pensait qu'ils mentaient tous les trois, le procès semblait perdu pour elle — Rosner allait de nouveau gagner, ce qui la rendait furieuse.

Hernandez s'étant marié au moment de la fameuse

vente, l'un des procureurs, Dan Murdock, se rendit au bureau des enregistrements, feuilleta des pages et des pages de registres et découvrit que le jour de la vente, Hernandez ne se trouvait pas du tout à Miami mais à New York où on lui faisait une prise de sang prénuptiale.

Murdock se hâta de regagner le tribunal et démolit l'alibi de Hernandez. Le trafiquant fut condamné sur-le-champ. Les trois témoins durent comparaître devant un grand jury. Tous choisirent Rosner comme avocat, et ils refusèrent de se reconnaître coupables de faux témoignage et de parler de Rosner.

Entre-temps, Hernandez avait échoué dans une cellule de prison, et cela ne lui plaisait pas du tout. Il demanda à Rosner de faire appel, pour des honoraires estimés à dix mille dollars. Du temps passa. Hernandez n'ayant aucune nouvelle de sa demande d'appel, il en conclut que Rosner n'avait pas pris la peine de déposer sa requête et, furieux, écrivit une lettre sur Rosner au président du tribunal.

Après avoir interrogé Hernandez dans sa prison, les agents de la Répression des drogues se rendirent à Miami, où ils trouvèrent des témoins prêts à déposer non seulement contre Rosner mais aussi contre Nick Di Stefano et Nick Russo, deux garants new-yorkais. Selon leurs déclarations, Rosner avait envoyé Di Stefano et Russo à Miami afin de payer les Cubains pour le faux témoignage censé acquitter Hernandez.

Enfin un élément contre Rosner ! Il fut inculpé de subornation de témoins, et Hernandez fut libéré sur parole. Le gouvernement semblait disposer d'arguments solides contre Rosner, car non seulement Hernandez acceptait de témoigner contre lui, mais Gilberto Pulido, l'un des autres Cubains, également.

Pourtant le procès fut sans cesse ajourné à la requête de Rosner. Hernandez se plaignit à l'accusation qu'il craignait pour sa vie. Il avait une peur bleue de Rosner, dit-il. On plaça Pulido à temps en détention préventive, mais pas Hernandez, qui disparut un jour sans laisser de trace.

Rosner fit immédiatement le nécessaire pour passer en jugement, mais ce fut au tour du gouvernement de demander des ajournements. Sans Hernandez, l'action intentée contre Rosner ne tenait pas — à moins que Leuci ne fût en mesure de produire de nouveaux éléments.

Lorsque Shaw eut entendu la bande de Buckley, il courut serrer la main à Leuci. Leuci regarda Scoppetta, à l'autre bout de la pièce, puis il fixa le visage très sérieux de Shaw.

« Bob, dit celui-ci, si nous arrivons ne serait-ce qu'à obtenir la preuve des agissements de cet Eddie Rosner, nous serons satisfaits. »

Et il se mit à décrire furieusement Rosner.

Puis Scoppetta changea de conversation. Il voulait savoir si Leuci avait été fouillé.

« Lamattina ne m'a pas fouillé », répondit l'inspecteur d'un air et d'une voix pleins de suffisance. Personne ne se méfiait, et Scoppetta était bête de se faire du souci.

Cependant, une fois dans son lit, Leuci se surprit à songer aux avertissements du procureur et il y repensa même de temps à autre toute la journée du lendemain.

Lorsque la nuit tomba, il alla retrouver Lamattina. Le lieu de rendez-vous était un bar de Brooklyn. Leuci resta à attendre dehors sur le trottoir. Finalement, l'autre inspecteur arriva à pied. Ils se serrèrent la main comme deux vieux amis (ce qu'ils n'étaient pas), après quoi Lamattina eut une petite toux embarrassée.

« Di Stefano a appelé certaines personnes, fit Lamattina comme pour s'excuser. Qui prétendent ne pas savoir si on peut ou non vous faire confiance. Je lui ai répondu que c'était de la connerie, mais il veut que je vous fouille. »

Leuci le dévisagea.

« J'ai dit à Nick que c'était de la connerie », répéta Lamattina comme une excuse.

Leuci, réfléchissant à toute vitesse, supposa qu'une fois à l'intérieur du bar, on l'inviterait à se rendre aux toilettes et à ouvrir sa chemise. Cela ne prendrait qu'un instant, et révélerait bien entendu tous les fils collés à son torse.

« Où est ce fils de pute ? demanda Leuci.

— Il attend à l'intérieur. »

Ils entrèrent dans le bar. La salle était bondée. Ils la traversèrent. Di Stefano était assis à une table du fond. Comme un gros bouddha au sourire méchant, il regardait approcher les deux hommes. Derrière son dos se trouvait la porte des toilettes.

Leuci s'arrêta net. Il adressa un regard dur à Lamattina.

« Allez-y, fouillez-moi ! dit-il froidement. Fouillez-moi devant lui. Je veux pouvoir le regarder en face, et quand vous aurez fini sans rien trouver, je lui casserai la gueule.

— Du calme, ne vous énervez pas..., supplia Lamattina. Cela gâcherait tout. »

Leuci avait un avantage et un seul : les fouilles corporelles étaient embarrassantes pour les deux parties.

« Je suis censé vous fouiller sans que vous vous en aperceviez », dit maladroitement Lamattina.

Leuci lui jeta un nouveau regard glacial.

« Et comment ferez-vous ?

— Je sais comment on cherche un dispositif d'enregistrement sur quelqu'un. Vous me prenez pour un imbécile ? »

De sa table, le gros garant observait la scène. Sur son visage on lisait une expression de mépris amusé.

A quelques pas de la table, Lamattina saisit soudain Leuci par le cou comme dans un geste d'affection bourrue. Ensuite, feignant toujours l'amitié, il passa sa main sur les épaules de Leuci et dans son dos, puis il lui donna une tape sur les fesses.

Souriant toujours, Di Stefano regarda Lamattina et demanda :

« Alors ?

— Ce type n'est pas câblé.

— Si c'est ce qui vous préoccupe, on laisse tomber, dit Leuci. A un de ces jours ! » Et il se dirigea vers la porte.

Mais les deux autres le firent asseoir.

« J'ai entendu jaser, dit le bouddha. On se pose des questions sur vous. Cette affaire que vous m'apportez sur un plateau, ça me semble trop beau pour être vrai. » Il serra les mâchoires, hocha la tête. « Trop beau pour être vrai tout ça », répéta-t-il.

Leuci haussa les épaules, dissimulant son admiration pour l'intuition de Di Stefano. Son instinct s'était nourri à l'occasion de dizaines d'affaires louches. Mais cette fois Di Stefano ne l'avait pas suivi.

« D'accord, dit-il, et sa voix changea d'intonation. J'ai parlé à Rosner. Voici ce que nous voulons. Nous avons besoin des minutes du grand jury concernant ce mouchard qui a témoigné contre lui. Et nous voulons le document 3500.

— Qu'est-ce que c'est que ce truc, nom de Dieu ?

— C'est la déposition des témoins.

— Je n'en ai jamais entendu parler.

— Bien, nous en avons besoin. »

Juridiquement, les minutes du grand jury étaient strictement confidentielles. Ainsi que le « document 3500 ».

« Je ne sais pas, dit Leuci. Je vais demander à mon ami. »

Lamattina rayonnait. Il avait mis Di Stefano et Leuci en rapport, il faisait partie du trio, et il allait y avoir de l'argent sur le tapis !

« Eddie veut vous rencontrer », continua Di Stefano. Il se pencha en avant, sa grande carcasse venant buter contre le bord de la table, et pendant un instant il ne fut plus le partenaire de Rosner mais celui de Leuci. « C'est capital pour Rosner. C'est important qu'on se mette ensemble vous et moi et qu'on s'appuie sur lui. Eddie est plein aux as. Il paiera un max. Vous suivez ? »

Leuci se rendit très tard chez Shaw pour faire son rapport. Margaret était déjà couchée. Scoppetta était là en complet-veston. Shaw portait un pantalon en toile et un T-shirt. Le rapport de Leuci les mit tous deux en fureur.

« Ce type, Di Stefano, est déjà une peste, dit Shaw, mais Rosner est un vrai fléau. C'est incroyable qu'un avocat se conduise de la sorte. Il faut absolument rassembler les éléments d'accusation, Bob. »

Mais ce soir-là, il n'y avait pas eu d'enregistrement.

« Pourquoi ne portiez-vous pas votre dispositif ? demanda Scoppetta.

— Parce que ce soir j'ai été fouillé, rétorqua Leuci. Il aurait pu facilement le trouver. Ecoutez, vous n'allez pas me dire quand le porter ou pas. Je sais quand le faire. »

Le rendez-vous suivant eut lieu dans un restaurant italien de Brooklyn. John Buckley avait pris place à la table d'en face et posé son attaché-case par terre, Leuci évita de le regarder, et pas une seule fois les yeux de Lamattina, ni ceux de Di Stefano n'allèrent dans sa direction.

« J'ai une autre proposition pour vous », fit Di

Stefano. Il piqua un calamar dans son assiette, le tint un instant en l'air sur sa fourchette, et l'enfourna ensuite dans sa bouche comme pour ponctuer sa phrase.

Cette nuit-là, on traça les grandes lignes de cinq cas de corruption différents et on demanda à Leuci de contacter et de payer cinq équipes de policiers différentes. Di Stefano dit qu'il avait l'engagement financier des accusés, tous trafiquants de drogue sud-américains — dans les cinq cas. Il y avait plus de cent cinquante mille dollars en jeu. Di Stefano voulait surtout voir changer les témoignages. Mais dans certains cas, pour plus de sécurité, il était prêt à payer également le juge d'instruction, ou le président du tribunal, afin d'obtenir une ordonnance de non-lieu.

Le garant gros et gras se prenait pour un serviteur du bien public. A l'entendre, il rendait service à des Sud-Américains qui savaient à peine parler anglais. Il les aidait. Il les aidait à résoudre leurs problèmes.

Les rendez-vous à dîner de Leuci, Lamattina et Di Stefano continuèrent pendant pratiquement un mois. Les trois Italo-Américains se gavèrent de spécialités italiennes, surtout des pâtes baignant dans une sauce aux fruits de mer. Ils sauçaient leur assiette avec du pain, et descendaient des bouteilles entières de vin italien. Soir après soir, John Buckley prenait place à la table d'en face, ou même à celle d'à côté.

12

L'avocat Edmund Rosner en personne finit par venir à l'un des dîners italo-américains. Prenant place à côté de l'inspecteur Leuci chez Ruggiero à Brooklyn, il essaya de savoir exactement quelle sorte de contacts avait Leuci, et une fois convaincu de leur valeur, l'avocat répéta qu'il offrirait une belle somme pour tout document secret obtenu par Leuci.

Rosner se détendit, et pendant le repas il aborda toutes sortes de sujets. A peine plus âgé que Leuci, élégamment vêtu et doté d'une bonne éducation, il respirait la prospérité et la réussite. De temps en temps, lorsque la conversation allait dans cette direction, Rosner tempêtait contre le gouvernement, accusant le parquet d'abuser de ses privilèges pour faire appliquer la loi. Rosner trouvait qu'il avait parfaitement le droit d'utiliser toutes les tactiques possibles pour défendre ses clients. Il parlait d'une manière agressive, comme un militant, mais aussi avec pas mal de charme. Il évoqua même Hernandez, le témoin disparu de son procès.

« Le gouvernement pense que je l'ai fait descendre, dit-il. C'est faux. Il se cache, c'est tout. »

Tandis que les truands se goinfraient de spécialités italiennes et avalaient l'une après l'autre les bouteilles de vin rouge, on en vint à l'affaire dont s'occupait Rosner, et qui impliquait un certain Alvin Bynham dont la police pensait qu'il était sans doute le plus gros trafiquant de drogue noir du pays. C'était une affaire d'association de malfaiteurs, et pas mal de personnalités de haut rang de la Mafia y étaient mêlés. Selon l'accusation, la Mafia aurait fourni et Bynham acheté de grandes quantités d'héroïne.

L'affaire serait bientôt jugée, et Rosner avait appris que le gouvernement allait le confronter à un témoin surprise. Le témoignage de cette personne serait peut-être accablant pour Bynham. Rosner pensait qu'il s'agissait d'un certain Jack Stewart. Leuci pouvait-il découvrir l'identité réelle de ce témoin secret ?

« Probablement », répondit l'inspecteur. Puis il ajouta : « Mais vous devez m'assurer qu'il ne lui sera fait aucun mal. »

Rosner se leva de table et s'éloigna un peu. Di Stefano leur jeta un coup d'œil à tous deux avant de dire : « Hé, comment garantir une chose pareille ! »

Leuci marmonna qu'il n'avait aucune envie d'être responsable d'un assassinat.

Le visage du gros se fit plus sombre. « Ce type est un indic. Une balance. Il mérite de se faire buter. »

Aux environs de minuit ils sortirent du restaurant. Ils étaient rassasiés de nourriture et de bon vin après trois heures apparemment agréables. Les négociations étaient terminées. Le marché conclu. Sur le trottoir, il y eut échange de poignées de main, tapes dans le dos et rires amicaux. Lorsque les autres se furent éloignés dans la nuit, Leuci se dirigea vers l'appartement de Shaw, Buckley toujours dans son sillage.

Buckley déchira l'emballage de son paquet cadeau, il disposa les bobines sur l'appareil, et les hommes se penchèrent en avant pour essayer de distinguer les différentes voix, de comprendre les paroles, d'entendre

Rosner proposer un pot-de-vin à Leuci. Il y avait de la musique italienne en fond sonore, des bruits de rires et d'assiettes entrechoquées. Ils écoutaient tous très attentivement.

« Là..., dit Leuci. Vous entendez ? »

Mais Shaw n'avait rien entendu. On arrêta l'appareil, on repassa le même fragment. Trois fois. Shaw écouta et n'entendit toujours rien. On recommença une nouvelle fois. En tout Leuci fit passer six fois de suite les paroles compromettantes.

« Ça y est, j'entends ! s'écria Shaw. Cette fois je les ai entendues. C'est bien sa voix. C'est lui. On l'a, on l'a ! »

Il n'y avait pas eu d'échange d'argent. Légalement ce n'était pas nécessaire. La proposition seule suffisait. Sur cette bande se trouvait une preuve suffisante pour inculper Rosner de corruption de fonctionnaire.

Shaw se déplaçait dans la pièce en battant des mains, le sourire aux lèvres.

« Nous le tenons ce salaud, dit-il, frappant Leuci dans le dos. Vous avez rendu un fier service à votre gouvernement ce soir ! »

Mais cela n'impressionnerait peut-être pas un jury. Mieux valait consolider la preuve si possible.

Alors Leuci continua à rencontrer Rosner et Di Stefano, en général dans le même restaurant. Chaque fois, Rosner sondait Leuci, en quête de renseignements confidentiels : sur l'identité des témoins, leurs lieux de détention, les témoignages secrets contre ses clients trafiquants de drogue. Par la même occasion, il tentait de faire baisser le prix demandé par Leuci pour la fourniture des documents secrets du procès que lui intentait le gouvernement. A l'un de ces dîners, Leuci lui tendit les documents. A d'autres, il fut payé : deux mille huit cent cinquante dollars en tout.

L'inspecteur fut aussi fouillé à de nombreuses

reprises, par les deux parties. Si l'on s'attendait à ce que de l'argent change de mains cette nuit-là, alors Leuci était fouillé par un agent du Fisc, et le contenu de ses poches noté avant qu'il aille retrouver Rosner. On le fouillait de nouveau, une fois qu'il l'avait quitté ; en plus, l'argent trouvé était consigné au greffe, et une note établie pour présentation ultérieure à la Cour.

Leuci était aussi régulièrement fouillé par Lamattina sur ordre de Di Stefano. Ce dernier continuait à flairer que quelque chose clochait chez Leuci. A chaque rencontre, il avait les cheveux qui se hérissaient sur la nuque. Mais il ne savait pas quoi faire, sinon demander à Lamattina de palper la personne de Leuci.

Leuci semblait capable de deviner par avance les soirs où il serait fouillé, et lorsque Scoppetta ou l'un des agents du Fisc lui tendait son équipement, il hésitait un moment, puis il le refusait. On aurait dit qu'il arrivait à évaluer l'instinct de Di Stefano d'un bout à l'autre de la ville. Plus tard, dans un bar ou un restaurant, il se laissait docilement palper par Lamattina.

Lamattina était toujours surpris, à la fin de ses fouilles, que Leuci ne soit même pas armé.

« Où est votre revolver ? » C'était une question de flic. Lamattina la posait à chaque fois. Les flics en venaient à se sentir nus sans le poids de leur arme sur la hanche.

Mais le revolver de Leuci se trouvait dans son attaché-case, enfermé à clé dans le coffre de sa voiture.

« En service je le porte. Mais pas si je vais dîner avec des gens. En plus, vous êtes armés. Alors pourquoi j'en aurais besoin, moi ? »

La réponse ne satisfaisait pas Lamattina, ni d'ailleurs Di Stefano. Elle semblait prouver encore davantage le côté « bizarre » de Leuci.

Leuci décida de jouer sur la peur de Di Stefano, dans le but de le détendre.

« Ce n'est pas la peine de rester à côté du juke-box ce soir, puisque que je n'enregistre rien.

— Vous n'êtes pas drôle ! » fit Di Stefano.

Leuci commença à se vanter qu'en fait il travaillait bien pour le gouvernement, et que la serveuse là-bas aussi, elle avait un émetteur fourré dans sa chatte.

Ils éclatèrent tous de rire, mais celui de Di Stefano était contraint.

Aux yeux de Shaw et Scoppetta, les suspicions de Di Stefano étaient si fortes qu'elles en devenaient presque visibles. Di Stefano ne présageait rien de bon maintenant. Dans combien de temps allait-il ordonner un strip-tease à Leuci, et trouver l'émetteur ?

Une fois qu'il l'aurait trouvé, que ferait-il ? Leuci serait incapable de se défendre car il ne portait pas son arme. Les deux procureurs avaient depuis longtemps compris leur terrible responsabilité en ce qui concernait le sort de Leuci.

« Portez votre arme », le suppliait Shaw. Les flics de New York devaient porter leur revolver en permanence, qu'ils soient ou non en service. Etre désarmé était une entorse au règlement et c'était aussi, dans le cas de Leuci, extrêmement dangereux. « Portez-le, je vous en conjure », renchérit Scoppetta.

Mais Leuci continua à refuser, jusqu'au moment où Scoppetta se mit à croire que ce refus faisait partie de l'ambivalence que ressentait Leuci par rapport à son rôle. S'il était démasqué par Di Stefano ou un autre, et si l'on trouvait sa duplicité odieuse au point de le descendre, alors il choisissait par avance de ne pas pouvoir se défendre lui-même.

Di Stefano, incapable d'apaiser ses soupçons, continua à passer des coups de fil dans toute la ville, à des gens qui lui inspiraient une confiance absolue : « Vous n'avez rien appris sur Leuci ? Savez-vous quelque chose sur lui ? »

On était alors en octobre 1971. La Commission Knapp allait commencer ses audiences télévisées. On savait qu'un certain nombre de flics, dont l'identité était toujours tenue secrète, témoigneraient. Des rumeurs commencèrent à circuler selon lesquelles Leuci faisait partie de ces témoins. Une fois parti, le bruit acquit du poids car il était plausible. Leuci se comportait de façon étrange. Il évitait ses amis d'autrefois. On le voyait dans de drôles de coins, à des heures bizarres.

Leuci savait qu'il marchait sur des charbons ardents. Pour tenter de démentir les rumeurs, il se mit à raconter des blagues. Lorsque les audiences de la Commission Knapp débuteraient, tout le monde découvrirait qui étaient les mouchards, dit-il autour de lui. Les cafards allaient faire surface. Lui-même en serait le prince, et il allait s'acheter un costume neuf et se faire couper les cheveux pour bien présenter à la télé.

Scoppetta et Shaw étaient devenus extrêmement inquiets. Ils auraient voulu mettre Leuci hors circuit jusqu'à la fin des audiences de la Commission Knapp et la retombée de l'effervescence. Ils insistèrent de nouveau pour qu'il porte son revolver sur lui. Mais Leuci, de plus en plus culotté, rit de leurs craintes.

« Nous avons mis la machine en marche, dit-il. Ce n'est pas le moment de l'arrêter. »

Entre-temps, Di Stefano continuait à passer ses coups de fil, à poser ses questions. C'est ainsi qu'il apprit qu'un mystérieux témoin viendrait déposer devant la Commission Knapp, et ferait des révélations sur le milieu de la drogue. Le prénom du mystérieux témoin commençait par la lettre B.

Pour Di Stefano, ce renseignement constituait une preuve solide. Le mystérieux témoin était forcément Leuci, il aurait dû prêter plus d'attention à ses cheveux hérissés sur la nuque. Mais il n'était peut-être pas trop tard. Il téléphona à Lamattina pour organiser une rencontre avec Leuci. Leuci devrait porter un costume, lui dirent-ils. Ils iraient dîner dans un bon restaurant et ensuite ils retrouveraient des dames. Ils se donnèrent rendez-vous à un coin de rue, dans le quartier de la Petite Italie.

Leuci avertit son équipe de suiveurs, ainsi que Shaw ; il mit ses fils en place et roula en direction du lieu de rendez-vous. Il ne se doutait de rien.

13

Après avoir garé sa voiture à quelque distance de là, Leuci s'approcha du coin de la rue à pied. Di Stefano et Lamattina l'attendaient. Ils paraissaient agités. Ils se tournaient autour. Di Stefano remuait un doigt en l'air, Lamattina baissait la tête et la secouait d'avant en arrière.

Au moment où il leur dit bonjour, Leuci se rendit compte que ce quartier de New York était dangereux pour lui, avec toutes ses petites ruelles sombres et ses grands immeubles désaffectés.

Lamattina lui mit immédiatement la main dans le dos et commença à frotter en rond, cherchant de toute évidence les fils. Le dialogue qui suit fut enregistré dans la voiture des suiveurs, il est tiré de la transcription de la bande magnétique.

« Ça va pas les gars ? Qu'est-ce qui se passe ? dit Leuci.

— Ça va mal. Très très mal, répondit Di Stefano.

— Qu'est-ce qui va mal ?

— Tout va mal, dit Lamattina. Avance !

— Qu'est-ce qui vous arrive les gars ?

— Avance ! » Lamattina saisit Leuci par le bras et l'entraîna vers Crosby Street.

« Avance ! répéta Di Stefano. Faut tout lui montrer à ce type !

— Qu'est-ce qui vous arrive les gars ? »

Leuci dégagea son bras de la poigne de Lamattina. Sentant la panique chez Di Stefano et prenant conscience du danger, il se mit à jeter des coups d'œil en arrière à la recherche de son équipe de suiveurs. Mais on le faisait marcher à contresens dans Crosby Street, et la voiture, incapable de suivre, l'avait déjà perdu de vue.

A droite et à gauche : des entrepôts, des immeubles abandonnés, des ateliers. Leuci ne craignait pas encore pour sa vie, il redoutait seulement d'être fouillé. On pouvait l'entraîner dans l'un de ces endroits déserts, le fouiller et trouver les câbles du micro.

Scoppetta avait raison. Tout cela était incroyablement dangereux. Pourquoi ne l'avait-il pas écouté ? Pourquoi avait-il choisi de porter son équipement aujourd'hui ?

« Tu sais ce que nous venons d'apprendre ? demanda Di Stefano.

— Quoi ?

— Que tu es un mouchard, et que tu vas témoigner demain.

— Ouais, vrai ! Laissez-moi vous dire... C'est ce que j'ai raconté à tout le monde au bureau. Je les fais marcher ces cons. Vous avez le même genre d'attitude à la con que ces types du bureau. Allez, fichez-moi la paix maintenant. Arrêtez de m'emmerder ! »

Leuci essayait de garder son calme, mais la trouille de Di Stefano semblait contagieuse.

« Attendez la fin de la semaine prochaine, si vous le prenez comme ça, dit Leuci. Merde, ce truc c'était une blague. Les types au bureau sont tellement incroyables. N'y faites pas attention. Ce n'est vraiment pas la peine !

— A qui t'as raconté ça ? demanda Di Stefano.

— A tout le monde !

— J'étais au bureau hier. Il y avait là dix-sept gars. Tout le monde dit : hé, demain tu témoignes devant la Commission Knapp, pas vrai ? Et je réponds : ouais, c'est vrai. Hé là, Nickie, vous voulez pas faire un truc ? Appelez simplement mon bureau et demandez à parler à mon stagiaire. Ils étaient une vingtaine, et moi je leur ai dit que je serais le prochain à témoigner à la Commission Knapp. »

Ils le tenaient par les deux bras. Tout en se faisant fermement escorter, il se rendit compte que jusqu'à maintenant il n'avait pas du tout réalisé le danger. Comment avait-il été si aveugle ?

Lamattina le plaqua contre un mur et le palpa de haut en bas ; ses mains cherchaient sous les bras, autour de la poitrine. Avant que les mains de Lamattina ne se glissent sous la veste, Leuci le repoussa.

« Où est ton foutu flingue, Bob ? demanda Lamattina.

— Vous pouvez tous penser que c'est une blague. Mais je ne porte pas d'arme.

— Où est ton revolver ?

— Dans mon coffre, vous voulez aller le chercher ?

— Non, fit Lamattina.

— Je ne le porte jamais ce machin. Seulement pendant le service. Blague à part, vous allez vraiment me faire passer pour un con. Je ne vous raconte pas d'histoires, Nick. »

Ils le maintenaient fermement par les deux bras.

« Je... je ne plaisante pas, merde ! Ces conneries, ce foutu jeu à la con... »

Di Stefano lui fourra le doigt dans la figure.

« On ne joue pas un foutu jeu à la con ici. »

Les deux agents du Fisc, faisant de prodigieux efforts pour retrouver Leuci, s'éloignaient de plus en plus. De temps à autre leur récepteur perdait complètement sa voix. Il y eut des trous de trente et une secondes, dix-huit secondes, vingt-quatre secondes dans la transmission. Ils tournaient en rond, à sa recherche. Les arrêts de transmission s'allongèrent : une minute et cinq secondes, quatre minutes cinquante-sept secondes, sept minutes cinquante-trois.

Leuci commença à protester qu'étant donné qu'il devait comparaître à tout moment devant la Cour, il lui fallait téléphoner au bureau du SSR pour faire prévenir le tribunal et ajourner la séance. C'était la dernière fois que l'affaire passait. S'il ne comparaissait pas, on rendrait une ordonnance de non-lieu, et il aurait des ennuis.

Mais Lamattina et Di Stefano continuèrent à le faire avancer sur le trottoir en le poussant ; ils regardaient attentivement les immeubles sur leur passage. On était en plein jour, et ce qui lui arrivait était incroyable, pensa Leuci. Les rues étaient très animées et ces deux truands cherchaient un endroit où le tuer et se débarrasser de son corps. Mais il était toujours flic. Il leur faudrait assassiner un flic. Ils n'y étaient pas encore tout à fait prêts.

Leuci insista pour téléphoner au sujet de son affaire de tribunal. Pour le garant Di Stefano et pour l'inspecteur Lamattina, cet argument était de poids. De plus, ils avaient besoin de se parler seul à seul, et donc Leuci eut la permission d'entrer dans un magasin pour téléphoner au bureau. Ils restèrent à proximité tandis qu'il essayait d'enfoncer sa monnaie dans la fente du téléphone à pièces. D'abord il n'arriva pas à l'insérer. Il avait l'intention d'appeler Shaw. Il n'avait personne vers qui se tourner au SSR, du moins le pensait-il, et Shaw avait plus de chances d'être à son bureau que Scoppetta. Il parlerait en langage codé. Il dirait à Shaw que ces deux gangsters allaient le tuer. Shaw viendrait le sauver.

Mais il composa un faux numéro, ou alors le téléphone ne fonctionnait pas bien. Il n'arrivait pas à le faire marcher. Il essaya de nouveau.

Cette fois la secrétaire de Shaw décrocha.

« M. Shaw est sorti, dit-elle d'un ton sec.

— C'est Bob Leuci. C'est très important.

— Qui ?

— L'inspecteur Leuci, Sonny. » Sonny était le nom de code de Leuci.

« M. Shaw est sorti. Combien de fois faut-il vous le dire ? Vous ne comprenez pas l'anglais ? » Et elle raccrocha.

A l'extérieur du magasin, Di Stefano et Lamattina reprirent Leuci par les deux bras et le firent avancer. Ils avaient discuté, et leur indécision avait disparu. C'était effrayant. Ils savaient ce qu'ils allaient faire, et où ils allaient le faire.

Leuci, parlant à toute vitesse, commença à broder sur des histoires anciennes et à en inventer de nouvelles. Il se rendit compte qu'il rampait devant Lamattina et Di Stefano. En proie à la peur, il était furieux contre lui-même de s'aplatir ainsi, et furieux aussi de n'avoir pas son revolver. Il eut envie de vendre la mèche, de leur dire qui il était et de les arrêter tous les deux. Surtout, il voulait rester en vie. Il se rappela qu'un jour Mikey Coco lui avait dit : « Bobby, tout le monde pleure avant de mourir. »

Un instant après il crut qu'il allait les implorer à genoux de l'épargner. C'étaient deux merdes. Mais quand même, quand ils l'entraîneraient dans une petite rue sombre, il les supplierait de lui laisser la vie. Il leva les yeux sur les plaques de la rue, cherchant quelque chose qui le sauverait. Ils étaient arrivés à la Petite Italie, et là, au coin d'Elizabeth Street se tenait Alphonse Indelicata, le tueur de la Mafia connu sous le nom de Sonny le Rouge.

« Ecoutez, dit Leuci. Allez voir ce type. S'il ne répond pas de moi à mille pour cent, je vous suivrai et vous pourrez presser sur votre foutue détente.

— Ne nous y pousse pas trop ! » fit Di Stefano.

Di Stefano et Lamattina échangèrent un regard. Puis, tandis que Lamattina maintenait fermement Leuci par le bras, Di Stefano traversa la rue pour aller parler à Sonny le Rouge.

Sonny le Rouge avait été tueur à gages. En prison pour homicide volontaire, une fois, il était resté pendu par ses menottes pendant deux jours plutôt que de donner le nom du type qui lui avait fourni les sandwiches. On avait dans son casier la preuve qu'un jour il avait tué un homme d'un coup de pic à glace dans la poitrine, assené avec une telle force que la victime s'était retrouvée clouée au sol et qu'il avait fallu dégager le cadavre avec un cric.

Sonny le Rouge et John Lusterino avaient fait de la prison ensemble. Leuci l'avait rencontré et lui avait un jour rendu service. Sonny s'en souvenait-il ?

Leuci jeta un coup d'œil en face dans la rue. Sonny le Rouge, la tête baissée, fixait le trottoir. Di Stefano, le ventre presque collé à lui, parlait avec précipitation.

Leuci vit Sonny le Rouge relever la tête. Les yeux du tueur vinrent se poser sur lui. Au bout d'un instant, un sourire arqua les lèvres du mafioso. Ce sourire pouvait signifier n'importe quoi. C'est un bon sourire, se dit Leuci. Le signe qu'il l'avait reconnu, au moins. Leuci vit Sonny le Rouge adresser un signe de tête à Di Stefano avant de s'éloigner lentement.

Di Stefano attendit une interruption de la circulation, puis il se dépêcha de traverser la rue de sa démarche de canard, pour rejoindre Leuci et Lamattina.

« Je lui ai dit : “ Nous pensons que c'est un mouchard, et on croit qu'on devrait le descendre ”, rapporta Di Stefano. Alors il m'a dit : “ Si vous croyez que c'est un mouchard, alors descendez-le, mais si vous le butez vous feriez mieux d'être sûrs que c'est un mouchard, parce que c'est un ami à nous. " »

Sur le bras de Leuci, la poigne de l'inspecteur Lamattina se desserra.

Le gros garant sourit chaleureusement.

« Sans rancune », dit-il.

Ils le laissèrent partir. Leuci se dirigea vers une cabine téléphonique. Les bons voulaient le tuer, se dit-il. Le méchant m'a sauvé la vie.

Il composa une deuxième fois le numéro du bureau de Shaw. La même secrétaire répondit.

« Dites-lui que Sonny a appelé et qu'il me trouvera chez lui, bordel. Dites-lui que je suis en rogne, et sacrément ! Dites-lui juste ça.

— Monsieur Leuci, Monsieur Sonny...

— Dites-lui. Dites-lui juste ça. »

Leuci reprit sa voiture. Il traversa le pont de Brooklyn qui enjambait le port de New York scintillant de lumières. Devant l'immeuble de Shaw il arpenta la contre-allée de Columbia Heights Street. Il voyait le bas de Manhattan et une grande partie de l'East River.

Lorsqu'il se retourna, il se retrouva le nez sur le troisième bouton de la chemise de Mike Shaw.

« Mike, espèce d'enfoiré !

— Je suis vraiment désolé, dit Shaw. Profondément navré.

— Ces enculés ont failli me buter. Tout ce que vous aviez à faire c'était d'être là. Qui êtes-vous allé voir ? C'était si important que ça ? J'ai failli me faire assassiner. »

Shaw avait les larmes aux yeux.

« Mike, vous vous foutez complètement de moi !

— Ne me répétez jamais cela ! s'indigna Shaw. Je vous donne ma parole que ce genre de chose ne se reproduira jamais. Chaque fois que vous aurez besoin de moi, je serai là. A partir de maintenant. Je suis désolé. Vraiment navré. »

Un taxi s'arrêta, d'où sortit Scoppetta.

« Bob, vous n'avez rien ? »

Les trois hommes montèrent chez Shaw.

« Désormais je veux des flics de la ville de New York avec moi, dit Leuci. Je marchais dans la rue encadré par ces deux cons, et ces bon dieu d'agents du Fisc n'ont même pas compris ce qui se passait. Un flic aurait tout de suite pigé. Un flic aurait su quoi faire. Je veux des flics de New York. Les agents du Fisc se soucient seulement de l'enquête. Les flics s'occuperaient de moi ! Je veux des flics. »

Ils essayaient de le calmer. Shaw lui tendit un doigt d'alcool.

« Di Stefano m'a dit que j'avais eu raison de me pointer, balbutia Leuci, parce qu'ils allaient chez moi. Ma femme, mes gosses sont là-bas tous seuls. Pour autant qu'on le sache, ces fils de pute ont peut-être déjà envoyé quelqu'un chez moi. Je veux des flics de New York. Je veux celui qui habite juste en face de chez moi. Je veux des flics qui connaissent les rues. »

Il ne contrôlait plus la peur qu'il avait si bien maîtrisée plus tôt. Il éclata en sanglots.

« Je pense que c'est fini, dit Shaw. Je pense que nous devrions mettre un terme à tout ça. Vous avez failli griller. C'est trop dangereux pour vous. »

Mais Leuci se mit immédiatement à protester.

« Laissez passer ces machins de la Commission Knapp. Les audiences publiques se termineront sans que j'aie comparu. Et après tout ira bien.

— Vous avez besoin de changer d'air, dit Shaw. Nous aussi d'ailleurs. Vous allez partir un ou deux jours avec votre femme et vos enfants.

— Et pour aller où ? demanda Leuci. Nous n'avons

jamais pris de vacances. Nous ne saurions pas où aller. »

Shaw déclara qu'il prendrait les dispositions nécessaires. Le coût du séjour serait aux frais du gouvernement.

Scoppetta téléphona à Gina Leuci. D'une voix apaisante il lui assura que tout allait bien, mais que son mari avait besoin de repos.

« Vous allez partir un ou deux jours. Nous vous demandons de vous assurer qu'il prend ce congé. Vous allez partir tout de suite. »

Ce message terrifia Gina. Fermez la maison et partez. Prenez les enfants et partez. Tout de suite. Partez !

Leuci quitta l'appartement et, du commissariat le plus proche, celui de la soixante-sixième circonscription, il téléphona au SSR pour prévenir son supérieur, le sergent Cohen, le sergent véreux qu'il croyait mépriser.

Il ne s'attendait pas à entendre la voix affolée du sergent Cohen.

« Nous avions peur que vous ayez été blessé, s'écria Cohen. Vous n'étiez pas au tribunal. Vous ne vous êtes pas montré. Des flics vous ont vu dans la rue avec des types louches.

— J'ai en effet eu des problèmes avec des sacrés cons, avoua Leuci.

— Ça va ? demanda Cohen. Ne bougez pas. Ces types traînent peut-être toujours dans le coin. J'arrive avec du renfort. Sheridan sera là avec moi dans une minute. Ne bougez pas. Nous arrivons tout de suite. »

Quelques minutes plus tard une voiture s'arrêta. En sortirent Cohen et Sheridan. Lorsque Leuci leur raconta ce qui s'était passé, que Lamattina et Di Stefano avaient menacé de le descendre parce qu'ils croyaient qu'il allait témoigner à la Commission

Knapp, Sheridan eut un accès de rage. Il voulait leur courir après.

« Je vais les retrouver ces deux enfants de salauds et...

— Vous blaguez toujours tellement, dit Cohen à Leuci. Mais c'est sérieux cette affaire-là, mon vieux. Tous les gars du bureau sont malades à cause de vous. Je sais bien que vous n'iriez pas témoigner. Jim aussi le sait. Mais vous ne devriez pas monter ce genre de canular. »

Pendant qu'il roulait vers sa maison, Leuci pensa à Sheridan et à Cohen, qui avaient pris le chemin de la prison et l'ignoraient : comme il aurait voulu les détester tous les deux ! Mais c'était impossible de les haïr, surtout Sheridan. Sheridan était si fort, et sa présence donnait de la force à Leuci. Il était grand, fort physiquement, intimidant, et c'était horrible de le trahir de la sorte. Et Cohen. Comment pouvait-il haïr un homme qui accourait si vite à son secours en cas de besoin !

Lorsqu'il arriva chez lui, Gina avait habillé les enfants et préparé les valises. Elle était blafarde. Il était environ six heures du soir. Elle se doutait de quelque chose.

Ils partirent pour Montauk Point dans leur voiture. Shaw leur avait loué une sorte de bungalow sur la plage, face à l'océan. Chaque fenêtre donnait sur des dunes de sable à perte de vue et sur les vagues. Tous deux trouvèrent le paysage absolument époustouflant. L'été était fini et il n'y avait personne sur la plage. Pendant des heures ils marchèrent sur le sable en parlant de leur vie, de là où les conduirait la nouvelle route de Leuci. A un moment, Gina lui dit : « Tu t'es fait prendre, hein ? C'est pour ça que tu fais tout ça. »

Leuci secoua la tête. Non, il ne s'était pas fait prendre.

Au bout de quelques minutes, Gina poursuivit : « Ce qu'il pourrait arriver de pire, ce serait que je te perde. Si je te perds ainsi, tu n'en tireras aucun honneur. » Ils étaient sur la plage et contemplaient la mer. « Je vois bien de quelle façon tu regardes les obsèques de policiers à la télé, dit Gina, et comme tu t'enflammes à chaque fois. Si ces deux types t'avaient tué, on ne t'aurait pas fait un bel enterrement d'inspecteur de police. On t'aurait considéré comme un flic vénal qui s'est fait épingler.

— Ce n'est pas vrai, dit Leuci après un instant de réflexion. On m'aurait organisé des obsèques d'inspecteur.

— Non. Pas si tu avais été tué par un autre flic ! On n'aurait rien fait du tout. Les politiciens auraient épilogué sur ton cas pendant trois semaines. »

Leuci resta un moment songeur. Elle avait peut-être raison.

« Qu'est-ce qui te fait croire qu'il est si important pour moi d'avoir des obsèques d'inspecteur ? demanda-t-il à Gina.

— Je te connais si bien ! Tu as envie d'une belle mort, et de tout ce tralala d'enterrement de première classe. Mais moi je ne suis pas pressée. »

Un jour, il y avait longtemps, il lui avait confié que s'il devait mourir jeune, il préférerait être tué pendant le service. Il n'avait pas envie de mourir dans un accident d'auto ou d'avion, ou de tomber d'un fichu voilier et de se noyer. S'il devait mourir jeune, alors il voulait tomber parmi ses amis. Il le lui avait dit, sans jamais penser qu'elle s'en souviendrait.

Ils discutèrent de ce qu'ils feraient une fois la mission de Leuci terminée. Bob lui parla alors un peu de ce qu'il ressentait, même s'il n'avait encore jamais été très capable de très bien se l'expliquer à lui-même. Mais il voulait de nouveau se sentir propre. Il voulait retrouver son innocence première. Il avait envie de considérer le métier de flic comme à vingt et un ans, quand il s'était retrouvé pour la première fois dans la rue en uniforme bleu.

Il confia à sa femme qu'il était totalement engagé sur la voie qu'il avait choisie, et à la fin du week-end Gina le soutenait à bloc. A ce moment-là, après s'être défoulé sur la plage avec les enfants, Leuci était assez détendu pour pouvoir rire, faire l'imbécile avec les petits, se lancer dans des danses impromptues sur le sable avec sa femme. Une fois Gina dit : « Le Bob Leuci que j'ai connu a disparu. Nous n'avons pas ri et joué ainsi avec les gosses depuis des mois et des mois. Je veux que tu mènes à bien ta mission pour pouvoir de nouveau être fier de toi. Alors tu pourras de nouveau rire tout le temps comme avant. »

C'était la première fois que Leuci se rendait compte à quel point il était devenu sinistre — comme sa vie.

Ils suivirent les audiences de la Commission Knapp à la télévision. Le témoin surprise était bien un flic corrompu dont le prénom commençait par la lettre B : l'agent Bill Phillips.

Les audiences se terminèrent. Les vacances des Leuci à Montauk Point également, et la famille rentra chez elle. Le week-end avait été épatant pour Gina et Bob, pour leur couple, mais il le fut aussi pour l'enquête, car les audiences de la Commission Knapp s'étaient déroulées sans que l'inspecteur Bob Leuci y comparaisse. Lorsqu'il retourna au bureau le lendemain matin, tout le monde fut content de le voir, le danger était écarté.

14

Pendant le reste de l'année, Leuci continua à plein temps son travail au SSR. Il était toujours chef d'équipe. Il avait la tâche de choisir les cibles sur lesquelles son équipe réglerait le tir — il y en eut une succession continue et régulière — et voilà qu'à présent il portait son choix sur un certain Peter Corso.

Comme dans la plupart des cas, le choix de Corso fut accidentel, presque arbitraire, mais dès l'instant où la décision fut prise, Corso devint un homme à problèmes. Il avait trois inspecteurs hautement qualifiés à ses trousses, qui se proposaient de lui coller un truc sur le dos, si possible de la drogue ; sinon n'importe quoi. Ses chances de s'en sortir étaient minces.

Quelques mois auparavant, un détenu qui purgeait une longue peine après avoir été condamné pour une affaire de drogue avait demandé un entretien avec Leuci. Ce condamné était prêt à donner des renseignements sur ses anciens collègues. Il voulait une réduction de peine, il avait mentionné Peter Corso. Corso, dit-il, déplaçait régulièrement de gros paquets. Leuci, qui n'appartenait même pas au SSR à cette époque-là, n'avait rien fait du renseignement. Laissant croupir le détenu dans sa cellule, il s'était contenté de consigner le nom dans un dossier. Ayant à présent besoin d'une cible, il l'en avait sorti.

Où trouver ce Corso ? Une vérification dans les archives du SSR montra qu'il avait fait de la prison, mais n'y était plus. La Commission régionale des libérations sur parole indiqua qu'il n'avait pas pointé depuis des mois. Apparemment, cette commission le recherchait. Les fonctionnaires fournirent à Leuci une photo récente de Corso, et son dernier domicile connu, à Brooklyn.

L'étape suivante consista à surveiller le domicile de Corso, où habitaient toujours sa femme et ses enfants. Leuci décida que l'équipe monterait la garde pendant une semaine entière, dix heures par jour. Leuci espérait bien qu'au cours de la semaine Corso viendrait rendre visite à sa famille.

Installés dans leur voiture garée dans la rue à quelque distance de chez Corso, les trois inspecteurs, Leuci, Sheridan et un nouveau, Stanley Glazer, commencèrent leur guet. Il s'écoula des heures, puis des jours. Ils se relayaient à tour de rôle. Parfois ils s'installaient à deux dans la voiture, parfois seuls.

Il importait peu que la présence des policiers se remarque et fasse jaser dans le quartier — après tout, celui qui faisait l'objet de l'enquête vivait ailleurs. Pourtant, on prit quand même des précautions élémentaires. Si un inspecteur surveillait seul, il s'asseyait sur le siège du passager comme s'il attendait le retour du conducteur. Même chose quand ils étaient deux. L'un prenait place sur le siège avant, l'autre sur la banquette arrière.

Six jours passèrent. Aux environs de midi le dimanche, une voiture s'arrêta et un homme en sortit avec, dans les mains, ce qui ressemblait à une boîte de gâteaux italiens. Il était bien habillé, il entra sans hésiter au domicile de Mme Corso.

Les policiers de garde exultaient. Garés trop loin pour distinguer le visage de l'homme, ils étaient pourtant sûrs qu'il s'agissait bien de Corso. Ils attendirent dehors pendant quatre heures. Lorsque enfin Corso sortit de l'immeuble, ils le prirent en filature et suivirent sa voiture sur le pont, en direction de Manhattan. A un moment ils s'arrêtèrent côte à côte, assez près pour comparer le visage à leur photo de Peter Corso. La ressemblance était frappante. Il s'agissait probablement du même homme.

Ils le suivirent jusqu'à un immeuble de la 7ᵉ Rue Est. Il descendit de voiture, ferma la portière à clé et entra dans l'immeuble. Cinq minutes plus tard Leuci, l'air décontracté, s'engageait dans le hall d'entrée. Il parcourut la liste des noms sur les boîtes aux lettres. Il ne s'attendait pas à y trouver Corso. Il pensait lire quelque chose d'approchant. Un nom se détacha des autres : Peter Carbone. Les gens qui vivaient sous un nom d'emprunt choisissaient presque toujours quelque chose d'approchant.

Une semaine s'était déjà écoulée. Les policiers décidèrent d'en consacrer une autre à filer Corso-Carbone dans les rues de New York.

Mais cette semaine-là il ne se passa rien. Ils suivirent l'homme dans quelques bars de l'East Side, en particulier un certain établissement proche de son domicile. Ils le regardèrent fumer du hasch. C'était un homme âgé — la soixantaine, mais il se comportait comme une sorte de hippie. En général il était accompagné d'une très jolie fille, et il essayait de faire comme s'il avait le même âge. Schéma classique, que les inspecteurs connaissaient par cœur : Corso avait passé pas mal d'années en prison et maintenant qu'il se retrouvait à l'air libre, il voulait faire partie du nouveau décor. Son comportement était ridicule, triste aussi.

Une deuxième semaine s'acheva. Corso avait eu des

rendez-vous avec des gens dans les bars, mais aucun de ces contacts furtifs n'avait donné lieu à une transaction. Et il n'avait rencontré aucune personne à l'allure de gros trafiquant.

Après une réunion avec le sergent Cohen, on décida une nouvelle fois d'installer une écoute illégale sur son téléphone. La raison était toujours la même : c'était le seul moyen simple et rapide de voir si Corso s'adonnait au trafic de drogue. Leuci, Sheridan et Glazer descendirent dans le sous-sol de l'immeuble de la 7e Rue. Leuci repéra la paire de fils de Corso et y brancha ses câbles, il cacha son magnétophone dans un placard et retourna dans la rue.

A présent, la surveillance était considérablement facilitée, car l'écoute de la ligne informait par avance les policiers des mouvements du suspect. Cet homme avait un emploi du temps bizarre : il passait la plupart de ses nuits dehors jusqu'à l'aube, et il dormait la journée. Les trois guetteurs modelèrent leur horaire sur le sien.

La jolie petite amie de Corso, Poopsy, avait emménagé chez lui. Poopsy avait l'habitude de parler des heures au téléphone. Les inspecteurs de police la considéraient comme une parfaite idiote, mais ils glanèrent davantage de renseignements de ses conversations décousues avec ses amies que des appels passés par Corso. Corso était un gangster italien de la vieille école. Au téléphone il se méfiait. Tandis que Poopsy racontait à tout le monde ce qu'ils avaient fait la nuit précédente, où ils étaient allés, qui ils avaient rencontré, et ce qu'ils avaient l'intention de faire.

Une bonne partie des conversations téléphoniques concernait le gendre de Corso, un certain Jack. Nous avons vu Jack hier soir à la Copa. Jack a une mine superbe. Nous étions avec Jack la nuit dernière — Jack semblait de plus en plus intéressant, mais les observateurs n'arrivaient pas à l'identifier.

D'après ces mêmes conversations, les policiers déduisirent que Corso avait deux filles. Elles téléphonaient de temps à autre à leur père. C'était Frances qui avait épousé Jack. Les inspecteurs étaient perplexes. Ils décidèrent que le pion manquant devait être ce gendre, Jack.

Un jour Frances appela son père en PCV. Elle se présenta sous le nom de Frances Bless. Ce nom rappela quelque chose à Leuci qui travaillait maintenant aux stupéfiants depuis près de huit ans. Il rechercha Jack Bless dans le fichier du SSR, et recoupa ses renseignements avec ceux du Bureau fédéral des narcotiques.

Son prénom était Jacques. Jacques Bless était désigné sur les deux fichiers comme un important trafiquant de drogue et proche associé de Spanish Raymond et Anthony Angeletti, gros dealers d'East Harlem. Son prénom français était une affectation. Bless était d'origine hispanique. Dans les cercles de la police, on pensait qu'il avait ordonné un certain nombre d'assassinats et/ou y avait trempé. On lui avait apposé le qualificatif : « extrêmement dangereux. »

Les recherches, qui en étaient à leur quatrième semaine, commençaient à donner des résultats, et les trois inspecteurs reprirent espoir. Ils n'avaient pourtant toujours pas entendu mentionner la drogue dans les conversations et Corso n'avait pas contacté Bless.

Mais un soir, le magnétophone enregistra cet échange, plutôt sibyllin :

« Ici Johnny, de Brooklyn. J'ai rencontré quelqu'un. Ça paraît prometteur. Ces gens-là sont bourrés de fric.

— Nous nous verrons ce soir », répondit Peter Corso.

On précisa l'adresse, mais quand le brave Peter

Corso quitta son appartement ce soir-là, Leuci décida de ne pas le filer.

« Tout ça me paraît trop beau, dit-il. Je ne veux pas courir le risque de tout faire foirer. Attendons ici. »

Peter Corso rentra quelques heures plus tard. Les trois inspecteurs lui donnèrent le temps de monter chez lui, puis ils se hâtèrent de descendre au sous-sol. Corso ne donna qu'un coup de téléphone à son gendre, Bless. Les trois policiers l'écoutaient.

« Ici ton beau-père.

— Si vous avez quelque chose à me dire, répondit Bless, venez chez moi. Nous en discuterons. »

Corso quitta l'appartement, monta dans sa voiture et, filé par les trois inspecteurs, se rendit dans un immeuble élégant de l'Upper East Side. Pendant que le portier accompagnait le visiteur jusqu'à l'ascenseur, Leuci vérifia les plaques des sonnettes et trouva le nom qu'il recherchait : Jacques Bless.

Les policiers se concertèrent dans leur voiture. Ils possédaient à présent l'adresse de Bless. Ils avaient connaissance de la rencontre entre Bless et Corso. Apparemment il se traitait une sorte de marché.

Le lendemain, penchés sur leur table d'écoute dans le sous-sol de Corso, ils écoutèrent leur suspect parler à Bless et lui commander « trois chemises ». Pour eux, cela signifiait à coup sûr trois kilos d'héroïne. Ils étaient aussi excités que des débutants. Qu'est-ce que cela pouvait être d'autre ? Sûr, c'était trois kilos. Jacques Bless n'allait pas se risquer à moins.

Alors ils se hâtèrent de se rendre au Palais de Justice où ils déposèrent une demande de mandats de perquisition chez Corso et chez Bless également, qui leur fut accordée. Avant d'aller perquisitionner, ils firent une dernière vérification sur le magnétophone, au sous-sol de chez Corso. Il n'y avait qu'une brève conversation sur la bande : Corso et Bless devaient se retrouver

« dans quelques instants » au salon de coiffure Chez Jack, à l'angle de la 66e Rue et de Madison Avenue.

Avec les trois kilos ? Sans ? Et que signifiait « dans quelques instants » ?

Les policiers n'ayant aucune idée de l'heure à laquelle avait eu lieu la conversation se hâtèrent d'aller au salon Chez Jack. Mais ils n'y trouvèrent personne d'autre que des coiffeurs. Ni Corso ni Bless. Personne n'attendait au coin de la rue. Et pas d'héroïne.

Il était midi.

Retour à l'appartement de Corso. Trois heures sonnèrent. Quatre. Les vérifications sur la bande du magnétophone se succédaient, mais aucun nouvel appel n'avait été enregistré. Dans leur voiture, les policiers étaient abattus. Le crépuscule tomba, puis la nuit. Corso ne donnait aucun signe de vie, le téléphone restait muet. Enfin, il arriva deux appels. Très espacés. Tous deux émanant de Jacques Bless et destinés à Poopsy, la petite amie de Corso : « As-tu des nouvelles de Pete ? »

Mais personne n'avait de nouvelles de Pete.

A minuit les policiers poireautaient toujours. Ils se glissaient au sous-sol à une fréquence accélérée. Enfin vint un appel. « Tu es assise, Poopsy ? demanda une voix de femme. J'ai de mauvaises nouvelles. »

Poopsy se mit à hurler. « Vous m'avez tué mon Pete !

— Non, non, c'est pire. Il s'est fait coffrer. Et mon Ralphie aussi.

— Non, oh non ! Pete est en liberté conditionnelle. Je vais le perdre à jamais ! »

Les trois inspecteurs reçurent d'abord un choc, puis ils furent terriblement déçus. Qui avait arrêté Peter Corso ? Les flics ? Les agents fédéraux ?

Le trio regagna les bureaux du SSR où sa première tâche fut de trouver qui avait arrêté Peter Corso. Les inspecteurs téléphonèrent partout. La réponse se trouva être le *Joint Task Force* (Groupement inter-polices de répression des drogues), et l'officier ayant procédé à l'arrestation n'était autre que l'inspecteur Joe Nunziata.

Le Groupement inter-polices constituait une petite unité d'élite conçue comme un super-SSR. Sa juridiction s'étendait à tout le pays et il traduisait ses accusés au tribunal fédéral, où ils étaient promptement jugés selon les très sévères nouvelles lois fédérales. Ce groupement avait des fonds énormes, et l'un des premiers inspecteurs du SSR à y avoir été nommé s'appelait Joe Nunziata.

A une heure du matin, Nunziata et Leuci se trouvaient face à face dans un bar de West Street. Nunziata, qui avait alors trente-neuf ans, portait un complet et un pardessus ; ses vêtements et ses cheveux poivre et sel lui donnaient l'air d'un homme d'affaires arrivé. Tous deux avaient travaillé toute la journée, mais Nunziata semblait frais, tandis que Leuci avait les yeux rouges de fatigue. Ils commandèrent un café.

Leuci était là pour tenter de soutirer des renseignements à Nunziata. Leuci et son équipe venaient juste de perdre Corso au profit de Nunziata ; de plus les trois kilos d'héroïne pure leur filaient sous le nez. Mais Bless courait toujours. Leuci voulait savoir si Nunziata s'occupait aussi de Bless. La difficulté serait de le découvrir sans prononcer le nom de Bless.

« Nous étions sur Corso », commença Leuci. Il remua son café. « Nous nous demandions comment tu étais arrivé à le choper. »

Nunziata, un sourire généreux sur les lèvres, se recula contre le dossier de la banquette et déclara d'un air un peu narquois que l'héroïne de Corso venait tout droit de la Petite Italie — « des boucheries en gros Sonny ».

Leuci, sachant qu'elle provenait directement de Jacques Bless, opina du chef.

« C'est bien ce que nous pensions. »

A une époque, Nunziata, de huit ans son aîné, avait été le conseiller de Leuci, presque son père dans le monde de la police. Leurs liens étaient encore très étroits — affection de la part de Nunziata, admiration de la part de Leuci. Mais tout en buvant leur café dans ce petit bar au milieu de la nuit, ils poursuivaient leur prise de bec amicale.

Ils s'étaient rencontrés pour la première fois huit ans auparavant, alors qu'une foule de manifestants convergeait sur un commissariat gardé par un seul agent de service : Robert Leuci, alors âgé de vingt-trois ans. D'abord, Leuci s'était interposé entre la foule et la porte du commissariat, puis sans savoir comment, il s'était retrouvé par terre, dans l'entrée, en train de se faire piétiner. Un manifestant le tenait par le cou et lui tapait la tête par terre.

Juste à ce moment-là une vingtaine de policiers à cheval déboulèrent de la rue au galop. Le manifestant qui rossait Leuci laissa échapper un hurlement, partit en vol plané s'écraser contre le mur et se retrouva là, cloué par le train arrière d'un cheval. L'animal avait grimpé la moitié des marches et le flic en selle, l'agent Joe Nunziata, regardait Leuci avec un immense sourire.

« Ça va ? dit-il. Vous le coffrez ?

— Et comment ! C'est mon gibier, dit Leuci. Je le garde.

— Laissez-moi d'abord lui enlever un peu de souffle », dit Nunziata, et il fit légèrement reculer sa monture. Le manifestant laissa échapper un cri étouffé et s'effondra au sol. « A plus tard », dit Nunziata, tout sourire, et il s'éloigna au galop.

Une fois incorporé à la Brigade des stupéfiants, ils travaillèrent ensemble sur des dossiers, procédèrent ensemble à des arrestations, dînèrent et burent ensemble, et Leuci ressentit une sorte de respect intimidé devant le style et l'habileté de son aîné. Ils n'étaient pas coéquipiers. Nunziata avait son partenaire habituel, et celui de Leuci était Frank Mandato. Plus tard, lorsque Leuci obtint une promotion et fut muté au SSR, Nunziata, qui y était déjà, lui demanda de faire partie de son équipe. Mais Leuci refusa car il voulait lui-même être chef d'équipe. Au fil des années, les deux hommes étaient devenus des amis de plus en plus proches.

Mais des rivaux aussi.

Leuci remua son café.

« Tu sais qui est le contact de Corso, Joe ?

— Oui, et toi ?

— Oui. »

Nunziata souriait affectueusement à son ancien protégé.

« Tu vas me dire qui c'est ?

— Non. Et toi ?

— Je ne pense pas », dit gentiment Nunziata.

Leuci quitta le bar convaincu que Nunziata ne savait rien de Jacques Bless, qu'il enquêtait sur quelqu'un d'autre et qu'il était tombé quasiment par hasard sur Corso, et c'est ce qu'il rapporta au sergent Cohen, à Sheridan et à Glazer quelques instants plus tard. Bien que Corso leur fût passé sous le nez, ainsi que les trois kilos d'héroïne, ils pouvaient encore poursuivre Bless.

Ils étaient toujours en possession de leur mandat de perquisition mais n'arrivaient pas à décider s'ils allaient s'en servir là, au milieu de la nuit, ou pas. Sheridan voulait traverser la ville pour aller enfoncer la porte de Bless. Ils trouveraient ce qu'ils trouveraient... Les autres se rallièrent bientôt à ce projet.

Une heure plus tard les quatre hommes se garaient en face de l'immeuble où habitait Bless. Ils virent le portier en uniforme derrière les portes vitrées. Calmés, ils étaient revenus sur l'idée d'enfoncer la porte de Bless. Il était peu probable qu'un homme comme Bless entrepose de l'héroïne chez lui. S'il avait été intouchable jusqu'à présent, c'était qu'il ne manipulait jamais de drogue lui-même.

Alors quelle était la meilleure chose à faire ?

« A mon avis, dit le sergent Cohen, Bless pourrait vouloir nous acheter les bandes où on l'entend parler avec Corso. »

Voilà qui provoqua une conversation animée dans la voiture. Tous s'accordaient à penser que Bless ignorait que les écoutes téléphoniques étaient illégales. Il croirait que les documents sonores l'impliquaient dans le délit. Les policiers pouvaient le menacer de faire passer les bandes à Nunziata et au Groupement inter-polices à moins qu'il ne les achète. Cohen s'arrêta un instant, puis il ajouta : « Nous parlons là de sommes conséquentes ! »

Assis dans leur voiture en stationnement, observant le portier derrière ses portes vitrées en face, les policiers parlèrent argent. Il leur semblait que Bless pourrait accepter de payer jusqu'à cinquante mille dollars pour la destruction des bandes.

Ce fut le prix décidé : cinquante mille dollars. Ses trois coéquipiers chargèrent l'inspecteur Leuci de vendre les bandes à Bless pour eux. Leuci était le plus expérimenté et aussi le plus retors d'entre eux, il serait sûrement capable de trouver un moyen de contacter Bless et d'effectuer la transaction.

Cette longue journée se termina donc ainsi. Ils mirent de côté leur mandat de perquisition, quittèrent leur poste d'observation devant chez Bless et rentrèrent se coucher.

Leuci fit son rapport à Scoppetta et Shaw le lendemain matin. Son récit les mit en effervescence, ils lui donnèrent le feu vert pour procéder à la vente des bandes. Il semblait y avoir là, dirent-ils, une réelle occasion de pincer Bless pour corruption de fonctionnaires — ce qui était important, car cet individu s'était montré à l'abri des lois anti-drogue. Et par la même occasion on épinglerait les trois partenaires de Leuci pour avoir accepté le pot-de-vin, bien sûr.

Cinquante mille dollars. L'affaire était si importante que cinq hommes — Scoppetta et Shaw d'un côté, Cohen, Sheridan et Glazer de l'autre — se mirent à harceler tous les jours Leuci : avait-il réussi à contacter Bless ? Dans combien de temps reviendrait-il avec l'argent ? Mais il s'avéra difficile d'entrer en contact avec Bless.

15

On était à présent à Noël 1971. Dix mois avaient passé depuis les premières conversations entre Leuci et Scoppetta.

Un soir, en arrivant pour dîner chez Shaw à Brooklyn, Leuci y trouva un homme qu'il ne connaissait pas, installé sur le canapé, jambes allongées, en chaussettes. Il se présenta : Andrew Tartaglino.

L'enquête Leuci allait passer à un stade supérieur.

« J'ai entendu beaucoup de bien sur vous, dit Tartaglino à Leuci. Tout le mal que j'ai entendu pendant des années, je crois que je vais l'oublier. Ça me fait tellement plaisir d'entendre tout ce bien de vous ! »

Tartaglino était petit de taille. Sa personne avait quelque chose de soigné et d'immaculé. Il parlait doucement, d'une voix presque monotone. Rares étaient ceux qui, en le rencontrant pour la première fois, soupçonnaient la force qui l'habitait ; il ne semblait nullement redoutable. La plupart de ceux qu'il avait envoyés en prison ne s'étaient méfiés de lui que trop tard. Leuci, qui n'avait jamais entendu parler de lui avant, était loin de le craindre en ce moment.

Tartaglino était le numéro deux du Bureau fédéral des narcotiques et des drogues dangereuses. Il avait un point fort : son intégrité. On le qualifiait souvent de fonctionnaire le plus intègre qu'ait jamais produit les Etats-Unis. Ceux qui haïssaient Tartaglino (et ils étaient nombreux) l'accusaient d'être obsédé par la corruption. Lorsqu'il la rencontrait, il l'anéantissait, ainsi que ceux qu'elle impliquait ; à ces gens-là il n'accordait ni sympathie ni compréhension ni indulgence.

Tartaglino, alors âgé de quarante-six ans, avait fait ses études à Georgetown, servi comme lieutenant dans la Marine, et ensuite il était entré aux Narcotiques. Après quatre ans en poste à New York, il avait passé cinq ans en Italie et en France (il parlait couramment italien) pour essayer de réduire à néant le trafic de drogue new-yorkais à ses différentes sources. A son retour aux Etats-Unis, il avait rapidement escaladé l'échelle hiérarchique.

Il avait entendu le nom de Leuci pour la première fois quatre ans plus tôt. Une unité anti-corruption dépendant de Tartaglino avait été envoyée à New York pour assainir le milieu des agents fédéraux des Narcotiques. L'enquête était si délicate que Tartaglino ne choisissait que des agents chevronnés pour travailler sous ses ordres.

D'après Tartaglino, il y avait un rapport direct entre la montée du trafic de drogue et l'échec de la lutte anti-corruption.

« Je pourrais vous faire un schéma montrant le parallèle entre la montée du trafic de l'héroïne dans les années soixante et la carence des efforts pour combattre la corruption. La ville de New York était au cœur de ces deux problèmes. »

En 1967, Tartaglino se mit à arrêter à New York des personnes qu'il connaissait personnellement, qui avaient fait leurs études en sciences économiques avec lui. On disait que, lorsqu'il fallait traiter de sang-froid, Andrew Tartaglino était champion.

Techniquement, Tartaglino n'enquêtait que sur la corruption des agents fédéraux des Narcotiques, mais une de ses recherches le mena directement à l'inspecteur Frank Mandato, et de là à son partenaire, Leuci. Tartaglino scinda l'affaire en deux, comme le voulait la politique de l'époque, et transmit les éléments Leuci/Mandato au Département de la police, qui ne les exploita que très vaguement avant de les laisser dormir.

Leuci n'était alors qu'un nom pour Tartaglino. Il ne l'avait jamais rencontré. Mais ce nom était revenu à plusieurs reprises, et celui de Frimousse aussi. Il pouvait exister plus d'un Frimousse, mais Tartaglino en doutait. Qu'importe, avant la rencontre de ce soir, il s'était rafraîchi la mémoire en lisant le dossier de Leuci. Il savait que Leuci, s'il avait avoué deux ou trois petits écarts de conduite à Scoppetta, avait fermement nié toute participation au trafic de drogue lui-même ; avait toujours affirmé n'avoir jamais acheté ni vendu de drogue. Mais les renseignements du dossier de Tartaglino, ainsi que sa mémoire, indiquaient le contraire. Tartaglino n'avait pas de preuves. Il n'avait que de solides présomptions.

A table chez Shaw, Tartaglino avait choisi de ne révéler ni à Scoppetta ni à son hôte qu'il croyait Leuci malhonnête, car dans un monde où tout était donnant-donnant, un individu malhonnête pouvait aujourd'hui lui être extrêmement utile. Tartaglino envisageait de reprendre le financement et le recrutement du personnel de l'enquête Leuci, et de diriger lui-même l'opération. Le but de la réunion de ce soir était de tâter le terrain à la fois en ce qui concernait Leuci et les nouvelles directions que voulait lui faire prendre Tartaglino.

Quelques jours plus tard, Shaw remit à Leuci un billet d'avion payé par le gouvernement et lui dit d'aller voir une deuxième fois Tartaglino, à Washington.

L'inspecteur fut immédiatement saisi de peur. Il ne s'était encore jamais rendu à Washington. Pourquoi le convoquait-on là-bas ?

A Washington, on l'introduisit dans le bureau de Tartaglino, qui l'impressionna au plus haut point. Tartaglino, au téléphone avec un sénateur, lui fit signe de s'asseoir. Leuci regarda autour de lui avec de grands yeux. Des machines alignées contre le mur assuraient des liaisons directes avec les plus grandes villes du monde. Le bureau et les armoires de classement de Tartaglino se trouvaient dans la pièce voisine — celle-ci ne contenait qu'un canapé, des fauteuils, un grand tableau et un poste de télévision. Leuci n'avait encore jamais rencontré de personne occupant non pas un bureau mais une suite. Ce type n'est pas n'importe qui, se dit-il. C'est vraiment quelqu'un d'important.

Tartaglino retira ses chaussures, s'assit sur le sofa jambes allongées et commença à expliquer qu'il avait accepté d'engager des hommes et des fonds supplémentaires pour l'enquête Leuci. Il ferait rentrer un agent de Saigon, dit-il, et un autre de Dallas. Il ajouterait d'autres excellents fonctionnaires appartenant à d'autres secteurs. De ce fait, Leuci ne serait pas seul. Il serait entouré des meilleurs hommes de Tartaglino. Tartaglino lui-même projetait de passer pas mal de temps à New York.

« Nous avons aussi un agent clandestin, dit Tartaglino en observant attentivement Leuci. Nous aimerions qu'il fasse équipe avec vous dès que possible. »

Il y eut un silence pesant. Ils vont me pousser dehors, pensa Leuci, et mettre leur propre agent à ma place.

Avant même qu'il ait pu exprimer clairement sa pensée, Tartaglino dit : « Oubliez ce que vous avez en tête ! Vous êtes le seul type à connaître la situation. Nous voulons vous adjoindre un agent clandestin — si vous êtes d'accord — uniquement pour vous aider dans une ou deux circonstances bien précises. C'est un Italien. » Les deux Italo-Américains échangèrent un signe de tête. « Il est très intelligent. Pour le moment il est en poste en France, mais nous aimerions le faire revenir, si vous n'y voyez pas d'inconvénient. »

Tartaglino passa le bras sur les épaules de Leuci. « Laissez-moi vous reconduire à l'aéroport. »

Mais ne tenant pas à mobiliser le temps d'un personnage aussi important, Leuci déclina l'offre. Il prendrait un taxi. Dans l'avion du retour vers New York, il rumina ses pensées. Tartaglino faisait venir des agents supplémentaires. L'enquête sortait du cadre de New York. Le gouvernement fédéral la prenait en charge. Dorénavant, lui avait assuré Tartaglino, il ferait souvent la navette entre Washington et New York. Mais il s'agirait toujours de son enquête. Elle devenait simplement plus importante. Leuci eut l'impression d'avoir une grosse tête, d'être un James Bond.

Lorsqu'il rentra chez lui, il raconta son aventure à Gina. Il débordait d'enthousiasme, mais Gina se mit à secouer la tête.

« Cette affaire a commencé petit, dit-elle. Maintenant elle prend des proportions de plus en plus vastes. Plus cette enquête deviendra importante — ne t'en rends-tu donc pas compte ? — et plus toi-même tu prendras de l'importance. Et plus, peut-être, elle te fera du mal.

— Qui irait me faire du mal ? Personne ! Pourquoi voudrait-on me nuire ? »

Tartaglino voulait savoir tout ce que faisait Leuci, et il commença à étudier chacun de ses mouvements séparément, ensuite il fit peu à peu rentrer ses propres agents, l'un de Tokyo, d'autres d'Europe. Il embaucha quelques femmes pour reprendre des filatures. Il fournit de nouvelles voitures, des émetteurs et des magnétophones neufs, et deux appartements clandestins, l'un au Stanhope Hotel et l'autre dans un immeuble ancien de Sutton Place. C'étaient des appartements de luxe ; lorsqu'on ne les utilisait pas pour des réunions d'information ou de comptes rendus, les agents de Tartaglino y couchaient. Tartaglino lui-même venait souvent à New York et faisait régulièrement venir Leuci à Washington.

Aux yeux de Shaw et Scoppetta il semblait être le membre le plus énergique et créatif qu'ils aient jamais connu au sein des forces de l'ordre. Sa personne et ses idées les éblouissaient.

« Je crois à la nécessité de mettre les gens à l'épreuve, leur dit Tartaglino. Si vous avez des doutes sur un certain agent ou officier de police, vous pouvez mettre ce type à l'épreuve. Il vous est possible de créer des circonstances qui ne sont pas réelles.

« Par exemple, supposez qu'un officier vous dise qu'il a participé à une descente de police avec trois collègues ; ils ont enfoncé la porte, il y avait beaucoup d'argent, beaucoup de drogue, et ils se sont partagé l'argent — je pense que vous pouvez mettre ces trois personnes à l'épreuve. Vous pouvez provoquer une descente similaire et voir comment réagiront ces trois officiers. On peut s'arranger pour mettre de la drogue et des faux billets dans un appartement. On peut y installer des glaces sans tain, des micros invisibles, et faire en sorte qu'ils le perquisitionnent — c'est une chose faisable. Bien, la descente en question peut aussi servir à les disculper. On sait exactement combien d'argent a été placé là, on connaît la quantité et le degré de pureté de la drogue, et on peut vérifier ce qui se retrouvera sur les registres du greffe. On sait ce qu'il y avait dans la pièce. Donc on peut savoir si ces officiers sont honnêtes ou pas.

« Ce procédé a été très très efficace dans le passé. Il a servi de base à de nombreuses poursuites. »

Plus Tartaglino étudiait les opérations menées jusque-là par Leuci, et plus il se concentrait sur un sergent du Queens, un certain Peter Perrazzo.

Au cours des derniers mois, Leuci avait effectué un certain nombre d'enregistrements de Perrazzo, pour qui il avait un jour travaillé. Perrazzo s'était vanté de pouvoir se mettre le procureur de Brooklyn dans la poche, et aussi celui du Queens. Mais on ne pouvait ni l'inculper ni le poursuivre, parce quc tout cela n'était que du vent — du moins jusque-là, Leuci avait attendu que les conversations se concrétisent, que Perrazzo le mène quelque part. En vain.

Tartaglino eut alors l'idée d'engager sur le cas Perrazzo quelqu'un en plus de Leuci. Non pas qu'il fût insatisfait des performances de Leuci, dit-il, mais il voulait engager un autre agent comme garantie supplémentaire en quelque sorte. Et il voulait que Leuci soit isolé du sergent Perrazzo.

L'agent auquel pensait Tartaglino était Sandy Bario, qu'il fit rentrer de France, et il s'arrangea pour que Bario et Leuci se rencontrent. Lui-même n'assista pas au rendez-vous. Ensuite, Leuci retrouva Tartaglino, Shaw et Scoppetta, et il écouta le plan concocté par Tartaglino.

D'abord, dit Tartaglino, Leuci irait trouver Perrazzo. « Vous lui direz que vous avez des renseignements sur un courrier, Bario, qui descendra dans un motel de l'aéroport, facile à arnaquer. »

Se rendant compte que Tartaglino avait dû utiliser ce même stratagème à de nombreuses reprises dans le passé, Leuci l'interrompit.

« Pourquoi n'irais-je pas rouler ce type tout seul ?

— Vous ne pouvez pas. Vous faites des affaires avec ses gens. »

Leuci hocha la tête.

« Vous ne voulez pas faire enfermer Bario, pour la même raison, continua Tartaglino. Perrazzo devrait le faire casquer tout simplement, mais vous voulez votre part.

— Pour le moment ça colle, dit Leuci. Est-ce qu'il aura de la drogue ?

— Oui. Il sera en possession d'un faux passeport, et d'une très grosse somme d'argent. Parlez du faux passeport à Perrazzo, Perrazzo devrait menacer d'arrêter Bario à cause du document falsifié, et Bario paiera pour éviter l'arrestation. »

Tartaglino arbora son doux sourire tranquille.

« Bario portera sur lui un micro. La pièce sera truffée de micros, Perrazzo le fera casquer, du moins nous l'espérons. Nous n'en savons rien. Quelle que soit la somme acceptée par Perrazzo, vous devrez la partager, parce que nous voulons récupérer une partie de notre argent, et en plus, cet argent servira de pièce à conviction lors du procès. »

Leuci alla donc voir Perrazzo et lui répéta l'histoire. Perrazzo, homme d'âge mûr ayant vingt-cinq années de police derrière lui, fut enchanté. Il avait quelques inspecteurs dignes de confiance, dit-il. Ces policiers et lui seraient en mesure de s'occuper de ce courrier. Aucun problème.

Le jour suivant, Perrazzo et deux inspecteurs tombèrent sur Bario, menacèrent de l'arrêter, et lui extorquèrent huit mille dollars. Lorsqu'il rencontra Leuci plus tard, Perrazzo était aux anges.

« Chaque fois qu'il descendra en ville, ce type va me filer deux mille dollars, rapporta Perrazzo en tendant sa part à Leuci. Tu auras ta part, Bobby. Je n'oublierai pas que tu m'as présenté à ce type. Notre petite association marche bien. Et nous avons parlé italien entre nous. »

Leuci alla voir Tartaglino.

« Maintenant nous avons un solide chef d'inculpation contre Perrazzo, lui dit Tartaglino. Et Bario est engagé à fond avec lui. Mais ce n'est que la première étape. Nous avons encore un long chemin à parcourir. »

Tartaglino pensait tout haut. « Ce qu'il nous faut faire à présent, c'est organiser notre prochaine étape, dit-il. Comment allons-nous utiliser ensemble l'agent Bario et le sergent Perrazzo ? » Tartaglino observait Leuci avec attention.

« Ce que j'aimerais faire, dit bientôt Tartaglino, c'est envoyer quelqu'un d'autre à Perrazzo. Un autre agent. Mais celui-là sera un trop gros gibier pour un sergent. Ce sera un parrain de Detroit. Nous allons imaginer un moyen pour que le sergent Perrazzo fasse venir ce type tout droit dans le bureau du procureur du Queens. »

Bientôt Tartaglino assemblait les pièces d'un fabuleux stratagème, et lorsqu'ils l'entendirent, Scoppetta et Shaw furent aussi époustouflés que Leuci.

Le sergent Perrazzo s'était un jour vanté à Leuci de son amitié avec un important procureur adjoint du Queens. Tartaglino dit : « Nous allons monter une situation où le sergent amènera son parrain mafioso de Detroit directement à ce procureur adjoint. Nous savons maintenant que le sergent Perrazzo est corrompu. Nos renseignements nous disent que le procureur adjoint n'est pas ce qu'il devrait être. Le parrain aura beaucoup d'argent. Voyons ce qui va se produire. »

De nouveau, Leuci tint le rôle d'acteur principal dans ce drame. Il rencontra le sergent Perrazzo et lui expliqua l'histoire du parrain. Il conseilla à Perrazzo de faire attention à ses paroles devant cet homme. Il fallait traiter ce type avec respect. Il avait énormément d'argent, et voulait organiser quelque chose à l'aéroport.

La rencontre entre Mike Paccini, agent fédéral des Narcotiques, alias le parrain de Detroit, et le sergent Peter Perrazzo eut lieu dans l'appartement clandestin de Tartaglino au Stanhope Hotel. L'agent Paccini, taillé comme un géant, paraissait fruste mais c'était un excellent acteur, il joua son rôle avec une sorte de sensibilité tranquille. Sans jamais élever la voix, il dégagea cette impression de puissance propre à la Mafia que recherchait le sergent Perrazzo ; il expliqua qu'il souhaitait établir un système de récompenses versées régulièrement par les membres du crime organisé au personnel des forces de l'ordre et des douanes afin que certaines marchandises puissent entrer et sortir librement de Kennedy Airport. Pour y arriver il était nécessaire de se mettre le bureau du procureur adjoint du Queens dans la poche. Perrazzo eut pour tâche d'organiser un rendez-vous entre Paccini et le procureur adjoint en poste.

Le sergent Perrazzo sembla fortement impressionné par le luxueux accoutrement du parrain, par son parfum, et un certain nombre d'autres rencontres suivirent. Mais Perrazzo ne fut jamais en mesure d'amener avec lui le procureur adjoint en personne. Le procureur n'était pas hostile à la tractation, rapporta Perrazzo. Il n'était pas non plus hostile à la somme mentionnée. Mais, selon Perrazzo, il voulait faire réceptionner l'argent par le sergent qui le lui remettrait.

Le beau projet de Tartaglino tomba donc à l'eau. Tartaglino fut déçu, Scoppetta aussi, et Shaw également bien entendu. Paccini et Leuci aussi.

« Attaquons-nous à plus gros et plus beau ! » dit Tartaglino, et il se mit à manigancer sa plus importante machination.

16

Leuci se faisait harceler des deux côtés à propos de l'affaire Jacques Bless. Etait-il entré en contact avec Bless ? demandait Scoppetta. Les cinquante mille dollars finiraient-ils par venir ? demandait le sergent Cohen. Les bandes compromettantes étaient en train de croupir. Qu'attendait Leuci ?

Leuci leur faisait à tous le même topo. Il fallait que les choses arrivent naturellement, sinon ça ne marcherait pas. Bless était rusé et dangereux. S'il n'avait encore jamais eu d'ennuis avec la justice, c'est qu'il se tenait à l'écart de chaque transaction. Les intermédiaires allaient en prison, pas lui, et tous ceux qui traversaient le fossé protecteur d'une manière suspecte risquaient de se retrouver KO.

Si on s'y prenait correctement, ne cessait de répéter Leuci, Bless paierait le pot-de-vin. Mais « correctement » ne signifiait pas de front. L'inspecteur Leuci ne pouvait décemment pas prendre l'ascenseur et aller sonner à la porte de chez Bless. Il fallait joindre Bless d'une façon détournée qui lui semblerait naturelle. Les bandes magnétiques, ou Leuci, ou les deux, devaient arriver à lui avec toutes les garanties nécessaires. Il fallait le faire d'une certaine façon, et cela prendrait du temps.

Et quels étaient donc les plans de Leuci ? Il n'en avait aucun, sinon attendre. Un chasseur ne suivait pas l'animal, fit remarquer Leuci. L'instinct animal était trop aiguisé. Au lieu de cela, le chasseur s'embusquait là où selon lui passerait sa proie, et il attendait. Un inspecteur de police était un chasseur, et faisait la même chose.

Entre-temps, Leuci devint de plus en plus proche de Sheridan et Glazer. C'étaient ses partenaires. Il passait ses journées avec eux. Il ne voulait ni les connaître davantage, ni se lier d'amitié avec eux, ni les entendre parler de leurs problèmes, mais il ne pouvait l'éviter. Cela était particulièrement difficile avec Sheridan, qui désirait tellement son amitié et comprenait mal pourquoi Leuci le tenait à distance. « Tu aurais de l'estime pour moi, dit un jour l'Irlandais de trente-trois ans, si seulement tu voulais bien te donner le mal de me connaître. »

Chaque fois que Leuci regardait Sheridan, il pensait : chaque jour est pour toi un jour de liberté de moins.

Ce fut Sheridan qui prévint Leuci de l'attitude de ses soi-disant amis du SSR. Ces types-là n'étaient pas vraiment des amis, lui annonça-t-il, car ils disaient du mal de lui derrière son dos. « Tu es trop bon, Bob, fit Sheridan de son accent chantant. Tu ne vois rien. Ce ne sont pas de vrais amis. Ils pensent qu'on ne t'a pas réintégré au SSR sans raison. Ils disent sans arrêt du mal de toi. Je suis davantage ton ami que n'importe lequel d'entre eux. Le fiel de ma langue, tu ne l'entendras jamais. »

Un soir, en attendant un procès qui passait en séance de nuit, Leuci se trouvait au bar avec Sheridan. Lorsqu'il leva la tête, il vit approcher Di Stefano.

« Je suis content que les audiences de la Commision Knapp soient terminées, dit le gros garant. Bon dieu, vous n'avez pas beaucoup témoigné. J'vous offre un verre ? » Et avec un bon sourire, il ajouta : « J'en reviens toujours pas, dit-il. Merde, vous ne portez jamais de flingue ! »

Les veines du coup gonflées, Sheridan approcha la tête à deux doigts du visage de Di Stefano. Sheridan était un bel athlète à la mâchoire carrée et aux mains larges comme des battoirs, il serrait les poings. « Quand il est avec moi, siffla Sheridan à la face de Di Stefano, il n'a pas besoin d'arme.

— Hé, les gars, vous ne comprenez pas la plaisanterie ? pleurnicha Di Stefano.

— Tu es trop bon, Bob, dit l'Irlandais, repoussant violemment Di Stefano. Je ne sais pas pourquoi tu traites avec ces gras-doubles de fils de pute. »

Leuci alla voir Scoppetta et se mit à plaider la cause de Sheridan. Sheridan n'était pas vraiment mauvais, dit-il. Il ne méritait pas les terribles sanctions qui lui pendaient au nez. Scoppetta avait arrangé le transfert de Hubert aux Renseignements. Pourquoi ne ferait-il pas de même pour Sheridan ? Sheridan n'avait certainement jamais eu l'idée des pots-de-vin. C'était un flic rude et courageux qui suivait les autres.

Et Stanley Glazer ? répondit Scoppetta. Et le sergent Cohen ? Leuci allait-il prendre la défense de tout le monde ? Sa voix était pleine de sympathie. « Allez-vous vous enflammer pour chacun de ces types ? »

Puis il secoua la tête. Il ne pouvait rien. « Nous connaissons votre problème, dit-il. Nous comprenons qu'il ne fera qu'empirer. Croyez bien que nous serons derrière vous. Nous resterons avec vous jusqu'au bout. Nous vous aiderons à traverser l'épreuve. »

L'autre problème de Leuci (son entrée en contact avec Jacques Bless) fut résolu par Bless lui-même. Imaginant qu'il pouvait être compromis dans l'affaire Corso, Bless envoya un avocat chez Di Stefano, et Di Stefano alla directement voir Leuci. Celui-ci pouvait-il s'arranger pour savoir si Jacques Bless avait quelque chose à craindre ? demanda Di Stefano.

« J'ai des nouvelles pour vous, répondit Leuci. Ça risque de chauffer pour votre Jacques Bless. » Et il se mit à parler des bandes enregistrées par ses partenaires et lui, des conversations entre Bless et Corso. Les bandes impliquaient fortement Bless dans une association de malfaiteurs, dit Leuci, mais il pouvait les acheter pour cinquante mille dollars.

Di Stefano hocha la tête. Bless n'était pas un minus et paierait la somme, dit-il, et il promit d'envoyer Lamattina chez l'avocat, muni de la proposition de Leuci. Lamattina avait déjà travaillé avec cet avocat et saurait comment mener l'affaire.

Et une fois de plus Leuci recommença à dîner régulièrement avec Lamattina et Di Stefano chez Ruggiero, à Brooklyn. C'étaient des réunions sympathiques. Il y aurait de l'argent pour tous, Lamattina avait rencontré l'avocat de Bless. Si les bandes existaient vraiment, dit Lamattina, le trafiquant de drogue était prêt à payer cinquante mille dollars pour les obtenir.

Finalement, Leuci accepta de réunir les bandes et de les remettre à Lamattina. Celui-ci les écouterait pour s'assurer de leur validité. Il les remettrait ensuite à l'avocat de Bless et l'argent serait versé.

Le lendemain, Leuci et Lamattina se retrouvèrent devant le commissariat de la quatorzième circonscription, et les bandes furent transférées de la voiture de Leuci dans celle de Lamattina. Lorsque Lamattina demanda un sachet où les mettre, Leuci sortit une enveloppe kraft apparemment vide de son attaché-case. Lamattina y fourra les bandes et rentra chez lui pour le week-end.

En fait, l'enveloppe n'était pas vide, Leuci l'avait reçue de Scoppetta et elle contenait toujours la note du procureur à TPF-1 (le nom de code de Leuci), réclamant un rapport sur Lamattina, Di Stefano et sur l'affaire Jacques Bless. Leuci n'avait pas mis son travail administratif à jour et se faisait gentiment tirer l'oreille. A présent, la note de Scoppetta, froissée sous les bandes magnétiques, prenait le chemin de chez Jacques Bless.

Ce dimanche-là, chez lui à Staten Island, Lamattina (trente-huit ans), décida d'écouter les bandes et il renversa le contenu de l'enveloppe sur la table. La note de Scoppetta tomba en même temps que les bandes. Lamattina en prit connaissance. C'était une feuille simple sans en-tête. Scoppetta l'avait tapée lui-même, et elle contenait de nombreuses coquilles. Elle n'était pas signée.

Lamattina téléphona à Di Stefano, et ils se retrouvèrent en vitesse. D'instinct ils comprirent tous deux ce que la note représentait exactement. TPF-1 devait être Leuci. Dire qu'ils fréquentaient Leuci depuis plus de quatre mois !

Ils se mirent à donner des coups de téléphone de plus en plus affolés. Leuci était-il un indicateur ? Que pensait-on de Leuci ?

L'un des appels arriva chez l'inspecteur Nunziata. Nunziata serait au courant. On pourrait se fier à ses paroles et agir en conséquence. Du point de vue de Leuci, Di Stefano et Lamattina n'auraient pu choisir mieux pour montrer la note de Scoppetta. Car, avant tout, Nunziata était loyal envers ses amis.

Après avoir lu la note, Nunziata se mit à rire. « Si Leuci est un mouchard, alors ma mère est une moucharde ! dit-il. Vous ne connaissez pas Leuci ? Il est déconcertant. Il essaie de vous faire tourner en bourriques, et il a réussi. Vous vous êtes reposés sur lui, et il prend sa revanche. Il vous donne les bandes, mais il met la lettre avec. C'est une blague. Vous lui devez sans doute de l'argent. »

Nunziata leur donna une tape dans le dos et s'en alla. Di Stefano et Lamattina ne furent pas entièrement convaincus, ils n'étaient pas sûrs que ce soit une plaisanterie. La note leur semblait authentique.

Le lundi matin, Lamattina téléphona à Leuci et lui proposa de dîner ensemble, ce même soir. Leuci eut l'impression que quelque chose clochait, et il resta pensif toute la journée.

Ce soir-là, lorsque les trois compères prirent place au restaurant, Leuci vit immédiatement que ses deux vis-à-vis faisaient grise mine. Lamattina était à peu près de la même taille et du même poids que Leuci. Di Stefano était plus grand, et pesait au moins cinquante kilos de plus. Il regarda fixement Leuci pendant un moment, puis il lui jeta la note à travers la table en disant : « Lisez ceci, et dites-moi ce que c'est. »

Baissant les yeux sur la note de Scoppetta, Leuci blêmit. Il ne disposait que de quelques secondes pour inventer une réponse acceptable, mais il ne lui en venait aucune à l'esprit. Nunziata lui en avait déjà fourni une, mais il ne le savait pas. Il n'eut qu'une réaction et une seule : je suis cuit.

Pouvait-il encore s'en tirer par un mensonge ? Une idée lui vint.

« C'est apparemment le travail de Glazer, dit-il. Dès que je l'ai vu j'ai su que ce con de Juif était un mouchard. »

Le visage de Lamattina s'éclaira immédiatement, mais Di Stefano se tourna vers son acolyte et lui dit, dégoûté : « Tu es con ou quoi ? Tu vois les dates sur ce papier de merde ? Certaines remontent bien avant les débuts de Glazer avec ce type. Glazer n'assistait même pas à certaines des réunions mentionnées. » Il se tourna ensuite vers Leuci. « Je veux une explication, et vite ! »

Leuci repoussa la note de l'autre côté de la table.

« Je ne sais vraiment pas de quoi il s'agit, répondit-il. Ce n'est pas à moi.

— Nous allons vous fouiller, dit Di Stefano.

— Allez-y », fit Leuci. Une nouvelle séance de palpage, pourquoi pas ? Il se leva, écartant les bras.

« Pas ici, là-bas, grogna le gros, en indiquant du pouce les toilettes derrière.

— Je ne porte pas de micro, dit Leuci.

— Nous allons voir », répondit Di Stefano d'un ton sinistre.

Dans les toilettes, Leuci les laissa docilement lui ôter sa veste, sa cravate et sa chemise.

« Vous voyez ? Qu'est-ce que je vous disais ? fit Leuci. Vous êtes tombés sur la tête, les gars. »

Mais ce résultat ne fit qu'augmenter l'agitation des deux autres, si c'était encore possible. Rien n'avait plus de sens pour eux, rien. « Que se passe-t-il, Bobby ? demandèrent-ils. De quel côté êtes-vous ? Qu'essayez-vous de nous faire ? »

Di Stefano lut la note tout haut, date après date, le suppliant de donner une explication. Leuci choisit de ne pas répondre, il cessa d'émettre la moindre parole. Lorsque Di Stefano arriva à la fin de la note, il leva les yeux et dit d'une voix pleine d'angoisse : « Ce n'est pas drôle !

— Vous avez raison, répondit Leuci, ce n'est pas drôle. Vous êtes dans de sales draps ! »

Di Stefano se tourna vers Lamattina. « Fous-lui une trempe ! Bute-le ! » dit-il. Mais ni l'un ni l'autre ne bougea.

« Que voulez-vous dire par " bute-le " ? cria Leuci furieux. J'ai soixante-quinze agents dehors, armés de mitraillettes. Ils vous feraient sauter la cervelle à tous les deux. »

Tout d'un coup, le gros garant adipeux et le flic

escroc ne semblaient plus dangereux. Pendant des mois ils avaient paru mauvais. Souvent ils avaient parlé de tuer des gens, ou d'en avoir tué, de casser les jambes aux indics. Mais c'était fini. A présent, ils étaient tous deux terrifiés.

« Remettez-vous, je peux vous proposer un marché », leur dit Leuci. Mais il voulait arriver à les faire sortir là où était son équipe de suiveurs. « Je peux vous aider tous les deux à vous sortir de là. Allons dehors, dans la rue, nous pourrons discuter. »

Ils le suivirent et sortirent du restaurant, ils se mirent à gémir. « Oh, Bobby, fit Di Stefano. Nous sommes dans un sacré pétrin. »

Debout sur le trottoir, Leuci chercha des yeux son équipe de suiveurs. Il ne vit personne. Il commença à se gratter la tête, le signal convenu d'appel à l'aide. Il se grattait, n'arrêtait pas de se gratter. Aucun agent n'arriva à la rescousse.

« Qu'est-ce que ça veut dire ? demanda soudain Di Stefano. C'est un signal ou quoi ? » Le gros s'était remis à calculer. Il était redevenu dangereux. Les bandes compromettantes de Leuci ne seraient d'aucune valeur devant la Cour sans sa déposition. Il n'y avait aucune trace des soixante-quinze agents et de leurs mitraillettes. Il n'y avait pas l'ombre d'un agent. Si Leuci était seul, alors peut-être avaient-ils encore une chance. Se débarrasser de Leuci, et ils seraient tranquilles.

Ce soir-là, l'équipe de suiveurs de Leuci se composait de deux agents du Fisc et d'un flic, celui qu'il avait tant supplié pour avoir : l'agent Vinny Murano, qui habitait en face de chez lui. Ils n'avaient cessé de tourner en rond autour du pâté de maisons, et maintenant, passant de nouveau devant le restaurant, ils virent le signal de Leuci.

« Il a des ennuis », dit Murano.

Mais le chauffeur, un agent du Fisc, n'en était pas

sûr. Peut-être Leuci se grattait-il simplement parce que ça le démangeait, dit-il. Ils ne pouvaient pas courir le risque de le faire démasquer. Bien que Murano lui ait dit d'arrêter, l'agent continua sa route.

« Il a des ennuis », dit Murano, plongeant par-dessus le siège pour couper le contact. A l'instant même où la voiture s'arrêtait avec un hoquet, il bondit dans la rue.

Leuci se grattait toujours la tête lorsque Murano sortit de l'ombre, s'arrêta, et demanda prudemment : « Hé, je ne vous connaîtrais pas ?

— Ouais, vous me connaissez, dit Leuci. Eh bien, arrêtez donc ces deux types ! »

Di Stefano et Lamattina furent conduits au bureau du procureur général à Foley Square, où Scoppetta et Shaw leur proposèrent de collaborer à l'enquête. Ils acceptaient, déclarèrent-ils en chœur. Ils étaient épouvantés et stupéfaits. Ils voulaient réfléchir. Mais ils promirent tous deux de ne pas démasquer Leuci.

L'enquête Leuci durait depuis presque une année. Scoppetta et Shaw eurent le sentiment qu'il fallait y mettre fin cette nuit même. Il était bien trop périlleux de laisser continuer Leuci. Ils ne pouvaient courir le risque de le laisser retourner sur le terrain.

Cependant, Leuci tint à continuer, il prétendit que Lamattina et Di Stefano n'étaient pas en mesure de le griller. Comment pouvaient-ils proclamer l'avoir démasqué s'ils étaient toujours eux-mêmes à l'air libre ? Il serait alors évident qu'ils coopéraient eux aussi. Ils ne pouvaient pas se permettre de confondre Leuci.

Plusieurs réunions suivirent. A la fin, les procureurs acceptèrent d'accéder aux souhaits de l'inspecteur Leuci. L'enquête se poursuivrait.

Dès lors, Leuci devint progressivement de plus en plus vulnérable. Petit à petit, Lamattina et Di Stefano se mirent à parler, à lancer des allusions, et ceux à qui ils s'adressaient, y compris certaines des cibles de

Leuci, commencèrent à assembler les pièces du puzzle et à voir parfaitement le tableau.

Leuci se disait qu'il allait bientôt être démasqué. Il faisait de la corde raide, de plus en plus mince chaque jour.

17

Les rumeurs atteignirent Mikey Coco.

De tous les truands qu'avait rencontrés Leuci, celui envers qui il ressentait le plus d'amitié et d'estime était Mikey Coco. Coco avait toujours été parfaitement honnête avec lui, il n'avait jamais fait marche arrière après avoir promis quelque chose. Si on lui demandait un service, il remuait ciel et terre pour le rendre. Il semblait faire entièrement confiance à Leuci, et si celui-ci avait réuni des pièces à conviction contre lui, la faute lui en incombait en grande partie. C'était que Leuci n'avait pu l'éviter. S'il en avait été autrement, se dit Coco, il l'aurait fait. Mais le truand était du genre curieux, fouineur, et il aimait les flics, en particulier Leuci.

Et voilà qu'il entendait les mêmes bruits que tout le monde, et il ne cessait d'appeler Leuci.

« Bobby, ici Sidney. »

Coco voulait le voir tout de suite. Leuci, sous tous les prétextes possibles, remettait sans arrêt la rencontre. A la fin, sentant qu'il n'avait plus le choix s'il ne voulait pas se faire démasquer complètement, l'inspecteur accepta un rendez-vous avec Coco, et il se rendit au Baychester, leur lieu de rencontre habituel, équipé de son émetteur et suivi par ses agents. Il monta dans la voiture de Coco.

Sans même allumer ses phares, Coco sortit en trombe du parking dans un crissement de pneus, fit un demi-tour complet et fila. Il avait semé les suiveurs.

Les phares s'allumèrent. Coco réduisit sa vitesse. Leuci était seul avec lui.

« Vous m'avez évité une ou deux fois, dit prudemment Coco. Vous êtes nerveux quand vous me parlez. Vous ne l'étiez jamais avant. J'ai entendu dire que vous étiez en permanence équipé d'un micro. Je vous emmène quelque part et je vais vous fouiller. Et si c'est vrai... »

Il se pouvait que les agents suiveurs soient encore assez proches pour recevoir la transmission de Leuci. S'il hurlait pour appeler à l'aide, nombre de voitures de patrouille se mobiliseraient pour le rechercher. Mais il ne le fit pas. Au lieu de cela il décida d'être franc.

« Vous n'avez pas besoin de me fouiller, Mike. Je porte un micro. »

Leuci se mit à mentir à toute vitesse. Il était engagé dans des recherches. Son téléphone personnel était sur table d'écoute. Les procureurs avec lesquels il travaillait étaient au courant de sa rencontre de ce soir avec Coco, ils lui avaient donné l'ordre de venir avec son équipement. Leuci débrancha l'un des fils et le montra. « Il est coupé, Mike. Vous pouvez me dire tout ce que vous voulez. Mike, faites-moi confiance, je ne vous ferai pas de mal.

— Je vous fais confiance, marmonna Coco. Mais les gens vous forcent à faire des choses contre votre gré. »

Coco s'arrêta devant un restaurant de City Island, et ils descendirent de voiture. En passant devant le bar, Leuci examina la silhouette de Coco, essayant de voir si le truand était armé. Coco avait la réputation de ne pas porter de revolver, mais s'il en avait un sur lui, alors celui qui l'accompagnait risquait gros.

Pendant qu'ils attendaient d'être servis, Leuci continua ses mensonges. Son enquête concernait les flics et les magistrats. « Vous autres, vous êtes des gens à part, dit-il sérieusement. Il y a des lois spéciales pour vous. Je ne m'occupe pas de vous. »

Leuci regarda le visage dur et marqué de petite vérole.

« Vous me racontez des histoires, dit le gangster de sa voix éraillée. J'ai passé la moitié de ma vie en prison. Croyez-vous que j'aie peur de me retrouver en cabane ? Qu'est-ce que j'ai fait ? Je vous ai donné de l'argent. J'écoperai d'un an. Ce n'est pas la peine de me mentir. Dites-moi la vérité.

— Ecoutez, Mike, ne vous fâchez pas.

— On vous a pris en faute, c'est ça ? Si on vous a pris et que vous n'avez pas fait appel à nous pour vous aider, alors vous méritez d'être buté. Parce que vous leur faites plus confiance qu'à nous.

— Personne ne m'a pris à faire quoi que ce soit », dit Leuci à voix basse.

C'était toujours son argument final. Personne ne l'avait pris en faute. Celui qui cafardait parce qu'il s'était fait pincer était un mouchard. Mais Leuci, à qui cela n'était pas arrivé, n'en était pas un.

Il était flic, dit Leuci à Coco. Il avait toujours été flic. Il ne savait pas comment il avait réussi à connaître des hommes comme Mikey Coco. Mais évoluer librement dans les cercles du crime organisé, dîner avec des personnages comme Coco, lui avait beaucoup plu au début. Il avait éprouvé un certain plaisir à se sentir nécessaire à des individus qu'il savait être de mauvais éléments. « Vous comprenez cela, Mike ?

— Non. »

Le serveur disposa leurs assiettes devant eux. Lorsqu'il fut parti, Leuci tenta d'expliquer sa rencontre avec Scoppetta, ses conversations avec le procureur. « Il est arrivé à un moment où j'avais l'impression que mon univers, tout ce que j'avais connu et en quoi j'avais cru, avait dégringolé. Je voulais faire quelque chose qui prouve que j'étais un bon gars, pas un mauvais.

— Bobby, je n'ai jamais douté que vous soyez un bon gars. Mais vous étiez bon pour qui ? »

Leuci parla de son père, qui avait toujours été si fier de lui, et de son frère devenu héroïnomane.

Coco fut surpris. « Je ne le savais pas.

— Mike, je vous ai déjà parlé de mon frère. Vous m'avez répondu de lui casser les deux jambes et de l'attacher sur une chaise. Voilà ce qu'a été votre conseil, Mike. »

Ni l'un ni l'autre ne mangeaient.

Au bout d'un moment, Coco repoussa son assiette. « De combien vais-je écoper ? demanda-t-il. Ne me racontez pas qu'il n'y a rien contre moi. Il y a forcément quelque chose. J'ai rencontré ce foutu Geik. Portiez-vous votre émetteur ce soir-là ? Je vais me retrouver en prison pour combien de temps ? »

Que pouvait répondre Leuci ?

« Je n'en sais rien, Mike. Vous n'aurez pas grand-chose. »

Coco demanda l'addition.

« Que signifie “ pas grand-chose ” pour vous ? Cinq ans ? Dix ans ? »

Coco étala l'argent de l'addition dans la soucoupe, au-dessus de la note.

« Je pense que ce qui pourrait vous arriver de pire c'est d'en prendre pour un an », dit Leuci. L'inspecteur attendit la réaction de Coco en l'observant attentivement. Il ne pensait pas qu'il y aurait une bagarre ici, dans ce restaurant bondé, mais il se pouvait qu'une fois remontés en voiture, Coco le conduise dans un endroit écarté où on les attendrait. Coco avait peut-être organisé cela par avance.

Mais Coco se contenta de dire : « Je pourrais passer un an sur une main. Un an ce n'est rien. Vous êtes sûr que je n'en prendrai pas plus d'un an ?

— Je n'en suis pas sûr, avoua Leuci. Je ne suis pas juge. En ce qui me concerne, Bernie Geik vous a truandé. Vous étiez la victime. »

Brusquement, Coco se mit à rire : « Je suis victime de tous vos flics à la manque depuis que je vous fréquente. » Puis, examinant Leuci, il demanda d'une voix plus douce : « Et que va-t-il vous arriver quand tout ça sera fini ?

— Peut-être que la justice se retournera contre moi, et qu'on me coffrera aussi. Si on veut me poursuivre, il y a de la matière !

— On fera de vous un héros, dit carrément Coco. Mais pour le moment, on vous a déjà transformé en balance. Votre père va avoir des ennuis. Votre cousin, je ne veux même pas y penser ! Votre cousin va devoir expliquer à un tas de gens comment vous vous êtes fourré là-dedans. Est-ce que quelqu'un va écoper à cause de moi ? Bobby, c'est très important. Je vous ai présenté à quelques personnes. Je me suis porté garant pour vous.

— Je vous donne ma parole, Mike, dit Leuci. Personne. »

Ils parlaient maintenant depuis plus de deux heures, et ce dernier sujet semblait de loin le plus dangereux. Leuci recula sa chaise et se leva de table. Il ne voulait pas laisser à Coco le temps de se demander qui risquait d'être poursuivi parce qu'il s'était porté garant pour lui.

« Asseyez-vous, Bobby, dit Coco. Ces gens vous ont transformé en mouchard. Vous serez incapable de vous regarder dans une glace. » Il réfléchit un instant avant d'ajouter : « Je vais vous sauver la vie. Venez me retrouver demain matin à Kennedy Airport. Je vous donnerai soixante-quinze mille dollars. Vous irez n'importe où dans le monde, vous me ferez savoir où par votre cousin ou quelqu'un de confiance, ensuite je vous enverrai de nouveau soixante-quinze mille dollars. Vous pourrez recommencer une nouvelle vie. Sans être une balance. »

Personne au sein des forces de l'ordre n'aurait eu envie d'offrir cent cinquante mille dollars à Leuci pour qu'il recommence sa vie.

« Mike, où pourrais-je aller ? »

Ils quittèrent le restaurant et reprirent le chemin de l'endroit où Leuci avait laissé sa voiture. En roulant, Coco garda le silence. Finalement il dit : « Je vais vous déposer à quelques rues de l'endroit. Dans une belle petite rue bien sombre. » Il se tourna pour regarder Leuci.

« Mike, vous me tuez et vous êtes un homme mort ! dit Leuci.

— Bobby, pourquoi parler comme ça ? fit Coco avec un sourire. Vous vous rongez trop. C'est pour ça que vous êtes dans ce merdier. Depuis que je vous connais, qu'est-ce que vous vous bilez, bon Dieu ! »

Leuci descendit de voiture et s'éloigna sans un regard en arrière.

18

L'objectif de Tartaglino était toujours de combattre la corruption à l'intérieur du système judiciaire. Toujours par le canal du sergent Perrazzo. Son idée consistait à munir un nouvel agent d'une très forte somme, à lui inventer une histoire époustouflante et à s'arranger pour le faire arrêter par le sergent Perrazzo. Perrazzo le livrerait à la justice d'Etat. Et une fois entré dans le système, l'agent commencerait à offrir des pots-de-vin. Et cela jusqu'au plus haut niveau possible de la hiérarchie judiciaire.

Aux yeux de Scoppetta, de Shaw et de Leuci, ce dernier projet semblait un brin compliqué, peut-être même irréalisable, mais dès que Tartaglino le leur eut exposé en détail, de sa voix calme, avec sa précision habituelle, tout leur scepticisme s'envola et, une fois de plus, ils furent submergés par le respect.

D'abord, on choisirait l'agent Carlo Dandolo. Dandolo était italien — il y avait au moins cela de certain — il parlait français et avait tenu un café à Marseille. Il avait vécu en Turquie et en Syrie, et à présent il habitait au Liban où il possédait un café à Beyrouth. Ce n'était pas un agent fédéral des Narcotiques. Plutôt un « extra » du Bureau, un indépendant. Tartaglino ignorait s'il avait un passé chargé. Cet homme avait travaillé pour lui sur plusieurs grosses affaires de drogue en Europe, et lorsque Dandolo visait une cible, celle-ci se retrouvait d'office en prison. Dandolo, dit Tartaglino, était le parfait agent clandestin, et un acteur consommé. C'était le meilleur à qui le Bureau des Narcotiques pouvait faire appel. C'était très vraisemblablement le meilleur du monde, il serait capable de faire accepter un pot-de-vin à n'importe quel fonctionnaire corrompu.

Tartaglino se mit alors à tracer soigneusement les grandes lignes de son projet. L'agent Dandolo prendrait l'avion pour New York et descendrait à l'hôtel Americana, on informerait le sergent Perrazzo qu'il y était et qu'il travaillait pour une famille rivale de la Mafia. L'agent Dandolo, couvert d'argent, se ferait d'abord plumer par le sergent Perrazzo qui l'arrêterait ensuite.

Il valait mieux garder l'inspecteur Leuci à l'écart cette fois-ci, expliqua Tartaglino. Beaucoup se méfiaient de lui à présent. Perrazzo pourrait en être.

Il faudrait arrêter Dandolo pour une raison sérieuse mais pas trop. Une petite quantité de drogue, peut-être. Le genre de désagrément qu'un criminel ordinaire peut raisonnablement espérer résoudre par le fric. Il devrait avoir l'air d'un important trafiquant ayant des contacts dans le monde entier. Tartaglino espérait pincer un ou plusieurs procureurs adjoints et des juges prêts à laisser filer un tel individu, moyennant finances.

L'agent Dandolo atterrit donc à Kennedy Airport, et descendit à l'Americana Hotel. Le sergent Perrazzo en fut averti. Comme on s'y attendait, Perrazzo choisit deux inspecteurs en qui il avait toute confiance et leur expliqua ce qu'ils allaient faire.

Mais l'un de ces policiers refusa immédiatement de prendre part à l'affaire.

« Nous sommes affectés à la Brigade des vols et

cambriolages du Queens, dit-il. Comment pouvons-nous aller dans un hôtel de Manhattan pour coffrer un trafiquant de drogue ? C'est impossible. »

Cet argument parut valable au sergent Perrazzo qui dit alors : « D'accord, je connais un type dont la compétence s'étend à toute la ville. »

Il commença à composer le numéro de Leuci, mais l'autre inspecteur l'arrêta. « N'appelle pas Leuci. J'ai entendu de drôles de bruits sur lui. Appelle n'importe qui d'autre, mais pas lui ! »

Ayant pourtant besoin d'un inspecteur capable d'exercer son autorité sur toute la ville, Perrazzo pensa à Joe Nunziata et lui téléphona. Aux environs de minuit, l'ancien flic de la police montée, l'ancienne superstar du SSR, se rendit à l'Americana avec son partenaire et frappa à la porte de Dandolo.

En quelques minutes, l'inspecteur Nunziata fut dans un état d'intense effervescence. Il avait trouvé le passeport de Dandolo comportant des tampons de villes comme Marseille, Rome, Beyrouth. Il avait trouvé le petit agenda de Dandolo. A l'intérieur se trouvait une liste des plus importants trafiquants de drogue de la Mafia, de New York à la Californie. Il renfermait même les numéros de téléphone de certains personnages politiques à noms italiens.

Il avait découvert un sachet d'héroïne cousu dans la doublure du costume de Dandolo. Les inscriptions sur le sachet étaient en turc. Il avait trouvé, croyait-il, l'un des plus gros trafiquants de drogue jamais tombés entre les mains d'un flic.

Mais comme l'inspecteur Nunziata ne travaillait plus pour la police, mais pour le *Joint Task Force,* le Groupement inter-polices, il livra Dandolo non pas au tribunal d'Etat, mais à la Cour de justice fédérale.

Le scénario de Tartaglino était fort compromis (arrestation faite par le mauvais fonctionnaire, comparution à la mauvaise cour de justice), mais il décida de ne pas abandonner. Au contraire, il convoqua les deux flics et leur prisonnier à Washington.

Laissant Nunziata et son partenaire dehors, Tartaglino parla seul à seul avec Dandolo.

« Je peux me faire les deux flics, lui dit Dandolo. Ces deux types vont palper. Je le sens. »

Bien que Tartaglino visât des procureurs et des juges, il hocha quand même la tête. « Allez-y et faites-le si c'est possible. » Sa décision était prise. L'affaire continuerait.

Un moment plus tard, l'inspecteur Nunziata se tenait devant le bureau de Tartaglino.

« Ce Dandolo est un gros trafiquant, lui dit Tartaglino. Lorsqu'il aura payé sa caution, vous ne le lâchez pas. Il vous conduira peut-être à celui avec qui il traite. »

Dandolo sortit effectivement sous caution, utilisant l'argent que Tartaglino lui avait donné. La condition de sa libération l'obligeait à rester dans la juridiction du district sud de l'Etat de New York et on lui confisqua son passeport.

Deux semaines environ s'écoulèrent. A New York, Dandolo, Scoppetta, Leuci, Shaw et Tartaglino se retrouvaient constamment pour des réunions. Nunziata est un type droit, ne cessait de répéter Leuci aux autres, car il était terrifié pour son ami. Pour lui, Dandolo représentait une bombe à retardement. Nunziata est un policier honnête, persistait à dire Leuci. Mettons Dandolo sur quelqu'un d'important. Enlevez-lui Nunziata. C'est une perte de temps de s'acharner sur Nunziata.

Nunziata, comme Tartaglino le lui avait recommandé, resta à proximité de Dandolo et ils se rencontrèrent souvent. Chaque fois que Dandolo revenait de ces rendez-vous il faisait son rapport : ils étudiaient la possibilité de faire entrer de grandes quantités de drogue sous la protection de Nunziata. Avec son accent anglais très marqué, Dandolo citait des phrases et des expressions utilisées par Nunziata.

« Joe ne parle pas ainsi, ne cessait de protester Leuci. Joe est un type droit. Mettons Dandolo sur quelqu'un d'autre. »

Dandolo retrouvait régulièrement le policier au Friar Tuck, un restaurant du centre, puis il se hâtait de regagner l'appartement clandestin de l'East Side pour faire son rapport à Tartaglino. C'était un appartement luxueusement meublé, dans un immeuble de standing. C'était là que se tenaient les réunions d'information, de mise au point, de comptes rendus d'opérations. C'était là que Leuci s'équipait de son dispositif d'enregistrement ou qu'il l'ôtait en rentrant. Les téléphones servaient constamment pour le travail officiel, et les agents fédéraux affectés à l'enquête y dormaient souvent. Leuci ne cessait d'exhorter Dandolo à la prudence lorsqu'il y venait car Nunziata essayait sans aucun doute de le filer.

Dandolo se sentit insulté. Les meilleurs experts en filature s'étaient occupés de lui, se vantait-il. Même la Gestapo avait échoué. Personne ne parvenait à le suivre.

« Eh bien, laissez-moi vous dire une chose, mon ami, fit Leuci. Si vous continuez à venir ici, Joe vous trouvera. »

De nouveau Leuci se tourna vers Scoppetta. « Je veux voir ce type enregistrer Nunziata. J'ai besoin d'entendre les prétendues conversations qu'il a avec Nunziata. »

Scoppetta vit l'angoisse de Leuci, mais haussa les épaules.

« Si votre ami est honnête, Bob, inutile de vous tracasser ! »

Entre-temps, l'inspecteur Nunziata avait tenté de

suivre Dandolo après chacune de leurs rencontres au Friar Tuck. Dandolo ne l'avait jamais amené à l'Americana Hotel. Au contraire, l'agent s'était chaque fois débarrassé de son suiveur. Ce qui mena Nunziata à la conclusion que l'Americana servait de « couverture », et que Dandolo avait un autre appartement ailleurs. Il fut convaincu que s'il arrivait à localiser cet autre appartement, il pourrait peut-être laisser tomber toute l'opération arrangée avec Dandolo et saisir une importante quantité d'héroïne.

Mais où était cet appartement ? Et comment le trouver ?

Nunziata observa Dandolo, cherchant un défaut dans sa cuirasse. Enfin il en trouva un : une serveuse du Friar Tuck qui lui avait tapé dans l'œil. « Suivez-le partout où il a envie de vous emmener, lui dit-il, sauf à l'Americana Hotel. Tout ce que je veux savoir c'est où il vous amène. »

Dandolo conduisit la fille droit à l'appartement clandestin où il coucha avec elle.

Quelques minutes après avoir appris l'adresse, Nunziata était au téléphone avec l'inspecteur Carl Aguiluz, le meilleur poseur d'écoutes du SSR et, peu après, les deux hommes se retrouvaient dans le sous-sol de l'immeuble en train de fixer leur dispositif sur le boîtier d'arrivée du téléphone.

En haut, Leuci et les agents fédéraux continuaient à utiliser le téléphone. Le magnétophone de Nunziata enregistra chaque conservation.

Dandolo proposa un plan à Tartaglino. Il avertirait Nunziata qu'il aurait à retourner en France de toute urgence. Il lui promettrait de lui arranger de grosses arrestations et d'importantes saisies de drogue dès son retour. Tout cela en échange de son passeport pour deux semaines — il n'en aurait pas besoin plus longtemps —, deux semaines en France. De plus, il lui proposerait aussi quatre mille dollars.

Dandolo regarda à la ronde comme s'il s'attendait à recevoir des applaudissements. Tartaglino hochait la tête, pensif. Au fond, le projet lui plaisait.

« Nunziata n'acceptera pas cet argent », affirma Leuci. Mais il avait un accent de prière dans la voix. « Pour Nunziata vous êtes le plus gros trafiquant qu'il ait jamais rêvé prendre. S'il ne s'intéresse qu'à l'argent, il vaut mieux attendre. Vous lui donnez la possibilité de procéder aux plus grosses arrestations qu'il ait jamais faites, il peut vraiment se faire acheter cher par les inculpés, si c'est d'argent qu'il a envie. Pourquoi accepterait-il vos quatre mille dollars maintenant ?

— Il les acceptera, dit Dandolo d'un air suffisant.

— Il faudrait que Dandolo porte un micro sur lui, insista Tartaglino de sa voix douce.

— D'accord », dit Dandolo, et il se dévêtit jusqu'à la taille pour qu'on lui fixe le dispositif sur le torse.

Tartaglino lui remit la somme du pot-de-vin : quatre mille dollars en billets marqués.

Dandolo reboutonna sa chemise, noua sa cravate, décocha son sourire plein de suffisance et sortit.

Leuci était rentré directement chez lui. Une fois arrivé, il raconta toute l'histoire à Gina. Il ne doutait pas une seconde que si Dandolo abordait Nunziata comme il l'avait dit, s'il lui jouait le refrain des « fils de l'Italie » — « nous sommes italiens tous les deux, faites-moi confiance car je suis italien » — alors Nunziata se laisserait piéger, et il accepterait probablement l'argent. Dandolo trouverait un moyen de lui faire prendre la somme.

Gina écouta, consternée.

Leuci voulait téléphoner à Nunziata, le prévenir qu'il se fourrait dans un piège. Mais si Nunziata s'affolait et commettait une bêtise ?

Alors ce serait aussi la fin pour Leuci, et pour la plupart des nombreuses inculpations qu'il avait si soigneusement préparées. Voilà une première certitude. La seconde était que Tartaglino le poursuivrait en justice.

Leuci décrocha le téléphone, décidé à appeler Nunziata de toute façon, mais il le reposa. Il se dirigea encore plusieurs fois vers le téléphone, mais n'appela pas son ami. Finalement il sortit de chez lui, descendit vers la plage et s'assit sur un banc face à la mer obscure.

Il se rappela le jour où, l'air nerveux et inexpérimenté, il s'était présenté dans un bureau pour un entretien en vue de son éventuel transfert à la Brigade des stupéfiants. Plusieurs autres attendaient aussi, dont Nunziata. Il était le seul à ne pas être nerveux. Il portait des vêtements classiques et très coûteux. Ce n'était que la deuxième fois que Leuci le rencontrait.

En attendant, Nunziata se mit à raconter des histoires de chevaux — une fois, alors qu'un suspect qu'il pourchassait essayait de s'échapper dans le métro, il fit descendre les escaliers à sa monture et procéda à l'arrestation du type.

Bientôt, dans la salle d'attente, les flics riaient tellement fort qu'ils en avaient oublié leur nervosité. Un certain nombre de fonctionnaires faisaient même cercle autour de Nunziata pour l'écouter. Les gens s'agglutinaient toujours autour de lui.

Le cheval, continua-t-il, était la créature la plus stupide de la terre. Le seul moyen d'apprendre quelque chose à un cheval, c'était par un crochet du gauche entre les yeux. « Voilà la seule façon d'inculquer du respect pour vous à un équidé. »

Leuci, en contemplant les vagues sombres qui s'écrasaient sur la grève, se rappela tout cela et même davantage.

Dans le quartier Williamburg de Brooklyn où il avait

grandi, Nunziata jouait un peu le rôle de shérif. Les petits gosses se rassemblaient autour de lui et descendaient la rue à ses côtés en criant : « Joe, Joe, Joe. » Parfois il jouait au base-ball avec les gamins. Il pouvait envoyer la balle à plus de quinze cents mètres de distance. Si des bandes de jeunes « bronzés » venaient renverser les poubelles ou tabasser les gosses du quartier, Nunziata prenait un congé le lendemain, il les attendait et s'occupait de toute la bande. Il leur flanquait une volée qui les dissuadait de revenir.

Dans le monde viril de la police, les flics sortaient souvent ensemble à la fin du service, assez souvent ils racolaient des femmes et ne rentraient pas chez eux. Nunziata, lui, se hâtait toujours de rentrer retrouver son épouse, Ann.

Il était issu d'une famille nombreuse de la classe ouvrière, et tous ses parents le considéraient comme leur chef. Il avait toujours eu l'ambition d'épargner assez d'argent pour pouvoir déménager de ce vieux quartier et habiter dans un environnement de gens instruits. La culture l'impressionnait beaucoup. Il avait récemment acheté une maison à Great Neck.

Quelques années plus tôt les stars du SSR (et de la police en général) avaient été Sonny Grosso et Eddie Egan ; c'est eux qui avaient fait éclater au grand jour l'affaire de la French Connection. Depuis, Egan et Grosso avaient été affectés à d'autres missions — alors même que le film tiré de l'événement passait à New York ; depuis, Nunziata avait lui aussi été transféré au *Joint Task Force,* mais lorsqu'on parlait d'inspecteurs célèbres du SSR, on mentionnait souvent l'un ou l'autre des trois noms.

Dans l'esprit d'Andrew Tartaglino aussi, les trois noms avaient été inséparables. Dès qu'il avait appris que Dandolo s'était fait arrêter par Nunziata et non par Perrazzo, Tartaglino avait immédiatement reconnu ce nom, et il était allé fouiller dans de vieux dossiers pour se rafraîchir la mémoire. Ensuite, Tartaglino s'était mis en marche, fermement, implacablement.

Et cette nuit où Leuci contemplait désespérément la mer, où Dandolo, confiant, se hâtait de gagner le Friar Tuck, ce fut Gina Leuci qui prit sur elle d'agir. Les autres, Tartaglino, Dandolo, Nunziata, son mari, jouaient tous leur rôle avec une sorte de prédétermination. Le libre arbitre, semblait-il, commençait et finissait avec Gina.

Après avoir hésité dans un moment d'indécision atroce, elle alla jusqu'au téléphone et composa le numéro des Nunziata, car elle ne voyait pas comment faire autrement. Il lui incombait de sauver non seulement Nunziata, un ami, mais aussi son mari. Si Nunziata tombait dans le piège de Tartaglino, son mari n'y survivrait pas.

Il avait déjà trahi le code du silence de la police, et aussi ce code du silence qui puisait ses racines dans les montagnes de Sicile (arrivé en Amérique avec les ascendants de Leuci, entre autres) et restait profondément ancré dans le cœur de tous les jeunes gens d'origine italienne. Le silence se confondait avec l'honneur. A l'heure qu'il était, non seulement il avait trahi cet idéal, mais il allait aussi trahir le flic qu'il respectait plus que tout autre.

Au moment où Gina attendait que l'on décroche chez les Nunziata, elle avait envisagé, pour autant qu'elle en fût capable, toutes les conséquences possibles de son acte. Elle expliquerait à la femme de Nunziata, ou à Joe lui-même si elle avait la chance de l'avoir au bout du fil, qu'il ne devait surtout pas rencontrer Dandolo ce soir-là. Ensuite, elle raccrocherait. Quel que soit le résultat de sa démarche, son mari serait à l'abri. Tartaglino pourrait le faire passer au détecteur de mensonge le lendemain, le résultat serait négatif. Elle ne lui dirait jamais ce qu'elle avait fait, ni cette nuit, ni jamais.

Mais personne ne répondit. Elle attendit dix minutes, faisant les cent pas, puis elle refit le numéro. Dans l'heure qui suivit elle réessaya plusieurs fois, mais il n'y eut toujours pas de réponse.

Gina était une jeune femme solide. C'était une Italienne. Elle ne se mit pas à pleurer. Malgré la souffrance qu'elle ressentit à l'idée de ce qui allait arriver et à Nunziata et à son mari, elle accepta le décret de Dieu, la force du destin, quel que soit le nom qu'on lui donne. Elle ne pouvait rien faire de plus. Ce qui arriverait arriverait, et, une fois la crise passée, elle aurait pour tâche de recoller les morceaux, de remettre son mari d'aplomb, dans la mesure du possible.

19

Dans le bruit et l'animation du Friar Tuck, Dandolo, parlant en italien d'une voix basse et pressante, suppliait Nunziata de lui rendre son passeport. Il avait simplement besoin de passer quelques jours à Marseille. En rentrant, il mettrait une grosse affaire entre les mains de Nunziata. Il le renseignerait sur un Français, ou un Syrien, ou un salaud de nègre. Il trahirait n'importe lequel de ces gars-là pour son ami Nunziata, mais il n'était pas un indic, il était italien, et jamais il ne dénoncerait un compatriote italien, Nunziata le savait. Les Italiens pouvaient se faire confiance entre eux.

Qu'il le considérât sur n'importe quel plan, le marché semblait excellent à Nunziata. Voilà comment on devait inévitablement s'y prendre lorsqu'on voulait faire appliquer les lois anti-drogue. On passait un accord avec une ordure comme Dandolo. Il fallait apprendre à laisser tomber un dossier en échange d'une affaire plus importante.

« Et maintenant vous allez accepter ces quatre mille dollars », dit Dandolo.

Nunziata — la bande magnétique de Dandolo le prouva plus tard — avait d'abord protesté. Il ne voulait pas d'argent. Ils étaient tous deux italiens. Ils se faisaient confiance.

Par la suite, certains membres de l'accusation se moquèrent des protestations de Nunziata. Selon eux, il ne faisait aucun doute d'après le ton de sa voix, son onctuosité même, que son refus initial était de pure forme et qu'il avait toujours eu l'intention d'accepter l'argent. D'autres soutinrent qu'il ne l'avait pris que parce que Dandolo l'y avait forcé.

Nunziata remit deux mille dollars à son partenaire, l'inspecteur Louis d'Ambrosia, et empocha le reste. « Cet argent témoigne de mes sentiments envers vous », dit Dandolo, et il se leva d'un bond pour donner l'accolade à Nunziata et l'embrasser sur les deux joues.

Nunziata décida ensuite d'aller vérifier son écoute téléphonique. Il était à peu près une heure du matin lorsqu'il descendit dans le sous-sol du luxueux immeuble de la 49e Rue Est. Il n'y était pas retourné, car Aguiluz devait aller surveiller la bande de temps en temps.

En fait, Aguiluz n'avait tenté qu'une fois de le faire. Il était descendu au sous-sol et avait traversé la lingerie, où un agent fédéral faisait sa lessive. Stupéfait, cet homme le regarda entrer dans le réduit où était caché le magnétophone, et déplacer des objets. L'agent vint alors trouver Aguiluz et lui demanda de décliner son identité.

Aguiluz prit la fuite.

Il grimpa l'escalier quatre à quatre et sortit de l'immeuble, l'agent à ses trousses. L'agent ne savait pas qui était Aguiluz, Aguiluz ne savait pas qui était l'agent. Mais tous deux étaient flics, tous deux savaient que la situation n'était pas ce qu'elle aurait dû être. Aucun des deux ne réfléchit, ils se contentèrent de réagir. Aguiluz piqua un sprint dans la rue et s'engouffra dans un hall d'immeuble bondé pour en sortir de l'autre côté. Il se fraya un chemin parmi des centaines de gens, et enfin, lorsqu'il regarda derrière lui, l'agent ne le poursuivait plus.

Ce genre de chose était déjà arrivé aux flics qui posaient des écoutes illégales. D'habitude le poursuivant était le gardien de l'immeuble ou un locataire indiscret. Qu'importe, la règle était de ne jamais retourner voir le dispositif. C'était trop risqué. Laisser l'équipement en place. L'abandonner.

Aguiluz respecta cette règle. Il laissa là son propre équipement. Il avait pour tâche de vérifier l'écoute. Il ne lui vint jamais à l'esprit que Nunziata retournerait là-bas sans lui.

Nunziata, ayant descendu l'escalier du sous-sol, observa alentour, prêta l'oreille. L'endroit semblait désert. Il avança d'un pas assuré vers le magnétophone clandestin.

Mais le sous-sol n'était pas vide.

Après avoir perdu Aguiluz dans la foule, l'agent avait appelé la compagnie des téléphones, et la suite n'avait été que routine. La compagnie des téléphones informa le procureur du district de Manhattan de l'existence d'une écoute illégale, et on envoya des agents de la police judiciaire monter la garde dans le sous-sol vingt-quatre heures sur vingt-quatre.

Dès que Nunziata tendit la main vers le magnétophone, ces agents, toujours de garde, s'emparèrent de lui. Il montra sa plaque et voulut s'en tirer par un rire — de flic à flic. Il s'agissait de l'écoute d'un trafiquant de drogue. Il s'attendait à ce qu'ils le laissent tranquille.

Mais trop de supérieurs étant mêlés à cette histoire, les agents ne pouvaient pas le laisser partir. Ils en référèrent à qui de droit et les supérieurs accoururent de partout : l'un d'eux était Scoppetta.

Scoppetta et Nunziata ne s'étaient encore jamais

rencontrés. Scoppetta avait l'air menaçant. « Vous êtes dans un sacré pétrin », dit-il à l'inspecteur.

De nouveau Nunziata voulut rire. « Pourquoi ? demanda-t-il. A cause d'une écoute illégale ? Vous plaisantez. Il s'agit de la plus grosse affaire qu'on ait jamais eue entre les mains.

— Non, pas à cause d'une écoute illégale, Joe, lui dit Scoppetta. Parce que vous avez accepté quatre mille dollars. »

En un instant, tout l'univers de Nunziata s'effondra.

Nunziata eut l'autorisation de rentrer chez lui. On lui donna plusieurs jours de battement pour se préparer à la perspective de son arrestation et de la prison. Il était le chef de sa famille. Il était le héros des gamins du quartier. Il ne pouvait pas être arrêté. Il envisagea alors sérieusement de coopérer, de dénoncer des flics avec qui il avait travaillé. L'idée lui donna la nausée. Il crut devenir fou.

Il appela plusieurs collègues du SSR (mais pas l'inspecteur Robert Leuci) et leur tint des discours inintelligibles au téléphone. Certains d'entre eux, en particulier Aguiluz, vinrent chez lui, mais il refusa de les laisser entrer et de répondre aux propositions d'argent ou aux marques de solidarité qu'ils lui criaient à travers la porte. Au bout de deux jours, Nunziata avait pratiquement perdu la raison.

A strictement parler, le dossier revenait à Scoppetta, mais il se trouva que Tartaglino était en ville cette semaine-là ; aussi Scoppetta l'invita-t-il à assister, dans un motel proche de La Guardia, à ce qui, selon lui, serait une séance de révélations de la part de Nunziata.

L'inspecteur d'Ambrosia fut convoqué le premier. C'était un jeune flic qui n'avait jamais eu d'ennuis auparavant. Il était terrifié et prêt à faire n'importe quoi pour éviter la prison et peut-être sauvegarder sa carrière dans la police. Malheureusement, il était trop nouveau, il en savait trop peu, il n'avait aucun partenaire ou supérieur à échanger contre l'indulgence de ses accusateurs, et ils le lui dirent. Ils lui déclarèrent que sa seule chance consistait à convaincre Nunziata de parler, car Nunziata en savait beaucoup. S'il acceptait de coopérer, Nunziata pourrait peut-être les sauver tous les deux.

Ensuite, ce fut le tour de Nunziata. Il entra dans le salon du motel. Son visage était livide. Il n'y avait plus trace de l'ancien champion du SSR, ni du héros du quartier Williamburg de Brooklyn, ni du rude flic coriace. Il commença par affirmer qu'il n'avait jamais eu d'ennuis auparavant, que c'était la seule situation compromettante dans laquelle il eût jamais été impliqué. Les apparences étaient trompeuses, dit-il d'une voix étranglée, essayant de convaincre ses accusateurs au visage sinistre.

Il n'avait accepté l'argent que dans le but précis d'établir des preuves solides contre Dandolo. Il n'avait pas touché à l'argent. Il pouvait le rendre aux procureurs à la minute même, et en fait il le souhaitait. Il avait pris Dandolo pour un important trafiquant de drogue, et dès son retour à New York, Nunziata avait projeté de l'arrêter pour corruption de fonctionnaire. Grâce à de solides preuves contre Dandolo, Nunziata avait espéré le retourner, le forcer à collaborer, apprendre le nom de ses contacts et l'emplacement de ses livraisons d'héroïne.

Nunziata défendait sa vie.

Tartaglino avait écouté sans une trace d'émotion. Il avait l'air calme, impassible. Lorsqu'il se mit à parler, ce fut d'une voix si basse et si douce qu'il était difficile de l'entendre.

« Supposons que vous nous disiez vrai, Joe, répondit-il. Je pense que vous dites peut-être la vérité. En tout cas c'est ce que vous prétendez. »

Tartaglino fit une pause. Comme toujours, il parlait avec un soin méticuleux. « Je vais vous mettre à l'épreuve, dit-il.

— Tout ce que vous voulez, dit Nunziata angoissé. Que dois-je faire ?

— Voulez-vous vraiment coopérer ? demanda Tartaglino. Voyons si vous le faites. La première épreuve sera rude. Vous allez commencer par ce qu'il y a de plus difficile, ensuite cela ira tout seul. »

Tartaglino l'observait.

« Il va falloir faire du bon boulot, Joe. Sinon, vous ne nous aiderez pas. Vous êtes un flic chevronné, comme moi. Vous devrez faire trois choses. Je vais vous dire lesquelles. Voici la première : vous irez dans une cabine publique et vous appellerez l'inspecteur Sonny Grosso. Vous lui direz de sortir, de se rendre dans une cabine et de vous rappeler immédiatement. »

Tartaglino observait la mine de l'inspecteur, son teint blafard.

« Nous allons vous donner quelques notes, écrites sur un papier, dit Tartaglino. Lorsqu'il vous rappellera, vous les lui lirez. Ce papier dira quelque chose du genre : " Sonny, je viens de découvrir un truc. La Fédérale nous a à l'œil. " Ensuite vous lui lirez une déclaration de deux ou trois lignes. »

Tartaglino fit une pause. « J'ai besoin de connaître la réaction de Sonny, Joe. S'il dit : " Mais Joe, nous n'avons rien fait de mal ", alors nous vous croirons. Mais s'il dit : " Joe, Eddie Egan, toi et moi, nous ferions bien de nous voir et d'en discuter ", alors je pense que certains d'entre nous jugeront que vous nous mentez. »

Pendant un instant les deux hommes se dévisagèrent. Puis Nunziata se leva d'un bond. « Je ne le ferai pas », croassa-t-il. Puis sa voix flancha et devint presque un murmure. « Je ne peux pas accepter cette épreuve. »

De la même voix calme et dénuée d'émotion, Tartaglino continua : « Vous vouliez une chance, Joe. Vous n'avez pas envie de vous retrouver en prison. Bien, nous vous avons donné une occasion de vous racheter. Asseyez-vous, Joe. Laissez-moi vous dire une chose sur vous-même. Vous êtes une pute, Joe. Vous êtes une pute depuis que vous avez endossé votre uniforme, et toutes ces histoires selon lesquelles vous seriez un grand héros ne sont que des absurdités. Vous êtes une pute, et un voleur.

« En ce qui me concerne, continua Tartaglino, il vous reste très peu de choix. Vous pouvez collaborer, aller en prison, ou sortir d'ici et vous tirer une balle dans la tête. »

Tartaglino ajouta la dernière possibilité presque après coup. Il maîtrisait l'art de retourner les témoins. Aujourd'hui, comme toujours, il utilisait tous les arguments lui tombant sous la main. Pour lui, il avait offert à Nunziata mieux que celui-ci ne l'avait parfois fait à d'autres.

« Prenez votre décision, conclut calmement Tartaglino, vous nous la ferez connaître demain. »

Nunziata rentra chez lui, où il prépara une longue lettre décousue qui proclamait son innocence, et surtout celle de d'Ambrosia. D'Ambrosia était totalement honnête et n'avait rien fait de mal, écrivit Nunziata.

Il parla à sa femme. Il la mit au courant au sujet de la lettre. Et le matin il quitta la maison.

Il avait rendez-vous avec Scoppetta pour lui faire connaître sa décision. Puis il passa prendre d'Ambrosia et les deux policiers traversèrent Brooklyn. Pendant le trajet d'Ambrosia essaya de convaincre Nunziata de coopérer, de les sauver tous les deux. Nunziata promit d'empêcher qu'on touche à son partenaire et qu'on lui fasse du mal. « J'y veillerai », dit-il.

Ils étaient déjà en retard pour le rendez-vous avec

Scoppetta, mais Nunziata passa par le quartier Williamburg où il avait grandi, et il se mit à prendre les rues où il avait joué, enfant. D'Ambrosia crut qu'il faisait tout pour reculer le plus possible l'inévitable entretien avec Scoppetta. Il fut soulagé quand Nunziata s'arrêta enfin au bord du trottoir et lui demanda d'aller téléphoner à Scoppetta, « de la boutique de boutons que tu vois là », pour le prévenir qu'ils arrivaient.

Dès que d'Ambrosia eut franchit le seuil de la boutique, Nunziata sortit son revolver de son étui de ceinture, appuya le canon contre sa poitrine et se tira une balle en plein cœur.

Leuci l'apprit sur les marches du tribunal. Il fut pris de convulsions et il se mit à vomir. Une fois sa nausée passée, il entra dans la pièce où Scoppetta et d'autres officiels attendaient l'apparition de Nunziata. Scoppetta demanda aux autres de quitter la pièce, puis il dit : « Comment en sommes-nous arrivés là, Bob ? »

Ils se faisaient face d'un bout à l'autre du bureau.

« Je ne sais pas, fit Leuci. C'est grâce à vous ! »

Se détournant, Scoppetta commença à pleurer. Leuci se mit à pleurer. Ils se trouvaient chacun à un bout de la pièce, de dos, en larmes.

« Ecoutez, je m'en vais maintenant, fit Leuci. Je vais voir la femme de Joe. »

Ce fut l'inspecteur Jack McClean, du SSR, qui s'occupa de la veillée du corps pour Ann Nunziata. McClean était l'oncle irlandais de tous. Il avait grandi parmi des policiers, presque tous les hommes de sa famille étaient flics, et il faisait partie intégrante de la mafia irlandaise au sein de la Division des inspecteurs de police. C'était un inspecteur de premier échelon qui avait déjà plus d'une fois traversé ce genre de drame. A présent, l'Oncle Jack s'occupait de tout ce qu'il fallait faire pour Ann et les deux gosses de Nunziata, il recevait aussi les personnes venant à la veillée. Ce fut

Jack McClean qui conduisit Leuci près du cercueil et resta là avec lui.

Tous les anciens du Service spécial de recherche vinrent voir la dépouille, Sonny Grosso, Eddie Egan, tout le monde. On aurait dit une réunion de famille, sauf que l'un des membres se sentait là comme une vipère.

Beaucoup, beaucoup plus tard, on découvrit que l'héroïne de la French Connection, conservée en sachets au greffe, n'était plus du tout de l'héroïne. L'enquête montra qu'entre 1968 et la mort de Nunziata au printemps 1972, cette héroïne avait été plusieurs fois sortie du greffe pour présentation au tribunal, et au cours de l'une ou l'autre de ces sorties, on lui avait substitué de la farine. Cinq des bons de sortie étaient signés du nom de Nunziata — d'une signature apparemment contrefaite — et une enquête plus approfondie montra que l'idée d'une telle magouille venait également de Nunziata. Trois ans avant sa mort, il était allé voir Robin Moore, l'auteur de *La French Connection,* et lui avait suggéré une telle escroquerie comme intrigue romanesque. Il espérait partager les droits d'auteur du roman, mais Moore avait refusé de l'écrire.

20

Une année et quatre mois s'étaient écoulés. Leuci avait effectué plus d'une centaine d'enregistrements clandestins, non seulement d'avocats de la défense, de trafiquants de drogue de la Mafia, de flics de New York, mais aussi de procureurs, de garants, d'agents fédéraux des Narcotiques. Il n'avait atteint qu'une poignée de flics en tout, de ceux pour qui il n'avait jamais rien éprouvé dans le passé. On allait pouvoir préparer plus de trente inculpations.

Mais Nunziata était mort, et visiblement, Leuci était au bord de la dépression. Parfois il gâtifiait. A d'autres moments, sans raison apparente, il pleurait.

Il courait également de plus en plus de risques. Au siège du SSR les rumeurs s'étaient faites plus détaillées et plus intenses. Leuci ne marchait plus sur des charbons ardents, mais dans des flammes.

Souvent dans le passé, Shaw, l'ancien étudiant de Harvard, avait en privé soutenu à Scoppetta qu'il fallait mettre un terme à l'enquête — elle devenait trop dangereuse pour Leuci. Scoppetta, l'ancien jeune dur des bas quartiers de New York, avait toujours soutenu le contraire ; ils étaient engagés dans un sale boulot, et il fallait en accepter les risques. L'avis de Scoppetta avait chaque fois prévalu. A présent, en mai 1972, tous deux étaient d'accord. Le danger était à prendre en compte, bien sûr. Mais surtout, Leuci était dépassé. Sur le plan émotionnel il ne pouvait aller plus loin.

Les deux procureurs envisagèrent donc de choisir parmi les victimes de Leuci les quelques individus qu'ils imaginaient susceptibles de collaborer immédiatement avec l'accusation ; le premier était le sergent Perrazzo. Ils espéraient qu'une fois confronté aux preuves contre lui, Perrazzo accepterait de porter un micro et de se charger à son tour d'une mission clandestine. L'enquête Leuci serait terminée, et on ferait démarrer l'enquête du sergent Perrazzo.

Ils décidèrent de frapper fort et sans bruit sur Perrazzo. De lui donner un choc. De l'amener immédiatement au fait, de le confronter tout de suite aux preuves, puis de lui montrer la solution. Lui montrer qu'il pouvait sauver sa peau s'il acceptait de porter un micro et d'agir contre les procureurs adjoints corrompus de Brooklyn et du Queens.

Parfait, mais où fallait-il le cueillir ? On pouvait le convoquer chez le procureur du district sud. On pouvait également aller l'arrêter à son commissariat. Au lieu de cela, ils choisirent d'aller l'arrêter là où il se sentait le plus à l'abri, chez lui, au milieu de la nuit — cela pour un effet choc maximum. Deux inspecteurs des Affaires intérieures accompagnèrent Scoppetta. Ils portaient des noms allemands et n'étaient pas seulement considérés comme des cogneurs professionnels au sein du Département, on les appelait aussi parfois « la Gestapo ».

Pendant que Scoppetta attendait dans la voiture, ils frappèrent à la porte de Perrazzo. Il vint ouvrir lui-même.

« Nous voulons vous parler. »

Perrazzo, en pyjama, dévisagea ces deux hommes en

pardessus. Lorsqu'ils lui montrèrent leur insigne, il dit : « Mais entrez donc !

— Je suis sûr que vous n'avez pas envie de réveiller votre famille ! » lui répondirent-ils d'une voix qui ne présageait rien de bon.

Perrazzo s'habilla et les rejoignit sur le palier. On lisait déjà de la terreur sur son visage. « J'ai des ennuis ?

— Vous n'en avez jamais eu davantage, mon ami. Vous avez déjà entendu parler de Bob Leuci ? Vous allez en prison. »

Perrazzo commença à bafouiller. « Pourquoi moi ? Qu'est-ce que j'ai fait ? » Debout devant sa porte, il se mit à crier. « Pourquoi moi ? Pourquoi ? Pourquoi ? »

Pendant que les deux inspecteurs et Scoppetta conduisaient Perrazzo en ville, il s'était muré dans un silence qu'il ne voulut ou ne put rompre. Par la suite, chaque fois qu'on essayait de le questionner, il se mettait à gémir : « Pourquoi moi ? » Puis il hurlait d'une voix pleine d'angoisse : « Pourquoi ? Pourquoi ? »

Plus tard, on le jugea fou.

Il devint bientôt évident que l'enquête secrète ne le resterait plus longtemps. Shaw et Scoppetta menaient une véritable course contre la montre, afin de rassembler les éléments d'une dernière affaire, la plus grosse de toutes peut-être. La cible en était le bureau du procureur du comté du Queens.

Mais Leuci était de plus en plus obsédé par l'idée qu'il serait grillé sous peu, et qu'il lui serait alors impossible d'expliquer sa version de la mort de Nunziata à ses amis inspecteurs du SSR. Aussi décida-t-il d'en revoir plusieurs, dont Carl Aguiluz, le plus important. Nunziata avait aussi été le mentor d'Aguiluz. En fait, mis à part Leuci, Aguiluz avait été de tous les policiers le plus proche de Nunziata.

Les inspecteurs du SSR se retrouvaient souvent dans un restaurant de la 23e Rue. Sachant que d'autres collègues y seraient également, Leuci s'arrangea pour y dîner avec Aguiluz.

A cette époque-là, selon l'ordre formel de Scoppetta, Vinny Murano, le voisin d'en face de Leuci, l'accompagnait partout. L'agent Murano avait reçu l'ordre de ne jamais quitter Leuci. Selon Scoppetta, Leuci était au bord de l'effondrement. Il était fragile comme un panneau de verre. « Ne le quittez pas des yeux », avait dit Scoppetta à Murano.

Avant de retrouver Aguiluz, Leuci devait d'abord se débarrasser de Murano, du moins le pensait-il. Leuci supplia son ami garde du corps de le laisser revoir Aguiluz seul. Mais Murano refusa. Les ordres étaient formels. Comment expliquerait-il qu'il avait laissé Leuci aller dîner seul avec Aguiluz ?

Leuci avait un mensonge tout prêt. Il avait tellement menti qu'il ne pouvait pratiquement plus penser normalement à présent. « Dis-leur que tu m'as déposé au bureau du SSR et qu'ensuite tu m'as perdu », lui dit Leuci, avant d'ajouter : « Je suis en pleine forme.

— C'est ce que tu dis ! fit Murano. Pour moi, tu as une mine épouvantable. Je ne sais pas ce qui se passe dans ta tête. »

Murano se laissa fléchir. Il déposa Leuci au bureau puis il tourna la tête de l'autre côté.

Leuci se dirigea droit vers le restaurant, où il prit place à la table d'Aguiluz et de trois autres inspecteurs du SSR. Il en connaissait vaguement deux. Le troisième était nouveau, il ne le connaissait pas du tout.

Les cinq policiers se mirent à boire, à bavarder et à rire. L'ambiance était amicale et chaleureuse autour de la table, et Leuci parla du bon vieux temps où Nunziata était là avec eux.

La boisson lui faisait de l'effet. Il commença à se

détendre, à se sentir vraiment bien. Il en avait presque fini de tout cela. Dans quelques jours ce serait terminé, mais avant il allait dire sa version des faits à ces hommes, ses vrais amis. Il allait le faire ce soir. Il leur dirait que ce n'était pas sa faute si Nunziata s'était suicidé. Il n'avait rien à voir avec la mort de Joe.

Leuci continua à boire. Bientôt il fut assez ivre pour ne plus se dégoûter lui-même. Il ne sentait plus la blessure. Il pouvait parler à ces hommes, sans éprouver ni honte ni peur.

Se retrouvant seul avec Aguiluz, Leuci lui dit : « Carl, je vais te dire une chose. Que tu vas avoir du mal à comprendre. Mais je veux que tu comprennes. » Il fit une pause. Malgré son ivresse, Leuci éprouvait plus de difficulté à parler qu'il ne l'avait imaginé. « Un jour, très bientôt, tu vas entendre toutes sortes de choses.

— Je les connais déjà, répondit Aguiluz.

— Qu'est-ce que tu connais ? » demanda Leuci, choqué.

Le bruit circulait depuis toujours, lui dit l'inspecteur originaire du Honduras. Le bruit que Leuci coopérait avec les procureurs, que Leuci était censé faire toutes sortes de choses bizarres. Aguiluz l'observait. « Tout le monde dit que tu es une épave, fit-il. Tu penses sans doute que nous croyons ces rumeurs. Ecoute, notre ami Joe ne les a jamais crues. Il n'a jamais pensé de mal de toi, jusqu'à son dernier jour. Moi non plus. Nous te connaissons. Nous savons que tu ne ferais jamais une chose pareille. »

Mais Leuci secouait la tête au-dessus de son verre. « Eh bien, dit-il, ce n'est pas tout à fait vrai. »

Aguiluz devint blanc comme un linge.

Leuci le remarqua à peine. Il s'était refermé sur sa propre douleur. Il allait enfin pouvoir se décharger sur un homme qui l'aimait, qui le comprendrait. Il allait se délivrer de son fardeau sur le SSR.

« J'ai fait certaines choses... » Il secoua la tête comme un homme ivre, puis il ajouta à la hâte : « Je n'ai rien fait contre toi. Ni contre Joe. Joe s'est retrouvé dans une situation où je n'avais rien à voir. Je veux que tu comprennes ce qui s'est passé. »

A présent, ses paroles coulaient à flot, désordonnées ; noms, dates, affaires. La majeure partie de tout cela n'avait aucun sens pour Aguiluz. Leuci parla de Dandolo, de Tartaglino montant de Washington, de sa rencontre un jour avec Scoppetta, de l'idée qu'il avait eue d'essayer de se purifier de ses propres péchés en agissant contre de plus coupables que lui, à savoir : les magistrats. Il avait eu besoin d'une absolution, d'un retour aux sacrements. Mais on l'avait quand même forcé à se retourner contre des flics.

La conversation se poursuivit hors du restaurant. Aguiluz et Leuci se trouvaient dans la rue, à côté de la voiture de Leuci. Aguiluz était épouvanté. « Je n'en crois rien, fit-il. Tu inventes tout. Joe nous a certifié que tu ne ferais jamais une chose pareille. »

Leuci, passablement ivre, avait menti pendant des mois d'affilée, et on l'avait cru. Maintenant qu'il disait la vérité, il n'arrivait pas, semblait-il, à se faire croire. Ouvrant le coffre de sa voiture, il déchira la double paroi. Aguiluz fixa le magnétophone caché sur le côté de la voiture.

« Je ne sais pas quoi dire », dit Aguiluz. Au bout d'un moment il ajouta : « Tu m'affirmes que tu n'as rien fait contre Joe. Je te crois. Et contre nous ?

— Aucun de vous n'est mouillé.

— Je ne sais pas comment tu dors, mais tu ferais mieux de rentrer chez toi pour dormir un peu. Tu veux que je te raccompagne ? »

Les autres policiers étaient sortis du restaurant. Ils s'étaient regroupés autour d'eux.

« On peut t'aider ? demandaient-ils. Tu as besoin de fric ? Ou d'autre chose ?

— Je ne suis pas en état d'arrestation ! » Puis il se mit à crier. « Je n'ai pas fait ça parce qu'on m'avait pincé ! Vous ne comprenez donc pas ce qui est arrivé ? » Il hurlait, et aspirait l'air à grandes goulées entre ses phrases. « Je n'ai rien à voir avec la mort de Joe ! criait-il. Il faut me croire ! Je n'ai rien à voir avec la mort de Joe !

— Calme-toi, fit Aguiluz. Tu vas te rendre fou. »

Les autres policiers tentaient également de le calmer. « Tu vas finir comme Joe !

— Jamais ! hurla Leuci.

— Et si tu nous donnais ton arme ? dit Aguiluz.

— Merde, je ne vous donnerai pas mon revolver ! hurla Leuci.

— Nous avons vu ça avec Joe, continua Aguiluz. Il avait la même tête que toi. Il parlait comme toi. Est-ce que tu vas faire la même connerie ? C'est vraiment si mauvais que ça comme situation ?

— Plutôt !

— Et ça dure depuis combien de temps ?

— Je ne sais pas, murmura Leuci, au bord des larmes. Quelque chose comme deux ans maintenant.

— Laisse-nous te raccompagner, insista Aguiluz. Donne-moi ton revolver.

— Ça ira, pleura Leuci. J'arriverai à rentrer tout seul. »

Il monta dans sa voiture et s'éloigna.

Le lendemain, Aguiluz réunit les policiers du SSR et leur dit ce qu'il savait. Avec autant de personnes dans le secret, l'événement arriva inévitablement aux journaux. On titra en gros : UNE IMPORTANTE ENQUÊTE SUR

LE POINT D'ÉCLATER, et il y avait un certain inspecteur Leuci au cœur de tout cela.

Le lendemain, Bill Federici du *New York Daily News* publia un article exposant toutes les affaires une par une. Sur l'ordre de Scoppetta, Leuci fut immédiatement embarqué par la police et placé sous bonne garde à New York. Il n'eut pas le droit de rentrer chez lui. Des agents puissamment armés, appartenant au bureau de Tartaglino, ainsi que des inspecteurs des Affaires intérieures, encerclèrent la maison des Leuci à Kings Park. Mais quand ils commencèrent à observer le passage de voitures suspectes, il fut décidé d'abandonner la surveillance de la maison et de mettre Gina et les enfants à l'abri sous bonne garde dans un hôtel.

« A l'hôtel ? s'exclama Leuci, en apprenant la décision. Pourquoi un hôtel ? Pendant combien de temps ? »

Il allait déposer durant deux années au moins, fit-il remarquer, et même après il ne serait peut-être pas en sécurité. Mettre sa famille à l'hôtel n'était pas une solution, plaida-t-il. Il possédait un petit chalet dans les monts Catskill. Il demandait pour sa femme et ses enfants l'autorisation d'aller l'y attendre.

Scoppetta et Shaw réfléchirent. « Qui connaissait l'existence du chalet de Leuci dans les bois ? demandèrent-ils.

— Personne », mentit Leuci. Il y était jadis allé, pour chasser avec ses anciens partenaires Mandato et Wolff, et d'autres policiers du SSR en connaissaient l'existence. Mais ces hommes étaient ses amis et, d'après lui, ne lui feraient aucun mal.

Quelques heures plus tard, des agents emmenaient Gina, les enfants et toutes les affaires qu'ils avaient pu rassembler, vers le nord de l'Etat, vers le petit chalet rustique et à moitié fini. Gina aimait sa maison de Long Island. Elle en avait amoureusement gratté parquets et carrelages. Elle ne la reverrait plus jamais. Les agents fédéraux étaient en train de la vider. On la mettait en vente, et elle serait sans doute achetée par un autre flic de New York.

Des commissaires de la police fédérale retrouvèrent Leuci dans un garage en sous-sol du tribunal. Désormais ils se chargeaient de sa protection. Deux voitures banalisées attendaient, ainsi que six hommes armés de mitraillettes. Leuci, épuisé, les fixa sans comprendre. Il voulait savoir où étaient sa femme et ses enfants, il voulait savoir s'ils allaient bien, s'ils étaient bien installés, et il voulait qu'un membre des forces de l'ordre comprenne l'épreuve qu'il avait traversée, combien il avait souffert.

Le commissaire en chef se présenta : John Partington. Il mit le bras autour des épaules de Leuci et le conduisit vers l'une des voitures. « Je suis chargé de votre sécurité. Vous avez fait votre boulot ces derniers dix-huit mois. A partir de maintenant, et jusqu'à la fin de tout ça, j'ai pour tâche de m'occuper de vous et de votre famille. Oubliez tout le reste. »

Un deuxième commissaire se présenta : Ed Scheu. Il portait une mitraillette. « Croyez-moi sur parole, dit-il, personne ne vous emmerdera tant que vous serez sous notre protection. On nous a parlé de vous là-haut. Nous comprenons ce que vous avez fait. Nous, on pense que vous avez de sacrées couilles. A partir d'aujourd'hui vous n'avez plus à penser à rien sauf à votre femme et vos gosses. Nous nous occupons de tout le reste. »

Il y avait trois commissaires dans la voiture de tête, et Leuci accompagné de trois autres commissaires à bord de la seconde ; après le démarrage, les deux véhicules restèrent en contact radio constant. Ils échangeaient leur position à tout bout de champ. Peu après les limites de la commune de New York, deux autres voitures attendaient et il y eut un transfert. Le commissaire

Partington ne cessait de bavarder aimablement. Leuci devrait se mettre à penser à un endroit où il aimerait vivre. « Choisissez quelque part où il fait chaud, parce que je viendrai avec vous, disait Partington. Nous vous procurerons tout ce dont vous aurez besoin. » Il connaissait le nom des enfants de Leuci. Il savait le nom de sa femme. « Anthony va bien, dit-il. Je lui ai parlé. Et à Gina aussi. Elle va bien. Elle est en train de vous préparer un bon plat de spaghetti. »

Lorsque les deux voitures s'arrêtèrent devant le petit chalet dans les bois, Gina sortit et ils s'embrassèrent.

« Tu as vu tous les gens qui sont là ? » demanda-t-elle.

Il faisait trop sombre pour voir quoi que ce soit.

« Où qu'on regarde, on voit un homme avec un fusil. Ça me rend nerveuse », fit Gina.

Partington lui assura qu'aucun des commissaires n'entrerait dans la maison. Ils resteraient dehors.

« Vous êtes le bienvenu chez moi, dit Leuci. Il n'y a pas beaucoup de place, mais entrez donc ! »

La maison était petite. Le rez-de-chaussée comprenait deux chambres, et un séjour-cuisine. Un escalier en colimaçon conduisait à l'étage, un comble en cours d'aménagement. Leuci avait acheté le terrain quatre ans auparavant et avait construit la maison lui-même avec l'aide de son beau-père et de quelques amis qui montaient là pendant les week-ends. Et voilà que ce chalet dans les bois lui servait à présent de chez-lui.

Le lendemain matin, Partington l'appela à six heures. S'excusant de téléphoner si tôt, il demanda s'il pouvait venir. Lorsqu'il arriva, il expliqua qu'il n'avait pas fermé l'œil de la nuit. Il montra à Leuci les plans de la maison qu'il avait dessinés, les routes d'accès, et les emplacements où se tiendraient les sentinelles. Il voulait également une liste des personnes représentant une menace potentielle pour Leuci. Leuci lui donna les noms de Mikey Coco, des sergents Cohen et Perrazzo, de John Lusterino et des avocats Salco, Caiola et Rosner, et de plusieurs autres personnes.

Plus tard, Partington revint avec des photos de ces hommes.

« Je sais que cela va un peu troubler votre épouse, dit-il. Mais nous tenons à ce qu'elle porte ces photos sur elle. Le commissaire qui l'accompagnera en aura aussi un jeu. Nous allons chercher où sont ces hommes, ce qu'ils font, et nous allons les surveiller. »

Gina n'avait plus de maison, on surveillait sa vie, mais elle ne se plaignit jamais. Pendant la Deuxième Guerre mondiale, à six ans, elle était réfugiée. Elle ne possédait rien. Ses parents n'avaient rien. Elle avait grandi dans une pièce unique. Elle était venue aux Etats-Unis et avait trouvé du travail comme bonne. Elle avait vécu quelque temps dans une chambre meublée, puis elle avait partagé un deux-pièces avec sa tante dans le Queens.

Sa maison de Kings Park avait eu une grande importance pour elle. Tout ce dont elle avait pu rêver avoir dans une maison se trouvait dans cette maison-là. Elle lui appartenait. Mais à présent c'était fini. Maintenant le chalet dans les bois devenait sa maison, qu'elle partageait avec dix-huit commissaires en tout. Ils avaient promis de ne pas entrer à l'intérieur, mais la nuit c'était comme en Sibérie ici, et elle n'était pas femme à les laisser dehors.

Il n'y avait qu'un W-C dans le petit chalet, qui se trouvait en bas. Son mari et elle dormaient dans le comble et parfois, au milieu de la nuit, elle devait descendre le frêle escalier construit par Leuci. Les marches branlaient et grinçaient. Il y avait des commissaires installés en bas, devant la télévision, et il fallait qu'elle aille aux toilettes dont la porte ne fermait pas au verrou — c'était atroce.

Quand venait le matin, les commissaires emmenaient son fils à l'école. Ils portaient un fusil mitrailleur. C'était une arme impressionnante. Le canon mesurait près de cinquante centimètres de long. La crosse était courte, si bien qu'on pouvait tirer de la taille, comme avec un pistolet. Ces fusils étaient chargés de chevrotines assez puissantes pour renverser une voiture. Tous les matins, Gina regardait son jeune garçon partir à l'école en telle compagnie.

Pendant ce temps, Leuci était hébergé dans une caserne de Governors Island, dans le port de New York, il ne rentrait au chalet que le week-end. Des grands jurys spéciaux avaient été constitués et Leuci y déposait presque chaque jour. Lorsque viendrait le moment de témoigner aux procès, il subirait des contre-interrogatoires sur ses propres écarts de conduite, et il ne savait pas ce qu'il allait dire. Il n'avait qu'une certitude : son ancienne vie était terminée et son avenir, où qu'il regarde, était sinistre.

LIVRE II

1

Centième circonscription, dans le Queens. Par un beau jour d'été, deux jeunes flics en jeep patrouillent sur l'esplanade de Rockaway Beach lorsque leur radio crache l'annonce d'un accident cardiaque à deux rues de la plage. Ils s'y précipitent. La maison est un bungalow blanc à volets verts. Ils entendent une femme qui crie. Ils se ruent dans la maison, droit vers la cuisine.

Un vieux. Une vieille. La femme hurle et s'arrache les cheveux. Pris de hoquets, le vieillard, à moitié appuyé sur la cuisinière, s'effondre.

L'un des jeunes flics court appeler à l'aide par la radio du véhicule. Le deuxième se met à califourchon sur le vieux qui est devenu gris et dont la bouche écume de bave. Il appuie ses lèvres (ses lèvres qui ont embrassé des filles) sur celles du vieillard qu'il n'a jamais vu avant et qui se meurt.

La vieille hurle toujours.

D'une main il pince les narines du vieux. De l'autre il masse sa poitrine osseuse. Il ne cesse de souffler dans la bouche presque édentée, toute baveuse. Il essaie d'insuffler de la vie dans un cadavre.

Le bouche-à-bouche dure, dure, mais en vain. Le jeune flic sent la sueur tremper son uniforme. Ses doigts attrapent la crampe sur le pif de l'ancien. Son bras s'engourdit mais continue le massage. Ses yeux brûlent. La sueur goutte de son front dans ses yeux.

A deux rues de là, les gens s'amusent au bord de la mer.

Il semble s'écouler une heure. Enfin police secours arrive — deux flics plus âgés, qui s'engouffrent dans la cuisine. Une main se pose doucement sur l'épaule du jeune flic. Le vieux est mort, lui dit-on.

Mais le jeune continue sa résurrection par le bouche-à-bouche.

« Je sens bouger quelque chose dans sa poitrine », souffle-t-il.

Les deux flics de police secours le remettent sur pied.

« Ça fait au moins dix minutes qu'il est mort », dit l'un d'eux. Puis : « C'est ton premier, hein ? »

Le débutant, Robert Leuci, âgé de vingt-deux ans, baisse les yeux et regarde fixement le vieil homme dont il a partagé le dernier souffle.

Le flic de police secours passe son bras autour des épaules du jeune.

« Tu as fait ce qu'il fallait, petit, dit-il, essayant de la consoler. Tu as fait tout ce que tu pouvais. »

2

Certaines des bandes magnétiques parmi la centaine de celles qu'avait enregistrées Leuci sur une bonne quarantaine d'individus duraient plus de quatre heures. Les voix étaient parfois difficilement identifiables ou même disparaissaient sous les bruits de fond, mais ces bandes serviraient de preuves matérielles dans les procès à venir, et on détacha neuf policiers sténographes pour travailler dessus. Casque sur les oreilles, ils passèrent des jours et des jours sur leur banc à ébaucher les premiers brouillons des transcriptions.

On avait aussi réuni un groupe de procureurs fédéraux adjoints sous les ordres de Scoppetta et de Shaw, pour éplucher les dossiers un par un. Ces hommes, devant la profusion de matériaux — trop d'accusés, trop de preuves —, se trouvèrent face à un éventail ahurissant de décisions à prendre. Il y avait là trente ou quarante procès en puissance. Par où commencer ? Qui inculper ? Dans quel ordre ? D'après quelles lois ?

Chaque matin, les gardes du corps amenaient le témoin principal du gouvernement de Governors Island au Palais de Justice fédéral, et chaque soir ils l'y ramenaient. Il était davantage prisonnier que n'importe lequel des accusés qui, s'ils attendaient d'être fixés sur leur sort, étaient du moins encore libres. Leuci ne l'était pas. Il n'avait pas le droit de quitter le bâtiment.

Une fois dans l'enceinte du tribunal, ce « prisonnier » devenait roi et tenait cour. Il était indispensable à chaque affaire, et chaque jour procureurs et sténographes rivalisaient pour obtenir ses faveurs.

Leuci n'avait jamais été aussi occupé. Son ego s'en trouva gonflé. Les procès ne pouvaient se dérouler sans lui. Tous ces gens avaient besoin de lui. On était tous les jours gentil avec lui. Personne n'avait encore jamais fait ce qu'il avait fait, lui dit-on. C'était la réalité, et aussi ce qu'il avait envie d'entendre. Tous travaillaient dur. Lui encore plus. Il était le dernier à quitter le bureau et arrivait le premier. Les inculpations commencèrent à tomber.

Il était presque heureux. L'avenir — quand certains ou la totalité de ses nouveaux amis se retourneraient peut-être contre lui — était loin. Jusqu'ici il avait survécu, se disait-il. Quoi qu'il arrive, il saurait trouver une solution. Il était plus fin que ces procureurs, plus malin que n'importe quel avocat de la défense. Il trouverait bien un moyen de sauver sa peau.

Entre-temps il se faisait du souci pur Wolff, Mandato et Cody, et aussi pour Vinny Russo, un ancien partenaire. Il s'en faisait également pour Sheridan et Glazer, sachant quelle devait être leur angoisse. Certes, il ne pouvait rien ni pour Sheridan ni pour Glazer, mais il voulait contacter les autres, qui s'inquiétaient sans doute aussi — dans leur cas, à tort.

Ne pouvant quitter le tribunal, il téléphona à Mandato. La conversation fut très brève.

« Est-ce que je dois me faire du souci ? demanda Mandato.

— Non, Frank. »

Silence.

Mandato était flic depuis treize ans. Il s'était montré

perspicace, calculateur, et physiquement courageux. Comme la plupart des inspecteurs de son âge et de son expérience, il était matérialiste, cynique, fataliste. Si Leuci était vraiment passé de l'autre bord, assez pour témoigner contre lui, alors il n'y pouvait rien. Il se souvint de rencontres avec Leuci au cours des dix-huit mois écoulés. Leuci les avait-il enregistrées ? Il l'ignorait. Avait-il prononcé des paroles compromettantes ? Il ne se le rappelait pas. Qu'avait raconté Leuci de leurs cinq années passées ensemble ? Il ne le savait pas non plus.

Il ne pouvait pas non plus se permettre de lui poser de questions. Ils parlaient au téléphone, et l'on ne savait jamais qui pouvait écouter, avec ou sans la complicité de Leuci.

« Bon, dit Mandato, à bientôt. » Et il raccrocha.

Cette conversation avortée jeta Leuci dans une noire déprime, et il se mit à supplier les procureurs de lui permettre de temps en temps de revoir certains de ses amis au café. Il n'était pas un malfaiteur, ni un prisonnier. Il fallait lui permettre de retrouver de vieux copains.

Cette faveur ne lui étant pas accordée, il s'arrangea pour voir quand même Wolff et Cody, il persuada ses gardes du corps de s'arrêter un soir dans un restaurant de l'East Side. Ses gardiens, deux costauds — des ex-motards —, n'y furent pas trop hostiles, car cela signifiait un bon repas, payé par Leuci, et ils en avaient marre de l'emmener chaque soir au cinéma. Une fois dans le restaurant, ils s'assirent à une table le dos au mur, d'où ils pouvaient surveiller toute la salle, comme Wild Bill Hickok à une époque plus ancienne.

Les trois vieux amis commandèrent à boire.

« Je tiens tout de suite à vous dire, commença Leuci, qu'aucun de vous n'a rien à craindre. »

La réaction de Wolff fut identique à celle de Mandato au téléphone. La confiance aveugle avait disparu. Question : pourquoi Leuci avait-il demandé la réunion de ce soir ? Question : Leuci était-il équipé de son micro même maintenant ? Question : qui d'autre écoutait la conversation ?

« Ne commencez pas à me poser des questions, dit Leuci. Rien de tout cela ne vous concerne, vous autres. »

Wolff, qui l'observait, ne dit rien.

Mais un grand sourire apparut sur le visage de Cody. Le plus âgé flanqua un grand coup sur le bras de Wolff.

« Je te l'avais dit, Les. Bob n'irait pas nous faire de mal. Les, ne t'inquiète donc pas !

— Dave, fit Wolff d'un ton calme, tu ne t'inquiètes de rien, toi. Tu ne t'inquiètes même pas de savoir si tu as tes souliers aux pieds ou non. Je dois me faire du souci pour deux. »

L'atmosphère fut tendue pendant le repas ; seul Cody, qui avait bu quelques verres, ne le remarqua pas. Wolff éprouvait un tel malaise que bientôt, malgré lui, il se mit à sonder Leuci. Jusqu'où irait cette enquête, demanda-t-il, et dans quelles conditions ?

Mais Cody interrompait chacune de ses questions.

« Les, il n'y a rien à craindre, Bob n'irait pas nous faire de mal.

— Pas plus loin que là où elle en est arrivée », répondit Leuci à Wolff.

Wolff, observant le visage de Leuci, hocha la tête.

Les partenaires passaient huit heures par jour ensemble pendant des semaines et des semaines, des années et des années. Ensemble ils interrogeaient des suspects, enfonçaient des portes, allaient au tribunal, faisaient d'interminables rondes. Quand ils s'entendaient bien, ils devenaient plus proches que des frères, plus proches qu'un mari et sa femme. Il y a des choses qu'on ne peut dire à sa femme. Un partenaire peut tout entendre, et les sentiments d'un flic pour un autre, que l'on rencontre partout, et qui transcendent toutes les limites de compétence juridictionnelle, ne sont qu'une extension de l'amour le plus profond jamais éprouvé par la plupart des flics : l'attachement d'un partenaire pour son coéquipier.

De même, la perte de son partenaire peut représenter le plus grand chagrin d'un policier.

Dehors, dans la nuit, les trois inspecteurs échangèrent des poignées de main sur le trottoir, et lorsque Wolff et Cody s'éloignèrent ensemble, Leuci revint sous la protection de ses gardes du corps et s'en alla de son côté.

3

Le premier partenaire de Leuci s'appelle Jerry Schrempf. Les deux jeunes flics qui sortent juste de l'Académie de police patrouillent à Rockaway Beach. En été : cas d'insolation et jeunes gens tapageurs. En hiver : rien.

« Ça vous plaira ici, leur a dit un ancien. On touche le même chèque que le type qui marne à Harlem. Mais ici personne ne cherche à vous trancher la gorge, pas comme à Harlem, et il n'y a pas de fric ici, comme à Harlem d'ailleurs. Là où il y a de l'argent il y a de la chamaillerie. Les équipes ne se parlent pas entre elles. Les sergents ne se parlent pas. Mais ici on part en pique-nique. On a formé des équipes de hand. On se prend du sable dans les godasses, et on s'aime tous bien. »

Mais Leuci et Jerry veulent se sentir de vrais flics. Tous deux demandent leur transfert dans les forces d'intervention. Les flics des forces d'intervention se déplacent en brigades, dans les zones de grande criminalité.

Cependant, les deux partenaires ne sont pas affectés au même endroit. Schrempf est à Brooklyn, Leuci à Manhattan. Malgré tout, ils se voient souvent.

« Qu'est-ce qui cloche dans ce que je fais ? demande

Schrempf d'une voix geignarde. Je ne pince pas plus de mecs qu'un flic de commissariat. Je cherche à faire des arrestations, mais je n'arrive pas à épingler les mecs.

— Va sur les toits, Jerry, lui conseille Leuci. Là-haut tu as tous les camés, et de là tu peux surveiller les escaliers de secours par où filent les cambrioleurs. » Imagination, astuce. Ces qualités viennent aux autres avec l'âge. Il semble pourtant qu'elles soient innées chez Leuci. « Arrête aussi les voitures, Jerry. Tu demandes les papiers et les permis. Tu vérifies les plaques d'immatriculation. Si ça ne tourne pas rond, tu peux fouiller le type. Tu peux fouiller le véhicule. Et alors c'est là que tu commences à trouver des flingues, des couteaux, de la drogue... »

Mais Schrempf, qui croit aux libertés individuelles, est contre le fait d'arrêter des voitures sans raison.

« C'est légal, Jerry, lui fait remarquer Leuci. Et si tu arrêtes des voitures, tu commences à interpeller des mecs. »

Une nuit, le téléphone de Leuci sonne à trois heures du matin. « Jerry Schrempf s'est fait attaquer. Il avait arrêté une voiture...

— Il va bien ?

— On tient le type qui lui a fait ça.

— Il est très touché ?

— Il est mort, Bob. »

Leuci revient vers le lit. « Mort, dit-il à Gina. J'étais avec lui hier, il était en pleine forme. Il est mort. » Il éclate en sanglots. « Jerry est mort. »

Gina le serre dans ses bras, dans le noir. Il n'arrête pas de sangloter.

4

Malgré l'échec de ses conversations avec Mandato, Wolff et Cody, Leuci se sent dans l'obligation de rassurer encore un autre de ses anciens partenaires : Vinny Russo.

Les bons policiers clandestins sont rares, et très demandés. L'un des meilleurs, peut-être même le meilleur des huit années précédentes, fut l'inspecteur Vinny Russo. Mais Russo ne voulait travailler qu'à Manhattan. Manhattan renferme le plus grand nombre de trafiquants, et les plus grosses affaires.

De plus, aucun agent clandestin n'aimait travailler avec des inspecteurs sans grande expérience comme Leuci. Les clandestins n'étaient pas notés d'après le nombre de transactions faites avec des dealers, mais d'après le nombre d'arrestations consécutives à ces opérations, et les officiers manquant d'expérience s'avéraient souvent incapables de procéder à l'arrestation des dealers une fois l'achat accompli. Si cela se produisait trop souvent, le clandestin commençait à perdre des points dans le classement mensuel.

Russo n'avait accepté de travailler avec Leuci à Brooklyn qu'après avoir survécu à une sérieuse raclée à Manhattan.

Il était entré dans un couloir avec trois Noirs pour

acheter de la drogue. Russo était efficace car il n'avait pas l'air d'un flic. Il était petit, presque frêle. Les trois Noirs le firent monter par un escalier étroit, malodorant. Il n'y avait aucune raison ; aussi comprit-il qu'il allait se faire avoir. Puis les trois hommes le saisirent. Russo ne s'était pas emparé de son pistolet à temps.

Les trois Noirs le rouèrent de coups de pied et de coups de poing. L'un d'eux sortit un rasoir, et se mit à fendre l'air. La lame entailla le pantalon de Russo, jusqu'aux pieds. Son pistolet tomba. Un autre s'empara de l'arme, appuya le canon sur la tête de Russo, et tira sur la détente. L'automatique était sur le cran de sûreté. L'homme essaya d'armer le pistolet, mais ne réussit pas à le faire.

Les trois individus se mirent à tabasser Russo. Ils lui tapaient dans les côtes à coups de pied. Ils lui cognaient dessus à coups de poing et à coups de crosse. Ils trouvèrent son insigne et tentèrent de lui casser le bras à hauteur de l'épaule. Russo hurlait qu'on lui laisse la vie sauve.

Une Noire sortit de chez elle, empoigna Russo et le traîna dans son appartement, claquant la porte sur les trois agresseurs.

« C'est fini pour moi, avait dit Russo, quand Leuci lui avait rendu visite à l'hôpital. Je ne peux plus aller dans la rue. J'ai peur, Bob. J'ai trop la trouille. J'ai pris trop de raclées.

— Reviens à Brooklyn avec moi, le pressa Leuci. Je m'occuperai de toi.

— Je ne veux plus être clandestin, fit Russo à travers ses lèvres boursouflées. Je veux pouvoir dire aux gens que je suis flic. Je veux pouvoir m'approcher d'un type et lui dire : “ toi, mon salaud, je t'embarque ”. »

Mais Leuci lui parla longtemps et avec beaucoup de persuasion. A Brooklyn il serait en sécurité. Quoi qu'il arrive, Leuci serait là pour le protéger.

Si bien que, pendant un certain nombre d'années Russo avait servi d'agent clandestin à Leuci. Il avait non seulement communiqué ses techniques à son cadet mais aussi sa vision personnelle du terrain et des délinquants. Finalement les deux hommes (Mandato également) avaient été mutés au SSR, où le succès avait continué à leur sourire.

A présent Leuci voulait voir Russo. Russo avait plus d'expérience que lui, pourtant Leuci l'avait protégé des coups durs pendant tant d'années qu'il se sentait presque comme un père pour lui. Il voulait le convaincre qu'il n'avait rien à craindre de lui, ni des procureurs pour lesquels il travaillait.

Mais Russo était du genre impressionnable, émotif, et Leuci appréhendait de l'appeler. Russo pourrait imaginer que son ancien partenaire l'enregistrait et essayait de lui tendre un piège.

Alors Leuci demanda à Gina d'appeler Maria Russo et, de leur chalet dans les Catskills, Gina composa le numéro.

D'abord la conversation sembla normale. Les deux femmes se demandèrent des nouvelles de leurs enfants, de leur mari.

Tout d'un coup Gina se mit à pleurer. « Bob me promet qu'il ne ferait jamais de mal à Vinny, quoi qu'il arrive, sanglota Gina.

— Que fais-tu ? s'écria Leuci en s'emparant du téléphone. Comment sais-tu qu'on ne t'écoute pas ? »

Peur constante de la police. Son téléphone personnel pouvait être sur écoute. Faire du mal à Vinny ? Cette simple phrase suffirait à diriger les enquêteurs sur Russo.

« Pourquoi dis-tu des choses pareilles ? demanda Leuci.

— Mais que veux-tu que je dise ? sanglota Gina.

— Maria, dit Leuci dans le combiné.

— Bob, n'ayez pas peur, fit Maria Russo. Vinny veut vous voir. Vous serez toujours le bienvenu chez nous. »

Puis Russo prit l'appareil.

« Bonjour. Tu vas bien ? Veux-tu venir chez moi ? Tu as des gardes du corps là-bas ? Amène-les. Il y aura à manger pour tout le monde. »

En raccrochant, Leuci se sentit formidablement bien. Russo était un type du SSR et il était toujours son ami. Le type même du parfait agent clandestin était toujours son ami. Leuci se réjouit à l'idée d'aller dîner chez lui la semaine suivante.

Ses gardes du corps l'y escortèrent. Mais Russo resta en travers de la porte, en barrant l'accès. Il dévisagea les deux gardiens.

« Je ne veux pas de ces idiots des Affaires intérieures chez moi », dit-il.

La grande fraternité du monde de la police ne s'étend pas à ceux qui travaillent aux Affaires intérieures, la police des polices. Russo, ses lunettes à monture d'écaille sur le nez, semblait avoir vieilli de cinq ans ces derniers mois.

« Tu es le bienvenu chez moi quand tu veux, Leuci. Mais je ne connais pas ces types.

— Ce sont des flics comme nous. Ils me protègent.

— Je n'en veux pas chez moi.

— Oh, Vinny !

— Bon, dis-leur d'entrer. »

Ils entrèrent. Dès qu'il leur eut adressé la parole, Russo se rendit compte de sa méprise. L'agent John Farley était motard. L'agent Artie Monty, un ami d'enfance de Leuci, avait assisté à son mariage, Russo servit du vin. Dans la salle de séjour, les quatre flics parlèrent de flics, et du Département de la police. Mais bientôt, comprenant qu'il s'agissait là d'un entretien privé, les gardes du corps partirent dîner ailleurs.

« Comment tout cela est-il arrivé, Bob ? demanda Russo après leur départ.

— Je ne pourrais pas te l'expliquer. Je ne veux pas en parler. Je veux profiter de ce bon moment avec toi.

— Bob, quand je t'ai rencontré, tu n'arrêtais pas de te lamenter. Je savais que ça n'allait pas. Qu'est-ce qu'il y avait, bon sang ?

— C'est trop compliqué. Je n'ai pas envie d'en parler. »

Jimmy, le fils de Russo, entra. Il était devenu un grand garçon, pratiquement un homme. Russo se mit à vanter le travail de son fils à l'école. « Il est doué, dit-il. Il ne me ressemble pas, il tient de Maria. » Puis le père vanta son autre fils, qui jouait dans l'équipe de football de son école. Il était fier de ses deux garçons, et de sa fille.

Le dîner fut servi. Maria ne cessait d'apporter des plats siciliens pendant que Russo servait toujours plus de vin. Il se fit tard. Les enfants étaient couchés. Détendus, les trois adultes riaient.

« Vinny, écoute Bob, fit Maria. Bob, Vinny est en train d'attraper un ulcère. Il a peur qu'il arrive quelque chose.

— Il n'arrivera rien, insista Leuci. Pourquoi ne veux-tu pas croire qu'il ne se passera rien ? Crois-tu que je te ferais du mal ? Quelles que soient les circonstances, crois-tu que j'irais te nuire ?

— Les gens vous font faire des choses bizarres, dit Russo. Je ne sais pas. A propos de quoi peux-tu me faire mal ? Je suis un petit gars de rien du tout. Regarde, j'ai du ciment sur les mains. » C'était vrai. Les fondations se fissuraient sur le côté de sa maison, et il avait essayé d'y remédier lui-même parce qu'il n'avait pas les moyens de payer un maçon.

« Es-tu en train de me convaincre que tu es un homme de travail et non un homme d'argent ?

— Bob, tu veux voir ma voiture ? C'est une bagnole toute cabossée. Je n'arrive pas à payer cette fichue baraque. Je n'ai pas un sou. Pourquoi iraient-ils s'intéresser à moi ? Je n'ai jamais été comme toi.

— Qu'est-ce que ça veut dire ?

— Tu étais différent.

— J'étais le policier chargé des arrestations. Toi, tu étais l'agent clandestin. Nous avons travaillé ensemble. »

Cette remarque provoqua un silence plutôt long.

« Les types du SSR me traitaient comme un gosse, fit Russo au bout d'un moment. Ils m'envoyaient chercher le café et des trucs comme ça.

— Tu étais meilleur qu'eux tous réunis.

— Ouais, mais je n'avais pas d'imagination. Je n'arrivais pas à conclure d'affaire. Vous autres, vous étiez capables de le faire. Toi, Nunziata et tous les autres, vous étiez incroyables... Est-ce qu'il y a d'autres gars qui ont des ennuis ?

— Personne, il n'y a pas autre chose que ce que tu as lu dans les journaux.

— Est-ce que quelqu'un va...

— Vinny, tu n'auras jamais d'ennuis de mon fait.

— Je te crois. Je te crois vraiment.

— Tu vas te détendre, profiter de ton foyer. Tu as Maria, tu es un inspecteur de deuxième échelon. Tu n'es plus aux Stups maintenant. »

Russo n'était plus un agent clandestin, on l'avait affecté dans une brigade où il enquêtait sur les affaires courantes.

« J'adore le travail en brigade, dit-il. Je peux enfin dire : “ je vous arrête ”. Toutes ces années où j'étais clandestin et où je me faisais tabasser, je n'avais qu'une envie : dire aux gens que j'étais flic. “ Je vous embarque ”. »

Monty et Farley attendaient dehors près de la voiture. Russo raccompagna son hôte en bas.

« Bob, j'ai trois gosses et une femme, dit Russo. J'ai encore trois ans à tirer. Je veux m'en sortir entier.

— Vinny, tu n'as rien à craindre. »

Ils se serrèrent la main.

« Ma maison t'est toujours ouverte, fit Russo. Tu peux au moins te détendre ici. Je t'ai vu rire. »

La voiture s'éloigna. Au bout de quelques minutes, Monty, avec qui Leuci avait grandi, se tourna vers le siège arrière et dit : « Tu ne feras jamais de mal à ce type-là, n'est-ce pas ?

— Pourquoi devrais-je avoir à le faire ? Il n'a rien à voir avec quoi que ce soit.

— Il se tracasse. Il se fait vraiment des cheveux, Bob.

— Ces procureurs, enchaîna Farley — je ne m'y fie pas à ces enculés. Vous leur parlez chaque jour, et vous ne savez jamais quand il faut la boucler. Ce type a l'air vraiment bien. »

Leuci fixa l'obscurité par la vitre de la voiture.

« Si jamais ils viennent me prendre, Bobby, avait dit Russo une heure plus tôt, ils ne m'emmèneront jamais en prison. Je n'irai pas en taule. Il faut que je m'en tire. » Au bout d'un moment il avait ajouté : « La seule chose que je veux c'est voir grandir mes gosses », et il avait fixé son regard interrogateur dans les yeux de Leuci.

5

Minuit. Sur le toit d'un immeuble dans un ghetto du Bronx. L'agent Leuci, âgé de vingt-trois ans, observe deux hommes qui passent des objets par une fenêtre d'appartement dans l'escalier de secours en contrebas. Des cambrioleurs.

Leuci les englobe dans le faisceau de sa torche. L'un d'eux a une barbe à la Van Dyck.

« Police. Restez où vous êtes ! »

Leuci enjambe le parapet et passe sur l'échelle. Mais ses fixations d'acier se détachent du béton et elle se balance dans le vide. Leuci, à cheval sur un barreau, essaie de revenir vers le mur.

Les deux cambrioleurs descendent l'escalier de secours quatre à quatre.

Leuci, terrifié, réussit à se laisser tomber du haut sur l'escalier de secours. Les voleurs sont déjà dans la cour, ils fuient. Il fait nuit noire, Leuci tire une balle.

« Le con, il m'a touché », hurle une voix. Mais les cambrioleurs ne s'arrêtent pas et s'échappent.

Lorsque ses supérieurs arrivent, Leuci, tout tremblant, se trouve à côté du butin. Une enquête est immédiatement ouverte au sujet de la fusillade. Son coup de feu est légal, mais pas justifié, Leuci le sait. Un coup de feu n'est moralement justifié que s'il y a présence d'arme à feu chez l'adversaire. Ici il n'y en avait pas. Les voleurs n'avaient peut-être même pas de couteau. Dans la circonscription, il y a un flic connu sous le nom de « Balle d'Argent ». Il a tué trois adolescents ces derniers mois, chacun d'une balle dans la tête. La circonscription est en ébullition.

Les hôpitaux. Il faut qu'il vérifie chaque hôpital de la circonscription jusqu'à ce qu'il retrouve sa victime. Dans la première salle d'urgences où il arrive, les chirurgiens retirent une balle de la jambe d'un gamin de quinze ans.

« Ça va ? s'écrie Leuci en saisissant la main de l'adolescent.

— Tu vises vachement bien, vieux », dit le jeune avec un grand sourire. Il est content d'avoir été touché. Et très fier. Leuci se sent soulagé.

La mère du gamin se précipite aux urgences et se met à prendre dans ses bras le jeune agent de police. Les yeux au bord des larmes, elle le remercie de n'avoir pas visé pour tuer. Elle ne sait pas qu'il faisait très noir dans la cour. Elle s'imagine qu'il a tiré exprès dans la jambe.

C'est un Leuci ébranlé qui quitte l'hôpital, ayant décidé de ne plus jamais se servir de son arme à moins qu'on ne lui tire dessus. Une fois devenu inspecteur, il ira plus loin et portera rarement son pistolet sur lui.

6

Il y avait eu, quelques mois plus tôt, une réunion entre le préfet de police Patrick V. Murphy et l'inspecteur de deuxième échelon Robert Leuci. Leuci avait insisté pour qu'ait lieu cette rencontre. Il ne pouvait aller plus loin sans savoir si son patron était d'accord avec ce qu'il faisait, avait-il dit. Et il voulait l'entendre de la bouche même du préfet.

Rares étaient les policiers qui avaient des contacts quotidiens avec le préfet de police, certains ne le rencontraient jamais en chair et en os de toute leur carrière. Le préfet tenait la place d'une sorte de dieu dans leur vie. Il personnifiait les valeurs qu'ils représentaient, et leur attitude envers lui différait peu du respect et de la vénération que leurs concitoyens accordaient au président des Etats-Unis.

La rencontre se déroula en ville, dans une salle de conférences de l'immeuble fédéral. Scoppetta avait recommandé à Leuci de porter un costume. Ce qui vexa l'inspecteur.

« Vous n'avez pas besoin de me dire ça. Je le sais. »

Murphy arriva en retard. Leuci était assis de dos à la porte, Scoppetta se trouvait à côté de lui, et le procureur Seymour à côté de Scoppetta. En face il y avait Shaw, tout seul. Ils attendaient Murphy.

La porte s'ouvrit, ils se levèrent tous, Seymour dépassait Shaw en taille — il mesurait un bon mètre quatre-vingt-quinze — et Murphy était petit.

Leuci craignait que la présence du préfet de police ne le pétrifie et ne l'empêche de parler, mais en leur serrant la main à tous, Murphy parut aussi en proie à la crainte, comme un père que l'on convoque chez le directeur, pour justifier l'absence inexpliquée de son fils.

Murphy prit place en face de Leuci mais ne le regardait pas. Il tournait les yeux vers Seymour, Scoppetta ou Shaw quand l'un ou l'autre parlait. Le reste du temps il fixait la table.

Chacun à leur tour, les procureurs décrivirent l'enquête Leuci. Elle avançait à merveille, dirent-ils. « A merveille » signifiait pour Murphy que ces hommes-là, ce simple inspecteur de deuxième échelon, chamboulaient complètement son Département.

Murphy avait été flic à New York pendant plus de vingt ans, dit-il enfin. Il était au courant de la corruption. Oui, lorsqu'il était simple agent patrouilleur, les flics de la circonscription faisaient laver leur voiture de service pour rien plutôt que de faire le boulot eux-mêmes. Mais il avait mis fin à cette pratique. On pouvait désormais conduire sa voiture de police au garage pour la faire laver par un professionnel, et la ville payait la note.

Bientôt, Murphy sembla juger qu'il s'était écoulé assez de temps. Aussi se leva-t-il en disant : « Je vous soutiens à cent pour cent », et il serra la main à Leuci. Toujours sans un regard. Pendant la poignée de main finale, Leuci, qui était resté assis vingt minutes sans pouvoir dire un mot, espérait croiser le regard de Murphy. Un message secret traverserait peut-être le fossé. Mais il n'y eut rien, Murphy avait quitté la pièce.

Cependant, peu après, Murphy nomma le commandant trois étoiles Sydney Cooper à la tête d'un nouveau service pour suivre l'enquête Leuci et les affaires qui en découleraient. Les bureaux furent installés dans un immeuble du centre, non seulement hors du quartier de l'administration centrale, mais même hors de l'orbite habituelle de la police.

A cette époque-là, Cooper, qui avait cinquante-deux ans, était l'un des quatre commandants trois étoiles du Département (il n'y avait qu'un commandant en chef quatre étoiles) et il avait dirigé à la fois la Division des inspecteurs et les Affaires intérieures. Il considérait son nouveau poste, avec son personnel réduit et son bureau secret, comme une rétrogradation. Murphy s'en souciait peu. Pour lui, l'enquête Leuci était dangereuse et Cooper représentait son meilleur élément, et le plus fiable.

Cooper était grand et massif, il avait le crâne chauve, un long nez, et une grosse voix. Il pouvait être extrêmement drôle, même si la plupart du temps son humour était mordant. Il semblait de loin le plus intelligent des flics responsables entourant Murphy, et avait le plus de titres, y compris un diplôme de droit. Il avait également fait des stages de management et d'informatique. L'année précédente, il s'était attelé à la tâche fastidieuse d'établir un fichier informatique du personnel de la police. N'ayant à proprement parler pas de vie personnelle, il faisait régulièrement seize heures de travail par jour. On le savait défenseur acharné de la lutte contre la corruption, plus acharné que Murphy lui-même.

Jadis Cooper avait longtemps terrorisé l'ensemble du Département de la police. Personne, semblait-il, ne possédait rien sur Syd Cooper. Il allait où le menaient les preuves, et il était impitoyable. Cooper ne faisait pas simplement enfermer des flics, il semblait y prendre plaisir. Les flics le considéraient comme un requin nageant dans leurs eaux. Bien qu'il fût charmant pour ceux qui le connaissaient bien, Cooper était, pour les flics en général, le personnage le plus honni et le plus redouté de l'administration centrale.

Mais voilà que, selon toutes les apparences extérieures, il était banni, réduit en importance sinon en rang. Murphy avait même laissé entendre que Cooper était gravement malade et qu'on lui avait donné ce nouveau poste de moindre intérêt (dont la nature restait vague) pour meubler son temps en attendant la retraite.

Sa seule mission était de s'occuper de ce que Murphy appelait « cette affaire Leuci ». Pourtant, pendant de nombreux mois il n'eut rien à faire. On ne le tenait pas au courant des décisions des procureurs, ni même des progrès de l'instruction. On l'empêchait de régler l'affaire. Son énergie débordante était gaspillée. Frustré, déçu, il broyait constamment du noir devant l'attitude de l'administration centrale. Il avait hâte d'en faire partie à nouveau, de retourner dans les arcanes du pouvoir. Il ne cessait de chercher partout un moyen d'y parvenir et, finalement, il trouva ce qu'il cherchait. S'il ne pouvait pas avoir « cette affaire Leuci », alors il se trouverait un Leuci à lui. S'ensuivraient des arrestations, des gros titres.

Et il le fit.

Scoppetta annonça la nouvelle à Leuci au téléphone : « Cooper s'occupe de Frank Mandato. »

7

Deux jours avant son vingt-sixième anniversaire, Leuci obtient son insigne doré — il est maintenant inspecteur — et peu après, on lui adjoint un nouveau partenaire, l'agent Frank Mandato, trente et un ans, qui a passé les cinq dernières années à patrouiller en voiture-radio dans les rues de la soixante-dix-septième circonspection.

Mandato, un mètre soixante-quinze, quatre-vingt-dix kilos, se met immédiatement à laisser pousser sa belle barbe noire. Mandato a le teint mat, et ses perçants yeux noirs semblent tout remarquer. Son sens du terrain, nourri dans les rues du ghetto à forte criminalité de Bedford-Stuyvesant, est aussi vif que celui de Leuci, et dès le milieu de l'été ils arrêtent une moyenne de dix criminels passibles de peines de plus d'un an qu'ils font traduire devant les tribunaux. A l'automne, Mandato obtient lui aussi son insigne doré.

Autre fait concernant Mandato, difficile à discerner au premier abord : Mandato sait ce qu'est l'argent. La soixante-dix-septième circonscription, comme toutes celles des ghettos, regorge de tripots, de joueurs de bonneteau, de commerçants désireux de payer pour obtenir une meilleure protection de la police. La soixante-dix-septième circonscription est un foyer de corruption chez les flics.

Bien que Mandato soit de cinq ans son aîné, Leuci arrive au SSR le premier. Leuci est chef d'équipe, la raison principale en est que le réseau d'indicateurs qu'il s'est créé à la Brigade des stupéfiants lui appartient en personne. La plupart sont des drogués. Les hommes trafiquent parfois, les femmes en général se prostituent. Leur nombre fluctue entre six et dix, et leur visage change. Certains se font arrêter par d'autres équipes et atterrissent en prison. Certains prennent peur et cessent de moucharder. Certains disparaissent, d'autres meurent. Vis-à-vis de leurs indics, Leuci et Mandato obéissent aux mêmes règles que les autres policiers. On laisse en paix le junkie qui dénonce un dealer. On laisse tranquille le dealer qui donne un fournisseur. Tout délinquant est autorisé à poursuivre ses occupations, quelles qu'elles soient, sous réserve qu'il trahisse pire que lui.

« Ecoute, ces types veulent me donner de l'argent, dit un jour Mandato. Ce sont des camés, mais ils vendent aussi de la drogue. Sais-tu combien ils se font ?

— Tout leur va dans les bras. Ils n'ont pas un rond. »

Un indicateur, un petit dealer toxicomane, tient une boutique de bonbons. Il s'appelle Nicky Conforte. Il se trouve au fond de l'échoppe au moment où entrent Leuci et Mandato. Lorsqu'ils l'interrogent, il les renseigne sur son nouveau fournisseur — nom, adresse, emplacement de la prochaine livraison. Le grossiste n'est pas très important. Mais voilà qui fera quand même une belle petite arrestation.

« Ecoute, dit Mandato à l'indic, Bobby est un peu raide. Tu ne pourrais pas lui prêter quelques dollars ? »

Le patron de la boutique tend cent dollars à Leuci et cinquante à Mandato.

Stupéfait, Leuci empoche l'argent.

La semaine suivante, les deux inspecteurs s'arrêtent de nouveau chez le marchand de bonbons, et une fois qu'ils ont fini de le questionner, il leur tend un nouveau billet de cent dollars sans qu'ils aient rien demandé.

Il y a un deuxième indic qui, pour entretenir son propre vice, vend parfois des sachets à vingt sacs dans son échoppe. Leuci va l'interroger, et ensuite il dit : « Je suis raide. Tu peux me prêter un peu de fric ? » Les mots sont plus faciles à prononcer qu'il ne l'avait pensé.

« Pourquoi vous me l'aviez pas dit ? Faut pas vous gêner, Bobby ! » L'indic ouvre son tiroir-caisse et lui tend cent dollars.

Dès lors, les deux balances paient régulièrement. Sans qu'on ait besoin de le leur demander. Détail qui semble important. Il ne s'agit pas de chantage. Ni d'extorsion. Ni même de pot-de-vin, se disent Leuci et Mandato, car eux ne donnent rien en échange. Cela ressemble davantage à un prêt qu'ils n'auront pas à rembourser.

L'argent est dépensé. Leuci s'achète des vêtements de meilleure qualité, mange dans des restaurants plus chics. L'important c'est de pouvoir s'acheter du matériel — c'est du moins ce que se disent les deux inspecteurs —, acheter des magnétophones, du matériel d'écoute. Acheter une nouvelle voiture afin de pouvoir poursuivre les fuyards.

Nunziata remarque la nouvelle aisance de Leuci. Tous ses aînés la remarquent également. Leuci se rend compte qu'il a franchi un seuil, qu'il est à présent l'un d'eux. Pour la première fois, il se sent accepté par les autres inspecteurs des stups.

Nunziata l'invite à dîner, et une fois passée leur commande, il remarque : « Tu as gagné une poignée de dollars...

— Oui », répond Leuci avec fierté. Il est ravi d'avoir

acquis l'estime de Nunziata. Lorsqu'il raconte ce qui s'est passé, Nunziata rit.

« Tu es incroyable. Avec tes renseignements et mon cerveau, je serais millionnaire ! »

C'est un repas à soixante dollars pour deux dans un restaurant italien de l'East Side. Nunziata règle l'addition.

Leuci se félicite de l'attitude nouvelle, plus tolérante, de ses collègues. L'important c'est de pouvoir instruire ses propres dossiers, de procéder à des arrestations et de vivre une vie convenable, semblent penser tous les policiers. Pointer et rentrer chez soi avec soixante-quinze *cents* en poche est absurde. C'est bon pour les imbéciles, ou pour les petits jeunes qui ne savent encore rien. Maintenant que Leuci a pris de la graine, ou de l'âge, ils voient le changement s'opérer en lui, et ils l'aiment beaucoup plus, car non seulement c'est un bon flic, mais il est aussi assez malin pour gagner du fric.

Quoi qu'il en soit, selon son habitude, Leuci continue à ruminer tout cela. Il essaie en vain de guérir la blessure intérieure qu'il s'est faite. Il ne cesse de gratter la croûte. Au fond de lui, il se sent parfois honteux. Il se demande si ses collègues éprouvent également cette honte secrète.

Il aimerait pouvoir en parler avec Nunziata, mais il sait que c'est impossible. Cela ne se fait pas. Il n'a jamais entendu aucun inspecteur en parler. Il suppose que les autres rationalisent leur conduite comme lui, qu'ils se disent : du moment que nous le faisons tous, ce n'est pas si terrible.

8

Mandato était toujours tiré à quatre épingles, et ses affaires toujours impeccables elles aussi. Ce fut à cause de ce soin méticuleux qu'il tomba entre les griffes du commandant Cooper.

Il avait laissé sa voiture chez un carrossier pour y faire enlever une bosse et passer un coup de peinture — il fallait toujours que les véhicules de Mandato soient nickel. Le Noir qui travailla sur la voiture prit conscience d'une odeur de marijuana. Il fouilla l'intérieur du véhicule sans rien trouver. Ouvrant le coffre, il tomba sur ce qu'il cherchait. Il avait les yeux posés sur une balle de marijuana. Elle avait l'air de peser près de cinq kilos.

Le Noir alla téléphoner à la police. Une équipe de patrouille mobile répondit, considéra la balle de marijuana et fit le rapprochement entre la voiture et l'inspecteur de troisième échelon Frank Mandato.

Dans n'importe quel manuel de criminalité, la marijuana se plaçait en dernière position pour les flics ; de plus, la règle voulait qu'on ne cherche pas d'histoire à un collègue. Mais les deux flics de la voiture-radio n'osèrent pas enterrer cette affaire-ci. D'une part l'appel du Noir avait été noté par écrit, il avait fait mention de la marijuana, il était là et les regardait.

D'autre part, à cause de la Commission Knapp, le Département de la police se trouvait victime du syndrome de corruption. Personne ne savait plus qui enquêtait sur qui, et la balle de marijuana n'avait peut-être rien à voir avec l'inspecteur Mandato. La cible n'était peut-être pas Mandato mais eux-mêmes.

Alors, ils choisirent la sécurité. Ils appelèrent les Affaires intérieures et, lorsque plus tard Mandato revint chercher sa voiture, deux inspecteurs de la police des polices se trouvaient là.

On informa le commandant Cooper pour la forme. « Je m'occupe de Mandato », dit-il, et il se frotta les mains de plaisir.

A l'interrogatoire, Mandato, qui à l'époque faisait partie de la Brigade des vols et cambriolages de la dixième circonscription, affirma que la balle de marijuana était une pièce à conviction saisie au cours d'une descente antérieure. Il avait oublié de la déposer au greffe.

C'était peut-être vrai. Selon le règlement, les pièces à conviction devaient être remises au greffe le jour même de la saisie et y retourner immédiatement après chaque apparition au tribunal, mais le greffe se trouvait au diable, à Manhattan, et les inspecteurs de Brooklyn se faisaient constamment tirer l'oreille parce qu'ils laissaient s'accumuler leurs pièces à conviction.

Le commandant Cooper ordonna que l'on examine tous les dossiers traités par Mandato ; cette enquête montra que certains paquets d'héroïne saisie n'avaient pas non plus été remis au greffe. Mandato s'empressa alors de fournir les paquets en question. Il avait toujours eu l'intention de les déposer, dit-il. Il les avait « oubliés » dans un coffre-fort chez lui dans sa cave pendant des mois.

Cooper donna l'ordre de faire analyser les paquets par le laboratoire de la police. L'un d'eux contenait plus d'héroïne maintenant que lors de son premier passage au labo. Cooper en conclut qu'il s'agissait d'une héroïne différente.

Cooper était flic depuis 1941 — trente et un ans — et pensait connaître les flics. Il lui sembla évident que Mandato comptait garder indéfiniment cette preuve à conviction — jusqu'à ce qu'il prenne sa retraite, peut-être même plus. Si jamais on venait la réclamer, alors il la fournirait bien sûr. Si personne ne venait, alors dans bien des années il... que ferait-il ? Il la vendrait, sans doute, pensa le commandant Cooper.

Et Mandato avait été le partenaire de Leuci, songea Cooper. Mandato lui aussi était un type de l'Intérieur. Il devait connaître les mêmes flics escrocs, les mêmes gangsters mafiosi que Leuci. Si seulement Cooper pouvait faire suffisamment pression sur lui, Mandato deviendrait son Leuci.

Cooper détenait les éléments nécessaires, du moins le pensait-il. Même si les chefs d'accusation qu'il avait contre Mandato ne collaient pas vraiment — Cooper pensait bien qu'aucun jury ne l'enverrait en prison pour ce qui pouvait être considéré comme une négligence administrative —, il était pourtant clair que l'inspecteur s'était rendu coupable de sérieuses entorses au règlement de la police, et cela suffisait à Cooper pour le relever de ses fonctions. Mandato avait fait treize ans dans la police ; il lui en manquait deux pour avoir droit à la première tranche de sa pension : trois quarts de son demi-salaire à vie. Cela représentait combien ? se demanda Cooper. Si l'on accordait une généreuse espérance de vie à Mandato, alors la réponse tournait autour du quart de million de dollars. Tout ce qu'avait à faire Mandato, c'était de continuer encore deux ans et cet argent lui reviendrait.

Mandato allait coopérer, décida sinistrement Cooper, ou laisser filer deux cent cinquante mille dollars.

Mandato donnerait des agents, des inspecteurs et des patrons corrompus. Il dénoncerait peut-être aussi Leuci. Les procureurs persistaient toujours à dire que Leuci ne s'était laissé corrompre que trois fois. Mandato en saurait davantage, et peut-être pourrait-on le forcer à confirmer les soupçons de Cooper.

Quelques résultats renverraient en vitesse Syd Cooper à un poste dans l'administration centrale, peut-être même à un poste encore plus important qu'avant.

Cooper avait traité avec des centaines de flics corrompus ou soupçonnés de l'être, et il projeta de faire craquer Mandato par les mêmes méthodes classiques que celles qu'il avait toujours utilisées dans le passé.

La technique numéro un était de convoquer le flic à son bureau, et ensuite de le laisser moisir sur sa chaise dans la salle d'attente pendant huit heures d'affilée, sans paraître le remarquer. A la fin de la journée Cooper l'autorisait à partir et à rentrer chez lui. Le deuxième jour on répétait le même scénario, puis le troisième, le quatrième, le cinquième... pendant autant de semaines ou de mois qu'il le fallait pour faire craquer le flic et lui faire sortir le renseignement que cherchait Cooper. Cooper n'avait jamais vu échouer sa technique.

Mais, suite à sa convocation au bureau de Cooper, Mandato arriva avec une thermos remplie de café, un sandwich dans un sachet en papier, et des livres. Il s'installa dans la salle d'attente, sortit un livre et lut tranquillement pendant toute la journée. A la fin des huit heures il signa le registre et rentra chez lui.

Le lendemain il revint avec un nouveau sac en papier contenant du café et un sandwich, et le même livre, ou peut-être un autre. Et il tourna posément ses pages pendant huit heures. Cooper ne prêta pas la moindre attention à Mandato, et ce dernier ne laissa rien paraître.

Chaque jour, Cooper passait plusieurs fois devant Mandato. Normalement le policier ne levait même pas les yeux de son livre. Les semaines passèrent. Cooper attendit que Mandato fasse les cent pas, qu'il s'inquiète auprès des greffiers et des secrétaires, qu'il montre son appréhension. Mais en vain.

Finalement ce fut Cooper qui craqua. Poussé à bout, Cooper, en passant devant Mandato, commença à le harceler. Comme toujours, l'inspecteur était élégamment vêtu ; son pantalon au pli impeccable avait certainement coûté quarante dollars ou plus. Il portait des chaussures cousues main.

« Comment se fait-il qu'un petit merdeux comme vous puisse se payer des vêtements si chers ? » demanda Cooper.

Mandato se contenta de sourire. « Ma femme est très économe. Je suis sûr que si vous le vouliez, vous pourriez aussi vous acheter des vêtements convenables. »

Bouillonnant de colère, Cooper rentra dans son bureau en claquant la porte. Habitué aux flics qui tremblaient littéralement en sa présence, il jugeait impossible d'intimider Mandato, sans arriver à comprendre pourquoi.

Mais malgré son calme apparent devant Cooper, Mandato avait une sacrée trouille, et lorsqu'un soir Leuci sonna à sa porte, il fut heureux de revoir son ancien partenaire.

« Tu peux sauver ton boulot, Frank, dit Leuci.

— Comment ? demanda Mandato. Dis-moi simplement comment.

— Tu peux parler à ces gens.

— Et de quoi devrais-je leur parler ? Je devrais leur dire ce que nous avons fait tous les deux ? Ce que Les Wolff et moi avons fait ? Raconter ce que Nunziata a fait avec d'autres ? » Il secoua la tête. « Non, je n'ai rien à leur dire. »

Les deux ex-coéquipiers ne se quittaient pas des yeux.

« Ai-je quelque chose à craindre ? demanda Mandato. Dis-le-moi. Y a-t-il une chose qui devrait m'inquiéter ? Que leur as-tu dit ?

— J'ai avoué trois trucs à Scoppetta, et je n'ai absolument aucune intention d'en dire plus, ces trois trucs ne mettent que moi en cause. C'est tout. C'est tout ce qu'ils obtiendront jamais de moi.

— Alors je n'ai rien à leur dire, fit Mandato.

— Je peux peut-être arranger quelque chose. Laisse-moi y réfléchir. »

Ce fut Leuci, par l'intermédiaire de Scoppetta, qui amena McCarthy, le premier adjoint du préfet de police, à se pencher sur le dossier. Mandato trouvait Cooper grossier, avait rapporté Leuci à Scoppetta. McCarthy semblait plus sensible. S'il interrogeait Mandato, alors la communication serait peut-être plus facile.

« J'en parlerai à McCarthy », dit Scoppetta, et il le fit.

L'adjoint du préfet, William McCarthy, directeur de la police de la route en retraite, avait été rappelé par Murphy. Durant toute sa carrière, McCarthy avait su éviter non seulement les flics corrompus mais aussi les situations compromettantes. Il avait rarement été tenté. A présent qu'il était rappelé comme adjoint au préfet, on voyait en lui un homme aux idées avancées, mais sous ce vernis son caractère restait plus rigide et moins malléable que jamais.

McCarthy rencontra Mandato en présence de Cooper accompagné de deux assistants, mais la conversation ne mena nulle part, ce qui exaspéra très vite McCarthy.

« Parlez-moi de toutes les situations de corruption dont vous avez été témoin, exigea-t-il de Mandato.

— J'ai beaucoup entendu parler de corruption, lui répondit celui-ci, mais je n'en ai jamais été témoin.

— Vous avez trente secondes, fit McCarthy.

— Je ne vois pas ce que vous voulez savoir, persista Mandato. Je n'ai jamais assisté à aucune scène de corruption. »

McCarthy se leva de derrière son bureau et se dirigea à grands pas vers la porte, puis il se tourna vers le commandant Cooper et jeta : « Suspendez-le. Retirez-lui son insigne et son revolver ! » et McCarthy sortit de la pièce.

A son tour, Cooper se dirigea vers la porte. « Suspendez-le ! lança Cooper à son subordonné, le lieutenant George Ahrens. Retirez-lui son insigne et son arme ! »

Cooper sortit de la pièce.

Le lieutenant Ahrens se tourna vers le sergent Dave Powers : « Suspendez-le, retirez-lui son insigne et son arme ! » ordonna Ahrens, avant de sortir lui aussi.

Mandato était là, son revolver et son insigne en main.

« Reste-t-il encore quelqu'un d'autre, sergent ? demanda Mandato. Il n'y a plus que vous et moi maintenant. Je crois que vous allez devoir le faire. » Et il lui tendit insigne et pistolet.

Quelque temps plus tard, forcé à démissionner de la police, plutôt que d'être renvoyé pour faute grave, Mandato déménagea en Floride. Il ressentit là-bas tous les symptômes de « sevrage » du flic : il palpait l'emplacement de son insigne des dizaines de fois par jour : il n'y était plus. Cela signifiait qu'il était seul au monde. Dehors, dans la rue, il ne cessait de toucher sa poche arrière. Tout le temps. Il montait en voiture et se rendait compte qu'il ne s'asseyait plus dessus. Son insigne avait disparu, et il ne pouvait le ravoir.

Un jour, une voiture de police le fit arrêter sur le bas-côté pour excès de vitesse. Il sauta de son siège, imaginant qu'il n'avait aucune crainte à avoir. Sa main alla à sa poche arrière. Il allait montrer son insigne à ce flic et...

Oh !

L'agent s'approcha. « Papiers du véhicule et permis de conduire ! »

Il avait lui-même été flic, lui dit Mandato. Treize ans. Mais il venait de prendre sa retraite.

« On vous donne une carte quand vous partez en retraite », dit le policier.

Alors Mandato lui raconta la vérité.

Le flic hocha la tête.

« Papiers du véhicule et permis de conduire ! » fit-il, et il dressa un procès-verbal.

Mandato téléphona à Leuci à New York pour le lui raconter.

« C'est affreux, dit-il. C'est horrible. Il faut les avoir, Bobby. Quel qu'en soit le prix, ça le vaut. Il faut les avoir. Accroche-toi ! »

9

Procéder à dix arrestations pour grande délinquance par mois, quelquefois même quatorze ou quinze, requiert la totalité du temps de travail d'un jeune policier. Leuci est âgé de vingt-six ans à présent, il passe ses journées et ses nuits dans les rues de Brooklyn Sud, ou au tribunal avec les prisonniers.

Une nuit qu'il fait sa ronde, en quête d'une arrestation, il remarque un beau visage de type hispanique. La fille semble avoir quatorze ou quinze ans. Une gamine. Elle porte un imperméable. Ses longs cheveux noirs sont attachés en queue de cheval. Un visage rond d'albâtre, magnifique, de très grands yeux noirs, des lèvres charnues. Elle est splendide. Il est certain qu'elle ne se rend pas compte de sa beauté. Elle se promène dans une rue de prostituées.

Leuci s'arrête.

« Vous ne devriez pas être là. C'est dangereux par ici. »

Elle sourit.

« Je sais ce que je fais. Vous êtes flic, non ? »

Il n'aime pas la façon dont elle dit : « Vous êtes flic. » Mais cela ne fait pas forcément d'elle une délinquante.

« C'est vous Frimousse, pas vrai ? » Elle prononce

très fort son nom comme pour avertir tout le quartier de sa présence.

« Vous faites le trottoir ? demande Leuci au bout d'un moment.

— Non.

— Qu'est-ce que vous faites ici alors ? »

Elle sourit.

« J'attends quelqu'un. »

Alors Leuci s'éloigne, mais il revient par une petite rue transversale et se gare de façon à voir dans la grande artère. Elle tapine. Les hommes viennent à elle et elle leur parle. Voici qu'arrive un jeune à cheveux très courts. Leuci se sent terriblement déprimé. Elle prend le bras du gamin et ils s'en vont. Vingt minutes plus tard, elle est de retour.

Leuci sort de sa voiture, la saisit, et la traîne littéralement dans une entrée d'immeuble.

« Ouvre ton sac ! »

Elle devient agressive.

« Non mais, pour qui vous vous prenez ? »

Il vide le contenu de son sac par terre. Il est furieux contre elle, il ne sait pas pourquoi.

« Enlève ton imper », ordonne-t-il. Comme elle résiste, il le lui arrache.

Et il voit les marques de seringue.

Mais cela ne fait que le déprimer davantage, parce qu'il la trouve superbe. Cette chevelure noire, ces yeux noirs ! Ces dents éclatantes ! On voit rarement de belles dents aux drogués.

« Ça fait combien de temps que tu tapines comme ça ?

— Si ça vous regarde, depuis l'âge de douze ans.

— Et quel âge as-tu maintenant, quinze ans ?

— Dix-neuf.

— Tu t'es déjà fait pincer ?

— Deux fois. »

Elle remet ses affaires dans son sac. Elle lève les yeux vers lui.

« Je vous préviens, Frimousse. Vous avez intérêt à me laissez tranquille.

— A bientôt. Si je t'attrape, tu y as droit.

— Faudra d'abord m'attraper, gros malin. »

Quelques jours plus tard, tôt un matin, Leuci passe par Pacific Street en se rendant au tribunal. Elle est là, avec le même imperméable, postée au même coin de rue. S'arrêtant le long du trottoir, Leuci l'observe à une certaine distance. Lorsqu'un Noir vient vers elle, Leuci s'engage à nouveau dans la circulation et s'approche très lentement. Il voit l'homme tendre quelque chose à la jeune fille avant de s'éloigner.

Leuci s'arrête à nouveau le long du trottoir, sort de sa voiture, et se met à courir. Au moment où il arrive près de la fille, elle sourit et crie son nom : « Salut, Frimousse ! » Elle a de nouveau alerté tout le quartier.

Elle a la main fermée. Il la lui saisit et l'ouvre de force. Deux sachets d'héroïne.

Le Noir s'est engouffré dans un immeuble. Leuci confisque la came à la fille et lui crie : « Attends-moi là ! » puis il se précipite dans le bâtiment aux trousses du Noir. Elle risque de filer, mais il pense qu'elle attendra probablement, dans l'espoir qu'il lui rendra sa came.

Dans l'immeuble, Leuci s'arrête pour reprendre ses esprits. Il monte les escaliers quatre à quatre. En arrivant au palier du premier étage, il repère le Noir. Puis un tiroir de commode lui descend dessus dans l'escalier. Il lui frôle la tête, le couchant sur les marches. Le Noir grimpe jusqu'au toit. Quand Leuci arrive en haut, il a filé, soit sur un autre toit, soit par une échelle de secours.

Envahi de peur et de rage, Leuci redescend l'escalier

et retourne dehors. La fille est assise sous le porche, la tête dans les mains.

« Je t'arrête. Monte dans la voiture ! »

Il la traîne au tribunal de la soixante-dix-huitième circonscription. Elle passe la matinée à lui hurler des insultes. Mais partout où ils vont, remarque-t-il, on la regarde tellement elle est belle. Cela ne fait que déprimer l'inspecteur Leuci. Cette fille pourrait réussir dans n'importe quoi, pense-t-il. Avec un brin de cervelle elle pourrait faire du chemin.

Elle a vraiment une langue de vipère. Elle s'appelle Maria. C'est une sale petite garce, mais il ne parvient pas à en détourner les yeux.

Une fois devant le juge, la peur de la jeune fille transparaît. Son casier vierge s'est rempli. Leuci voit qu'elle n'a encore jamais été arrêtée. Qu'elle n'est encore jamais allée en prison.

« Savez-vous ce que ça va être pour moi de me retrouver à la maison d'arrêt de femmes ? demande-t-elle. Vous allez m'y envoyer. On va me faire mal. C'est plein de gouines là-bas. Les gardiennes le sont toutes. »

Elle est pétrifiée et il a peur pour elle.

« Faites-moi sortir d'ici. J'ai la trouille. »

Leuci s'approche du procureur adjoint. « Ecoutez, cette fille veut collaborer avec moi. Est-ce que je peux la faire sortir ? »

Mais le juge a quitté le tribunal. Leuci se précipite à son cabinet.

« Monsieur le juge, je voudrais faire appel de votre décision. »

Mais le juge, qui a envie de rentrer chez lui, refuse. Leuci retourne voir la fille. Elle est assise, en pleurs.

« Tu te piques tous les combien ? » demande-t-il.

Elle se met à hurler.

« J'en ai rien à foutre de vous et de votre charité. J'en ai pas besoin. Je passerai la nuit sans. J'y arriverai. »

Leuci rentre chez lui. Toute la nuit il pense à elle. Il ne parvient pas à s'ôter son beau visage de l'esprit. A quoi ressemble cette nuit pour elle dans une prison pleine de lesbiennes ?

Le lendemain matin il arrive tôt à Brooklyn et vérifie que le cas de la fille est bien à l'ordre du jour. Finalement le fourgon arrive. A la queue leu leu les prisonniers en descendent.

Elle lui jette un regard noir.

« Tu veux sortir ? Tu voudrais travailler avec moi ? On arriverait à pincer des types.

— Je ne moucharde pas !

— Tu veux retourner là-bas ce soir ?

— Faites-moi sortir, c'est tout. »

A la demande de l'inspecteur Leuci, le procureur adjoint soumet la requête au juge. « L'officier de police m'a informé que l'accusée se portait volontaire pour collaborer avec la Brigade des stupéfiants. Elle a des renseignements sur des dealers. »

Pendant que le juge écoute, la fille tend le bras vers la jambe de Leuci, la pince très fort et éclate d'un rire enfantin et chaleureux.

Leuci rassemble hâtivement ses papiers. Lorsqu'il sort du tribunal, elle l'attend près de sa voiture.

« Monte, je te reconduis chez toi. » Au bout d'un moment il demande : « Qu'est-ce que tu prends ?

— Je sniffe pas, et je me shoote pas non plus. Je suis pas une junkie.

— Bon, d'accord. Et si on se voyait ce soir ? Habille-toi, je passerai te prendre.

— Vous voulez sortir avec moi ?

— Bien sûr que oui !

— Vous êtes super ! »

Il va au bureau et raconte son aventure à Frank Mandato. « Elle est splendide, Frank, superbe !

— Et que vas-tu faire ? demande Mandato.

— Je vais la sortir.

— Pourquoi ne l'emmènes-tu pas simplement dans un hôtel pour la baiser ? C'est une pute, bordel. Tu es fou ou quoi ? Tu veux l'emmener au cinéma ? Lui acheter une glace ? C'est une prostituée portoricaine. Elle a dix-neuf ans et elle est jolie, et alors ? Dans deux ans elle n'aura plus de dents, et on lui comptera dix-sept marques de seringue dans les bras.

— Frank, il faut que tu la voies. On dirait une sainte. Elle est tellement belle ! Où tu seras ce soir ? »

Mandato pense aller dîner avec plusieurs collègues dans un restaurant italien proche du tribunal.

« Je viendrai te voir, dit Leuci.

— Tu perds la tête ou quoi ? Il y a des flics — tous les gars du bureau... »

Ce soir-là il passe la prendre. Elle est vêtue d'une robe noire tout en dentelle. Un genre de mantille lui recouvre en partie les cheveux.

Mais lorsqu'il lui dit où il l'emmène dîner, elle s'exclame : « Mais c'est là que se retrouvent tous les flics !

— Ouais, il y en aura quelques-uns.

— Vous n'avez pas honte de moi ?

— Bien sûr que non ! »

A leur entrée dans le restaurant, toutes les têtes se tournent. Leuci sourit de fierté. Mandato, qui se trouve au bar avec quatre collègues, s'approche et se présente. « J'ai entendu parler de vous », lui dit-elle.

Il la regarde, sourit à Leuci et retourne au bar en secouant la tête.

Joe Nunziata s'approche et se présente, et après lui, un par un, tous les autres inspecteurs. Du bar ils n'arrêtent pas de regarder vers eux. Ils ne peuvent décrocher d'elle leur regard. Ils rigolent aussi, ils boivent, échangent sans doute de grosses blagues, ils s'amusent bien. Leuci s'en fiche.

« Qu'allons-nous prendre ? demande-t-il. Du vin ?

— Ça ne me plaît pas ici. Ces types ne me plaisent pas. Ils se fichent de nous.

— Ils ne se moquent pas ! Personne n'irait rire de toi !

— Il faut que j'aille aux toilettes. »

Lorsqu'elle a quitté la table, Nunziata s'approche pour dire à Leuci : « Tu t'appelles Angel ?

— Joe, qu'y a-t-il de si drôle ?

— Apparemment cette fille est amoureuse d'un certain Angel. Quand elle reviendra, regarde-la bien. »

Elle revient et s'assied. « Connais-tu quelqu'un qui s'appelle Angel ? demande Leuci.

— Oui, c'est mon paternel. Comment connaissez-vous son nom ? Oh, vous avez vu mon machin...

— Quel machin ? »

Au moment où elle se tourne, il voit le mot ANGEL tatoué en travers de son bras. Mais ce n'est pas un tatouage fait par un professionnel.

— Qui t'a fait ça ?

— C'est Angel. »

Il éclate presque de rire. Mais avant de payer l'addition il l'a convaincue de travailler avec lui, du moins le pense-t-il. Il la présentera à une de ses collègues qui l'accompagnera dans la rue. Elles feront toutes sortes d'achats clandestins, et fourniront ainsi à Mandato et Leuci de nombreux suspects à arrêter. Malgré ses craintes, elle a répondu : « Si vous êtes derrière moi, d'accord. »

Mais lorsqu'il va la chercher le lendemain chez sa mère, elle n'est pas là. Sa mère n'a aucune idée de l'endroit où elle se trouve. Il la cherche en vain dans les rues. Finalement il met fin à ses recherches.

Une semaine se passe. A deux heures du matin, Leuci et Mandato finissent de s'occuper d'un prisonnier et quittent le poste. En avançant vers leur voiture respective, ils voient s'arrêter un taxi à proximité. En sortent trois passagers : Maria, une autre fille que Leuci reconnaît comme une prostituée, et le Noir qui lui a lancé le tiroir de commode dans l'escalier deux semaines plus tôt.

Leuci dit tranquillement à Mandato : « C'est le fils de pute qui m'a échappé le jour où j'ai coffré Maria. »

Les inspecteurs accélèrent le pas en direction des trois personnes. En repérant Leuci, Maria essaie encore une fois d'ameuter le quartier : « Salut F... »

Leuci la gifle, lui coupant le sifflet, et Mandato saisit le Noir, le pousse dans une entrée.

Dans l'entrée, Leuci tient le suspect à la gorge.

« T'es le type qui m'a échappé, crie-t-il. Je t'arrête. »

Maria, près de lui, crie qu'il ne s'agit pas du même homme. Le suspect se débat, les deux filles hurlent, et Mandato s'exclame soudain : « Bobby, il a un revolver ! »

La putain hurle : « Hé, les mecs, pas les armes ! » et elle pousse une espèce de cri étouffé quand apparaissent les revolvers. Leuci entend presser deux fois la détente près de sa tête, deux gros déclics, mais pas d'explosion.

Mandato écarte Leuci. Il a jeté le suspect à terre, il lui saisit la main qui tient le revolver. Leuci lui arrache l'arme. Mandato remet le type sur pied. Leuci tremble tellement qu'il n'arrive pas à bouger, il reste là, revolver à la main, Mandato, qui maintient le suspect, tremble aussi.

« Il a pressé sa foutue détente contre moi », dit Leuci.

Il sort ses menottes, mais il tremble tellement en les passant au suspect qu'il se coupe avec les pointes.

Ils escortent le suspect jusqu'au poste. Il est presque trois heures du matin et l'endroit est désert. Les filles ont disparu, évanouies dans la nuit. En haut, ils vident le revolver. Leuci contemple les balles. « Le con ! C'est des vraies balles normales et tout, merde ! » marmonne Mandato.

Attenter à la vie d'un policier est un crime grave. Il faudra du temps pour remplir la paperasse. Après avoir bouclé le suspect dans la cage, Leuci et Mandato sortent prendre un café et une pâtisserie qui leur redonneront des forces pour le reste de la nuit.

A leur retour, l'officier de permanence les arrête. « Je n'admets pas qu'un type qui a essayé de tuer un flic entre ici sur ses jambes. On lui fait son compte, à cet enculé, ou on l'envoie à l'hosto, ou on l'expédie dans la boîte en sapin. »

Dans l'escalier ils croisent l'équipe qui descend. L'un des inspecteurs s'adresse à Leuci : « Laisse-moi te dire un truc. Si tu ne lui donnes pas une leçon à cet enfoiré, le prochain flic sur qui il tombe, il lui fait sauter la cervelle. »

Leuci s'excuse. Ça s'est passé tellement vite.

« Eh bien, il est là-haut », disent les autres.

En haut, le suspect est prostré dans un coin de la cage. Sa bouche écume de bave et de sang.

« Merde, Frank, le type est mort. »

Ils se précipitent à l'intérieur de la cage et soulèvent le prisonnier, le lavent, le supplient de ne pas mourir. Un lieutenant arrive et le voit.

« Je comprends qu'on tabasse un type dans la rue, dit-il. Mais au poste, c'est absurde. »

Le lendemain matin, le suspect est assez bien pour comparaître devant la Cour. Plus tard on le condamne à une peine d'un à trois ans pour tentative d'agression armée. Son pistolet part à l'examen balistique l'après-midi même. L'expert identifie immédiatement l'arme. « Il a pressé deux fois la détente contre moi », raconte Leuci.

L'expert hoche la tête. « Avec ces flingues à bon marché le coup ne part jamais. »

Mais quand il vise dans le caisson et qu'il presse la détente, le coup part à merveille. La pièce s'emplit du bruit et de la fumée de l'explosion. Leuci et l'expert en balistique se regardent fixement.

Depuis cette aventure, il arrive à Leuci de garer sa voiture un peu plus bas dans la rue et de regarder Maria tapiner au coin. Mais il n'essaie plus de l'utiliser comme indic.

10

Le premier procès approchait — Les Etats-Unis d'Amérique contre Edmund Rosner, Nicholas Di Stefano et Nicholas Lamattina — et en même temps, le moment tant redouté par Leuci où on lui demanderait de prêter serment avant de parler de ses propres infractions.

Ce n'était pas ce procès qui lui causait à présent ces nuits d'insomnie ou cette tension permanente dans la région du cœur. C'était plutôt la prise de conscience que désormais, dans son rôle de témoin principal du gouvernement, il serait lui-même en jugement. Les accusés ne viendraient pas à la barre. Seul le témoin y déposerait, et une fois qu'il y serait, sa crédibilité serait mise en cause et non leur culpabilité. Le procureur et l'avocat de la défense le harcèleraient tous deux. Qu'allait-il dire ?

Mentir à la barre était un délit de faux témoignage. Mais la vérité ferait tellement douter de sa crédibilité que ce procès, ainsi que les autres à venir, seraient compromis, et probablement perdus. S'il disait la vérité ne serait-ce qu'une fois, alors le Département de la police n'aurait d'autre choix que de le démettre de ses fonctions, le gouvernement d'autre choix que de le poursuivre, et le jury d'autre choix que de l'envoyer en prison — et avec lui les inspecteurs qu'il aurait compromis : Mandato, Wolff, Cody, Vinny Russo et beaucoup d'autres encore. Du moins le croyait-il.

Le monde entier le mépriserait, ses nouveaux amis comme les anciens. S'il disait la vérité, il ferait s'abattre sur lui et ceux qu'il aimait des calamités sans nombre. La vérité le condamnerait à la mort. Seul le mensonge, et lui seul, lui donnerait la liberté. Donc il prit d'avance la résolution de mentir. Il n'avouerait rien.

Chaque jour il travaillait avec les procureurs adjoints qui poursuivraient les inculpés.

Le week-end, dans les Catskills, il sortait du petit chalet, s'enfonçait dans les bois et ruminait. Il essayait de réfléchir. Mais il n'était jamais seul. Au moins deux policiers lourdement armés le suivaient toujours et parfois, ne comprenant pas son désir de solitude, son besoin de réfléchir seul, ils marchaient à ses côtés, bavardant de tout et de rien, du temps, de foot... Puis le week-end se terminait. Leuci retournait alors à New York, dans sa chambre désolée de la caserne la nuit, et dans les couloirs et bureaux du Palais de Justice du district sud, à Foley Square, le jour.

On avait exigé des efforts maximum pour aboutir à la condamnation de l'avocat Rosner, du garant Di Stefano et de l'inspecteur Lamattina. A un certain moment, il n'y eut pas moins de trois procureurs adjoints pour aider à la préparation du dossier. Leuci travaillait à leur côté, et ce travail durait littéralement jour et nuit.

Leuci avait fait douze enregistrements de l'un ou de l'autre des accusés. Les transcriptions devaient être absolument exactes, car il fallait s'attendre à ce que la défense en conteste chaque ligne, et le bruit rendait la tâche difficile. Les transcriptions furent reprises, brouillon après brouillon, jusqu'à ce que chaque ligne, chacune des déclarations compromettantes, soit aussi exacte que possible.

Après cela, le dossier de l'accusation devait être pratiquement mémorisé et par les avocats et par le témoin principal. Jour après jour, semaine après semaine, tous ces messieurs étudièrent le dossier, l'étayèrent, l'affûtèrent.

Scoppetta et Shaw, pris par d'autres affaires, ne s'occupaient pas de la préparation du procès, alors, sous prétexte de les tenir au courant, Leuci prit l'habitude de passer à leur bureau plusieurs fois par jour. Ils étaient son seul soutien affectif, même s'ils ne le savaient pas. Ils ne perçurent ni la nature de son dilemme, ni l'étendue de sa souffrance. Qu'allait-il avouer à la barre ?

Il n'avait jamais demandé à être exempté de poursuites judiciaires, et on ne le lui avait jamais promis non plus ; il avait encore moins demandé l'impunité pour ses infractions au règlement de la police. Il n'en avait pas eu besoin car il n'était pas accusé. Il n'existait pas de pièce à conviction contre lui. Pour obtenir l'impunité maintenant, il faudrait d'abord qu'il avoue aux procureurs qu'il en avait besoin. Il lui faudrait d'abord faire l'aveu d'actes qu'ils ne soupçonnaient pas. Aucun espoir d'aucune sorte non plus d'obtenir le pardon de ses anciens partenaires.

De la part de Scoppetta et Shaw, qui l'estimaient, il avait besoin de réponses aux questions qu'il ne pouvait poser, de conseils juridiques qu'il n'osait demander. Scoppetta et Shaw étaient des procureurs. La loi était inflexible. Par ses seules questions, Leuci révélerait la culpabilité qu'il cachait. Ils seraient obligés d'engager une action contre lui ou de se rendre eux-mêmes coupables d'infraction à la loi.

Il fallait mentir.

Leur présence était le seul réconfort de Leuci. Ils avaient de la force et le fait de se trouver près d'eux lui donnait l'illusion d'en avoir aussi, assez du moins pour affronter chaque jour.

« Je pense que je vais bientôt partir, dit un matin Scoppetta. Je crois qu'on va me donner un poste important. » Il était heureux et essayait de retenir son sourire.

Leuci ne sourit pas.

Scoppetta était sur le point d'être nommé directeur de l'Action judiciaire de la ville de New York — l'homme chargé d'enquêter sur la corruption dans tous les organes administratifs de la ville. C'était un poste à valeur de ministère, égal en rang et en salaire à celui du préfet de police.

« Je suis très heureux pour vous, Nick », dit Leuci, affligé.

Quelques jours plus tard, lorsque la nomination de Scoppetta fut confirmée, le procureur se leva de derrière son bureau pour venir embrasser Leuci : « Ça y est, je l'ai ! »

Tenant l'inspecteur par les épaules, Scoppetta rayonnait de bonheur.

Leuci retourna travailler.

Le procureur principal dans l'affaire Rosner était un jeune magistrat nommé Elliot Sagor, et à l'approche de la date du procès, il s'était mis à travailler quatorze à quinze heures par jour, y compris le week-end.

Aux environs de onze heures un soir, alors qu'il faisait du montage de bande avec Sagor, Leuci voulut aller au Clam Bar de Vinny dans le quartier de la Petite Italie. Sagor lui dit que c'était fou. C'était trop dangereux, et de plus, ils avaient encore du travail. Ils devraient sans doute travailler encore tout le week-end.

Enervé par l'écoute des mêmes bandes pendant des heures et des heures, Leuci piqua une crise.

Pendant un moment ils se fixèrent d'un regard noir. Puis Leuci s'empara du magnétophone et le jeta sur le bureau. Arrachant la veste de Sagor de la patère, il essaya de la déchirer par le milieu. Il renversa le bureau de Sagor. « Et en plus, moi je rentre chez moi ce week-end. »

Les gardes du corps de Leuci s'étaient précipités dans la pièce, un vrai chantier ! Leuci essayait de saisir Sagor à la gorge. Les deux flics s'emparèrent de Leuci et l'écartèrent.

« Si vous trouvez un moyen de rentrer chez vous et de revenir pour dimanche, dit Sagor, d'accord. »

De la pièce voisine Leuci téléphona au lieutenant Partington, qui s'arrangea pour mettre un hélicoptère des douanes à sa disposition. Le vendredi soir on conduisit Leuci à l'héliport de Wall Street, l'appareil décolla dans la nuit claire et survola les ponts de l'East River en remontant le fleuve. Il rentrait chez lui dans les forêts du Nord, et en deux jours là-bas il essaierait d'emmagasiner assez de force pour affronter la semaine suivante. D'hélicoptère la vue de nuit sur la ville était superbe, à vous couper le souffle. Il vit la beauté du paysage, mais trop pris par ses propres problèmes il n'en jouit pas. Scoppetta était parti, mais au moins il lui restait Shaw.

Puis Shaw lui aussi reçut une nouvelle nomination importante. Il fut nommé procureur général du bureau new-yorkais de la Commission de justice contre le syndicat du crime. Il vida son bureau et traversa la place pour emménager dans d'autres locaux et avoir d'autres préoccupations.

Chaque jour qui passait augmentait la tension de Leuci. Chaque jour le rapprochait du moment où il ferait sa déposition — et subirait le contre-interrogatoire de la partie adverse. Chaque jour Shaw téléphonait : « Ça va ? »

De temps en temps Leuci allait encore dîner chez Shaw et Margaret à Brooklyn Heights, et c'est là qu'un soir son hôte annonça soudain : « J'ai besoin d'une antenne incognito, un Juif. Vous connaissez quelqu'un ? »

A un nouveau poste, Shaw venait d'entreprendre la mise au point d'une opération qui, si elle marchait, devait détruire la forteresse du crime organisé régnant sur l'industrie new-yorkaise du vêtement, en majorité aux mains de Juifs. On fournirait une somme d'argent à l'agent juif, avec laquelle il achèterait, en association avec un dirigeant du textile venu chercher de l'aide auprès de Shaw, une affaire dans le vêtement. Une fois installé dans le secteur de la confection, l'agent serait exposé à des extorsions d'argent, des prêts usuraires, des détournements de camions chargés et il y participerait. L'enquête devait durer au moins deux ans. L'inspecteur serait en sérieux danger la plupart du temps.

« Je ne peux vous parler de l'opération, continua Shaw, sauf pour vous dire que si je trouve l'agent qu'il faut, l'affaire fera du bruit.

— Je pense, dit Leuci au bout d'un moment, que Les Wolff est le type que vous cherchez. »

Shaw hocha la tête. « A-t-il des antécédents dont je devrais être averti ? »

De nouveau le tiraillement en des directions opposées. Mais Wolff était un inspecteur formidable. Plus important encore, avec Shaw derrière lui, il serait protégé contre des personnes comme le commandant Cooper.

« Non, aucun, répondit Leuci. Les Wolff est l'homme qu'il vous faut. »

Le dossier Rosner-Di Stefano-Lamattina était presque prêt pour le procès. « La seule chose qu'il nous reste à faire c'est de préparer votre contre-interrogatoire, dit Sagor. Prenez une bonne nuit de sommeil. Arrivez tôt demain, et nous nous y mettrons. »

Voilà que ça arrive, pensa Leuci. Il n'avait plus que quelques heures pour se décider. Combien allait-il en dire ?

Le lendemain matin il communiqua sa décision à Sagor. Il n'avouerait rien. « Que me dites-vous là ? répondit le procureur. Que vous n'allez rien avouer du tout ? Et les infractions que vous avez confiées à Scoppetta. »

Leuci essaya de produire un rire confiant. « Je blaguais ! »

Sagor le dévisagea.

« Je ne parlais pas de moi, dit Leuci. Mais de quelqu'un d'autre. »

Sagor hocha pensivement la tête. « Veuillez m'excuser un moment. » Puis d'un pas vif il se dirigea vers la porte. « Faites-vous monter à déjeuner. Passez la commande. »

Il sortit.

Les gardes du corps de Leuci entrèrent. « Que vas-tu faire ? demanda l'un d'eux. Tu vas lui dire quelque chose ? Tu as perdu la tête, ma parole ! Tu perdras ton boulot. Faut rien dire. »

C'était aussi la conclusion à laquelle était parvenu Leuci.

« Ne leur dites rien », conseilla l'autre flic.

Mike Shaw entra dans le bureau. Il portait un jean et un sweater. Il s'adressa aux deux flics : « Voulez-vous nous laisser ? »

Surpris, les deux flics quittèrent la pièce.

« Bob, je veux vous dire une chose, commença Shaw d'un ton sérieux. Je me fiche pas mal que vous ayez vendu de la drogue. Je me fiche pas mal de ce que vous avez pu faire dans le passé. Je vous connais pour ce que vous êtes maintenant. Ce que vous étiez il y a trois ans, deux ans, ou même l'année dernière, n'est pas ce que vous êtes à présent. Vous êtes devenu un homme différent. Vous avez changé de vie. Mais si vous vous permettez d'aller à la barre, puis de vous parjurer — je comprends pourquoi vous pourriez avoir envie de le faire, mais si vous le faites, vous perdez mon amitié. Car je saurai que vous nous avez menti. Et je serai forcé de venir moi-même à la barre pour témoigner contre vous, en effet je sais que vous avez commis certains écarts. Vous en avez parlé à Nick. »

Shaw fit une pause. Sa voix prit un accent de prière. « Vous n'allez pas me mettre dans cette position, n'est-ce pas, Bob ?

— Mike, pourquoi me faut-il payer ce prix ? Pourquoi me faut-il aller à la barre et leur raconter ce que j'ai fait. Dites-le-moi, pourquoi ?

— Parce que c'est la vérité. Aussi simple que cela ! C'est la différence entre Rosner et nous. Nous allons à la barre et nous disons la vérité. »

Le téléphone sonna, Shaw décrocha, parla un moment, puis il tendit le combiné à Leuci. « Prenez-le. C'est Nick.

— Bob, vous êtes allé trop loin pour faire marche arrière maintenant, dit Scoppetta. Vous m'en avez parlé. Ce n'est pas si terrible. Les gens comprendront.

— Ça me gêne, Nick. J'ai honte. »

Lorsque Leuci eut raccroché, Shaw fit entrer Sagor et son patron, Robert Morvillo, directeur de la Brigade criminelle. « Ce gars va être le meilleur témoin que vous ayez jamais eu, dit Shaw.

— S'il dit la vérité », répondit Morvillo.

Shaw se tourna à nouveau vers Leuci. « Margaret m'attend. Il faut que je rentre. » Il se tourna vers les deux procureurs. « Préparez-le bien. Montrez-lui ce à quoi il faut s'attendre. » Shaw se retourna encore vers Leuci. « A bientôt.

— A bientôt, Mike. »

Morvillo s'assit au bureau, sourit à Leuci et dit : « Bien, inspecteur, parlez-nous de vos fautes.

— C'est tellement difficile.

— Laissez-nous vous faciliter la tâche. Qu'avez-vous raconté à Scoppetta ? Commencez par le début.

— Quelle a été la première ? renchérit Sagor.

— La première ?

— Parlez-nous-en. »

Alors, Leuci fit le récit suivant aux deux procureurs — le même que celui qu'il ferait devant la Cour, plus tard.

« Cela a coïncidé avec la sortie de prison de mon cousin… », commença-t-il d'une voix hachée.

11

Quatre ans plus tôt, 1968. Un lieutenant, Aaron Mazen, s'arrange pour rencontrer secrètement Leuci dans un restaurant. Il jette un dossier sur la table. « Il y a un truc qui cloche dans cette affaire », dit-il.

Leuci se met à parcourir le document. Il s'agit d'une enquête concernant une affaire de drogue mettant en jeu des écoutes téléphoniques. Leuci reconnaît le nom des personnes visées : Mikey Coco, Stanley Simons, Louis Legs et les frères Indelicata : Joseph et Sonny le Rouge. Mazen demande à Leuci de trouver la raison pour laquelle l'inspecteur chargé de l'affaire n'a procédé à aucune arrestation, afin de décider s'il vaut la peine de la faire reprendre par une nouvelle équipe.

Un ou deux jours plus tard, ses parents envoient Leuci voir sa tante Rosa, car John Lusterino vient de sortir de prison. Peut-être ont-ils besoin d'aide là-bas.

Leuci n'a pas vu son cousin depuis treize ans. A présent, Lusterino est âgé de trente-neuf ans, mais ses cheveux blonds sont devenus gris et il en paraît quarante-neuf. Il est solidement bâti. En prison il a passé la moitié de son temps à la bibliothèque à étudier le droit, et l'autre au gymnase à soulever des haltères. Il est sorti depuis deux semaines mais arbore déjà un hâle magnifique.

Les propos de Lusterino n'ont rien de surprenant. Il est choqué d'apprendre que l'inspecteur Leuci opère parfois contre des Italiens. « Il y a des millions de nègres dans la nature qui vendent de la came, dit-il. Ils ne sont pas assez nombreux pour toi ? Il faut en plus que tu t'acharnes contre les tiens ? »

Ils vont faire un tour dans la nouvelle voiture de Lusterino. « Envoyer les gens en taule ne te fera pas gagner ton pain, Bobby, dit Lusterino. Ce serait mieux de t'asseoir avec eux. Voir ce que tu peux faire. Tu aides des gens qui ont un problème, et ils ne t'oublient plus jamais. »

Pendant quelques minutes Leuci songe à la portée de ces mots. A la fin il décide de se risquer à un échange de renseignements avec son cousin. Après lui avoir soutiré la promesse qu'il ne le grillera pas, Leuci montre à son cousin les photos des cibles de l'enquête qui a mal tourné.

« Johnny, fait-il d'un ton hésitant, si tu connais l'une de ces personnes, je veux juste savoir trois choses. Sont-elles dans la drogue ? Y sont-elles actuellement ? Est-ce que je peux établir un dossier contre elles ? Tout ce que je veux c'est éviter de perdre du temps. »

Lusterino se met à rire. « Tu passes une journée avec moi et tu essaies de me transformer en mouchard ! »

Mais plus tard le téléphone de Leuci sonne chez lui. C'est Lusterino.

« Trouve-toi au coin d'Elizabeth et de Kenmare à six heures tapantes. Legs y sera, et Joseph Indelicata. Ils veulent te parler.

— Une minute, attends un peu ! » s'écrie Leuci. La tête lui tourne. « Tu me poses un gros problème, Johnny. Si les fédéraux font filer ces types et que je les rencontre… »

Mais à six heures Leuci se trouve au coin d'Elizabeth et de Kenmare. Louis Legs le conduit Chez Charlie, le bar à huîtres. Joe Indelicata les y rejoint, et se met à jurer.

« Ce rital à la manque! Qu'est-ce qu'il veut cet enfoiré de con de merde ? D'abord, qu'est-ce qu'il a ? »

C'est la première fois que Leuci prend conscience qu'il y a de l'extorsion dans l'air. L'inspecteur chargé du dossier menace d'arrêter ces truands à moins qu'ils ne paient.

« Je ne veux pas jouer les intermédiaires, dit Leuci. Vous voulez parler à ce type, j'essaie de vous l'amener ici.

— On va le descendre. Il le sait pas encore, mais cette pute-là va se prendre trois pruneaux dans la tête. »

Leuci se lève de table, cherche un téléphone et appelle l'inspecteur chez lui.

« C'est pour ces deux pédés que tu me tires de chez moi ? répond-il, bourru. D'accord. O.K. Donne-moi une demi-heure. »

Leuci est soucieux. « Ils sont mauvais, dit-il quand l'inspecteur arrive.

— Ce sont des ratés. Ce sont tous des merdes en sauce. Tu n'as pas besoin de les craindre, ni eux ni leurs semblables. Où sont-ils ? »

Malgré ses trente-quatre ans, l'inspecteur a un visage lisse et très hâlé de jeune homme. Ses cheveux ondulés sont prématurément gris. Il porte un blazer croisé à boutons dorés. Le pli de son pantalon est impeccable.

Les deux inspecteurs entrent dans le bar. Leuci s'attend à voir Legs et Indelicata injurier le policier en personne. Mais leurs manières sont conciliantes.

« Un beau garçon comme vous, dit Legs. Vous n'avez rien de mieux à faire que de vous trimbaler à raconter des bobards ? Je crois qu'il serait temps d'arrêter ces conneries. Vous nous avez donné un chiffre, et c'est un gros chiffre. C'est un chiffre outrageusement élevé. Qu'est-ce que vous avez pour nous donner un tel chiffre ?

— Louis, on ne te tient pas bien, on te tient parfaitement. Bandes de clowns à la manque, vous parlez trop. On est restés sur votre téléphone pendant un mois. On a un mandat. Tout est légal. Du beau boulot pour le procureur. On en a assez entendu de toi, et de Sonny le Rouge... »

Indelicata bondit, en fulminant. « Espèce de sale basané. Enfoiré de mes deux. Mon frangin Sonny n'a rien à voir avec tout ça. Faites gaffe ! N'allez pas mêler son nom à ça. Il n'a rien à y voir. Il n'a rien à voir à rien. »

L'inspecteur rit. « Ton frère y est bel et bien, oui ! Jusqu'au trou du cul. Et qui plus est, en tant que libéré sur parole après un meurtre, il n'est pas censé s'associer avec vous autres malfaiteurs. Si nous n'arrivons pas à faire affaire, je vais à la Commission des libérations sur parole avec mes transcriptions de l'écoute, et le compte sera réglé pour ton frère. Retour au placard, et pour de bon. Soixante-quinze mille, ou tu peux dire adieu au frangin. »

Legs et Indelicata sont furieux. « A qui croyez-vous avoir affaire ici ? crie Indelicata. Vous croyez passer votre pommade de merde à des nanas ou quoi ?

— Ton frère est en liberté conditionnelle à vie, dit l'inspecteur. A vie. »

Indelicata a l'air épuisé. « Je préférerais vous descendre ce soir plutôt que de voir mon frère retourner en cabane pour rien. »

Agacé, l'inspecteur se lève de sa chaise.

« Con ! crie Legs. Cet insigne de merde que vous avez n'est pas un gilet pare-balles, ne l'oubliez surtout pas ! »

D'un geste dégoûté de la main, l'inspecteur prend congé et sort.

Leuci se lève d'un bond. C'est là un collègue qu'ils menacent. « Attention à ce que vous dites. Vous m'entendez ? »

Les deux policiers sortent du restaurant.

« Ces types sont des tueurs, dit Leuci, soucieux.

— Ils débitent un tas de conneries, rétorque l'autre. Ils se prennent pour des durs, mais nous le sommes plus qu'eux. Et nous formons le plus gros gang du monde. Nous sommes trente-deux mille. » Leuci le regarde avec effroi.

Quelques minutes plus tard, Leuci revient dans le bar et s'assied avec Indelicata et Legs.

Indelicata dit : « Ce sale basané ne touchera pas à Sonny le Rouge. Mon frère n'a rien à voir dans cette affaire. Absolument rien. Et ce con-là le sait.

— Parlons un peu chiffres, fait alors Leuci. Il dit qu'il veut soixante-quinze mille. Jusqu'où pouvez-vous aller les gars ?

— S'il promet sur la tête de ses gosses de ne pas toucher à mon frangin, si nous n'entendons plus jamais parler de lui... » Les deux mafiosi se regardent. « Vous pouvez lui dire à cet enfoiré qu'on lui donnera sept mille cinq cents pour ne plus jamais revoir sa gueule. »

Leuci traverse la rue et entre dans le bar où l'attend son collègue. « Sept mille cinq », rapporte-t-il.

L'autre sourit. « Nous allons accepter. Qu'est-ce que tu veux ? La moitié ? »

Leuci est stupéfait. Est-ce donc si simple ? Un policier du SSR peut-il taper de pareils gangsters et leur faire cracher sept mille cinq cents dollars ?

Au bout d'un moment, Leuci répond : « Je prendrai deux mille et le nom de ton indic. » Cet inspecteur est réputé avoir le meilleur indicateur de la ville.

« Tu récoltes le fric, tu me l'amènes, dit-il en acceptant, et je te donnerai l'indic. »

La somme est versée en deux fois. « Tu nous as tiré une sale épine du pied, petit, s'entend dire Leuci. Sonny le Rouge sait ce que tu as fait pour lui. Si jamais tu as besoin d'un service de Sonny le Rouge, tu l'auras. »

Trois ans plus tard Sonny lui renvoie l'ascenseur. A un coin de rue de la Petite Italie, Sonny le Rouge dit à Di Stefano : « Si vous le descendez, vous feriez mieux d'être sûrs que c'est un mouchard, parce que c'est un ami à nous. »

Voilà le récit que fit Leuci aux procureurs. Rien ne confirmait sa véracité et le collègue mis en cause était à présent l'un des plus décorés de l'histoire de la police. Ses titres honorifiques, entre autres la médaille du Mérite, couvraient deux pages entières, ils attestaient non seulement de son talent mais aussi de son courage. Aucune poursuite judiciaire ne fut jamais entamée contre lui à la suite des accusations portées par Leuci, car le délit en question remontait à cinq ans et demi en arrière, et l'on ne put trouver ni témoin ni preuve corroborant les faits.

Il fut pourtant traduit devant le tribunal de police en 1975, sous d'autres chefs d'accusation, huit ans après le prétendu délit, et l'on entendit le témoignage de Leuci. Même si le préfet Philip Michael écrivit que personnellement il ne refusait pas de croire Leuci, il nota néanmoins qu'il ne pouvait condamner un officier avec de tels états de service sur les dires non confirmés d'un collègue. L'inspecteur put prendre sa retraite du Département et conserver l'intégralité de sa pension.

12

« Ce fut la première fois ? demanda Morvillo.

— Oui, la première grosse arnaque. » C'était la première fois qu'il revoyait son cousin depuis treize ans, et sa première rencontre avec la légion des gangsters mafiosi qui devinrent ses contacts au sein du crime organisé et, dans certains cas, ses amis.

« Quoi d'autre ? » demanda Morvillo.

Leuci raconta avoir vendu, pour dix mille dollars, un dossier loupé que Bernie Geik, alors inspecteur au SSR, avait essayé d'établir sur le trafiquant mafioso Stanley Simons.

Il y eut un demi-sourire cynique sur le visage de Morvillo, et il bougea la tête de bas en haut. « Combien avez-vous touché pour cela ?

— Deux mille cinq cents dollars, répondit Leuci.

— Cela fait quatre mille cinq cents jusqu'ici. Quoi d'autre ? »

Leuci parla de la fois où il avait accepté mille dollars pour mettre Mikey Coco et l'inspecteur Dick Bell en rapport.

Morvillo hocha la tête. « Qu'avez-vous fait de cet argent ? »

Eh bien, il avait acheté trois voitures en deux ans, il s'était payé de plus beaux vêtements, il était allé dans des restaurants coûteux avec ses amis du SSR. Il avait les yeux fixés au sol, et sa voix avait tellement baissé qu'il murmurait presque.

Hochant la tête, Morvillo se dirigea vers la porte, mais au moment de saisir la poignée il se retourna brusquement. « Vous voulez savoir une chose ? demanda-t-il. Vous êtes un fichu voleur.

— Je le sais.

— Vous devriez être en prison.

— Je le sais. »

La voix de Morvillo s'éleva. « Pourquoi n'êtes-vous pas en prison ? Dites-moi donc un peu pourquoi vous n'êtes pas en prison !

— Parce que je ne me suis jamais fait pincer, répondit Leuci. Ce que je viens de vous dire, vous n'avez pas été assez forts pour le découvrir.

— Ah oui ? s'exclama Morvillo, et un grand sourire éclaira son visage. C'est ce que vous allez dire à la barre ? Car lorsque vous déposerez, on vous posera la question. La raison pour laquelle on ne vous poursuit pas n'a rien à voir avec le fait que vous n'ayez pas été pincé. Parce que, en fait, une fois que vous nous avez parlé vous êtes refait. La raison pour laquelle vous n'êtes pas poursuivi est que nous jugeons bon de ne pas le faire. » Sa voix devint plus chaleureuse. « Car l'action que vous avez menée est très spéciale. » Il fit une pause. « Ce ne sera pas facile, Bob.

— Je le sais bien !

— Lorsque vous serez à la barre, on vous traitera de tous les noms. Vous devrez essayer de vous expliquer sur ces trois affaires. C'est tout ce qu'il y a eu ? Trois infractions seulement ? »

Leuci n'était pas sous serment, et il ne pouvait aller plus loin pour aujourd'hui.

Toute la semaine suivante, Sagor et Morvillo, qui avait à présent décidé de plaider lui-même, travaillèrent jusque tard dans la nuit pour préparer l'inspecteur Leuci à son contre-interrogatoire. Ils le harcelèrent sans discontinuer, essayant de le prendre en défaut ou au piège exactement comme le ferait à coup sûr l'avocat de la défense.

« Qu'avez-vous fait d'autre, inspecteur ? »

Mais Leuci resta ferme.

Le procès ayant lieu dans moins d'une semaine, Albert Krieger, l'avocat de la défense, demanda à voir Leuci.

« Vous devriez accepter, lui conseilla Morvillo. Si vous ne voulez pas, vous n'y êtes pas obligé. »

Leuci réfléchit.

« Il veut prendre votre mesure, je suppose, continua Morvillo. Mais c'est aussi pour vous l'occasion de prendre la sienne. »

La rencontre eut lieu dans le bureau de Morvillo. Comme à son habitude, Leuci observa d'abord le personnage en gros, ensuite il examina ses mains bien soignées, son parfum, les poils de ses oreilles. Krieger avait le crâne complètement rasé. Il était beau, portait des vêtements très coûteux. Il avait les ongles vernis, un after-shave poivré.

Les questions de Krieger furent posées d'un ton posé, presque doux. Il se centra immédiatement sur les écarts passés de Leuci. Chaque question semblait mûrement réfléchie. Leuci répondit d'une voix basse, très calme.

Assis derrière son bureau, Morvillo ne disait rien. Au bout d'un certain temps, Krieger jeta un coup d'œil vers Morvillo. « Cet inspecteur Leuci est un type vraiment charmant, dit-il. Je crois que nous sommes dans un sérieux pétrin...

— Je sais », répondit Morvillo avec un sourire.

Krieger se leva, ferma son attaché-case et se prépara à partir.

« Vous êtes tout à fait désarmant, M. Krieger, dit Leuci. J'espère que vous serez aussi aimable avec moi au tribunal.

— Vous pouvez parier le contraire, répondit l'avocat. Nous avons ici la carrière d'un homme en jeu, sa vie ! Eddie Rosner n'est pas si noir que cela.

— Voilà qui prête à conjectures... », commenta Morvillo.

Krieger concentra son regard sur Leuci. « Trois entorses seulement, n'est-ce pas, inspecteur ? Trois en huit ans ? Je tiens à vous faire savoir que j'ai travaillé sur énormément d'affaires de drogue. J'ai défendu des intoxiqués, des trafiquants. J'ai défendu l'inspecteur Kelly il y a quelques années. Connaissiez-vous l'inspecteur Kelly ? »

Kelly avait fait partie du SSR. « Je connais Kelly, répondit Leuci.

— Je sais que vous le connaissez. Et Kelly aussi vous connaît. J'ai parlé à un certain nombre de junkies qui sont venus me voir et qui déposeront pendant le procès. Eux aussi disent vous connaître. Ils disent également que vous pourriez être coupable de plus d'infractions que vous ne voulez bien l'admettre.

— Eh bien, ils mentent.

— C'est possible. Cela arrive qu'on raconte des mensonges sur quelqu'un d'autre. Mais lorsque nous serons devant la Cour, sachez que je vous poserai des questions sur des personnes précises. »

Morvillo se leva d'un bond. « Hé, Al, ne nous emportons pas, voulez-vous ?

— Je veux simplement que Bob sache à quoi s'attendre. »

Lorsque Krieger sortit du bureau, les yeux de Leuci étaient fixés sur la nuque rasée de l'avocat. Le regard de Morvillo était fixé sur Leuci.

« Bob, regardez-moi, dit le procureur. Je vous le

demande encore une fois — je vous promets que c'est la dernière. Y a-t-il autre chose dans le passé à part ces trois écarts de conduite ? »

Le regard qu'échangeaient Morvillo et Leuci était intense. Les yeux d'Elliot Sagor allaient de l'un à l'autre.

« Que voulez-vous savoir, Bob ? demanda Leuci.

— Je vous demande s'il y a autre chose que ces trois affaires-là ? »

Au bout d'un moment, Leuci répondit : « Il n'y a rien d'autre. »

Morvillo hocha plusieurs fois la tête. « Bon dieu, il y a intérêt ! Parce que si ce type prouve le contraire au tribunal, vous vous retrouvez en taule pour faux témoignage. »

La voix de Leuci s'étrangla. « Supposons qu'il fasse venir un témoin qui déclare que j'ai fait autre chose ?

— Il peut amener une centaine de camés, une centaine de trafiquants. Là n'est pas la question. »

Il y eut un lourd silence. « Je comprends ce que vous voulez dire, marmonna Leuci.

— Bien, je vous verrai au procès. »

Leuci sortit du bureau. Des junkies. Son cerveau tournait à cent à l'heure. Sur lesquels Krieger avait-il mis la main ?

13

Par une nuit glaciale de février, Leuci vient juste de rentrer chez lui à Kings Park, à quatre-vingts kilomètres de New York, lorsque le téléphone sonne. C'est son indic Johnny qui pleure : « Bobby, je suis malade, je ne peux pas dormir. »

Ils ont passé toute la journée ensemble à acheter de la came, à préparer des arrestations, et ils continueront le lendemain matin. Lorsque Leuci l'a quitté deux heures plus tôt, il avait une dose d'héroïne pour l'aider à passer la nuit.

« Je ne sais pas ce que c'était, Bobby, mais sûrement pas de l'héroïne. Ça m'a rendu malade, Bobby. »

Gina s'est assise dans le lit.

Johnny se met à crier : « Bobby, je n'arrive pas à dormir.

— Johnny, tu ne peux pas sortir et trouver quelqu'un dans le coin ? Et ta nana ?

— Elle s'est barrée. Oh, Bobby, je t'en prie, reviens m'en donner d'autre. »

Au milieu de la nuit, Leuci reprend sa voiture et retourne à Brooklyn. Johnny habite Red Hook, non loin des quais. Leuci sonne à sa porte, le garçon sort. Son nez coule, ses yeux larmoient, il a des haut-le-cœur.

« Monte dans la voiture, John. Nous allons descendre au poste d'Union Street. Je connais peut-être un des policiers de service. »

Leuci se gare devant le commissariat. En haut, dans la salle commune, il trouve un collègue qu'il connaît vaguement.

« Ecoute, tu n'aurais pas un peu de came par ici ? demande Leuci. J'en aurais besoin pour un de mes indics.

— Je ne suis pas aux Stups, répond le policier. Je ne sais pas s'il y en a dans le coffre. » Mais un moment plus tard il revient avec une enveloppe en cellophane froissée. Leuci l'examine. Il remercie son collègue et retourne vers Johnny, Johnny s'empare immédiatement de l'enveloppe. Un grand sourire éclaire son visage. Il tient le sachet à la lumière, y donne des chiquenaudes, le tapote. « Ouais, dit-il, il y en a là-dedans. Allez Bobby, emmène-moi sur les quais. »

En roulant, Leuci jette des coups d'œil sur le siège arrière. Sur la banquette, Johnny a déjà préparé son travail. Sa seringue hypodermique consiste en un compte-gouttes auquel il a fixé une aiguille. La capsule et la ficelle sont prêtes. Il se frotte le bras.

Leuci s'est garé. Sur le siège arrière Johnny chauffe sa capsule. Soudain il hurle. Leuci, qui essaie de ne pas regarder, pivote brusquement sur place. L' « héroïne » mousse comme de l'Alka-Seltzer.

« Je ne sais pas ce qu'on t'a fourgué », sanglote Johnny. Il la jette par terre. « Qu'est-ce que je vais faire, Bobby ? »

Près des quais habite un certain Pollock, qui vend des sachets à vingt sacs chez lui. Leuci s'y rend et se gare devant la maison.

« Il faut que tu m'en achètes un peu, Bobby. »

Mais Leuci n'a pas d'argent.

Alors il examine la maison de Pollock. Elle se trouve

isolée au milieu des quais. Leuci repère quelqu'un qui descend la rue vers eux ; d'après sa démarche, c'est visiblement un camé. Mains dans le manteau pour se protéger du vent glacial, le drogué entre dans la maison de Pollock.

Sur la banquette arrière, Johnny pleurniche.

« Oh, Bobby, faut que tu m'en achètes un peu.

— Johnny, fait Leuci, quand ce type sortira je vais me le faire. Je lui prendrai ce qu'il vient d'acheter à Pollock et je te le donnerai.

— Bravo, mon pote », dit Johnny. Ses larmes s'arrêtent. Il saute de joie.

« Baisse-toi, qu'on ne te voie pas ! » lui jette Leuci.

Le junkie sort de chez Pollock, et au moment où il passe devant la voiture, Leuci, qui s'était baissé, se redresse brusquement. Le camé prend immédiatement la fuite. Leuci bondit hors de la voiture et lui court après. Derrière lui, Johnny court aussi. Ils dévalent les quais. Furieux, Leuci rattrape le camé et lui plonge dessus, une prise en vol plané qui met sa victime à terre. Au moment où le type se reprend, Leuci lui flanque un coup aussi fort que possible dans la figure. Il sent craquer le nez du gars. Le drogué hurle, mais son cri se transforme en plainte. « Me faites pas mal, Frimousse. Me tapez pas ! »

Leuci est assis sur sa poitrine. Derrière lui Johnny hurle : « Tue-le, tue-le !

— Johnny, retourne à la voiture ! »

Le drogué s'appelle Vinny, Leuci le connaît, c'est un petit gars du quartier. Et voilà qu'il a le nez brisé, il saigne et tremble comme un bébé.

« Où est ta came ? gronde Leuci.

— Me la prenez pas ! S'il vous plaît ne me la prenez pas. J'ai passé la journée à voler, mon vieux. Je me suis fait vingt-cinq sacs, assez pour acheter une cuillère. »

Une cuillère correspond à cinq sachets.

« Je te la prends ou je te coffre. L'un ou l'autre.

— Prenez-en la moitié, pas tout. Laissez-moi rentrer chez moi. Ne me mettez pas en taule.

— Attends-moi là », ordonne l'inspecteur Leuci. Il s'empare de la cuillère et retourne à la voiture. La nuit est glaciale, et Johnny s'est blotti sur la banquette arrière.

« Tu l'as Bobby ? Donne-la-moi. »

Leuci déborde d'une haine presque insurmontable. Il déteste ces deux junkies. Ouvrant la cuillère, Leuci en verse la moitié dans l'enveloppe que lui a donnée le policier.

« Voilà. Maintenant prends ton attirail de merde et file chez toi ! » Johnny habite à deux rues de là. « Fous le camp chez toi ! Si tu te fais pincer, tu es seul. A demain matin.

— Merci, Bobby. Merci beaucoup, vieux. T'as fait du beau travail, mon pote. T'as un sacré crochet du gauche ! »

Leuci revient à Vinny qui, assis au bord du trottoir, pleure et saigne. Il a la figure et les vêtements maculés de sang.

« J'ai le nez cassé, sanglote-t-il. Je suis malade. »

Leuci lui tend le sachet d'héroïne qui ne contient plus que deux doses. « Monte en voiture. Je te ramène chez toi. »

Une jeune femme ouvre la porte de chez Vinny. Son regard va de Vinny à Leuci et inversement.

« Ne t'inquiète pas, dit fièrement Vinny. J'en ai. »

Elle oublie aussitôt Leuci. « Oh, merci mon Dieu, merci mon Dieu, où est-elle ? ».

Il lui donne le sachet contenant les deux doses et va se laver la figure à l'évier. « Je suis malade, dit-il. Mais ça ira. Du moment qu'elle va bien. »

Elle sort de la chambre. « Tu m'en as gardé un peu ? » demande Vinny inquiet.

Un demi-sourire flotte sur le visage de la femme. « J'ai foiré le premier fix, dit-elle.

— Foutue menteuse ! hurle Vinny.

— Il m'en a fallu deux, pleurniche-t-elle. J'ai foiré le premier.

— Oh, espèce de menteuse ! Tu ne m'en as même pas laissé assez pour passer la nuit tranquille ? »

Leuci se précipite presque sur la porte. Mais Vinny lui court après. « Bobby, vous n'en avez pas dans la voiture ? Vous ne pouvez pas m'en donner un peu, Bobby ? Bobby, s'il vous plaît, Bobby… »

Sur le chemin du retour, à la hauteur de la sortie 40, Leuci commence à revoir des arbres, à voir un tout autre monde.

14

Morvillo a rarement plaidé lui-même, mais ce procès-ci est devenu très important. Leuci intéressait énormément les médias — *Life Magazine* lui avait consacré un portrait complet — et l'on manifestait également une grande curiosité pour le sort de Rosner, l'avocat bon chic, bon genre, en partie à cause de Di Stefano et Lamattina, les deux individus avec lesquels il semblait s'être associé. Les jours précédant le procès, Morvillo fut obligé de consacrer une partie considérable de son temps à la presse.

Les autres procureurs s'arrêtaient à son bureau des dizaines de fois par jour pour lui proposer de l'aider à terminer certaines tâches. Morvillo lui-même commença à ressentir de l'inquiétude. Il se mit à parler fréquemment des grandes qualités d'Al Krieger comme avocat, et de ce qu'il devait coûter à Rosner.

Son obsession était Leuci. Il ne savait pas comment celui-ci se comporterait à la barre, sous tension. Il ne savait pas si le jury le croirait. Il envisagea plusieurs fois de faire passer son témoin clé au détecteur de mensonges, mais lorsqu'il en discuta avec ses assistants, ils lui conseillèrent tous de ne pas s'y risquer — non pas parce qu'ils doutaient de Leuci, mais parce qu'il avait trop longtemps vécu une double vie et qu'il leur semblait maintenant si fragile sur le plan émotionnel que l'appareil ne pourrait le tester de façon fiable. Brancher sa pression sanguine, son pouls et ses glandes sudoripares à la machine équivaudrait à enregistrer un mensonge à la première question posée, même si on lui demandait son nom. Morvillo croyait en la quasi-infaillibilité de l'instrument polygraphe sous certaines conditions. Mais l'inspecteur Leuci ne réunissait nullement ces conditions, du moins lui semblait-il.

De plus, ses assistants et lui se rendaient compte de la tension toujours plus forte sous laquelle vivait Leuci, et sympathisaient avec lui. A présent, il était en quelque sorte devenu un homme sans patrie. Il ne pourrait jamais revenir sur son passé. Il était devenu un homme sans passé. Personne n'aurait pu discerner son avenir — certainement pas comme flic à New York — et son présent était également sinistre vu qu'il n'avait pas vraiment de foyer et ne pouvait tirer que peu de réconfort de sa femme et de ses enfants, qu'il ne voyait que pendant les week-ends. Pas étonnant alors qu'il leur semblât parfois au bord de la dépression. Mettre sa crédibilité en question maintenant, décida Morvillo, pourrait le faire basculer complètement. Et si cela arrivait, ce serait non seulement l'effondrement de l'inspecteur Leuci, mais aussi l'échec du procès contre Rosner, Di Stefano et Lamattina.

Lorsque le choix des jurés commença, Lamattina plaida soudain coupable pour deux des sept chefs d'accusation contre lui. Deux jours plus tard, Di Stefano capitula également, et Morvillo dut se dépêcher de revoir son dossier contre Rosner, le seul accusé restant. Avant de témoigner, Leuci serait obligé d'avouer ses fautes passées devant la Cour. Morvillo avait voulu que Rosner soit présent avec les deux autres. Leuci semblerait un enfant de chœur par comparaison. Et puis, Rosner paraîtrait sûrement entaché, dans le même box que de tels individus.

Alors que faire ?

Morvillo pourrait peut-être utiliser Lamattina et Di Stefano comme témoins à charge pour l'accusation, mais s'il le faisait, ils déteindraient sur Leuci. Devant trois fonctionnaires reconnus coupables de corruption, le jury ne pourrait que sympathiser avec Rosner.

Morvillo décida de ne citer que Leuci.

Sa décision prise, Morvillo fut débarrassé de son inquiétude. Et le jour J, il entra d'un pas résolu dans un tribunal aussi bondé et tendu qu'un stade de football. Sagor, dans sa déclaration préalable au jury, décrivit l'inspecteur Leuci comme un officier de police de trente-deux ans qui, environ deux ans plus tôt, avait de son plein gré avoué plusieurs entorses au règlement et qui, ensuite, avait mené une enquête clandestine pendant seize mois au péril de sa vie.

Puis Krieger fit lui aussi sa déclaration préalable, demandant au jury de comprendre ce qui était arrivé à ce jeune avocat (Rosner avait alors trente-six ans) qui s'était fait inculper par le gouvernement fédéral et en était très ébranlé. Et alors, continua Krieger, qui d'autre, sinon cette fine mouche de flic, avait proposé à son client de lui sauver la vie ! Ce Leuci avait proposé de fournir à Rosner des renseignements sur la façon dont le gouvernement lui avait tendu un piège. Tout être humain n'aurait-il pas payé pour obtenir une telle information ? Pendant toute la durée du procès, Krieger continuerait à demander au jury de comparer le mode de vie d'Eddie Rosner, dont on voyait la femme enceinte au premier rang de la salle d'audience, à celui du témoin à charge principal, l'inspecteur corrompu Robert Leuci.

Appelant Leuci à la barre, Morvillo se mit à lui poser les mêmes questions que celles auxquelles l'inspecteur avait déjà répondu des centaines de fois lors de ses dépositions contre les accusés qu'il avait arrêtés. Voulez-vous nous dire quel est votre employeur ? votre fonction ? depuis combien de temps ? Puis Morvillo continua : « Bien, inspecteur Leuci, lorsque vous étiez employé par le Département de la police de New York, vous êtes-vous rendu coupable d'infractions au règlement ? Voulez-vous raconter ces infractions au jury et en donner les dates ?

A la barre des témoins, Leuci était terrifié, mais jusque-là il semblait seulement très nerveux. Morvillo l'avait calmé et soudain Leuci se sentit à l'aise. Il était flic et témoignait à la barre, ce qui n'avait rien de nouveau pour lui. Il faisait partie du Département de la police de New York. Morvillo ne cessa de l'appeler « inspecteur Leuci », mots apaisants pour lui, jusqu'à ce qu'enfin Leuci arrive à se convaincre d'un fait primordial : ce n'est pas moi qu'on juge mais Rosner.

Alors un grand calme l'envahit, il se mit à expliquer les trois situations déjà décrites en privé à Morvillo, et dans lesquelles il avait touché de l'argent. Tout en parlant il essayait de sentir la réaction des jurés. Il crut les voir hocher la tête de sympathie, comme s'ils comprenaient comment il s'était trouvé en situation compromettante — comment on lui avait proposé de l'argent et comment, dans un moment de faiblesse, il l'avait accepté.

Leuci regarda vers la salle bondée. Chaque siège était occupé. Il y avait des gens debout dans les travées. Sauf aux séances nocturnes de mise en accusation, il n'avait encore jamais témoigné devant une salle d'audience comble. Il n'avait encore jamais porté le regard sur des rangées de journalistes prenant des notes.

« Outre ces infractions, demanda Morvillo, vous êtes-vous rendu coupable d'autres actes répréhensibles de quelque nature que ce soit ? »

La salle s'était tue. Les jurés se penchaient en avant, attentifs, et lorsque Leuci eut répondu, plusieurs d'entre eux s'adossèrent à leur siège, hochant la tête en signe de satisfaction.

« Non, maître », dit Leuci d'une voix claire.

Alors, le centre d'intérêt se porta sur l'accusé, assis la tête basse, tandis que Leuci déclarait avoir porté sur lui son dispositif d'enregistrement au restaurant et avoir transmis des documents à Di Stefano en échange d'argent.

Parfois, Leuci examinait des notes avant de répondre. Souvent il toussait de nervosité ou buvait une gorgée d'eau. Ensuite les jurés mirent leurs écouteurs, on leur remit des transcriptions, et l'on fit passer les bandes compromettantes — d'une durée totale de quatre heures.

Di Stefano : « Allez-vous me procurer ces papiers du grand jury ? »

Leuci : « S'il y a un moyen de les avoir, je les aurai. »

Di Stefano : « Voici. » Et il avait tendu un paquet de cigarettes contenant mille cent cinquante dollars à Leuci.

Leuci : « Qu'est-ce qu'il y a là-dedans ? »

Di Stefano : « Mille cent cinquante. »

Dans la salle d'audience tout ouïe, on plaça une nouvelle bande sur l'appareil.

Leuci : « Bon, bon, d'accord, alors écoutez. Je vais lui... je vais lui dire ça. Quinze cents dollars pour les minutes du grand jury, et à part ça, plus important, mille pour moi, vous savez. »

Rosner : « Combien de temps faudra-t-il pour les obtenir ? »

Leuci : « Eh bien, voyons voir... Comme je lui disais, vous savez... »

Di Stefano : « Si nous ne les avons pas rapidement, nous n'en aurons plus besoin. »

Rosner : « Cela ne nous servira à rien de les avoir à la dernière minute. »

Le jury écouta également une conversation à laquelle participait Rosner, au sujet d'un indicateur disparu que l'on demandait à Leuci de retrouver ; Leuci exprima son manque d'empressement de peur de voir l'indic se faire descendre.

A présent, l'avocat de la défense Albert Krieger, le crâne luisant, avançait vers Leuci dans le box des témoins, et le contre-interrogatoire commença. Krieger démarra lentement, calmement, minimisant son rôle, ramenant pas à pas Leuci sur ses trois infractions avouées, creusant les détails, reposant sans cesse les mêmes questions, cherchant à travers la répétition à discréditer le témoin.

Krieger : « A ce moment-là, vous considériez-vous comme coupable d'infraction ? »

Krieger : « Donc, dès votre entrée en contact avec M. Simons, vous saviez que vous commettiez un délit ? »

Krieger : « A l'époque ces personnes savaient-elles que vous seriez réceptif à la proposition de vendre des preuves ? »

Le témoin devenait de plus en plus nerveux.

Krieger : « Qu'avez-vous fait de l'argent ? »

Krieger : « Où comptiez-vous l'argent ? »

A la fin de la première journée de contre-interrogatoire, Leuci se trouvait dans une petite pièce voisine de la salle d'audience, morose, lorsque Shaw entra.

« Vous avez été formidable, s'écria Shaw. Vous étiez calme, tranquille. Les jurés vous regardaient et nous avons senti la pitié qu'ils éprouvaient pour vous. »

Oui, peut-être.

Le procès se poursuivit. Revenant aux bandes magnétiques, Krieger lut certaines conversations d'après les transcriptions, car il voulait à nouveau faire entendre au jury le langage cru et parfois obscène employé par le témoin principal du gouvernement. Il voulait à nouveau faire entendre au jury la façon dont Leuci avait décrit Rosner sur la bande, il disait « ce petit Youpin », ou encore « ce sale couillon de Juif ».

Arnold Bauman, le président du tribunal, était juif. Ils étaient plusieurs dans le jury. Plus tard Krieger fit un petit discours selon lequel nous n'avions pas besoin de Buchenwald ou d'Auschwitz — nous avions Leuci.

Certains avocats de la défense ne se contentent pas de grands effets de manche, ils injurient aussi les témoins. La technique de Krieger était beaucoup plus subtile. Leuci était maintenant à la barre pour le troisième jour consécutif, et l'attitude de Krieger était toujours aussi posée, presque intellectuelle.

Comme on pouvait le prévoir, vint ensuite une autre série de questions. A part ses trois délits de corruption avoués devant la Cour, Leuci s'était-il laissé corrompre à d'autres reprises ? Non ? En onze ans de service dans la police ? En huit ans aux Stupéfiants ? « Allons, inspecteur ! » N'avait-il jamais fait de faux témoignages devant la Cour ? jamais posé d'écoute illégale ? jamais accepté d'argent de la part d'indicateurs ? jamais donné de drogue aux indics ? jamais vendu lui-même de stupéfiants ? Jamais ?

Leuci s'était convaincu de sa propre droiture. Il disait l'absolue vérité sur Edmund Rosner.

Et donc, à chacune des questions par oui ou par non de Krieger, Leuci répondit : non.

Krieger se concentra alors sur les indics.

« Vous n'avez jamais donné de drogue à un indicateur ?

— Non, jamais.

— Vous confirmez que durant toutes vos années aux Stupéfiants vous n'avez jamais donné de drogue à personne ?

— Jamais.
— Connaissez-vous un certain Richie Carti ?
— C'est l'un de mes indicateurs.
— Avez-vous déjà donné de l'héroïne à Carti ?
— Non, jamais.
— Avez-vous déjà donné de l'héroïne à vendre à Carti ?
— Je n'ai jamais donné d'héroïne à Carti, point final.
— Connaissez-vous un certain Frank Reggio ? Avez-vous déjà donné de l'héroïne à Reggio ? »

15

Les indics comme Reggio peuvent servir un mois, trois s'ils ont de la chance. Malgré les instructions contraires, ils restent le plus souvent dans leur propre quartier. Ils emmènent l'agent secret chez des dealers qu'ils connaissent, qui, lorsqu'ils sont arrêtés, savent exactement qui les a donnés. Le dealer (ou son avocat) lit la déposition écrite et calcule : j'ai vendu à trois types seulement ce jour-là, mon frère, mon beau-frère, et à ce foutu Reggio plus le type qui était avec lui, qui avait l'air d'un putain de flic, et que je n'avais jamais vu avant, que je n'ai pas revu depuis.

Les indicateurs se lassent de se faire tabasser. Ils attrapent une peur bleue de la rue, mais ils sont intoxiqués. Ils ont des habitudes dont il faut s'occuper chaque jour, et maintenant les seuls à accepter de leur donner de la came sont les flics.

Rien qu'à Brooklyn, cela fait vingt-cinq à trente toxicomanes à la fois qui ne peuvent descendre dans la rue, qui ne peuvent plus acheter leur drogue, et qui comptent à présent sur les policiers. Ils travailleront avec n'importe quel flic, ceux de la Répression du banditisme comme ceux des commissariats de quartier. Ils deviennent indics. C'est la seule chose qu'ils font, et ils ne la font même pas bien.

Ils se rendent chaque jour au tribunal. Ils savent quels inspecteurs s'y trouvent, et ils attendent dehors près de leur voiture. La plupart des policiers distribuent même de l'héroïne à l'indic d'un collègue. S'il a un tuyau, il le leur donnera. Ce n'est même plus en échange d'un travail. Ces types sont finis comme indics. On leur donne de l'héroïne par pitié.

Les inspecteurs des Stupéfiants sont payés tous les quinze jours dans la première circonscription. Les jours de paie ils s'y rendent par centaines, venant de tous les coins de la ville. Du point de vue d'un camé ce sont là des centaines et des centaines de doses qui vont se faire payer au commissariat, alors ils font la queue et restent là à mendier.

Certains policiers rient et passent leur chemin. Certains se moquent d'eux. La plupart, comme Leuci, leur en donnent. C'est illégal, mais pas très difficile à justifier. Ce camé a sans doute vingt ans de plus que moi, pense l'inspecteur, et comment supporter de le voir pleurer et mendier ? Impossible. Je ne peux pas. Alors je fais ce qu'il me demande de faire. Je lui donne une chose qui ne me coûte rien et dont il a besoin.

Il n'y a aucun risque pour eux à se promener avec de la came dans les poches. Ni à demander quelque sachets à des collègues. Pourtant certains inspecteurs sont très prudents. L'un d'eux a un vieil agenda ; il y garde des doses entre les pages périmées, dans sa poche. D'autres ont des boîtes à clés magnétiques qu'ils plaquent sous le tableau de bord ou sous le capot de leur voiture.

D'autres sont moins prudents. Une fois, Leuci reçoit un coup de téléphone de son teinturier qui a trouvé trois sachets d'héroïne dans sa poche.

« Qu'est-ce que c'est, bordel ? De l'héroïne ? Je sais que vous êtes flic, mais il doit y avoir un truc qui ne tourne pas rond !

— Ouais, c'est de l'héroïne. » Leuci reprend les sachets et rentre chez lui. Il n'a pas peur d'être arrêté. Qui irait l'arrêter ? Les Affaires intérieures ? Les types de l'Intérieur se sont fixés sur la corruption dans le monde du jeu, et jusqu'ici ils ont laissé les flics des Stups en paix.

Inévitablement, les « junkies-balances » font presque partie de la famille de Leuci. Ils dépendent autant de lui que ses enfants. Il se convainc qu'il lui incombe de s'occuper d'eux. Après une journée de travail, le camé se replie dans une sorte de tanière et il semble cruel de le laisser sans rien, en manque, alors qu'il est avec vous depuis des semaines.

Souvent le téléphone sonne au milieu de la nuit chez Leuci. L'indic peut se trouver à la cafétéria du Waldorf, ou dans un de ces endroits ouverts toute la nuit, seul ou en groupe, à planer, complètement shooté. Il a envie de parler à quelqu'un de la famille, ou à quelqu'un qui l'aime bien, pour dire qu'il se sent bien. C'est une espèce d'échange différent, calme, détendu. La vie d'un camé peut sembler plutôt normale quand il plane.

« Vous savez, avant j'avais une maison », raconte l'un d'eux à Leuci une nuit.

16

« Avez-vous déjà donné de l'héroïne à Reggio ? »

Parfois Reggio passait des heures à laver et à faire briller la voiture de Leuci, et lorsque celui-ci sortait finalement du commissariat ou du tribunal, Reggio l'accueillait avec un grand sourire, dans l'espoir d'obtenir un sachet d'héroïne en récompense.

Les noms ne cessaient de s'égrener de la bouche de Krieger, même les surnoms comme le Blême, le Sanguin, Bébé.

« Non, jamais.

— Bien », dit Krieger.

Plus tard, il se mit à appeler à la barre chacun des toxicomanes mentionnés. Ils entrèrent l'un après l'autre dans la salle d'audience, prêtèrent serment avant d'être interrogés. Certains planaient, ou ils étaient complètement défoncés, ou même en manque. Chacun reconnut avoir obtenu de l'héroïne de Leuci.

Finalement le juge Bauman demanda à Krieger combien de témoins de ce genre il avait encore l'intention d'appeler. Un bon nombre, répondit Krieger, car Leuci — Frimousse — était abject, et l'on disposait d'une file de témoins de ce genre qui ferait le tour du pâté de maisons.

« Ils empestent mon tribunal depuis un jour et demi

avec leur odeur », dit le juge Bauman. Il fit remarquer qu'il jugeait ou qu'il avait affaire à des drogués et des trafiquants depuis des années, et qu'il avait constaté qu'ils étaient complètement vénaux et absolument pas crédibles. N'importe quel jury, croyait-il, aurait la même impression.

Leuci s'était convaincu une fois de plus qu'il avait dit la vérité au jury. Qu'il se fût compromis dans trois situations de corruption ou dans trois mille n'avait aucune importance. Il avait été capable de faire face à Rosner et de dire : je me suis laissé corrompre. Par conséquent il était absolument honnête vis-à-vis de Rosner et du jury ; à présent le jury devrait juger les faits du procès, prendre en compte ses enregistrements et l'honnêteté qu'il y avait de sa part à admettre sa propre inconduite.

Le jury se retira pour délibérer.

« Etes-vous fâché contre moi ? » demanda Leuci. Il attendait le résultat avec Morvillo dans son bureau.

« Non, je ne suis pas fâché. Vous avez fait un boulot formidable. J'espère simplement n'avoir rien oublié. J'espère que ma prestation a été bonne. »

Le verdict, après douze heures de délibérations, fut « coupable sur cinq des sept chefs d'accusation. »

Dans le bureau de Morvillo, éclata une sorte d'euphorie. Chacun des avocats voulait lui serrer la main, lui taper dans le dos.

« Tu y es arrivé ! criaient-ils. Tu l'as eu ! »

Mais Morvillo dit doucement : « Pas moi... lui ! en montrant son témoin principal. C'est lui qui a gagné.

— J'aimerais simplement rentrer chez moi maintenant », dit Leuci.

Shaw était là. « Vous avez été un témoin fantastique », dit-il.

Scoppetta téléphona : « Félicitations, Bob. Continuez comme ça. Ce n'est que le début. »

Le début. Leuci l'avait déjà compris lui-même.

« Ce n'est pas fini pour Rosner, dit Morvillo, qui avait le bras sur les épaules du témoin principal du gouvernement. Il y aura appel et requêtes.

— Que voulez-vous dire ? demanda Leuci, paniqué. Il a été condamné par le jury.

— Il a de l'argent à dépenser. Il n'en restera pas là. Il va demander un nouveau procès.

— Basé sur quoi ?

— Sur de nouvelles pièces à conviction. N'oubliez pas que vous n'avez avoué que trois infractions.

— C'est exact.

— Apparemment Rosner n'y croit pas, et Krieger non plus. Ils tâcheront d'obtenir un nouveau procès. Vous pouvez vous attendre à des tonnes de requêtes.

— Ce que croit Rosner m'importe peu, dit Leuci. L'important pour moi, c'est ce que vous croyez, Sagor et vous. »

Leuci, accompagné de ses gardes du corps, descendit et sortit du bâtiment.

Un nouveau procès commença très vite : celui des deux inspecteurs qui avaient accompagné le sergent Perrazzo à l'hôtel pour arnaquer le prétendu courrier, l'agent fédéral Sandy Bario. Leuci vint à la barre et prêta serment. Mêmes questions, mêmes réponses. Un meilleur avocat, plus dur, harcela le témoin jusqu'à lui engourdir le cerveau ; Leuci commença alors à craindre de craquer, et il se mit à bafouiller.

Enchaînement des procès. Autres bandes à étudier sur toutes les coutures, retour aux Catskills les week-ends. Encore des faits et des détails à extraire de sa mémoire. Dégager la neige devant l'entrée du chalet. Se préparer aux témoignages suivants. Parer les coups, gagner la sympathie de nouveaux procureurs.

Dans un monde instable, les cabinets de procureurs l'étaient et le sont dix fois plus que la moyenne nationale, cent fois plus. Le système judiciaire avance à la rapidité d'un glacier, pouce par pouce, mais les procureurs changent à la vitesse de l'éclair. La plupart arrivent à l'âge de vingt-quatre ans environ, en tant qu'assistants d'un procureur adjoint, tout frais émoulus de la faculté de droit, à un salaire ridiculement bas. Un an plus tard, ils plaident dans des procès importants face à des avocats de la défense ayant trente années d'expérience qui gagnent parfois des centaines de milliers de dollars par an. Certains jeunes procureurs sont naturellement brillants et remportent immédiatement leurs causes. La plupart ne sont pas très doués. De toute façon, ils apprennent le métier, et en moins de cinq ans ils ont démissionné pour devenir à leur tour de riches avocats. Cela n'est pas une condamnation mais une simple constatation : la plupart des magistrats servent moins de cinq ans dans le service public.

La carrière de Scoppetta et de Shaw avait évolué, Morvillo allait ouvrir une étude privée, Whitney North Seymour suivait de près derrière lui. Au début de l'année 1973, l'inspecteur Robert Leuci fut donc remis entre les mains d'un jeune procureur de vingt-neuf ans, Richard Benveniste. Benveniste n'allait pas faire long feu. D'ici quelques mois il prendrait la direction à Washington de l'enquête sur la couverture du Watergate, passant encore une fois Leuci à un nouvel assistant.

Pour l'inspecteur, chacune de ces mutations était aussi douloureuse qu'un divorce, mais il n'avait jamais le temps de pleurer. Au lieu de cela, il se mettait immédiatement à courtiser le remplaçant. Il voulait en effet se faire aimer de chacun de ces hommes. C'est alors seulement qu'ils voudraient bien le protéger lorsque ce qui lui arriverait — quoi ? — finirait par arriver. Leuci ne savait pas ce que ce serait, ni quand. Mais il sentait bien que ce serait terrible.

Et de fait, tour à tour, chacun de ces hommes se laissait séduire. Ils le trouvaient intelligent, attentif, extrêmement perspicace aussi, qualités admirables chez tout être humain. De plus, ils trouvaient que ce qu'il avait fait et continuait à faire exigeait un courage hors du commun.

Mais surtout, toute la personne de Leuci semblait tournée vers eux. Il était extrêmement ouvert et vulnérable.

Au troisième étage du tribunal du district sud, le téléphone de Leuci sonna. L'un de ses gardes du corps répondit. La main sur le combiné, il s'adressa à Leuci :

« Hé, y a un type au téléphone. On ne dirait pas un flic. Il dit qu'il est " le Baron ".

— C'est mon indic, dit Leuci. Je vais lui parler. » Il savait que le Baron avait travaillé comme indicateur pour la Brigade des stupéfiants à un salaire ayant parfois atteint mille dollars par semaine. C'était un indic remarquable.

Leuci prit le combiné. « Je me suis fait virer il y a environ trois semaines, dit le Baron. Je vais devoir vendre ma baraque, mon bateau aussi sans doute. Ma bagnole est au clou. Me voilà dans un sale pétrin.

— Larry, qu'est-ce que vous me racontez ? » Leuci se sentit défaillir de terreur.

« Vous me comprenez très bien, Bobby. Je n'ai plus un sou. J'ai des gosses, une femme. J'ai le même genre de problèmes que vous.

— Larry, je ne sais pas ce que vous essayez de me dire, répondit Leuci. Faites ce que vous avez à faire. Mais ne mentez pas. » La terreur le faisait bafouiller. « A bientôt, Larry.

— Ouais, sans doute », fit le Baron, et il raccrocha.

On le paie pour témoigner contre moi, se dit Leuci. Qui ? Que dira-t-il ? Est-ce qu'on le croira ? Leuci essayait de réfléchir, d'envisager toutes les hypothèses.

Une heure plus tard, il rapporta la conversation à Benveniste. L'avocat, que cela ne troubla apparemment pas, lui conseilla de faire une note à classer dans le dossier.

« Il viendra dire que j'ai fait toutes sortes de choses, sans doute..., dit Leuci.

— Qu'il vienne et qu'il me les prouve! répondit Benveniste. Cet espèce de couillon. »

Leuci, fumant cigarette sur cigarette, se mit à attendre et à se ronger les sangs. Il était trop tard pour faire autre chose.

Des allégations accusant Leuci de faux témoignage, ainsi que d'autres délits, se préparaient en ce moment même. Dans quelques heures elles arriveraient sur le bureau de Morvillo.

17

Leuci, vingt-huit ans, est tout nouveau au SSR, le Baron est le premier indic du Service qu'il ait jamais vu. Jusqu'ici il n'a connu que des indics de la rue, junkies pour la plupart.

Le Baron, qui s'appelle Richard Lawrence, fait partie du marché conclu avec les Indelicata. Ayant obtenu le numéro de téléphone du Baron, Leuci appelle et se présente, ils conviennent d'un rendez-vous à l'angle de Houston Street et de l'avenue D. Bien que l'autre inspecteur ait promis à Leuci de le lui céder, la décision ne sera effective qu'avec l'accord du Baron lui-même, qui « auditionne » probablement un certain nombre de nouvelles recrues des Stups.

On dit que le Baron travaille avec l'équipe de son choix. C'est un informateur fabuleux qui travaille pour le Bureau des narcotiques, pour le Département du Trésor, pour la Brigade de répression du banditisme, aussi bien que pour la Police des stupéfiants. Leuci devra se vendre à cet homme.

Voici que la voiture du Baron s'arrête enfin (une Cadillac vert pétrole à capote en vinyle noir, téléphone sur la plage arrière) et que le Baron en sort. C'est un grand Noir de quarante-deux ans en long manteau de fourrure (bien que ce soit l'été) et feutre vert assorti à la couleur de la voiture. Il porte des chaussures et des chaussettes vertes également. Voilà un coco bizarre, se dit Leuci. Une cicatrice part de derrière son oreille, lui traverse la joue et descend vers le menton. Une autre cicatrice descend droit de l'autre oreille et lui barre la gorge.

« Sacrées cicatrices ! s'exclame Leuci.

— Gagnées au combat, mon pote. Gagnées au combat ! »

Les deux hommes montent dans la Cadillac du Baron. Le Baron met la stéréo. Ils roulent dans les rues de l'East Village.

« Vous pouvez m'avoir de la marchandise ? demande le Baron.

— De quoi parlez-vous ? Quel genre de marchandise ?

— Vous pouvez m'en avoir ? Vous savez très bien de quoi je parle. »

Leuci réfléchit.

« Larry, dit-il bientôt, je ne vous connais pas, et vous non plus. Je sais que vous avez navigué là-dedans pendant des années. Laissez-moi vous dire comment je vois les choses. Je travaillerai nuit et jour avec vous, et j'établirai n'importe quel dossier valable. Si vous avez des ennuis — que ce soit pour un homicide ou n'importe quoi, je m'en fiche —, je vous garantis que dans l'heure qui suit votre incarcération je vous sors de taule. »

Leuci fait une pause. « Il n'y a qu'une seule différence entre vous et moi. Vous êtes un contact. Vous êtes un dealer, et moi je suis un flic. Nous n'allons pas inverser les rôles. Vous n'allez pas devenir le flic et moi le dealer. Si vous voulez faire un coup, n'importe quoi, allez-y. Je serai là pour vous protéger. Mais ne me demandez pas de me transformer en dealer. Vous vous droguez, Larry ?

— Moi ? Vous me prenez pour un con ? » Le visage du Baron s'est rembruni. Il s'arrête contre le trottoir, se penche par-dessus Leuci et ouvre la portière. « Pourquoi vous m'avez fait venir ici ? Le genre de marché que vous me proposez je peux l'avoir avec n'importe qui. Je peux travailler pour n'importe quelle équipe, pour n'importe quel inspecteur ou agent fédéral de la ville. Pourquoi j'aurais besoin de vous, bordel ? Vous me sortirez de prison. La belle affaire ! J'ai besoin de quelqu'un qui peut m'avoir tout le temps de la came.

— Larry, voici mon numéro personnel, je travaillerai avec vous. J'ai envie de travailler avec vous. Mais ce sont les conditions. Vous ne me convertirez pas en dealer.

— Le genre d'affaires que je refile à la justice, ça représente un paquet de fric, mon gars.

— Vous parlez d'un truc complètement différent maintenant ! S'il y a du fric en jeu, on est à parts égales.

— Je réfléchirai et vous ferai connaître ma décision », fit le Baron.

Leuci, songeur, regarde s'éloigner la Cadillac. Il est convaincu qu'il a raté son audition. Qu'il n'entendra plus jamais parler du Baron.

De retour au bureau, Leuci raconte son aventure. « Ce type n'est pas n'importe quel couillon de Harlem, remarque un autre inspecteur. C'est un gus qui a des contacts. Promets-lui tout ce qu'il veut. S'il te faut lui promettre de la came pour l'avoir, alors fais-le.

— Tu n'as qu'à le faire toi-même, réplique Leuci. Ce type travaille pour les fédéraux, il travaille pour le procureur. C'est un indic professionnel. Si tu crois que je vais mettre ma vie entre ses mains, tu es tombé sur la tête ! Je ne cherche pas à faire vingt-cinq ans de cabane.

— Bon, dit l'autre. Mais si tu avais pu l'avoir, tu aurais été dans une de ces formes ! »

Deux semaines plus tard, Leuci reçoit un coup de

téléphone chez lui aux environs de onze heures du soir. Il entend de la musique en fond sonore. « Bobby ? C'est Larry. Même endroit, même heure demain, d'accord ? »

Leuci appelle immédiatement Mandato. « Hé, le Baron vient de m'appeler. »

Le lendemain, le Baron sort de sa voiture arborant un grand sourire. On dirait que la précédente conversation n'a jamais eu lieu.

« J'ai un type dans le Bronx, dit le Baron. Un petit Italien. Il se prend pour un gros contact. Je crois pouvoir lui faire acheter un paquet à mille dollars.

— Et pourquoi n'allez-vous pas simplement le trouver ce type ? suggère Leuci.

— Je ne me trimbale pas chez les gens, moi. Je suis le Baron. » Puis il ajoute : « Pour quelle raison j'irais parler à un petit mec du Bronx ? Si je vais le voir, je lui parle d'acheter un paquet.

— Qu'êtes-vous en train de me dire, Larry ?

— Donnez-moi mille dollars.

— Allez vous faire foutre. »

Mais Leuci cherche à persuader le Baron de rencontrer le contact. « Laissez-nous au moins voir qui c'est », supplie-t-il.

Finalement le Baron accepte, et ensuite il passe l'heure suivante à sermonner Leuci sur la façon de monter le dossier. Il sait d'où vient l'Italien, comment il opère, et se doute de l'identité de son contact dans la Mafia.

Leuci écoute, bouche bée, émerveillé par le savoir et l'adresse du Baron. Pas étonnant que toutes les équipes se l'arrachent !

Au bout de deux jours, Leuci reçoit un nouveau coup de fil. « Je rencontre ce type demain dans le Bronx, près du Concourse Plaza Hotel. »

Leuci et son équipe organisent une surveillance dans

le parc, de l'autre côté de la rue. De là ils observent la prestation de cet acteur extraordinaire qu'est le Baron. Il enfonce son index dans la figure du type (un Italien costaud apparemment), puis il lui tourne le dos, s'éloigne, revient, sourit, cajole. Le contact a baissé la tête. Il la relève, hausse les épaules. Que voulez-vous de moi ? Le Baron se recule et lui gueule après. Finalement le Baron fait un geste dégoûté de la main et s'éloigne à grands pas.

Les policiers ont prévu un lieu de rendez-vous du côté du Yankee Stadium. Lorsque le Baron y arrive, il leur fait signe de le rejoindre dans sa Cadillac. « Je n'ai pas envie de m'asseoir dans votre petite poubelle merdique. »

Pendant les semaines suivantes ils regardent opérer le Baron. Il ne cesse de négocier des paquets de plus en plus gros, grimpant de plus en plus haut l'échelle des contacts. Il n'a pas vraiment besoin de directives. Les pièces à conviction s'entassent.

Finalement Leuci et Mandato procèdent aux arrestations. Ils mettent la main sur deux hommes et cent vingt-cinq grammes d'héroïne. Ils se trouvent au commissariat et procèdent aux arrestations lorsque le Baron passe. Leuci le retrouve à l'extérieur.

« Ces types ont-ils de l'argent ? demande le Baron.

— Non. »

Au bout d'un moment, le Baron continue : « J'aimerais bien avoir quelque chose pour tout ça. Cette affaire a pris huit ou neuf semaines de mon temps.

— Nous avons un beau procès en perspective, répond Leuci. Cette affaire peut aller plus loin. Nous tenons de gros trafiquants de la Mafia.

— Alors, vous ne pensez pas que je devrais avoir quelque chose ?

— Il n'y a pas d'argent ici. Une fois l'affaire bien bouclée, il y en aura peut-être un peu.

— Peut-être. »

Ils se dévisagent.

« Laissez-moi retourner voir mes partenaires », dit Leuci.

De retour dans le commissariat il s'approche de Mandato et des deux autres inspecteurs affectés à l'affaire. « Nous avons cent vingt-cinq grammes comme pièce à conviction, peut-être un peu plus, commence-t-il. Je suis pétrifié à l'idée de lui en donner. Mettons chacun un peu de fric. » Mais les autres refusent. A l'unanimité ils votent de payer le Baron avec une partie de la saisie.

Leuci prend une enveloppe et y verse à peu près la valeur de six mille dollars de poudre. Puis il ressort et monte dans la voiture du Baron. Ils sont assis côte à côte.

« Mon pote, tu ferais mieux de trouver quelqu'un d'autre pour travailler avec vous, dit le Baron. Je ne me tape pas toute cette merde pour des prunes. En bossant pour les fédéraux je peux me faire mille dollars par semaine, cinq cents dollars par semaine…

— Larry, vous avez fait un boulot formidable, je tiens à vous remercier », dit Leuci et il descend de voiture, laissant derrière lui le sachet sur le siège.

La vitre automatique descend. « Hé, frérot, belle journée aujourd'hui, pas vrai ? » crie le Baron. Il est tout sourire.

« Ce sera une bonne journée », convient Leuci. Il pense : il est assez fin pour ne rien dire. C'est fini. C'est fait.

Mais à son retour au commissariat il commence à se faire du souci. Il a entendu parler d'une espèce d'appareil de dépistage qui arrive à retrouver l'origine d'un sachet de poudre. Il peut associer un kilo de came à un autre, trouvé ailleurs, et déterminer que ces deux unités proviennent d'un même arrivage. Cette connerie pourrait bien fonctionner pour le gouvernement, se dit Leuci soucieux, et si l'administration fourre son nez ici et saisit la pièce à conviction, je serai poursuivi. Leuci ne s'en fait pas parce que l'héroïne risque de se retrouver dans le bras d'un petit Noir, mais parce qu'il pourrait passer vingt-cinq ans à Attica. Si le Baron le dénonce...

Dans sa jeunesse, le Baron a été condamné deux fois pour agression à main armée ; il a passé onze ans et demi en prison. Aujourd'hui il possède une compagnie de taxis clandestins, une laverie automatique et un salon de coiffure. Il a une femme, cinq gosses et habite en banlieue. C'est aussi un grossiste. Certains dealers travaillent pour lui, ce qui en fait un trafiquant de moyenne importance. Il opère en toute impunité car pas mal de membres des forces de l'ordre, dont Leuci à présent, ont choisi de ne pas l'arrêter en échange de renseignements.

A mesure que le temps passe, le Baron accentue sa pression sur Leuci pour obtenir de la came. Leuci a de plus en plus peur de lui, mais en même temps il devient de plus en plus dépendant de ses renseignements — le Baron est à la base de tous ses gros dossiers. Le Baron sait qui trafique et d'où vient la came. Il peut s'introduire dans n'importe quelle opération. La peur instinctive de Leuci augmente en même temps que les demandes de drogue du Baron.

Environ deux fois par an le Baron se fait arrêter par d'autres équipes. Chaque fois Leuci se précipite au tribunal, parle au procureur et au juge. Le Baron est libéré sur parole, et ils retournent travailler.

18

Les allégations du Baron concernant ses opérations avec Leuci parvinrent donc bien à Morvillo. Morvillo et ses assistants furent abasourdis. Ces déclarations faisaient état de noms, de lieux, de dates, elles décrivaient en détail chaque délit l'un après l'autre. Si elles se révélaient exactes (les détails étaient d'une telle précision qu'ils semblaient vrais), alors Leuci était l'un des criminels les plus retors de tous les temps, et ils s'étaient fait rouler.

La première réaction de Morvillo fut personnelle : quel sera l'effet de tout cela dans les journaux. De quoi vais-je avoir l'air ? Sa deuxième réaction fut l'indignation. « Je vais l'incarcérer moi-même, marmonna-t-il à Sagor et aux autres. Je plaiderai moi-même au procès. »

Ce fut seulement alors qu'un certain calme se rétablit, et ils entreprirent d'examiner les accusations. Le Baron prétendait que des échanges illégaux de stupéfiants avaient eu lieu entre Leuci et lui, dès 1968, jusqu'à l'été de l'année précédente. C'est-à-dire que, selon le Baron, Leuci avait acheté et vendu de l'héroïne pendant toute la période où il travaillait également dans la clandestinité pour le gouvernement.

Le Baron, ou la personne ayant rédigé ce document,

avait divisé les opérations en quatre catégories. D'abord, il soutenait que, de 1968 à 1971, Leuci lui avait fourni plusieurs fois par mois de l'héroïne, qu'il diluait avant de la vendre, à la suite de quoi, il payait à Leuci le prix de la marchandise. Deuxièmement, à de nombreuses reprises Leuci lui avait donné une partie de la drogue saisie dans les descentes qu'il l'avait aidé à préparer ; en échange le Baron avait offert trois automobiles et de l'argent au policier. Troisièmement, il avait personnellement été impliqué dans des transactions où Leuci avait vendu de l'héroïne à trois individus connus sous les noms de Slim, Cornbread et « le Saint ». Quatrièmement, pendant la majeure partie de 1971, Leuci et le Baron avaient tiré des profits financiers d'une opération d'approvisionnement en héroïne d'un groupe de Buffalo, à la suite de quoi Leuci avait procédé à l'arrestation de l'acheteur ; l'héroïne saisie lors de l'arrestation était celle qu'avait fournie Leuci.

1971 — l'année où Leuci choisit de conduire sa mission clandestine ! Les procureurs étaient écœurés. Ils n'avaient pas envie d'en dire plus, mais il le fallait.

« En 1971, une autre occasion au cours de laquelle j'ai reçu une partie de la drogue saisie directement des mains de Leuci, lurent-ils, fut l'arrestation de trois personnes dans une épicerie espagnole au coin sud-est de la 122e Rue et de Lexington Avenue. J'avais donné à Leuci des renseignements concernant Joe " Cadillac ". Lorsque la drogue arriva dans une camionnette, les arrestations eurent lieu : on saisit deux cents grammes sur Joe " Cadillac " et trente grammes sur chacun des deux employés du magasin. Leuci et moi nous sommes retrouvés plus tard dans Houston Street et, tout en bavardant, Leuci m'a passé trente grammes dans sa voiture.

« Une autre fois j'ai informé Leuci que j'avais vu sept kilos d'héroïne dans une maison d'Atlantic Avenue à

Brooklyn. M. Hershey, du bureau du procureur de Brooklyn, m'a appelé pour vérifier le renseignement et établir un mandat de perquisition. Quatre personnes ont été arrêtées cette nuit-là, y compris une femme connue sous le nom de " Clémentine ", et qui en conséquence à écopé d'une peine de quinze ans. Dans la maison on saisit de l'héroïne, du matériel et des armes. Leuci m'a donné quatre-vingt-dix à cent vingt grammes d'héroïne provenant de la saisie. »

Puis le Baron décrivait une rencontre avec Leuci près de Broome Street où se trouvait le greffe ; le policier lui avait remis de l'héroïne contenue dans une pochette administrative. L'affaire de la French Connection, où cent cinquante kilos d'héroïne avaient disparu du greffe, venait d'éclater au grand jour quelques semaines auparavant seulement. Leuci y était de toute évidence impliqué.

« Si cela est vrai, marmonna Morvillo, alors tous nos procès vont mal tourner. »

« Au cours de mes opérations avec Leuci, continuait le document, je lui ai régulièrement donné de l'argent. Pendant une assez longue période je lui ai remis environ cent dollars par semaine. En 1969 et 1970, j'ai également acheté trois voitures que je lui ai données : une Oldsmobile jaune et rouge de 1966 (achetée à Fair Motors, Mount Vernon) pour son frère, une Plymouth bleue de 1966 ou 1967 (achetée également à Fair Motors cinq cents à mille dollars) pour sa femme ; et un break Ford de 1966 ou 1967 (acheté à Manor Lincoln Mercury, Mall Street, White Plains, environ mille cent dollars) pour sa femme. Leuci ne m'a pas remboursé ces voitures, et je ne le lui ai pas demandé non plus.

« A ma connaissance, Leuci a fourni de l'héroïne à beaucoup d'autres personnes. A l'époque où j'étais souvent en rapport avec lui, j'ai été personnellement engagé dans les transactions de Leuci avec trois de ces individus : Slim, Cornbread et le Saint. J'ai participé de deux façons aux transactions avec Slim : pendant un certain temps Leuci nous fournit des quantités d'héroïne à partager entre Slim et moi ; et parfois j'aidais Slim à vendre un peu de l'héroïne qu'il avait reçue de Leuci. Slim avait un restaurant de grillades au feu de bois dans Fulton Street, à une rue au nord de Washington Street, dans Brooklyn, Slim et Leuci, m'a-t-on dit, étaient amis depuis des années. Leuci m'a présenté à Slim, et ensuite Slim et moi avons travaillé ensemble sur des dossiers à préparer pour Leuci, à Brooklyn.

« Durant cette période, Leuci se déplaçait partout avec l'inspecteur Frank Mandato, de la police de New York. Une demi-douzaine de fois au moins, Leuci et Mandato passèrent nous voir au restaurant, Slim et moi, pour nous avertir qu'ils avaient une livraison d'héroïne pour nous. Alors, Slim envoyait une certaine Jesse, ou son mari, qui s'appelait aussi Jesse, prendre livraison du paquet. Ensuite, Slim et moi partagions le paquet sur une table dans une petite pièce derrière la cuisine, où nous entrions par une ouverture aménagée derrière la cuisinière. Slim en prenait chaque fois un bon kilo, qu'il payait approximativement trente-deux mille dollars. Après avoir partagé l'héroïne, Slim et moi nous nous séparions, et ensuite un ou deux jours plus tard nous retrouvions Leuci et Mandato pour régler l'addition. Lorsque Slim me donnait une partie de sa part d'héroïne à vendre, je la lui payais. Nous nous sommes retrouvés à plusieurs occasions, Slim, Leuci et moi, dans la voiture de Leuci, pour discuter de ces transactions. J'ai assisté deux fois au paiement de milliers de dollars à Leuci par Slim en règlement de l'héroïne. »

« Ecœurant, réellement écœurant ! » s'exclama Morvillo, et il donna des ordres pour que l'on fasse venir le Baron afin de l'interroger.

Ce qui fut fait. Soumis à un interrogatoire sévère, le Baron resta fidèle à sa déclaration écrite. Il serait heureux de venir à la barre témoigner contre Leuci, dit-il, et il le ferait gratuitement. Il était également prêt à travailler de façon régulière comme indicateur pour un salaire de cinq mille dollars. On lui conseilla d'aller se faire foutre...

Mais les procureurs étaient soucieux, ils entreprirent de vérifier les détails de ses allégations. Lorsqu'ils s'aperçurent que certaines opérations ou certains individus mentionnés n'existaient pas, ils furent tout contents, mais lorsqu'on retrouva les trois voitures, ils furent terrifiés. Car deux d'entre elles étaient bien immatriculées au nom de Gina Leuci.

On avertit le Baron qu'il serait soumis au détecteur de mensonges et si les résultats étaient bons, le gouvernement serait heureux de lui payer les cinq mille dollars qu'il avait demandés. A cette nouvelle, le visage barré de cicatrices du Baron se fendit en un large sourire et il accepta.

On le mit dans l'avion de Washington, puis on le conduisit aux bureaux de la Sécurité d'Alexandria, en Virginie, où on le barda d'électrodes reliées à des appareils polygraphes. Les résultats, mis sous scellés, furent envoyés à Morvillo par un porteur spécial qui prit le premier avion de New York du lendemain matin.

Comme d'habitude, Leuci avait passé la nuit à Governors Island, et comme d'habitude, après le petit déjeuner, ses gardes du corps avaient appelé le bureau pour dire qu'ils partaient. Mais ce fut un lieutenant qui répondit, il demanda à parler à Leuci en personne et lui ordonna de se rendre au bureau de Morvillo séance tenante. « Séance tenante » : l'ordre le plus sec, le plus impératif qui soit dans la police.

L'inspecteur était devenu une sorte de sismographe humain. Il était capable de mesurer immédiatement toute secousse affectant sa vie, quel que soit son degré d'intensité ou son éloignement.

« Séance tenante ». Leuci sentit aussitôt son estomac se contracter. Ses gardes du corps et lui prirent le ferry et firent la traversée jusqu'à Manhattan. Il pouvait s'agir de tout un tas de choses, se dit Leuci. A l'intérieur de l'immeuble fédéral, il croisa dans le hall des gens avec qui il avait tous les jours échangé des sourires pendant des mois. Aujourd'hui les visages étaient fermés. Personne ne sortait de son bureau pour lui dire bonjour. Ils savent tous, pensa Leuci. Quoi ? Qu'il va m'arriver quelque chose de terrible.

Comme il approchait du bureau de Morvillo, au troisième étage, sa peur se fit plus forte, et il se dit : « Je ne vais pas pouvoir me sortir de cette merde. C'est trop. Je n'arriverai jamais à m'en tirer. Mais il faut que j'y arrive. Il le faut, un point c'est tout ! »

Il entra dans la salle d'attente. La secrétaire de Morvillo était une jeune Italienne qui ne cessait de proclamer qu'elle recherchait un Irlandais du FBI comme mari. Parfois, le matin, Leuci s'amusait à la baratiner. Aujourd'hui, elle le regardait d'un air bizarre. Elle lui dit de prendre un siège, puis elle ne leva plus les yeux.

Leuci s'assit sur le canapé. Bientôt Morvillo sortit de son bureau. Il ne dit rien, même pas bonjour, passa devant Leuci et disparut dans le couloir.

« Bon Dieu, que se passe-t-il ? demanda Leuci à la secrétaire.

— Je ne sais pas, dit-elle vaguement, évitant de croiser son regard. Il a hurlé toute la matinée. Ça a quelque chose à voir avec un passage au détecteur de mensonges. »

La panique de Leuci devint totale. Il va me soumettre au détecteur de mensonges. Comment vais-je m'en sortir ? Comment vais-je arriver au bout de la journée ?

Revenant à son bureau, Morvillo jeta un regard sur Leuci, puis sur l'enveloppe qu'il tenait dans les mains.

« Je ne l'ai pas encore ouverte, dit-il. Il y a là-dedans des résultats du détecteur de mensonges. Je tiens à vous dire une chose. S'ils sont positifs, je vous poursuivrai moi-même.

— Pour quoi ?

— Vous n'avez jamais entendu parler du délit de faux témoignage ?

— Vous voulez bien me dire ce qui se passe ?

— Vous allez le savoir dans un instant. » Il entra et claqua la porte.

Leuci attendit.

Un bouton sonna sur la console de la secrétaire. Elle dit : « Allez-y. Il veut vous voir. »

Morvillo était assis à son bureau.

« Vous allez lire ce document », dit Morvillo, et il lança la déclaration écrite du Baron à travers le bureau.

Tout en lisant, Leuci répétait d'un ton mécanique : « Des conneries.

— Tout ? demanda Morvillo. Et si je vous disais que nous avons vérifié et que la partie voitures est exacte. »

Leuci allait dire : « Fichez-moi la paix ! » mais lorsqu'il leva les yeux, Morvillo souriait.

« Je tiens à ce que vous sachiez qu'ils sont venus nous voir il y a cinq jours avec ceci, dit Morvillo. Nous ne savions pas quoi faire. Le Baron est entré. Nous lui avons proposé de l'argent s'il se soumettait au détecteur de mensonges. Nous lui avons fait passer une série de tests, il les a tous ratés. »

Le cœur de Leuci battait la chamade, mais il venait de se mettre à penser qu'il était hors de danger. « Que lui avez-vous demandé ? »

Morvillo poussa un questionnaire vers Leuci. Il n'y avait qu'une dizaine de questions. Le polygraphe ne pouvant mesurer que les réponses par oui ou par non, toutes les questions devaient être formulées avec une grande précision de façon à ne nécessiter qu'une réponse par oui ou par non. Celui qui les avait rédigées s'en était tenu aux accusations les plus sérieuses du Baron.

Avez-vous vendu des stupéfiants avec Leuci ?

Avez-vous déjà partagé les bénéfices d'une vente de drogue avec Leuci ?

Leuci vous a-t-il donné de l'héroïne dans des pochettes administratives, près du greffe ?

Chaque fois que le Baron avait répondu oui à ces questions, l'aiguille du graphe était sortie de la page.

Morvillo rayonnait.

« Je me sens formidablement bien, Bob ! dit-il. Bob, je me suis senti mal pendant cinq jours.

— Pourquoi ne m'en avez-vous pas parlé ?

— Vous en parler ? Bob, nous discutions de la façon dont nous allions vous coffrer. Et de ce dont j'allais avoir l'air dans les journaux... »

Ce ne sont pas mes amis, se dit Leuci en lui-même. Demain ils pourraient me poursuivre sans y réfléchir à deux fois. J'ai perdu tous mes amis de l'autre côté maintenant. Je n'ai personne. Puis il pensa : un jour ou l'autre ces gens se retourneront contre moi. Il n'y a pas moyen d'y échapper.

« Au fait, dit Morvillo, vous allez nous parler de toutes ces voitures. Nous avons découvert qu'elles sont toutes les deux immatriculées au nom de votre femme.

— Ces voitures sont à moi, répondit Leuci, mais je ne lui ai jamais donné de drogue en échange. Je les ai payées toutes les deux. L'une n'était qu'un vieux clou et l'autre était en meilleur état. J'ai probablement payé en liquide. Je ne sais plus.

— Donc vous êtes bien en possession de ces voitures ? dit Morvillo. Comment diable pouvez-vous accepter des voitures d'un indic ?

— Cela s'est passé il y a longtemps, répondit Leuci. Le type possédait une compagnie de taxis. Il avait toute une flottille de bagnoles. Je lui achetais des voitures pour deux cents dollars. Que j'aurais payées sept ou huit cents ailleurs.

— Mais c'est un indic, s'indigna Morvillo. On n'accepte pas de cadeaux d'un informateur.

— Ecoutez, je les ai payées ces bagnoles », dit Leuci, et il téléphona à sa femme, qui rappela bientôt pour dire qu'elle avait retrouvé un talon de chèque pour l'une des voitures.

Morvillo jubilait. Leuci également. Ils s'échangeaient des tapes dans le dos.

Lorsque Leuci sortit du bureau de Morvillo, ses gardes du corps lurent la nouvelle sur son visage.

« Vous y êtes de nouveau arrivé ! dit l'un d'eux. Vous vous en êtes sorti, pas vrai ? »

Hochant la tête, Leuci pensa : oui, mais pour combien de temps ?

19

Entrant dans le bar, trois hommes s'approchèrent de la table où se trouvait le patron, John Lusterino, seul. L'un d'eux lui jeta un journal. Il atterrit rudement sur la table et s'ouvrit devant lui.

Le silence se fit instantanément dans la salle. Dans l'univers où évoluait Lusterino ce geste était déjà une insulte. Et l'on connaissait le caractère violent de Lusterino.

Il se contenta pourtant de fixer ses visiteurs du regard, prouvant ainsi aux spectateurs et qu'il les connaissait et qu'ils avaient du poids.

Ils parlaient fort. L'un des intrus pointait du doigt un article bien précis qui concernait le rôle de Leuci dans un prochain procès. Lusterino secoua la tête plusieurs fois.

Les trois visiteurs quittèrent le bar d'un pas lourd.

Lusterino alla au téléphone et se mit à envoyer un message par l'intermédiaire de sa mère, qui devrait transiter par sa tante avant d'arriver à son cousin. Leuci devait lui téléphoner de toute urgence au sujet d'une affaire d'extrême importance.

Il se passa plusieurs jours avant que le message parvînt à destination et qu'une communication téléphonique fût établie. Des types étaient venus chez lui, dit Lusterino à Leuci. « Ils te veulent du mal, Bobby. »

Il y eut un bref silence pendant lequel Leuci tenta de digérer la nouvelle.

« Ils pensent qu'il faut te descendre, continua Lusterino. Je suis d'accord avec eux. Tu crois que je vais te défendre ? Je ne suis pas ton avocat, Bobby. »

Leuci se mit à poser des questions brèves d'une voix inquiète. Qui étaient-ils ? Est-ce qu'il les connaissait ?

« Ils voulaient que je le fasse, interrompit brutalement Lusterino. J'ai dit : hé là ! il s'agit de mon cousin. C'est le fils de mon oncle. J'ai dit non. » Au bout d'un moment, Lusterino ajouta : « J'ai dit aussi que je ne m'y opposerais pas. Je pense que je te dois au moins ça : je te dois un avertissement, et c'est tout. Fais gaffe, Bobby. »

La conversation dura encore quelques minutes. Leuci s'excusa d'avoir mis Lusterino dans une situation embarrassante, ou dans une position où on le considérait avec moins de respect que par le passé. C'était une manière de dire : j'espère que tu ne vas pas te faire descendre à cause de moi.

Mais Lusterino se contenta de rire. « Ecoute, tous ceux à qui je t'ai présenté, tous ceux qui ont voulu te rencontrer, je leur ai toujours dit que tu étais flic. Qu'ils aillent se faire foutre ! » Et il raccrocha.

La protection de Leuci était déjà serrée. Dans la perspective de tous ces procès qui dépendaient de lui, sa vie était d'une grande valeur pour le gouvernement. Pas moins de dix-huit policiers faisaient les trois-huit pour garder le chalet dans les Catskills, et six flics de New York protégeaient Leuci en ville. Tous ces hommes avaient été triés sur le volet, car un flic vénal aurait pu échanger la vie de son protégé contre beaucoup d'argent.

Quelque temps après, un détective privé de Los

Angeles rapporta la nouvelle d'un complot destiné à assassiner Leuci au moyen d'une bombe fixée à sa voiture. Le détective en question était un ancien lieutenant de la police new-yorkaise. Il avait surpris par hasard la conversation de trois individus au casino de Las Vegas. Le nom du technicien qui fixerait la bombe avait même été mentionné.

Leuci fut saisi de paranoïa. Dans la rue le bruit d'une voiture qui démarrait le faisait sursauter, il s'approchait chaque fois de son propre véhicule avec appréhension. C'est moi qui suis censé faire démarrer la voiture, se disait-il, en insérant la clé de contact. C'est moi qui suis responsable. Il la mettait toujours en route lui-même. Pendant ce temps ses gardes du corps allaient jusqu'au coin de la rue et attendaient, les mains sur les oreilles. En général cela faisait tomber la tension, et tout le monde riait.

Dans les Catskills, le petit chalet se trouvait au bout d'un long chemin de terre qui lui-même partait d'une petite route de campagne très isolée. Le chemin d'accès, tout au long duquel étaient postés des hommes en armes, serpentait dans les bois jusqu'à la clairière où s'élevait la maison. C'était une habitation coûteuse à surveiller et peu confortable à habiter — et pour les policiers et pour les Leuci. En hiver la neige formait des congères sous les fenêtres et au printemps les enfants marchaient dans la boue jusqu'aux chevilles. Etant donné l'isolement du lieu, les flics tournaient environ toutes les trois semaines. Pour Gina et les enfants, pas de rotation, ni pour Leuci, que ses gardes du corps devaient escorter tous les week-ends au chalet, trajet qui durait au minimum six heures.

Le besoin de déménager s'intensifia.

« J'aime être chez nous à la montagne, dit Gina à son mari un vendredi soir. Mais j'ai envie d'un vrai foyer pour notre famille. C'est un chalet d'été ici. Quand je regarde par la fenêtre, mes enfants sont toujours tout seuls. Ou alors ils jouent avec des hommes en armes. Je veux qu'ils soient dans un quartier où il y a d'autres enfants. J'ai envie d'une vraie chambre. J'ai envie d'une vraie salle de séjour. » Sa voix se fit pleine de regrets. « Je voudrais un vrai foyer. »

Elle ne savait rien des recherches actives concernant les menaces d'attentat contre son mari, elle savait seulement que le gouvernement avait maintenant décidé de reloger les Leuci dans le nord de la Virginie. On y emmena Leuci par avion un week-end. Il visita et acheta une maison. Le week-end suivant, Gina descendit voir la maison, et ils emménagèrent peu après. Aucun garde du corps ne veillait plus sur la famille en Virginie.

Rien d'autre ne changea. Leuci continua d'habiter à la caserne de Governors Island, il continua à faire la navette le week-end, mais à présent il prenait le vol régulier d'Eastern Airlines ; ses gardes du corps le déposaient à l'aéroport le vendredi soir et venaient le reprendre le lundi matin. D'ordinaire, ils arrivaient au terminal une heure en avance pour inspecter la salle d'attente.

Un lundi matin ils repérèrent un individu qui leur parut louche. Sa façon de dévisager les passagers qui débarquaient ne leur plaisait pas. Et dès que Leuci eut franchi la porte, les yeux de l'individu ne le quittèrent plus.

Il y avait trois gardes du corps ce matin-là ; Bill Fritz, Artie Monty et John Farley, tous des agents en civil.

Le sac de Leuci se présenta sur le tapis des bagages. Il le prit et s'avança vers la sortie. Lorsqu'il jeta un coup d'œil en arrière, l'homme le suivait. Monty et Farley marchaient à ses côtés. Fritz était parti chercher la voiture.

« Nous allons aller à pied jusqu'au parking, dit

Leuci. Lorsque la voiture arrivera, nous sauterons dedans et nous filerons. On verra bien ce qu'il fera. »

Au moment où Bill Fritz s'arrêtait pour les prendre, ils virent le type courir à sa voiture.

Leuci regarda par la lunette arrière. Il vit une Chevrolet verte dernier modèle s'engager à toute vitesse sur la rampe de sortie et foncer derrière eux. Tout le monde se raidit. Ils sortirent de La Guardia et s'engagèrent sur Grand Central Parkway. La Chevrolet verte ne les quittait pas.

« Ce type est dingue, ma parole, dit Leuci. Il est tout seul. Nous sommes quatre. Il sait que je suis flic, et donc que j'ai une arme. Il doit bien penser que vous autres aussi vous êtes flics. Vous avez tous une arme. Nous avons quatre pistolets face à ce type tout seul ! »

Monty essaya de blaguer : « Il a peut-être une mitraillette sous le siège avant. »

Fritz frisait déjà les cent vingt. Ils fonçaient sur la voie rapide. L'autre voiture se faufilait dans la circulation et les collait toujours.

Ils remontèrent une bretelle de sortie, foncèrent sur la voie d'urgence et grillèrent le stop. La Chevrolet verte en fit de même.

« Cet enfoiré est à nos trousses », dit Leuci.

Ils s'engagèrent dans la première rue, arrêtèrent la voiture, ouvrirent grand les portières et bondirent, l'arme au poing, cherchant à se couvrir. Leuci était derrière une portière, Monty derrière l'autre. Farley et Fritz sortirent tous deux de la voiture et s'élancèrent vers le trottoir où ils s'aplatirent derrière ce qu'ils purent trouver.

La Chevrolet déboucha au coin de la rue bloquée par leur voiture. Le chauffeur enfonça la pédale de frein, dérapa et stoppa à trois mètres de là. Au même moment les quatre flics lui sautèrent dessus, de quatre directions différentes, l'arme pointée sur lui.

Il mit les mains sur la tête et la tête sur le volant. Farley le tira de la voiture. Le type partit en vol plané, sans jamais toucher le sol des pieds.

Ils le fouillèrent. Il n'était pas armé. Ils inspectèrent la voiture, mais ne trouvèrent rien. Le mec semblait terrifié, il se mit à prétendre qu'il était turfiste. Il attendait ce vol tous les lundis matin. Les entraîneurs arrivaient par le premier avion de Virginie et du Maryland, se rendaient en ville et plaçaient d'énormes paris sur les outsiders. Alors il les suivait, faisait la queue derrière eux et fourguait tout l'argent qu'il avait pu racler sur les chevaux sur lesquels ils pariaient.

Les quatre flics le jetèrent dans leur véhicule. Pendant tout le trajet jusqu'au tribunal du district sud, il affirma qu'il n'avait rien à voir avec aucun des crimes qu'on semblait vouloir lui imputer.

En voyant Leuci sortir de l'avion en blouson de cuir, bottes et pantalon marron, persistait le parieur, il l'avait pris pour un entraîneur. Il ne cessait de mentionner un certain nom. « Vous ressemblez exactement à ce type », ne cessait-il de répéter.

Leuci dit : « J'espère pour vous que vous avez raison. Que je ressemble à ce type. »

Le turfiste fut amené devant le grand jury, où il jura qu'il ne connaissait Leuci ni d'Eve ni d'Adam, qu'il n'avait jamais entendu parler de lui.

Deux agents de la Brigade spéciale du préfet de police le reconduisirent chez lui dans le Queens. Ils se retrouvèrent dans un logement pratiquement vide, excepté un lit, une table, une ou deux chaises, devant une femme éplorée, l'épouse, qui leur raconta l'histoire de la maladie de son mari. Il avait depuis longtemps joué tous leurs biens et leurs économies. Il s'était endetté auprès de tous les membres de la famille, de tous les voisins. A une époque, il possédait son propre taxi. Il l'avait vendu, avait vendu sa licence. L'appartement était encombré de milliers et de milliers de formules de paris. Son histoire était peut-être vraie. Ou bien, au bord du désespoir, il avait peut-être accepté un contrat de tueur à gages qu'il avait été incapable de remplir. Il avait un nom italien et de petits contacts dans la Mafia.

Les gardes du corps de Leuci changèrent radicalement d'attitude. Dès lors ils considérèrent leur travail comme une affaire sérieuse. Désormais, chaque fois qu'ils se déplaçaient, ils le faisaient de manière professionnelle.

Finalement, le seul assassinat exécuté par un tueur à gages le fut sur la personne de Lusterino.

Lusterino avait grandi dans le quartier Brownsville de Brooklyn, qui, à présent, en 1973, était devenu presque exclusivement noir. Dans son enfance la présence italienne était dominante et la plupart des familles étaient originaires des mêmes villages de Sicile.

Le père de Lusterino, Marino, maçon, essayait de faire vivre six enfants. Ils habitaient un logement des chemins de fer qui sentait toujours la cuisine à l'huile et la sauce tomate. Les Lusterino étaient grands, ils avaient le teint clair, et Johnny était un grand blond aux bras musclés et au corps d'athlète.

Sa première arrestation eut lieu le 1er avril 1948, pour vol de véhicule. Il bénéficia d'une ordonnance de non-lieu. Le voleur de voitures devint cambrioleur. Trois ans et seulement deux arrestations plus tard, on l'envoya à Elmira, son premier séjour en cabane. Lorsqu'il en sortit, il obtint ses galons dans un réseau spécialisé dans le détournement de camions de fourrures. D'autres furent pris, pas lui, mais quelqu'un parla et, après s'être battu deux ans en procès et avoir été arrêté encore deux fois pour port d'arme illégal dans l'intervalle, il écopa d'une peine de dix à quinze ans pour vol qualifié. En prison il joua dans la même équipe de foot que Mikey Coco et Sonny le Rouge.

Après cette épreuve il était devenu « un vrai » selon les critères de la Mafia. Il était accepté à part entière. L'un des rares élus. Il avait fait ses preuves de bonne heure, aussi, lorsqu'il sortirait de prison le mettrait-on tout de suite sur des coups. On lui donnerait de l'argent, et l'occasion de s'en faire davantage encore. Bien sûr il devrait continuer à payer ceux qui l'avaient formé.

Lusterino avait une perception claire de la vie.

« Celui qui fait son beurre dans la rue et qui n'a pas passé quelque temps en prison, il lui manque quelque chose, dit-il un jour. C'est en prison qu'on fait son éducation. »

Pour Johnny il y avait le tout blanc et le tout noir. On aurait pu penser que celui qui avait su éviter la prison était un malin, mais dans le monde de Lusterino c'était le contraire. « Untel est OK, disait-il, mais il n'a jamais passé un jour en taule. » Le gris n'existait pas pour Lusterino. Celui qui n'avait jamais fait de cabane était vraisemblablement un indic.

Lusterino croyait en des règles simples. Il n'y avait rien qu'il ne fît pour aider un ami — ou pour abattre un ennemi.

Lorsqu'il sortit de prison la dernière fois, après si longtemps, il était comme perdu. Il fut ébahi des changements qu'il y avait eus pendant son absence. L'année où on l'avait mis à l'ombre les filles portaient des jupes jusqu'à la cheville. Maintenant elles étaient en minijupe. Il s'installait dans sa boîte et regardait danser les jeunes. « C'est dur à croire », disait-il, en secouant la tête. Il épousa une entraîneuse de sa boîte, une jolie fille douce, Bea, qui avait presque vingt ans de moins que lui, et il lui fit très vite deux enfants.

Il se débattait sans cesse pour se faire du fric, et il

était constamment sur le pied de guerre. Ceux qui avaient fait de la prison avec lui venaient le voir dans son bar, il leur donnait de l'argent. Il remettait souvent sans raison des billets de cent dollars à son « petit cousin ».

Mais un jour un ami demanda à Johnny s'il pouvait se procurer de la fausse monnaie ; après quelques coups de téléphone Lusterino en trouva une valise pleine qu'il remit à son ami par-dessus le bar. Ensuite, l'ami alla trouver son acheteur, un indic fédéral accompagné ce jour-là par un agent des services secrets. Non seulement on arrêta l'ami, mais également Lusterino qui avait suivi pour observer le déroulement de la vente.

Lorsque Johnny était en liberté, les forces de l'ordre le surveillaient de près. Dans les divers dossiers consacrés à la Mafia que détenait la police, le FBI entre autres, Lusterino remplissait une page à lui tout seul sous la rubrique : « en liberté ». Son activité au sein de la Mafia n'était pas claire et si la plupart des dossiers le qualifiaient de capitaine de la famille Colombo, l'un d'eux au moins ne lui donnait pas de grade plus élevé que celui de soldat.

Il avait fait déménager sa mère de l'appartement des chemins de fer et l'avait installée dans une maison mitoyenne, dans une rue calme du Queens. Ce fut là qu'on vint le chercher par un soir de mars 1973. Il venait d'embrasser sa mère sur le porche avant de s'en aller. Il y eut un bref corps à corps, l'apparition d'une arme. Lusterino monta en voiture avec ses agresseurs, et on ne le revit plus jamais.

Rosa Lusterino avait été témoin de la scène, mais aux policiers menant l'enquête elle affirma n'avoir reconnu personne, ne rien savoir. Ils n'en tirèrent rien de plus.

Bien que le corps de Johnny n'eût jamais été retrouvé, que personne n'eût jamais de procès, les enquêteurs eurent peu de difficultés à amasser les renseignements. Comme d'habitude après un coup de la Mafia, les bas-fonds bouillonnaient de conversations, et les policiers apprirent bientôt le nom de deux des trois individus impliqués. Ils conclurent également que Lusterino était incontestablement mort.

Il avait quarante-quatre ans. Il laissait sa femme Bea, âgée de vingt-six ans, et deux fils, d'un an et de trois ans, et un cousin fort ébranlé.

« Johnny a-t-il été tué à cause de moi ? » se demanda Leuci. Lorsqu'il était couché sur son lit la nuit, auparavant déjà il voyait des visages : Nunziata, Sheridan, Perrazzo. A présent, la nuit, le visage de son cousin apparaissait également, la tête rejetée en arrière, riant à gorge déployée. Lorsqu'il était furieux, Lusterino ne criait pas, il ne hurlait pas, il riait. C'était un rire dément, à vous glacer les sangs, et personne ne lui répondait par un rire.

Nuit après nuit, allongé dans l'obscurité, Leuci se demandait : qui l'a descendu ? Mais n'importe lequel de ces types qui fréquentaient son bar aurait pu le faire. Le plus dur à admettre, c'était la façon dont c'était arrivé. Lusterino devait les avoir vus venir — il se vantait toujours de savoir repérer l'arrivée d'un ennemi. « Toujours chercher le type qui arbore un sourire, Bobby, disait-il. Chercher celui qui sourit, et qui ne souriait pas avant. »

L'avaient-ils torturé avant de le descendre ? D'habitude, quand la police trouvait un cadavre dans un coffre de voiture, le type s'était souvent fait torturer de façon abominable. Leuci avait rencontré pas mal de mecs qui accomplissaient ce genre de boulot.

Dès lors, Leuci eut peur de se faire prendre. Si une voiture s'arrêtait et qu'on ouvrait le feu sur lui, ou si une bombe explosait quand il mettait le contact, ce serait fini en une seconde. Mais si on le capturait, ça durerait longtemps.

Mike Shaw comprit à quel point la mort de Lusterino avait bouleversé Leuci. « Vous ne vous considérez pas comme responsable de cet assassinat, n'est-ce pas ? s'enquit le procureur.

— Non, soutint Leuci.

— Vous vous sentez coupable, dit Shaw. Vous n'êtes pas responsable de l'action des autres. »

Mais la nuit, Leuci voyait toujours le visage hilare de Lusterino. Il continuait aussi à se faire du souci. S'ils te prennent, se dit-il, tu ne pourras ni les persuader de te laisser filer, ni les payer. Ces gens-là ne veulent pas d'explications.

Pendant des mois Leuci continua à demander des nouvelles de Bea et des enfants. Il les demandait à sa mère — il se rendit compte qu'il n'arrivait pas à appeler directement Bea. Rosa Lusterino, dit-on à Leuci, exhortait sa belle-fille à sortir de nouveau, mais jusque-là Bea avait toujours refusé en disant : « Pas avant que je sois sûre. » Mais vint le jour où elle annonça à la famille qu'elle s'était mise à sortir avec d'autres hommes. « Je veux trouver un père pour mes enfants. »

Cette nuit-là encore, dans l'obscurité Leuci vit le visage de Lusterino, la tête rejetée en arrière, riant à gorge déployée.

20

Au printemps, un jeune et nouveau magistrat, le procureur adjoint Rudy Giuliani, vingt-neuf ans, reprit les dossiers de Leuci et se mit à préparer le témoin en vue de son prochain grand procès : les Etats-Unis d'Amérique contre Benjamin Caiola. C'était un dossier solide. Les enregistrements ne prêtaient à aucune équivoque. L'avocat de la Mafia avait clairement essayé de corrompre l'inspecteur Leuci.

Mais Giuliani était quand même préoccupé. Le témoignage de Leuci pouvait poser problème. Giuliani avait étudié toutes les dépositions antérieures de Leuci, en particulier dans l'affaire Rosner, et maintenant, il étudiait chaque jour Leuci en personne. Il voyait en lui un homme jeune et émotif qui voulait se faire aimer de tous, même de ses ennemis. S'il devait rencontrer Caiola à l'instant présent, il voudrait lui plaire, même si son témoignage devait envoyer l'avocat en prison.

Giuliani constata aussi que Leuci était rongé de remords, soucieux et facilement bouleversé. Pourquoi se sentait-il si coupable ? Qu'est-ce qui le tracassait ? Il manifestait un immense besoin d'expliquer les raisons de son action, mais ses explications ne satisfaisaient jamais pleinement le jeune procureur. Car Leuci, malgré les quelques entorses dont il s'était rendu coupable, s'était engagé à poursuivre pour le gouvernement une sale mission clandestine et dangereuse, sur une longue période. Il avait accepté un fardeau énorme qui, selon Giuliani, était sans rapport avec sa personnalité. Pourquoi ? Maintenant, après coup, il était toujours très profondément troublé. Pourquoi ?

Pour Giuliani il devait exister une meilleure explication de la conduite de Leuci que celle que l'on avait avancée (la crise de conscience). Quelle autre explication pouvait-il y avoir sinon celle de la peur de poursuites judiciaires. Leuci avait avoué trois entorses au règlement, mais il n'avait à craindre d'être poursuivi pour aucune d'entre elles. Les seuls témoins de ces infractions étaient des hommes de la Mafia qui ne viendraient jamais à la barre.

Alors qu'avait-il commis d'autre, qui lui faisait craindre des sanctions ?

De près, la personnalité de Leuci lui sembla extrêmement complexe. Il était excessivement sensible aux problèmes d'autrui. Il écoutait avec sympathie, parlait avec charme. C'était un homme intègre, ressentit Giuliani.

Pourtant, il était profondément troublé. Tout cela ne collait pas. Sa personnalité ne correspondait pas à ses actes.

Etudiant le dossier Caiola, Giuliani en arriva à se poser davantage de questions, mais sans trouver la moindre réponse. Caiola avait opéré impunément pendant des années. Les forces de l'ordre le considéraient comme un élément aussi fourbe et dangereux que Rosner, mais ils n'avaient jamais été en mesure d'établir de preuves contre lui.

Puis vient Leuci. Il se dirige tout droit sur Caiola et révèle un cas de corruption. Pourquoi l'avocat était-il si peu méfiant ? Pourquoi était-il si sûr de Leuci ?

Combien de cas ce flic Leuci connaissait-il au juste ?

Les soupçons de Giuliani ne le taraudaient que la nuit, quand il était seul. En présence de Leuci il succombait à la personnalité chaleureuse et ouverte du policier. Il prêtait foi à ses affirmations.

« Je n'irais pas commettre un faux témoignage. Vous êtes fou ? »

Giuliani, quand il était face à lui, trouvait Leuci plus crédible que la plupart des individus auxquels il avait eu affaire jusqu'à présent. Malgré tout, alors qu'il commençait à préparer Leuci à son contre-interrogatoire, il décida d'essayer de le faire craquer. De lui faire avouer ce qu'il cachait. Il croyait pouvoir réussir là où Morvillo et Sagor avaient échoué. Morvillo avait préparé le procès Rosner la nuit, tout en menant son travail à la Criminelle le jour. Sagor n'avait ni les antécédents ni la personnalité qu'il fallait pour comprendre Leuci.

Mais Giuliani, lui, avait grandi dans une famille italienne, il avait passé pas mal de temps dans les rues. Plus tard il avait obtenu ses diplômes avec les honneurs, à la faculté de Manhattan et à l'université de droit de New York.

Le procureur comprit que s'il faisait craquer Leuci, s'il faisait apparaître d'autres délits, cela prouverait le faux témoignage, ce qui changerait le verdict contre Rosner et ferait probablement aussi échouer le procès contre Caiola. Pourtant, il le ferait si c'était possible. Son serment solennel l'exigeait.

Pendant tout ce temps-là, Giuliani avait aussi négocié avec l'avocat de Caiola, et voilà que l'accusé décidait soudain de plaider coupable d'avoir utilisé les facilités inter-Etats pour commettre le délit de corruption. Il fut condamné à une peine maximum de trois ans de prison.

Cela procura un grand soulagement à Giuliani, dont les soupçons à l'égard de Leuci devenaient caducs. Il observa Leuci pendant que celui-ci préparait nombre d'autres dossiers avec d'autres procureurs. Mais aucun ne donna lieu à un procès. Le policier n'eut jamais à venir à la barre, ce qui fut également un soulagement pour Giuliani.

Le prêteur Dominique Marcone, l'associé de Di Stefano, plaida coupable. Il écopa de deux ans.

Le trafiquant de drogue Mikey Coco plaida coupable lui aussi, il fut incarcéré pour trois ans. Les dossiers l'un après l'autre se réglaient de façon similaire.

Le procureur adjoint du Queens, Norman Archer, eut droit à un procès. On avait trouvé des billets marqués dans son coffre. La présence de Leuci comme témoin fut inutile, il ne fut pas cité.

Quant à Leuci, le seul nuage à son horizon (et il était petit) consistait en l'appel de Rosner. Rosner était en liberté sous caution, son appel était imminent. Entre-temps, après son procès, l'ex-avocat avait soumis deux motions au juge Arnold Bauman, deux requêtes d'audience. Qui lui furent accordées, mais Leuci n'eut pas à déposer. A présent que l'année touchait à sa fin, la cour d'appel laissait connaître sa décision. La condamnation de Rosner tenait. L'accusé, semblait-il, irait en prison.

Après lui nombre d'autres suivraient, car les dossiers étaient si solides que l'on pouvait s'attendre à ce que presque tous les accusés plaident coupables : les truands de la Mafia, Marchese et Tomasetti ; Tolentino Senior et Junior ; l'avocat Salko ; et tous les flics compromis...

Pour Leuci, ce fut une période de sécurité presque totale, et elle dura plusieurs mois. Il était le héros du tribunal du district sud — voyez comme tous ces malfaiteurs étaient facilement mis hors circuit ! — et pendant des mois sa crédibilité ne fut aucunement remise en question.

En fait, il était le héros du système judiciaire dans son entier. En partie à cause de la corruption administrative révélée par Leuci à tous les niveaux, le gouverneur Rockefeller avait créé une force spéciale dirigée par Maurice Nadjari pour contrôler le bon déroulement de la justice. Pour la première fois de l'histoire on allait tenter une opération de nettoyage, non seulement des commissariats, mais aussi des tribunaux.

Nadjari était un boutefeu — imprévisible, capricieux et d'une ténacité aveugle dès l'instant qu'il avait flairé une piste — et Leuci comprit que cela pourrait un jour lui créer des problèmes. Mais en attendant il se réjouit surtout de la nomination de cet avocat dont la fonction principale était d'enquêter sur ses pairs. Car le mérite de l'opération revenait directement à l'inspecteur de deuxième échelon Robert Leuci.

Certains jours, il lui était possible de s'imaginer dans la peau du héros qu'il avait toujours rêvé d'être.

Pendant ce temps, sa vie familiale allait bien. En Virginie du Nord, Gina était heureuse dans sa nouvelle maison, ses enfants jouaient dans les squares avec d'autres enfants et son mari revenait tous les week-ends.

Ses amis n'avaient pas de problème. Il dîna plusieurs fois avec Les Wolff. Dans le secteur du vêtement, l'agent clandestin Wolff avait infiltré la Mafia à un niveau extrêmement élevé. D'importantes inculpations allaient tomber. Wolff se réjouissait que Leuci lui ait procuré ce boulot, et il ne doutait plus de son ancien partenaire. Mike Shaw, toujours procureur général au bureau new-yorkais de la Commission de justice contre le Syndicat du crime, était enchanté des services de Wolff.

Le procureur adjoint Giuliani, que Leuci considérait à présent comme un ami très proche, avait reçu la direction de la Section spéciale d'accusation, puis celle des Narcotiques également. N'ayant toujours que trente ans, il était maintenant le numéro trois en importance au bureau du procureur général.

Pour la première fois depuis ses conversations avec Scoppetta, Leuci avait même un avenir à long terme, du moins le semblait-il, car à présent il rencontrait régulièrement Tartaglino à Washington. Le Bureau des narcotiques avait récemment changé de dénomination pour devenir l'Administration de répression des drogues, mais Tartaglino y était toujours le numéro deux, et lui aussi semblait avoir succombé au charme chaleureux de Leuci, à sa vulnérabilité évidente, à son désir d'être aimé. Maintenant, l'officier fédéral parlait souvent de l'avenir de l'inspecteur une fois tous les procès terminés (chose que Leuci osait à peine envisager lui-même).

« Nous pensons à quelque chose pour vous », promit Tartaglino.

Un jour, il lui montra un accord écrit qu'il avait négocié avec le préfet de police Murphy. Aussitôt les procès Leuci terminés, l'Administration de répression des drogues le prendrait dans ses rangs ; son salaire continuerait à lui être versé par le Département de la police de New York, il continuerait à cotiser pour la retraite, il serait toujours flic.

Leuci croyait rêver.

Tartaglino parla de l'affecter à une force spéciale qu'il formerait et enverrait à Trieste. Ou peut-être Leuci devrait-il aller en Syrie et en Turquie pour acheter de l'opium. Et peut-être tout acheter pour le gouvernement. « J'ai toutes sortes d'idées pour vous, promit-il. Alors ne vous faites pas de souci pour votre avenir. Vous avez fait votre boulot et vous allez bien vous en tirer. »

Mais il ne connaît pas toute l'histoire, pensait Leuci. Et d'autres fois il se disait : il est tellement plus intelligent que les autres qu'il la connaît, bien sûr ! Mais ça lui est égal du moment que je ne le lui en parle pas.

Un jour Tartaglino lui annonça qu'il rassemblait des agents dans tout le pays pour les envoyer sur la frontière mexicaine. « Ce n'est pas la plus belle affectation du monde, mais ce n'est pas si mal, dit-il. Vous travailleriez à la frontière avec la police mexicaine.

— Monsieur Tartaglino, dit Leuci, je ferai tout ce que vous me demanderez. Ma plus grande crainte serait de vous mettre dans l'embarras.

— Vous me l'avez déjà dit, et je ne veux plus l'entendre, répondit Tartaglino. Vous allez finir par me faire penser que vous pourriez me mettre dans l'embarras. Pourquoi faudrait-il que je le pense ? Il n'y a aucune raison pour que vous me mettiez dans l'embarras. Vous leur avez tout dit. Vous avez l'intention de leur en dire plus ? Non ? Alors, n'en parlons plus. »

21

L'effondrement ne fut pas dû au brusque enlèvement d'une clé de voûte soutenant l'édifice. Ni même à un régulier travail de sape sur les fondations. L'écroulement fut soudain et total, sans être particulièrement spectaculaire.

Il commença par une série d'événements apparemment sans liens entre eux.

D'abord, les déclarations du Baron réapparurent sous forme de témoignage officiel. Cette fois elles étaient écrites en bonne et due forme, sur un document légal et sous serment. C'était un chef-d'œuvre juridique, le travail du nouvel avocat de Rosner, le célèbre professeur de droit constitutionnel à Harvard, Alan Dershowitz. Ces déclarations donnèrent le vertige au juge Bauman, qui accepta d'accorder une audience à Rosner et lui en fixa la date. L'inspecteur Leuci aurait une fois de plus à comparaître à la barre. Une fois encore il devrait prêter serment et répondre à des questions sur son passé.

C'est alors que, bien que Leuci n'eût avoué que trois infractions au moment du procès de Rosner, il en apparut une quatrième sur une note tirée des dossiers de Tartaglino. Au cours d'un dîner chez Shaw deux ans auparavant, ou même plus, Tartaglino avait tellement pourri les flics que Leuci, furieux, avait décrit pratiquement le premier cas de corruption dont il avait été témoin et qui mettait en cause des agents fédéraux. Après avoir exécuté une perquisition avec ces deux agents, Mandato et lui les avaient retrouvés dans un bar où les deux cents dollars, fauchés par l'un des agents, avaient été partagés en quatre. Les deux flics ne s'étaient même pas aperçus, jusqu'au moment du partage, qu'il y avait eu « vol » d'argent.

Tartaglino avait rédigé une note à la suite de cette conversation (cinquante dollars au passif de Leuci) puis il avait oublié la chose. Shaw également. Leuci aussi. Mais le procureur adjoint, Elliot Sagor, obligé de répondre à tant de questions de la part de Rosner et des autres, avait envoyé des requêtes officielles à toutes les administrations fédérales afin qu'elles lui communiquent tout renseignement éventuel contenu dans leurs dossiers sur Leuci.

Lorsque la note de Tartaglino refit surface, Sagor, furieux, convoqua alors Tom Taylor et George Carros à son bureau. Taylor et Carros avaient tous deux témoigné au cours de l'enquête Leuci. En récompense, tous deux avaient été promus par Tartaglino ; ils faisaient maintenant partie des plus hauts fonctionnaires de l'Administration de répression des drogues de New York. Mais ils n'avaient retiré aucune publicité de leur travail, si bien qu'ils étaient arrivés à en vouloir à Leuci d'avoir eu pour lui tous les gros titres.

Et voilà que, dans le bureau de Sagor, Carros et Taylor étaient terrifiés. Leur négligence risquait d'embarrasser sérieusement Tartaglino. Elle pouvait exposer le Département de la justice au ridicule.

Si Sagor les dénonçait à Tartaglino, alors leur avenir dans le service public serait probablement en danger. Ils en pâtiraient, alors que ce flic corrompu, Leuci, s'en tirerait encore une fois sans tache.

Lorsqu'ils quittèrent le bureau de Sagor, Leuci attendait pour y entrer. Ils l'insultèrent. Ensuite, sachant que le succès écarterait tout danger, ils se lancèrent dans leur propre enquête sur les infractions passées de Leuci.

A l'époque, le troisième événement de la série fut l'annonce à la presse par Maurice Nadjari, le procureur général, qu'il avait résolu l'énigme du détournement des trois cents livres d'héroïne du greffe. Ce n'était pas vrai, mais il devenait important qu'il le fasse, et des rumeurs se mirent très vite à circuler, selon lesquelles l'inspecteur de deuxième échelon Robert Leuci serait un solide suspect. Ces bruits s'alimentaient d'eux-mêmes par les apparitions quotidiennes de Leuci au bureau de Nadjari pour interrogatoire.

Et finalement, l'inspecteur du SSR Carl Aguiluz fut inculpé de faux témoignage et on lui proposa un marché s'il coopérait.

Leuci avait été informé par avance de l'arrestation d'Aguiluz. Le procureur adjoint Wally Higgins le fit venir à son bureau. « J'ai assisté à tout le procès Rosner, et je trouve que vous avez été formidable, commença Higgins. Je vais vous demander un service. Nous allons coffrer un inspecteur du SSR.

— Qui ?

— Carl Aguiluz. Vous le connaissez ? »

Leuci commença à éprouver un vertige. Son estomac se contracta. « Oui, je le connais.

— Nous allons l'arrêter dans les deux jours à venir. Nous avons pensé que vous pourriez lui parler. Il pourrait accepter de faire ce que vous avez fait... »

On arrive à la fin, pensa Leuci. Aguiluz. Sur qui d'autre ont-ils mis la main ? Quelles autres enquêtes ont-ils en cours et dont je ne sais rien ?

« Il a témoigné devant le grand jury », expliqua Higgins. Il était content de lui, et parfaitement inconscient du trouble qu'il avait fait naître en Leuci. « Nous avons la certitude qu'il a fait un faux témoignage. Donc nous le tenons. Nous allons l'inculper et l'incarcérer. Ensuite nous essaierons de le faire virer de bord. Peut-être pourriez-vous nous aider à le convaincre de collaborer... »

Au moment où il quittait le bureau de Higgins, Leuci revit le nom de tous les policiers du SSR défiler comme sur des fiches dans sa tête. Avec qui avait travaillé Aguiluz ? Avec lesquels de ces policiers Leuci avait-il lui aussi travaillé ? Qui, s'il était compromis, pouvait dénoncer qui ? Mais il connaissait Aguiluz. Aguiluz ne coopérerait pas. Alors il pensa à l'audience prochaine de Rosner, aux déclarations écrites du Baron, à l'enquête de Nadjari, et à Carros et Taylor qui interrogeaient le Baron et essayaient de faire passer leur enquête sous l'égide du bureau du procureur de Brooklyn, car là-bas Leuci n'avait pas d'amis en mesure de le protéger. Maintenant Aguiluz.

Voilà que finalement tout se refermait sur lui.

« La situation empire vraiment, dit-il à Gina ce week-end-là.

— Qu'est-ce qui va si mal ? demanda-t-elle. Nous avons traversé l'épreuve. C'est fini maintenant. Je pensais que nous n'y arriverions jamais, mais nous avons réussi.

— Et si je te disais que je risque d'être arrêté ?

— Pourquoi ?

— Parce que je ne leur ai jamais dit tout ce que j'avais fait.

— Qu'est-ce que ça veut dire ? Qui va t'arrêter ? Scoppetta et ces gens-là ? Bob ? Après tout ce travail tu serais arrêté par les personnes mêmes qui te l'ont fait faire ? »

Dès lors, Leuci se mit à vivre dans un état de terreur croissante.

22

Le procureur général Nadjari n'était pas seul à mener une enquête sur le détournement de l'héroïne de la French Connection. Huit autres procureurs voulaient aussi résoudre l'énigme : les procureurs élus siégeant dans chacune des cinq circonscriptions administratives ; le procureur général des Narcotiques ayant compétence dans la ville entière ; l'attorney du district sud dont la juridiction couvrait Manhattan, le Bronx et Staten Island ; et l'attorney du district est dont la juridiction englobait Brooklyn, le Queens et Long Island.

Le vol de drogue de la French Connection était le crime le plus célèbre que l'un ou l'autre de ces messieurs puisse espérer résoudre, et tous menaient une enquête diligente. Ainsi que le Département de la police lui-même.

Toutes ces enquêtes suivaient les mêmes grandes lignes. Au départ, les enquêteurs affectés à la mission partaient poser des questions à toute personne active dans le milieu de la drogue — l'éventail allait du petit camé au divisionnaire des Stups — et l'une des premières questions à être posée était toujours celle-ci : d'après vous, qui a fait le coup ?

Le nom de Leuci était souvent mentionné. Les enquêteurs étaient sans cesse poussés à examiner son cas de plus près. Il était sûrement impliqué dans le détournement. Seul un délit de cette ampleur pouvait expliquer pourquoi, alors qu'on n'avait rien sur lui, il s'était porté volontaire tout de suite pour collaborer avec les procureurs. A priori, ses seize mois d'enquête clandestine représentaient sans aucun doute une tentative pour sauver sa peau. Tous les procureurs savaient que de tous les inspecteurs du SSR il était celui qui avait eu les meilleurs contacts au sein de la Mafia. Il pouvait très bien avoir utilisé ces contacts pour faire retourner l'héroïne dans la rue.

Mobile assorti d'occasion. Pour un esprit cynique de policier, cela faisait une preuve. L'étape suivante consistait à rassembler de solides pièces à conviction contre Leuci, et nombre d'enquêteurs se mirent à creuser. Apparemment l'héroïne avait été prélevée sur une période de plusieurs mois. Les déplacements de Leuci pendant ces mois-là furent épluchés. On commença à fouiller du côté de comptes en banque secrets. On se procura en douce des échantillons de son écriture que des experts en graphologie comparèrent aux coupons de retrait.

Pendant tout ce temps le nom de Carl Aguiluz était également fréquemment mentionné. L'inspecteur Aguiluz n'était sans doute pas lui-même impliqué, s'entendirent dire les enquêteurs. Mais il était un personnage clé du SSR. Si quelqu'un pouvait débrouiller ce dossier de la French Connection, c'était bien Aguiluz. Y avait-il un moyen d'amener Aguiluz à coopérer ? Pouvait-on le forcer à parler ?

Dans les bureaux du procureur du district sud, Rudy Giuliani ne prêtait pas encore l'oreille aux rumeurs sur Leuci pour qui il éprouvait toujours une immense sympathie. Mais les rumeurs circulant sur Aguiluz lui semblèrent intéressantes, et il les considéra attentivement. Il y avait longtemps eu une vague accusation de faux témoignage contre Aguiluz. Elle n'était pas très étoffée — suffisante pour l'inculper, mais pas pour le condamner — et cette accusation n'avait absolument rien à voir avec le détournement de drogue de la French Connection. Cependant, une inculpation pouvait ferrer Aguiluz. Elle suffirait peut-être à le faire parler.

Les flics craignaient bien davantage l'inculpation que les citoyens ordinaires, et ils avaient de bonnes raisons pour cela. Une fois inculpé, le flic était suspendu de ses fonctions dans la police. Sur le plan émotionnel, cela signifiait se déplacer dans la ville sans arme ni insigne. Financièrement, cela voulait dire arrêt de salaire. Il se retrouvait sans travail pendant les mois et parfois les années que durait l'inculpation.

De plus, même si elle aboutissait finalement à un acquittement, l'inculpation conduisait toujours à un second procès, au tribunal de la police. Dans la salle d'audience de la police, les témoignages par ouï-dire, les dépositions de complices et autres formes de preuves devenaient tout à fait recevables, et la condamnation était courue d'avance. Une condamnation signifiait habituellement un renvoi sans droit à la retraite. Ce qui signifiait courir les rues pour trouver un emploi — et qui irait embaucher un ex-flic renvoyé pour cause de corruption ? L'inculpation d'un flic équivalait à l'effondrement de sa vie.

Finalement on prit la décision d'inculper Aguiluz, et de le faire transpirer. De lui flanquer suffisamment la trouille pour qu'il craque. Alors peut-être il donnerait des renseignements sur le coup de la French Connection.

L'inculpation de faux témoignage reposait sur la déclaration d'un des indics d'Aguiluz, un certain Frank Ramos, maître d'hôtel dans un restaurant espagnol du centre ville. Grâce à Ramos, et aux écoutes téléphoniques illégales que Ramos lui avait permis d'installer dans le restaurant, l'inspecteur avait appris l'arrivée imminente d'une grosse cargaison d'héroïne. Mais lorsqu'il alla repérer l'emplacement de la livraison, il fut reconnu par des agents fédéraux qui déclarèrent qu'ils s'occupaient de l'affaire et qu'Aguiluz devait immédiatement quitter les lieux. La dispute atteignit de plus hautes sphères, et on parvint à un compromis politique. L'état-major du Département de la police ordonna à Aguiluz d'abandonner l'affaire.

Furieux et inquiet pour son indic, Aguiluz alla téléphoner pour avertir Ramos de ne pas s'approcher du lieu de la livraison. Quand, par la suite, les agents fédéraux ratèrent leur coup, ils en rendirent Aguiluz responsable, proclamant qu'il avait informé les suspects de leur présence, et l'on ouvrit une enquête sur ce chef d'accusation devant un grand jury. L'un des premiers témoins cités fut Frank Ramos.

Auparavant, un agent fédéral clandestin avait fait deux achats de drogue à Ramos qui, de ce fait, se trouvait dans une situation délicate. Lorsqu'on lui dit qu'il pouvait alléger sa peine en dénonçant Aguiluz, Ramos n'hésita pas. Seule une petite partie de sa déposition s'avéra critique. Il déclara qu'Aguiluz se trouvait dans son bar à une certaine heure et, déposant devant le même jury, Aguiluz le nia.

Plusieurs autres témoins vinrent corroborer les dires de Ramos — plus ou moins. Ils placèrent Aguiluz au bar avant l'heure spécifiée par Ramos et niée par Aguiluz. Donc le soi-disant faux témoignage se trouvait à une distance considérable du délit éventuel commis ou non par Aguiluz, et il était peu vraisemblable qu'un jury décide d'envoyer l'inspecteur en prison pour si peu.

Néanmoins l'inculpation tomba et, un vendredi soir de janvier, tard dans la soirée, Aguiluz fut arrêté et amené dans un appartement clandestin parfois utilisé comme bureau par les procureurs fédéraux. Pendant les heures suivantes différents procureurs et agents tentèrent de l'interroger. Certains lui parlaient doucement. D'autres l'invectivaient. Tous essayaient de le persuader qu'il devait coopérer, qu'en fait il le fallait.

Mais Aguiluz ne cessa d'affirmer son innocence et de soutenir qu'il était un flic honorable. Cette affaire de faux témoignage contre lui n'était que pure et simple persécution, dit-il. Elle ne tiendrait jamais. De plus, il n'y avait pas matière à collaboration. Il ne s'était jamais laissé corrompre et ne connaissait aucun collègue à qui cela était arrivé. Il ne savait absolument rien du détournement de drogue de la French Connection.

Leuci, qui avait été convoqué au bureau clandestin peu après le début de l'interrogatoire d'Aguiluz, faisait les cent pas dans la salle d'attente. Il était censé être là pour aider à persuader Aguiluz de coopérer, mais il se passa trois heures avant que les interrogateurs, épuisés, se retirent et l'invitent à prendre la place. « Il ne reviendra pas sur sa décision, affirmèrent-ils, mais voyez ce que vous pouvez faire. »

Leuci entra donc dans le bureau où attendait Aguiluz, il ferma la porte et s'assit en face de lui. Il vit que son ami était terrifié.

Sa propre motivation n'était pas claire à Leuci à ce moment-là. S'il arrivait à convaincre Aguiluz de parler, il serait reparti pour une nouvelle tournée d'éloges et de poignées de main. Son amitié avec les procureurs s'en trouverait consolidée. Il serait une fois de plus le héros du district sud, et ses amis, Giuliani et d'autres, exhorteraient peut-être l'autre procureur de la ville à le laisser tranquille. Le danger serait alors en partie écarté.

D'un autre côté, si Aguiluz craquait et se mettait à donner des noms, cela pouvait devenir dangereux. Leuci se sentait toujours un pas en retrait de ce que pourrait révéler Aguiluz, car il n'avait jamais travaillé sur une seule affaire avec lui.

Il examina l'homme qui lui faisait face, de l'autre côté du bureau, en se demandant par où commencer.

« Tu dois vivre avec toi-même et tes actions, explosa Aguiluz. Je ne suis pas toi. Je ne donnerai jamais mes partenaires ni les gars avec qui j'ai travaillé. »

Ce fut le début d'une violente sortie contre les « feds » qui dura dix minutes. La première tâche de Leuci fut de se dissocier dans l'esprit d'Aguiluz de ceux qu'il dénonçait si amèrement.

« Carl, tu n'es pas en mauvaise posture. Tu n'as qu'à leur dire ce qu'ils veulent savoir. C'est le seul moyen de t'en tirer. Nous sommes des flics. Si j'étais dans ton cas, je serais obligé de faire la même chose ! »

Aguiluz continua à se déchaîner. Il y avait des agents fédéraux aussi salement impliqués que lui dans cette affaire Ramos. Quand ils l'avaient viré du lieu de la livraison, ils l'avaient obligé à laisser son équipement illégal en place, et ils avaient continué l'écoute eux-mêmes.

Leuci songea alors que les problèmes d'Aguiluz pouvaient se limiter à cette unique affaire, il se mit donc à le pousser à nommer les agents fédéraux. Mais Aguiluz se contenta d'injurier ceux qui venaient de quitter la pièce. Il ne collaborerait jamais, dit-il.

Leuci savait quel brillant inspecteur était Aguiluz. Il savait qu'Aguiluz était passionné par ce métier qui représentait toute sa vie. Alors il commença à évoquer certains des grands dossiers qu'Aguiluz avait montés, espérant ainsi en appeler à la fierté de cet inspecteur d'origine hispanique. Tout en écoutant, Aguiluz restait silencieux, les yeux au sol.

Leuci dit : « C'est ainsi que tu veux que ça se termine, Carl ? Tu veux aller en prison ? A West Street, ce soir ? Ils vont te flanquer en taule, Carl, ce soir.

— Pourquoi le monde entier déteste-t-il les flics ? demanda Aguiluz. Pourquoi se retourne-t-on toujours contre nous ? Pourquoi nous persécute-t-on ? » C'était le cri du cœur de tous les flics.

« Je leur ai parlé, dit Leuci. Ils m'ont soutenu qu'ils ne seraient pas vaches avec toi. »

Aguiluz, tout à son désespoir, ne pensait qu'à la prison. « Peux-tu venir à West Street avec moi ? supplia-t-il. Peux-tu rester avec moi cette nuit ? Je ne suis pas Nunziata. Je saurai encaisser. Tout ce dont j'ai besoin, c'est qu'on m'aide à passer cette nuit. »

Leuci sortit de la pièce pour faire son rapport à l'accusation. « Il devient fou là-dedans. Laissez-moi partir avec lui maintenant. Rendez-lui son pistolet et son insigne. Laissez-moi le sortir d'ici comme un policier. Ne l'emmenez pas comme un prisonnier. Donnez-lui le temps de se préparer à se rendre comme un policier. »

On accepta. Aguiluz, ébahi, récupéra son arme et son insigne.

Leuci l'emmena dans un restaurant de Long Island. Les gardes du corps s'installèrent à l'écart tandis que Leuci et Aguiluz commandaient un verre au bar. Ils parlèrent de Nunziata. Pourquoi avait-il agi ainsi ? Regarde la pagaille dans laquelle il a laissé Ann et les enfants. Pourquoi s'était-il laissé abattre ? Aguiluz ne doit pas se laisser vaincre à son tour.

« Dis-leur simplement ce qu'ils veulent savoir, conseilla Leuci. Quand ce sera fini, ils t'affecteront dans un autre coin du monde. Tu pourras commencer une nouvelle vie. »

Aguiluz ne leva pas le nez de son verre. « Si je devais accepter de coopérer, dit-il d'une voix sourde, je leur dirais tout. »

Oh, mon Dieu ! pensa Leuci tout bas. « Formidable !

dit-il tout haut. Dis-leur tout. » Ne leur dis que certaines choses, supplia-t-il en silence.

Lorsque Aguiluz arriva chez lui il était calmé. Leuci avait invoqué de bons arguments, et à présent seul, Aguiluz poursuivait ses pensées. Il avait les fédéraux après lui, réfléchit-il, ils ne le lâcheraient jamais. S'il se tirait de cette inculpation-ci, il en viendrait une nouvelle tout de suite derrière, pour un autre motif. Ils le pourchasseraient jusqu'à ce qu'ils le tiennent.

Finalement, ayant pris sa décision, il entra au tribunal du district sud et se mit à dévider son récit. Son interrogatoire dura trois jours et stupéfia les procureurs. Aucun d'eux n'avait encore jamais eu affaire à un flic qui ne cachait rien. Aguiluz leur dit d'abord le pire — il compromit sérieusement ses partenaires Peter Daly et Joe Novoa ; s'ils avaient un jour été comme des frères pour lui, cela ne se voyait plus. Aguiluz, Daly et Novoa n'avaient pas saisi cent kilos d'héroïne et de cocaïne, semblait-il, mais cent cinq kilos. Aguiluz en avait retenu cinq kilos et les avait vendus. Ses partenaires et lui avaient arnaqué des dizaines de milliers de dollars aux trafiquants de drogue. Ils avaient échangé leur liberté à des prisonniers contre des dizaines de milliers de dollars supplémentaires. L'énumération d'Aguiluz fut tellement ahurissante que lorsqu'il en arriva à ses infractions « mineures », elles semblèrent à peine dignes d'être mentionnées.

Oui, il s'était parjuré devant la Cour, plutôt vingt fois qu'une, en fait. Il avait donné de la came à des indics des centaines de fois, il avait installé des douzaines et des douzaines d'écoutes téléphoniques illégales.

Aguiluz semblait froid, ce fut du moins le masque qu'il se choisit : la majeure partie de son récit fut débitée d'un ton monocorde, sans émotion aucune. Mais à d'autres moments il essayait de justifier sa conduite. Tous les policiers des Stups qu'il avait connus donnaient de la drogue à leurs informateurs, dit-il. Les indics étaient des malades, et aucun être un tant soit peu charitable ne pouvait se détourner d'eux. Quant aux faux témoignages devant la Cour, ils résultaient des lois ineptes sur les perquisitions et les saisies, et de la nécessité d'envoyer les trafiquants de drogue en prison. La loi concernant les écoutes téléphoniques était également stupide, car sans elles on n'aurait jamais établi la plupart des dossiers.

Certains des procureurs interrogeant Aguiluz opinèrent avec sympathie devant un tel raisonnement. Il était vrai que les lois pourraient être mieux rédigées, mais ce n'était pas le moment de discuter de leur bien-fondé ; qu'elle soit bonne ou mauvaise, la loi était la loi. Les concepts abstraits n'avaient encore jamais convaincu un policier de terrain, et l'important était qu'Aguiluz continue à parler.

Arnaquer les trafiquants de came était également justifiable selon Aguiluz. Avant même que l'inspecteur ait procédé à leur arrestation, la plupart se retrouvaient en liberté sous caution et continuaient leur trafic. La plupart n'éprouvaient aucune difficulté à régler leur problème à une étape ou une autre du système. Ils payaient les garants, les procureurs, les juges. Ils étaient si riches qu'ils pouvaient pratiquement acheter n'importe qui. La plupart pouvaient être épinglés, mis hors d'état de nuire d'une seule façon : en les délestant de tout leur liquide au moment de l'arrestation. Quant à leur vendre leur liberté, cela n'arrivait en général que lorsqu'on manquait de preuves et que de toute façon on ne pouvait pas procéder à une arrestation légale.

Aguiluz trouva même le moyen d'expliquer le détournement des cinq kilos d'héroïne sur la saisie monumentale qu'il avait effectuée. Son euphorie fut telle, lorsqu'il réussit ce coup-là et qu'il contempla la montagne de drogue, qu'il ne savait pratiquement plus ce qu'il faisait, dit-il. Il en avait prélevé cinq kilos. Par la suite il fut incapable d'expliquer et même de s'expliquer pourquoi.

Une fois qu'il se retrouva avec la came sur les bras, il ne sut plus qu'en faire. Il ne pouvait pas la déposer au greffe, on l'aurait envoyé en prison pour détournement de drogue. Il découvrit qu'il ne pouvait pas non plus la jeter dans les toilettes et tirer la chasse dessus car elle représentait trop d'argent, et ses partenaires savaient qu'elle était en sa possession. Daly et Novoa ne croiraient pas qu'il l'avait balancée dans les W-C. Ils penseraient qu'il voulait garder l'argent pour lui seul.

Pendant des semaines il roula en ville avec cinq kilos de blanche extra planqués dans le coffre de sa voiture. Finalement, Daly, Novoa et lui se réunirent pour en discuter et ils décidèrent de s'en débarrasser. Tous trois montèrent en voiture et se rendirent sur le bord de l'Hudson. Ils avaient résolu de vider les sacs, de répandre la poudre dans le courant. La came serait emportée. Ils en seraient débarrassés.

Mais une fois sur les quais, ils ne purent se résoudre à le faire, et ils se remirent à discuter. Ensemble ils avaient fait ce que personne de leur connaissance n'avait jamais fait. Ils avaient franchi le « seuil ». Voilà qui aurait dû changer leur vie, mais de l'autre côté il n'y avait rien ! Une coupure de journal.

Comme la plupart des inspecteurs du SSR, ils étaient habitués à manier de l'argent à la fin d'un gros coup, et celui-ci était bien plus qu'un gros coup. C'était le « seuil ». Et il n'y avait pas d'argent. Aucune récompense d'aucune sorte. Tout ce qui leur restait, c'étaient ces sacs de came qu'ils avaient gardés, sans y penser, presque par inadvertance. A leurs pieds les flots filaient assez vite pour emporter toute la détresse accablante de la ville.

Ils firent demi-tour, remirent les sacs dans le coffre et

s'en allèrent. Un jour ou deux plus tard, Aguiluz commençait à se défaire de la marchandise. Par prudence, il la vendit par petites quantités et partagea les profits avec Daly et Novoa. Quelle importance cinq kilos de plus ou de moins sur le marché de la drogue à New York ? Aucune ! Voilà du moins ce qu'il se dit. Ce qu'ils se dirent tous trois.

C'était moche, mais triste aussi, car Aguiluz avait non seulement été un inspecteur hors pair, mais au début de sa carrière, il avait partagé le même idéalisme que la plupart de ses jeunes collègues.

Il se dégagea un autre trait du long récit d'Aguiluz : son extrême amertume envers Leuci. Bob Leuci mentait, ne cessa-t-il de répéter aux procureurs. Son récit ne devrait pas les choquer à ce point, car leur témoin vedette avait agi de même façon, ou pire encore.

De toute évidence il rendait Leuci responsable de beaucoup de choses : de la mort de Nunziata, d'avoir déclenché l'enquête sur les policiers du SSR, et même de l'avoir persuadé de coopérer. Aguiluz, ayant conclu un accord avec les procureurs, allait être obligé de plaider deux fois coupable de délits graves, une fois dans le district est et une fois dans le district sud. Pendant ce temps-là, Leuci n'était toujours pas inculpé. Pourquoi diable Leuci se tirait-il de toute cette merde tandis que lui, Aguiluz, devait plaider coupable ? Il le ferait, dit-il, mais cela ne lui plaisait pas, et il tenait à ce qu'ils sachent que le Leuci en question n'était pas l'ange qu'ils croyaient.

Les procureurs, attentifs, ne cessèrent d'exiger qu'il leur donne des exemples précis d'infractions commises par Leuci, mais Aguiluz dit qu'il n'en avait pas. Leuci avait fait ses coups tout seul, expliqua-t-il. Contrairement à ce que l'on semblait couramment vouloir penser, les policiers ne se réunissaient pas en cercle pour raconter leurs exploits. Les seules personnes à savoir exactement ce que vous faisiez étaient vos partenaires, et il n'avait jamais travaillé sur une seule affaire avec Leuci. Leuci s'occupait des Italiens tandis qu'Aguiluz se concentrait sur les Hispaniques. Pourtant, il avait paru évident à tous ceux du SSR que Leuci se faisait du fric.

En l'absence de renseignements précis, Giuliani et ses collègues du district sud décidèrent que Leuci ne les intéressait pas de ce point de vue. Ils préféraient chercher à recouper les autres révélations d'Aguiluz. C'est ainsi qu'ils allèrent cueillir son beau-frère, Sal Buteria, qui n'était pas flic, le sergent Jim Sottile et un jeune inspecteur qui parlait espagnol, Luis Martinez. Tous trois craquèrent rapidement, ils confirmèrent le récit d'Aguiluz et acceptèrent eux-mêmes de collaborer.

Utilisant les dates fournies par Aguiluz, les procureurs se firent apporter le dossier bancaire de son supérieur, le lieutenant John Egan. Ce document montra que le lendemain de pratiquement chaque arnaque, Egan faisait un dépôt substantiel à l'un ou l'autre de ses nombreux comptes d'épargne.

Il restait maintenant à épingler les partenaires d'Aguiluz : Daly et Novoa. Selon Aguiluz, l'un des butins avait été partagé dans une chambre du Taft Hotel. On examina donc les registres du Taft. Ceux-ci montrèrent que la chambre en question avait été retenue au nom de l'inspecteur Peter Daly. Le lendemain d'une nouvelle prise, l'inspecteur Novoa s'était acheté une voiture neuve, en liquide.

Giuliani et ses assistants étaient trop occupés pour penser à Leuci. En un seul jour deux douzaines d'inspecteurs du SSR furent inculpés et arrêtés — il y en avait tellement que les procureurs durent presque les recevoir par groupes. On leur proposa à tous un marché s'ils acceptaient de coopérer. A ce stade, nombre d'entre eux citèrent le nom de Leuci : « Offrez-moi les mêmes avantages qu'à Leuci et sûr que je coopère ! Donnez-moi le même ticket gratis qu'à lui ! »

Entre-temps, Aguiluz était envoyé à Brooklyn pour y subir l'interrogatoire des procureurs du district est sous la direction de Tom Puccio. Ses révélations furent également juteuses et Puccio ordonna qu'on lui amène d'autres inspecteurs pour les questionner.

A Brooklyn, Puccio commença immédiatement à entendre les mêmes voix angoissées que Giuliani à Manhattan.

« Je ne prétends pas que je n'ai rien fait, disait chacun des policiers auxquels il s'adressait. Mais si j'ai fait quelque chose, ce n'était pas pire que ce qu'a fait Lcuci. »

Puccio décida de rencontrer Giuliani. Pendant leur entrevue il sembla y avoir un écho dans la pièce, qu'ils entendirent tous deux : « Leuci n'est pas meilleur que nous. Leuci vous ment. Vous fermez les yeux parce que c'est votre copain. »

Mais Leuci n'était pas le copain de Puccio. Ils n'avaient jamais eu à faire ensemble. Faisant remarquer qu'il pourrait bien essayer quelques idées, Puccio quitta son interlocuteur et rentra à son bureau. Dès lors, le cercle commença à se refermer sur Leuci.

Giuliani le convoqua. Tous les inspecteurs disaient que Leuci s'était rendu coupable de plus de trois entorses au règlement, commença le procureur. Giuliani était troublé et cela se voyait. Il n'était pas indifférent à ce qui arrivait à l'inspecteur assis face à lui. « Etes-vous certain que vous n'avez rien d'autre à me dire ? » Giuliani parlait avec gentillesse. Lorsque Leuci, arborant son sourire le plus sincère, persista à dire qu'il n'y avait rien d'autre, Giuliani le raccompagna à la porte.

Puccio convoqua Leuci à Brooklyn. Leuci, nerveux à

son arrivée, fut bientôt à l'aise, car au premier abord ce nouveau procureur sembla aussi décontracté et amical que tous les autres.

Mais il y avait de la tactique dans la désinvolture de Puccio. Il commença par faire l'éloge de Leuci et d'Aguiluz de façon presque interchangeable. Tous deux étaient courageux, tous deux étaient admirables. Pour ce qui était d'Aguiluz, les procureurs allaient faire ce qu'ils pourraient pour lui.

Leuci n'apprécia pas d'être mis sur le même pied qu'Aguiluz. Aguiluz s'était fait prendre, et il avait donné ses partenaires. Au contraire de Leuci. Cependant, Leuci garda le silence tandis que Puccio continuait à pérorer.

Soudain le sourire du procureur s'évanouit, et sa voix se fit dure. « C'est vous Frimousse, n'est-ce pas ? fit Puccio. Nous sommes tombés sur une vieille allégation contre vous, le témoin attend dans le couloir. »

Puccio, qui observait attentivement Leuci, remarqua un soudain froncement des sourcils, et il se demanda si cela trahissait la culpabilité ou simplement la surprise au brusque changement d'atmosphère.

Leuci décréta qu'il ne voyait pas à quoi Puccio faisait allusion.

Alors Puccio décrivit les faits. Quelques années auparavant, Leuci et son équipe avaient retrouvé un trafiquant en cavale. Ils avaient enfoncé sa porte et l'avaient arrêté. Pendant qu'ils remplissaient les formalités au poste, son associé arriva avec sa femme et une somme de cinq mille dollars. Tous trois furent alors également accusés de tentative de corruption de fonctionnaires.

« Ah oui, je me souviens de cette affaire », s'exclama Leuci. Il souriait. Il se rappelait l'incident avec fierté.

Soudain Puccio dit : « Selon l'allégation en question,

quatre cents dollars ont disparu du lieu de l'arrestation. »

Puccio subissait une forte pression de la part de Taylor et de Carros. C'étaient eux qui avaient déterré cette vieille affaire. Ils voulaient s'en servir pour faire inculper Leuci. Ils avaient convoqué le trafiquant qui était prêt à déposer.

Ce serait une inculpation plutôt mince.

Puccio ne savait trop quoi faire. Il s'efforçait de lire la culpabilité ou l'innocence sur le visage de Leuci. La tâche du procureur n'est pas une science exacte, et le bluff révèle parfois d'étranges situations. L'inculpation pour faux témoignage d'Aguiluz comportait une large part de bluff, et regardez le résultat ! Mais Puccio ne voulait pas abuser un innocent.

« Qui a pris les quatre cents dollars ? » demanda Puccio.

Tout d'abord, Leuci ne comprit pas. « Le type nous a proposé cinq mille et nous les avons enfermés tous les trois pour cela. »

Puccio continua froidement : « Parfois il est difficile de déterminer qui dit la vérité et qui ment. Mais d'après moi les quatre cents dollars ont existé et disparu. Il n'y a aucune raison pour que ce type raconte des histoires.

— Même s'ils ont existé, monsieur Puccio, répondit Leuci, ne croyez-vous pas que je pourrais n'en rien savoir ?

— Non, je ne le pense pas. »

Leuci se rendit à peine compte qu'il venait de se faire accuser d'un délit, car il avait découvert une chose bien pire : le plan de Puccio — monter un dossier d'accusations contre lui, n'importe lequel, afin de le transformer en un Aguiluz.

« Carl Aguiluz n'est pas comme moi, monsieur Puccio, fit Leuci, furieux. Aguiluz mouille ses amis et ses partenaires. Des gens qui lui ont fait confiance, qui ont vécu avec lui. Avant que je ne fasse une chose pareille je me serai tué. »

Un sourire triomphal apparut sur le visage de Puccio. Leuci le vit, comprit sa signification, et fut atterré de sa réaction. Jusqu'à maintenant, Puccio n'avait aucune certitude. Mais ses doutes venaient juste d'être levés.

« Que me dites-vous ? fit Puccio. Vous êtes carrément en train de me dire que vous avez fait plus que vous n'avez avoué. »

Choqué, terrifié, Leuci commit l'erreur supplémentaire de traiter Aguiluz de foutu mouchard.

« Tandis que vous, vous n'êtes pas un mouchard, c'est bien ce que vous voulez dire ? » fit Puccio, hochant pensivement la tête.

Leuci ne répondit pas.

« J'ai beaucoup d'estime pour les procureurs du district sud, continua froidement Puccio. Je ne sais pas comment ils s'y sont pris avec vous. Je ne sais pas ce qu'ils vous ont promis ou non. Je sais simplement que si vous travailliez pour moi, pour rien au monde vous ne vous tireriez comme vous croyez vous en tirer. Si vous ne dites pas la vérité, nous le découvrirons. La moitié du SSR va venir ici. Et ils coopéreront tous.

— Non, ils ne le feront pas.

— Si, presque tous. Ce sont des flics. Au fond de leur cœur, ils veulent confesser leur culpabilité. C'est ainsi que sont les flics. Vous le savez aussi bien que moi. »

Leuci transpirait. « Puis-je partir maintenant ? »

Puccio sourit. « Ce n'est qu'un au revoir. »

Le lendemain, ayant parlé à Puccio, Giuliani convoqua une fois de plus Leuci. « Puccio est sur le point d'inculper quelques personnes de plus. Connaissez-vous un inspecteur du nom de Les Wolff ? »

Leuci fut un instant sans pouvoir émettre un son.

« Nous étions partenaires, dit-il d'une voix étranglée.

— Je sais que vous l'étiez. Etes-vous sûr qu'il n'y a rien d'autre dont vous voudriez me parler ? »

Leuci secoua la tête : « Il n'y a rien d'autre.

— Jusqu'ici, dit Giuliani, toute allégation contre vous, soit du Baron, soit d'un autre, était infondée. Mais qu'un flic entre ici et confirme les dires d'un trafiquant et vous vous retrouvez en taule. Personne ne pourra vous sauver. » Au bout d'un moment, Giuliani ajouta : « D'après vous, que va raconter Les Wolff à Puccio ? »

23

Wolff, trente-neuf ans, un mètre quatre-vingts, était mince et bien bâti. Il avait les cheveux noirs, bouclés, et son visage mat quelque peu grêlé par des marques d'acné juvénile frappait par le caractère qui s'en dégageait. Sa personnalité se définissait par sa façon même de présenter. Il semblait plutôt froid et imbu de sa personne.

Il venait d'une famille ouvrière du Bronx. Il était entré dans l'armée et avait servi en Allemagne fédérale. En tant que Juif il avait été extrêmement mal à l'aise en Allemagne, mais il avait adoré les Allemandes, disait-il. Après son service il était devenu agent de police dans la vingt-cinquième circonscription, à Harlem.

Dès le début il considéra la police comme une carrière. Il ambitionnait d'aller plus loin dans la vie que ses parents, aussi travaillait-il plus dur que la majorité des flics autour de lui. Il procéda à de belles arrestations. Il accumula les heures supplémentaires. Il était courageux aussi. Il n'avait aucune crainte à patrouiller en pleine nuit dans les sous-sols, les ruelles ou les arrière-cours de Harlem, seul, la torche à la main et le pistolet à la ceinture. « Ces gens ne me font pas peur », disait-il souvent.

Sa promotion au grade d'inspecteur n'était survenue

qu'au bout de six ans d'uniforme, plus rapidement que pour la plupart des policiers, mais moins vite que pour certains. Il resta environ trois ans de plus à Harlem comme inspecteur, avec Dave Cody comme partenaire, jusqu'en 1969 où, à trente-quatre ans, il fut muté au SSR et affecté à l'équipe Leuci-Mandato. Il avait toujours été le chef d'équipe des groupes où il avait travaillé, informa-t-il immédiatement l'inspecteur Leuci, et même s'il accepta d'être sous les ordres de cet homme de vingt-neuf ans, cela ne lui plut guère. Il s'agissait d'un concurrent. Dès lors il lutta pour la direction du groupe sur pratiquement chaque affaire traitée par cette nouvelle équipe.

Pour Wolff, être inspecteur c'était du travail. Il fallait le faire de son mieux. C'était Wolff qui cherchait à maîtriser tout nouvel équipement de pointe arrivant aux mains de l'équipe, principalement les dispositifs électroniques d'écoute et les appareils photo. Il devint un photographe expert. Son travail administratif était toujours parfait. Il fallait toujours qu'il soit le meilleur. Il devait gagner.

Au bout de trois années au SSR, sa carrière avait fait un nouveau bond en avant : il avait accepté la dangereuse mission clandestine proposée par Mike Shaw et sa Force fédérale de répression, et les rapports officiels sur son travail étaient, il le savait, des plus favorables.

Le fait est que Puccio ne savait rien de la mission actuelle de Wolff, car l'enquête de la Force de répression, dénommée projet Cleveland de son nom de code, n'était connue que de très peu de personnes. Pendant la presque totalité de deux années Wolff avait porté un micro émetteur sur lui et enregistré les conversations compromettantes d'un grand nombre d'usuriers et de truands divers qui régnaient sur le secteur du vêtement. Il rencontrait souvent ce genre d'individus seul la nuit, dans des endroits isolés. Sa mission ressemblait beaucoup à celle qu'avait eue Leuci, sauf qu'elle visait plutôt le crime organisé que la corruption chez les fonctionnaires.

Wolff avait reçu un faux nom, Les Dana, et un appartement de couverture dans la 9e Rue Ouest. Comme il était supposé être le responsable en second d'une petite société de transport, il avait demandé des vêtements adéquats, et on lui avait alloué trois cents dollars pour se les procurer. Il dépensa la somme et se mit à porter des chemises à col ouvert largement déboutonnées et des chaînes autour du cou. Il n'avait plus du tout l'air d'un flic mais d'un gangster juif, et il n'agissait pas comme un flic mais comme un patron de compagnie de transport. Le rôle lui convenait très bien, et il entreprit de gérer sérieusement l'affaire, instaurant des contrôles, calculant des moyens de diminuer les frais généraux tout en augmentant les bénéfices. Aux inspecteurs qui le secondaient il donna la tâche de décharger les rouleaux d'étoffe des camions. C'était un travail des plus pénibles. C'était un travail de bête de somme. Au bout d'une journée ils demandèrent grâce. Alors, les affaires étant les affaires, Wolff déchargea lui-même ses camions et ne se plaignit à personne.

Chaque fois qu'il portait son micro dans des réunions risquées avec des gangsters, il était tellement calme que personne ne le soupçonna jamais. Il ne fut jamais palpé. Chaque fois, il faisait ses enregistrements sans montrer le moindre signe de nervosité, puis il quittait la réunion et rentrait chez lui.

Mike Shaw l'interrogeait une fois par semaine dans la salle du conseil de la Morgan Guarantee Trust de Broad Street. L'attitude de Wolff, lorsqu'il faisait ses rapports, était nette, directe, tout à fait professionnelle. Shaw l'admirait. Il considérait Wolff comme un agent clandestin absolument fantastique.

Aussi, le premier citoyen furieux à qui Puccio eut à

faire fut-il Shaw. Par l'inculpation de Wolff, Puccio compromettait le projet Cleveland pour lequel le gouvernement avait déjà dépensé des centaines de milliers de dollars. Shaw parla poliment à Puccio, de magistrat à magistrat, mais il était furieux, surtout après avoir examiné le motif de l'inculpation et vu son peu de poids.

L'affaire remontait au 19 novembre 1970, trois ans et demi plus tôt. En compagnie d'Aguiluz et de cinq autres inspecteurs du SSR, Wolff avait pénétré l'arme au poing dans l'appartement d'un trafiquant sud-américain, Olate. Il s'y trouvait trois personnes : Olate, sa femme et un ami. Les policiers saisirent un sac de cocaïne, ce qui suffisait à faire arrêter les trois personnes, mais seul l'ami fut embarqué.

C'étaient les détails qui changeaient la nature de cette affaire. Et Puccio les tenait d'Aguiluz, ils avaient été corroborés par deux autres membres de l'équipe qui coopéraient également. L'équipe des sept avait piégé Olate grâce à une écoute téléphonique illégale. Les policiers avaient fait une descente chez lui, pensant y découvrir une grosse quantité d'héroïne. Au lieu de cela, ils n'avaient trouvé que de l'argent, environ quatre-vingt mille dollars en tout, qu'ils raflèrent. En échange de cette somme, le trafiquant et sa femme eurent droit à une liberté provisoire : vingt-quatre heures pour quitter le pays.

Ni Aguiluz ni les deux policiers ayant confirmé la chose n'avaient déclaré avoir partagé le pactole avec Wolff, dont la part lui avait selon eux été remise par l'un des trois autres qui, jusque-là, avaient refusé de collaborer.

On fit venir Olate, et on organisa hâtivement une file de suspects. Le Sud-Américain n'eut aucune difficulté à repérer Aguiluz et quelques autres dans la queue.

Mais il ne reconnut pas Leslie Wolff.

Cela étant, Puccio n'avait virtuellement aucune emprise sur Wolff.

Cependant, pour l'instant l'inculpation tenait. Wolff avait été arrêté, on l'avait dépouillé de son arme et de son insigne, et Shaw dut le retirer du projet Cleveland.

La colère de Wolff contre ce qu'il appelait « le gouvernement » fut si manifeste que Shaw craignit un instant qu'il ne veuille compromettre le travail qu'il avait accompli clandestinement. Mais il ne le fit jamais. Il ne menaça pas non plus de le faire. On l'installa dans un bureau où il eut à taper les transcriptions des bandes qu'il avait enregistrées, et tout le monde attendit avec bon espoir que l'inculpation soit levée.

Mais comme Puccio ne semblait pas pressé de voir les choses se passer ainsi, Wolff, déchaîné, s'engouffra dans le bureau de Puccio et menaça de jeter le procureur par la fenêtre. Puccio lui répondit qu'il pouvait aisément éviter procès, condamnation éventuelle et prison. Tout ce qu'il avait à faire était de coopérer. Dire ce qu'il savait.

Wolff quitta le bureau de Puccio et alla téléphoner à Leuci. Il demanda à le voir de toute urgence. Ils se retrouvèrent sur le trottoir devant chez la mère de Leuci, dans le Queens. Il était environ neuf heures du soir. Les gardes du corps de Leuci à une vingtaine de pas derrière eux, les deux anciens partenaires firent plusieurs fois le tour du pâté de maisons, sous les arbres couverts des bourgeons printaniers.

Wolff soutint mordicus qu'il ne collaborerait jamais. « Je n'ai rien fait. Cette inculpation c'est de la connerie.

— Les, passe au détecteur de mensonges, supplia Leuci. Tu n'es pas en tort. »

Wolff s'arrêta de marcher et fixa Leuci. « Passes-y au détecteur de mensonges, toi, Bob, ce fils de pute d'Espagnol ne m'a jamais mis un centime dans la main. »

Ayant repris leur marche, Leuci put s'interroger sur les deux significations possibles de cette déclaration. Ou quelqu'un d'autre avait remis l'argent à Wolff, ou personne ne l'avait fait.

« Je ne coopérerai jamais », répéta Wolff. Mais il s'arrêta de nouveau et fixa un regard anxieux sur le visage de son ex-partenaire. On devait également presser Leuci de coopérer, dit-il. Qu'allait faire Leuci ?

Mais ses yeux disaient bien davantage. Les deux partenaires étaient également vulnérables. Ensemble ils se trouvaient en relative sécurité. Personne d'autre ne pouvait les dénoncer qu'eux-mêmes.

« Les, ils pourraient me découper en petits morceaux que je ne leur dirais rien. C'est tout. Ils ont fini de profiter de moi. »

Un vent frais de mars soufflait dans la nuit, dans les rues du Queens. Ils tournaient toujours autour du pâté de maisons, mais le message qu'ils échangeaient ne se modifia pas, et à la fin ils s'étreignirent. Ils ne l'avaient jamais fait auparavant. Ils restèrent debout en pleine rue, dans les bras l'un de l'autre, jusqu'à ce que, sembla-t-il, ils sentissent le battement de leur cœur à travers leur manteau.

En s'éloignant dans la nuit, Wolff se retourna et cria : « Bob, je ne me suis jamais senti plus proche de toi que ce soir. »

Une fois que Wolff fut hors de vue, Art Monty, l'un des gardes du corps, s'avança à petits pas précieux et, d'une voix de fausset, répéta la dernière phrase de Wolff mot pour mot : « Je ne me suis jamais senti plus proche de toi que ce soir. » Ensuite Monty adressa ce conseil à Leuci : « Ne te fie pas à lui. Il dégringole. »

C'était peut-être ce que Leuci pensait lui-même. Combien de temps Wolff résisterait-il à la pression de Puccio ? Combien de temps lui-même pourrait-il y résister ? Qui dénoncerait l'autre le premier ?

24

Jour après jour les procureurs, qui travaillaient tous indépendamment les uns des autres, se renvoyaient l'inspecteur Leuci d'un bureau à l'autre.

Les hommes de Nadjari le cuisinaient à propos du détournement de la drogue de la French Connection. Dites-nous, inspecteur, était-il habituel de s'inscrire sur le registre du greffe pour sortir les pièces à conviction ? Pouvait-on les obtenir en criant simplement son nom du fond de la queue ? Est-il vrai que les employés du greffe vous passaient les pièces par-dessus la tête des autres, et inscrivaient votre nom sur le coupon de sortie ? Que pensez-vous des déclarations du Baron disant que vous lui avez donné de la drogue dans des pochettes administratives du greffe ? Et, invariablement, on lui demandait de quitter la pièce.

« Je vous prie d'attendre dehors, inspecteur. »

Dans la salle d'attente, ou dans le couloir où il faisait les cent pas, il se demandait ce qui se passait dans le bureau. Qu'essayait-on de lui coller sur le dos à présent ?

On le rappelait à l'intérieur, on lui demandait ce qu'il pensait de tel ou tel flic. « Lequel d'entre vous, bande de cons, a eu l'idée de ce vol d'après vous ? » Puis à la fin, on le congédiait sèchement : « Vous pouvez vous retirer, inspecteur. »

Puccio prit l'habitude de le convoquer tous les vendredis après-midi ; le téléphone sonnait invariablement au moment où Leuci, pressé de retrouver sa famille chez lui pour le week-end, allait partir pour l'aéroport. Tandis que Leuci rêvait de son évasion en Virginie, le procureur engageait avec lui des conversations à bâtons rompus.

Puccio savait exactement ce qu'il faisait. Il semblait amical. « Bob, j'ai besoin de votre aide. Nous avons une tonne de travail ici. Nous avons inculpé tous ces inspecteurs. Il nous faut trouver ce que nous allons en faire. Vous allez me dire quel genre d'hommes ils sont. »

Les avions pour la Virginie partaient l'un après l'autre.

« Ecoutez, monsieur Puccio, nous sommes vendredi soir. Je n'ai pas vu ma famille de toute la semaine. Verriez-vous un inconvénient à ce que je rentre chez moi maintenant ?

— Si vous préférez, vous pouvez revenir demain matin. Nous finirons notre conversation à ce moment-là. »

Leuci gardait le silence, et alors Puccio riait. « Bob, tôt ou tard vous céderez. »

Retour au bureau du procureur général. Cette fois il fut interrogé par Nadjari lui-même, le procureur le plus redouté de toute la ville. En entrant dans son bureau, Leuci était pétrifié.

Mais Nadjari ne se montra intéressé que par le coup de la French Connection. Ses enquêteurs s'étaient concentrés sur l'ancien inspecteur du SSR, Frank King, comme cerveau de l'affaire, King avait été proche de Nunziata. Leuci avait été proche de Nunziata. De ce fait Leuci et King...

Mais Leuci l'interrompit : « Monsieur Nadjari, vous avez besoin de Frank King. Vous voulez des gens qui puissent vous donner l'affaire de la French Connection. Je n'ai jamais travaillé avec aucun de ces inspecteurs. Je ne peux pas les dénoncer. Si vous ne me croyez pas, je veux bien me soumettre sur-le-champ au détecteur de mensonges. Je n'ai en rien contribué à l'affaire de la French Connection. Je suis sûr que vous le savez. »

Au bout d'un moment Nadjari ajouta : « Nous savons également que vous pourriez nous en dire bien plus.

— Comment le savez-vous ? » Il lui semblait que s'il arrivait à contourner Nadjari, Leuci serait en sécurité. « Je vous dis que je ne peux pas dénoncer King. Je ne peux pas dénoncer son partenaire Jack McClean, qui vous donnerait Frank King. »

Nadjari le regarda.

« Je n'ai jamais travaillé avec McClean, persista Leuci. Je ne sais rien de précis sur lui. »

Nadjari vit l'angoisse dans le regard de Leuci, mais il s'y trouvait également un message, et Nadjari serait peut-être capable de le lire.

Sans prononcer un mot Leuci suppliait Nadjari de recevoir et de comprendre tout ce qui ne pouvait être dit.

Oui, monsieur Nadjari, mon passé est plus chargé que je ne l'ai dit. Mais je ne peux pas l'avouer. Je le ferais si je pouvais vous donner Frank King, ou Jack McClean. Mais ce que je cache ne concerne que moi, et un ou deux partenaires. Rien de significatif pour ce dont vous vous occupez. Pourquoi voulez-vous que je me détruise moi-même ? Pourquoi voulez-vous que je vous confesse le genre de choses que vous raconte Aguiluz ? Je ne le ferai jamais. Je ne ferai jamais de mal à Mandato. Je ne blesserai jamais Wolff ou Cody. Je ne ferai jamais de mal à Vinny Russo. Ils étaient mes partenaires. Non, je ne le ferai pas.

Leuci essaya de dire tout cela à Nadjari par le regard.

« Bien, c'est assez pour aujourd'hui », fit Nadjari, et il raccompagna l'inspecteur tourmenté jusqu'à la porte.

Giuliani le convoqua. L'audience Rosner approchait, dit-il. Leuci serait obligé de prêter serment avant de répondre à chacune des accusations du Baron. Leuci devrait commencer à y réfléchir.

Pour Giuliani, il était clair que Leuci perdait le contrôle.

Giuliani éprouvait la certitude maintenant que Leuci s'était parjuré au cours du procès Rosner, qu'il était coupable de bien davantage que ses trois infractions au règlement. De toute évidence, Leuci ne savait quoi faire. Il ne voyait pas d'échappatoire. Il était déchiré, non seulement à la perspective de témoigner contre ses anciens partenaires, mais aussi à la pensée que les nouveaux amis qu'il s'était faits, Scoppetta, Shaw, Whitney North Seymour, Giuliani lui-même, allaient se retourner contre lui.

Quant à Leuci, il subissait une pression si constante qu'il en fut secoué. Il ne gardait plus sa nourriture. Il ne dormait plus. Les vendredis étaient devenus de vrais cauchemars. Le coup de fil de Puccio. La longue attente dans la salle du procureur, l'entrevue avec le magistrat qui n'était jamais pressé et qui riait de l'épouvante à peine dissimulée d'un Leuci imaginant le décollage de ses avions l'un après l'autre. Puis finalement, chaque semaine, l'inspecteur se voyait forcé de supplier : « Puis-je m'en aller maintenant, monsieur Puccio ? »

Enfin Leuci montait à bord de son avion. Il traversait la couche de nuages, arrivait dans la lumière éclatante du soleil ; alors il se carrait contre son dossier et essayait de penser à son week-end en Virginie. Il se détendait pendant une heure, plus ou moins. Mais le lundi matin, dès qu'il montait à bord, pour le retour, la terreur le cramponnait de nouveau. Qu'est-ce qui m'attend là-bas ? Il avait trop de types à ses basques maintenant, Puccio, Giuliani, Nadjari. Qu'est-ce que je leur dis ? se demandait-il. Qu'est-ce que je ne leur dis pas ? Par le hublot il regardait approcher la ville.

Ses pensées n'arrêtaient pas une seconde. Si je dois leur parler, alors il faudra que je leur dévide toute l'histoire. Je ne peux pas me permettre de choisir. Et si je ne peux pas choisir, alors il m'est impossible de protéger Mandato, Wolff et Cody. Je ne peux pas protéger Vinny Russo non plus, lui qui est si gentil, si honnête au vrai sens du terme, si convenable, comment pourrais-je mouiller Vinny Russo qui m'a réellement fait entrer aux Stups ? Comment pourrais-je faire ça à Vinny, à sa femme, à ses enfants ?

Pour le moment, la résolution de Leuci tenait bon : je ne le ferai pas. Je ne leur dirai rien.

Le cas du sergent Peter Perrazzo fut entendu au tribunal de police, Perrazzo, cinquante-trois ans, toujours retenu à la clinique psychiatrique, fut jugé par défaut. L'objet du procès était de le renvoyer pour cause de corruption, sinon il recevrait à vie la pension d'environ quatorze mille dollars par an à laquelle il avait toujours droit jusqu'à présent. Le Département avait dès maintenant le devoir d'empêcher ces fonds d'arriver sur le compte bancaire du dément.

Ce procès, précédant celui de Phillip Michael, dura environ deux heures. Le témoin principal de l'accusation était l'inspecteur Leuci. Seules quelques personnes étaient présentes, parmi elles le représentant de Perrazzo et l'épouse de l'inspecteur, une femme d'âge mûr assise au premier rang et qui pleura en silence pendant toute la séance. Leuci lui trouva l'air d'une Italienne qui a passé trois jours à une veillée mortuaire. Elle ressemblait à n'importe laquelle de ses neuf tantes, et il était furieux contre celui qui l'avait amenée là. Pourquoi cette femme devait-elle entendre diffamer son mari ? se demanda-t-il. Pourquoi fallait-il qu'elle sache tout cela ?

Perrazzo fut condamné et radié du Département. Leuci sortit de la salle comme un somnambule, se demandant : qu'ai-je fait à ces gens ? Mon Dieu, qu'ai-je fait ?

Nouvelle convocation de la part de Giuliani. Leuci connaissait-il un inspecteur nommé Vinny Russo ?

Lorsqu'on l'avait interrogé à propos de certaines écoutes téléphoniques illégales, Russo avait nié être au courant de quoi que ce fût, mentant ainsi pour protéger les inspecteurs concernés. Le plan était à présent de le faire comparaître devant le grand jury. S'il mentait, alors il serait inculpé pour faux témoignage.

Leuci voulait-il essayer de lui parler d'abord ?

Lorsque Leuci téléphona à Russo chez lui, ce fut Maria Russo qui répondit.

« Maria, commença-t-il, excusez-moi de vous déranger...

— Vous n'allez pas faire de mal à mon Vinny !

— Mais non, je ne ferai pas de mal à Vinny. »

Russo prit le téléphone. « Que me veux-tu ?

— Rejoins-moi Chez Sweet, le restaurant à côté du marché aux poissons. »

Russo accepta le rendez-vous, mais lorsqu'il arriva sur le lieu, il refusa de s'approcher de Leuci. Restant de l'autre côté de la rue, il cria à Leuci : « Espèce de salaud ! Qu'est-ce que tu veux ? Démolir ma famille ? faire du mal à mes gosses ? Tu veux me faire du mal ! Pourquoi veux-tu me faire ça ? Tu es là pour me faire du mal !

— Mais non, Vinny, cria Leuci. Je veux te demander de venir leur parler de l'écoute.

— Je n'ai rien à dire, cria Russo. Qu'est-ce que je ferais ? Je ne sais rien. Je n'en sais pas assez pour qu'ils m'aident. Qu'est-ce que je leur dirais ? Que je suis au courant d'un coup d'arnaque de trois cents dollars une fois, et de deux cents une autre fois ? Quand j'étais au SSR je marchais avec le même type pendant trois jours. C'est tout ! Je faisais des filoches. Quand le dossier était bouclé on me disait de rentrer chez moi. Et je rentrais. Je n'en sais pas assez. Ils ne m'aideront pas ! »

Lorsque Leuci rapporta les résultats de cette entrevue, les procureurs revinrent à leur projet initial ; le grand jury pour Russo, suivi d'une inculpation. Bien que Leuci plaidât la cause de son ami, les procureurs restèrent inflexibles.

Nunziata, Sheridan, Lusterino, Wolff, Perrazzo, Russo...

Leuci alla à l'église — ce fut le seul endroit où il eut l'idée d'aller. Il ne se rendit pas dans la belle église moderne et clinquante de Virginie avec ses drapeaux américains et ses curés à cheveux longs. Ce n'était pas ce qu'il lui fallait. Celle-là équivalait à un temple protestant. Non, il retourna dans son vieux quartier du Queens, là où tous les prêtres parlaient avec un accent italien. Il voulait voir des cierges, sentir l'encens, admirer des saints. Il voulait parler, à travers une grille de confessionnal, à quelqu'un qui le comprendrait.

Debout dans la pénombre, il se souvint de l'enfant qu'il était, faisant la queue devant le confessionnal le samedi après-midi. Il se rappela l'entrée dans le réduit sombre, la confession de ses péchés d'enfant à travers la grille, et ensuite sa sortie dans la grande lumière du soleil quand il ressentait la plus grande libération qu'il eût jamais éprouvée avant ou depuis — désirant presque se faire immédiatement écraser par un bus parce qu'il était réconcilié avec Dieu et irait droit au paradis.

Le confessionnal dans lequel il pénétrait à présent était le même que celui où il entrait enfant. Mais lorsqu'il s'agenouilla dans le noir et qu'il essaya d'expliquer tout ce qui le tourmentait au prêtre, il s'aperçut que celui-ci n'avait pas envie de s'éterniser là-dessus.

« Nous avons tous notre croix à porter », lui dit le prêtre.

Leuci décrivit la mort de Nunziata, ses remords.

« Dieu a décidé du destin de Nunziata, lui dit le curé. Ce n'a pas été de votre faute. »

L'inspecteur essaya de parler de parjure, mais le prêtre n'avait pas une conception claire du sens légal de ce mot. « Votre témoignage a-t-il envoyé un innocent en prison ? demanda-t-il.

— Non.

— Alors cela n'est pas un parjure pour moi. »

Lorsque Leuci sortit du réduit pour arriver dans la lumière, il n'éprouva aucune impression de libération. Il n'était pas submergé par la sensation de sa propre bonté. Le vieux sentiment n'y était plus. Il ne ressentait rien, qu'un grand vide et de la peur.

A présent, chaque soir il comptait sur ses cachets de Valium pour trouver un peu de sommeil. Mais en général cela ne marchait pas bien, et parfois même pas du tout.

25

A cette époque Puccio lui-même était soumis à des pressions. Elles venaient principalement de l'Administration de répression des drogues, représentée par les agents Carros et Taylor, qui avaient manigancé un projet. Ils voulaient menacer Leuci d'inculpation. Sous pareille menace, garantirent-ils au procureur, l'inspecteur craquerait.

Le magistrat murmura qu'il n'avait aucune bonne raison d'inculper Leuci. L'affaire du pot-de-vin de quatre cents dollars qu'ils lui avaient apportée ne suffisait pas. Cependant, il leur donna le feu vert pour mettre la menace à exécution.

Et Leuci fut convoqué — séance tenante — aux bureaux de l'Administration de répression des drogues à deux pas de Columbus Circle. Là on le fit patienter dans une salle d'attente. Il fit les cent pas et observa les va-et-vient. Les gens portaient un badge agrafé à leur poche. Ils se déplaçaient avec un air de grande détermination. Leuci en fut fort impressionné. Ces gens étaient puissants. Ils incarnaient le gouvernement fédéral. Ils savaient qui ils étaient, et ce qu'ils pouvaient lui faire.

Finalement, Carros sortit, ordonna aux gardes du corps de rester dans la salle d'attente, et il conduisit Leuci dans le bureau de Taylor. Taylor avait gravi un échelon depuis l'enquête Leuci. Il était maintenant adjoint du directeur régional. Il était installé derrière un grand bureau, essayant de paraître important. Un drapeau américain se trouvait dans le coin. La pièce, qui était grande, avait une vue sur une grande partie de la ville. Carros se posta à la fenêtre et regarda le panorama.

De derrière son bureau, Taylor traita Leuci de menteur. « Je ne pense pas seulement que vous êtes menteur, mais je sais que vous l'êtes, et je vous transmets le message de la part de Puccio. Si vous ne nous dites pas tout — ce que vous avez fait et avec qui — avant cinq heures cet après-midi, Puccio vous inculpe. Avez-vous quelque chose à ajouter ? »

L'interrogatoire, si c'en était un, dévala sur la mauvaise pente à partir de ce moment-là. Taylor fit l'éloge d'Aguiluz. De toute évidence Leuci le valait. Il aurait pu traiter les mêmes affaires.

« Aguiluz doit vivre avec son image pendant le restant de ses jours, cria Leuci. Et moi aussi ! » Sûr qu'il aurait pu révéler les travers de certains collègues, dit-il. Mais pourquoi s'acharner contre des amis alors qu'il était possible de coincer tant d'autres personnes ailleurs dans le système, qui étaient aussi corrompues sinon plus ? Aguiluz avait montré qu'il y avait des inspecteurs corrompus au SSR. Leuci avait montré que la corruption existait partout dans le système.

Taylor accusa Leuci de ne se soucier que de ses amis procureurs du district sud. Ces hommes l'avaient dorloté pendant des années. Mais il était un escroc. Taylor le savait, ainsi que Puccio dans le district est. Ou bien Leuci leur révélait tout ce qu'ils voulaient savoir avant cinq heures de l'après-midi, ou il se faisait inculper.

Carros continuait à regarder par la fenêtre.

Taylor et Leuci en vinrent aux insultes. Taylor traita

Leuci de menteur, de parjure, de criminel. Leuci traita Taylor de clown, de nul, de charlatan.

« Vous avez été flic à New York pendant neuf ans, embraya Leuci. Et qu'avez-vous fait pendant ces neuf ans ? Vous vous en êtes vanté devant moi. Vous vous êtes planqué à la caserne des pompiers pour étudier afin d'aller à l'université. La ville vous a payé pendant neuf ans, et ensuite vous êtes passé au Fisc, et maintenant vous êtes un grand patron à la Répression des drogues. Qui êtes-vous ?

— Un type qui pourrait vous flanquer en taule.

— Vous êtes le patron des gars qui n'ont cessé de perdre ma trace quand je les avais comme suiveurs. Vous n'êtes même pas au courant des dossiers que nous avons établis. Vous n'avez jamais lu les notes des affaires sur lesquelles vous travailliez. »

De retour au district sud, Leuci s'engouffra dans le bureau de Giuliani et révéla la tragique nouvelle : « Ils vont m'inculper à cinq heures. »

Mais le visage de Giuliani ne réussit pas à feindre la surprise. « Vous saviez qu'ils allaient jouer à ce jeu avec moi, n'est-ce pas ? s'écria Leuci. Et vous vous en foutiez vous aussi, pas vrai ? »

Giuliani téléphona à Puccio et, après une brève conversation, raccrocha. « Puccio me dit que finalement ils ne vont pas vous inculper aujourd'hui, rapporta Giuliani.

— Je m'en vais, je fous le camp d'ici. Je rentre chez moi en Virginie.

— Bob, vous avez beaucoup à réfléchir, dit Giuliani au bout d'un moment.

— Ils vont me coffrer ou non ? qu'est-ce qui va se passer ?

— Bob, regardez dans quel état vous êtes ! Vous êtes à bout de nerfs. Vous feriez peut-être mieux de me dire la vérité. »

Leuci fonça à Brooklyn Heights pour aller voir Shaw. « Mike que dois-je faire ? »

Shaw était allongé de tout son long sur le canapé, les jambes pendant sur l'accoudoir. « Vous ne comprenez donc pas le dilemme où je me trouve plongé ? demanda Shaw. Je ne peux pas vous conseiller. Je suis un procureur. Si vous m'avouez quoi que ce soit maintenant, il faudra que j'en prenne acte. »

Shaw ne pouvait rien lui offrir d'autre que de la sympathie. « Bob, la seule chose que je peux vous dire c'est qu'il faut avouer la vérité. »

Leuci quitta Brooklyn Heights. C'était l'heure de la relève de ses gardes du corps, Monty et Farley s'en allaient, Fritz et Bonifide arrivaient. « Que me conseillez-vous, les gars ? » demanda Leuci du fond de son angoisse.

Les cinq hommes se trouvaient dans une voiture, dans la même rue calme du Queens où chaque nuit se déroulait la relève. Farley et Monty avaient l'âge de Leuci. Fritz et Bonifide étaient plus âgés. Les plus jeunes conseillèrent à Leuci de ne rien dire aux procureurs : « Ces types cherchent à te mettre en prison. »

Les agents plus âgés lui recommandèrent le contraire. Apparemment il y avait davantage de trucs, dirent-ils. Si c'était vrai, il ferait mieux de placer toute sa confiance dans les procureurs et vite. Pour la majorité des flics, Leuci était déjà une balance. Il avait ouvert des dossiers contre des collègues. Il était cuit. Le fait de protéger ses anciens partenaires n'allait pas lui servir vis-à-vis des autres flics, et il ne reviendrait jamais dans le Département de la police. Il lui fallait choisir son camp, et de toute évidence il ferait mieux de choisir celui des procureurs. C'était sa seule chance. Autrement, tôt ou tard il serait inculpé et arrêté.

« Ils vont choper un type qui a travaillé avec vous, et

il vous dénoncera », dit Bonifide. Fritz fut d'accord, et ajouta : « Vous êtes le premier qu'ils aient envie de dénoncer, s'il leur faut dénoncer quelqu'un. »

« Ils vous détestent tous, lui déclarèrent les plus vieux des agents. Les types des Affaires intérieures vous haïssent, les agents de la Répression des drogues vous détestent, les flics aussi, ainsi que tous les procureurs, sauf Giuliani peut-être. »

Ils le lui dirent la tête basse, sans croiser son regard. Il ne devrait penser qu'à une chose et une seule : Gina et les enfants. Personne d'autre ne l'aimait.

Effondré, Leuci demanda à être conduit à l'aéroport, et il prit l'avion pour la Virginie.

Le lendemain, Giuliani et Leuci se parlèrent au téléphone. L'inspecteur avait la voix étranglée, il semblait en proie à une tension terrible. Il tenait des raisonnements tortueux et commençait la plupart de ses phrases sans les finir. Son état dépressif ne laissa aucun doute à Giuliani. Leuci ne cessait de mentionner Nunziata. La décision qu'on le forçait à prendre, dit-il, lui était impossible à prendre, et à présent il comprenait mieux le suicide de Nunziata. C'était peut-être la seule solution, non seulement pour Nunziata, mais aussi pour lui.

Giuliani dit qu'il allait descendre à Washington dès que possible, par le premier avion. Accompagné du procureur adjoint Joe Jaffe, Giuliani se précipita à La Guardia et embarqua. Il redoutait d'arriver trop tard à Washington, mais à la sortie se trouvait Leuci, à son immense soulagement.

Ils se rendirent directement chez Leuci en Virginie du Nord. Ils laissèrent Jaffe avec Gina qui préparait déjà le repas. Le procureur et l'inspecteur partirent faire un tour, et pendant toute la promenade Leuci persista à dire qu'il ne se retournerait pas contre ses partenaires. Personne ne pourrait lui faire dénoncer ses partenaires, ni Giuliani ni personne d'autre. Il ne le ferait pas.

« Ne voyez-vous pas, s'exclama Giuliani, que ce que vous venez de dire est déjà un aveu ? Que vous avez commis d'autres infractions dans lesquelles vos partenaires étaient impliqués ? Laissez-moi retourner leur dire, avec votre permission, que vous viendrez tout raconter.

— Vous me demandez de mettre à mort mes amis les plus chers », répondit Leuci, et Giuliani eut le sentiment de n'avoir jamais entendu pareille détresse dans une voix humaine.

Que pouvait répondre Giuliani, sinon ce qu'il pensait être la vérité : que les partenaires de Leuci, dans la même situation, auraient fait la même chose. Comme Leuci, ils n'auraient pas eu le choix.

« Non, non, persista Leuci. Ils ne me feraient pas ça. Voilà la différence entre eux et vous. Ils ne me feraient pas ça. Le fait est là. Non, ils ne me feraient pas ça ! »

Giuliani lui déclara alors qu'il devait se décider soit à maintenir seul ses positions, soit à coopérer totalement. Il ne pouvait pas rester le cul entre deux chaises.

Lorsqu'ils rentrèrent Gina servit le repas, et on but une bonne quantité de vin, ce qui, un instant, sembla arranger les choses. Après dîner, le procureur et le policier descendirent dans la salle de jeux du sous-sol.

« Si j'étais chirurgien au lieu d'être magistrat, commença Giuliani, et que vous veniez me voir avec un cancer, et que je vous dise : Bob, laissez-moi vous enlever cette tumeur, que feriez-vous ? Car voilà ce que vous avez : un cancer. Il vous ronge, et si vous ne me laissez pas vous l'ôter, vous en mourrez. Et beaucoup de personnes iront danser sur votre tombe, des types bien, et des moins bien. »

Un peu plus de trois ans auparavant, continua Giuliani, Leuci avait mis toute cette chaîne d'événements en branle. Il avait décidé de changer de bord. Il était passé du côté du gouvernement ; qu'il l'ait fait pour de bonnes ou de mauvaises raisons n'avait plus d'importance. Maintenant qu'il était là, il devait jouer selon les règles en vigueur de ce côté. « Là où vous êtes, fit Giuliani, vous devez dire la vérité. »

Lorsque Gina et Jaffe vinrent les rejoindre dans la salle de jeux, Giuliani et Leuci s'échappèrent en haut pour continuer leur discussion. Lorsque Gina et Jaffe les retrouvèrent, ils sortirent de la maison et se promenèrent sous les arbres.

Giuliani affirma qu'il n'aurait pas demandé mieux que d'oublier cette affaire. Il n'avait nulle envie de forcer Leuci à révéler des choses qui pouvaient compromettre la condamnation d'un misérable fils de pute comme Eddie Rosner. Mais le cas Rosner avait cessé d'être important. La justice voulait suivre son cours. Elle voulait découvrir la vérité et la faire éclater au grand jour. Leuci n'aurait peut-être jamais dû rien dire à Scoppetta, peut-être n'aurait-il jamais dû entreprendre sa mission clandestine, ni ouvrir aucun dossier, ni accepter de déposer comme témoin. Mais il l'avait fait. Il ne pouvait pas gommer les trois années et demie écoulées. Il lui faudrait confesser chacune de ses infractions.

Finalement, Leuci se mit à poser des questions spécifiquement juridiques à Giuliani. Que lui arriverait-il s'il révélait des actes tels qu'une distribution de drogue à des indicateurs, ou la pose d'écoutes illégales ? Supposons qu'il avoue avoir souvent arnaqué des prévenus, piqué bien plus d'argent qu'il ne l'avait reconnu précédemment ? Qu'arriverait-il aux personnes qu'il aimait et qui pourraient être impliquées en même temps que lui ? Pouvait-on les gracier ?

Giuliani n'avait aucune réponse ferme à donner à toutes ces questions, et il le dit. Leuci pouvait ou non être inculpé, Giuliani se battrait assurément contre. Leuci avait rendu un immense service à l'Etat, au péril de sa vie. A présent le Département de la police était en grande partie différent grâce à ce qu'il avait fait, le système judiciaire dans son entier était plus propre et fonctionnait mieux, le mérite de Leuci était si immense qu'on lui permettrait peut-être une ou deux erreurs de parcours. Giuliani ferait tout son possible pour que Leuci ne soit pas inculpé. Mais il n'était pas sûr de réussir. Il ne savait pas comment allait réagir Puccio, par exemple. Il admit que l'Administration de répression des drogues, c'est-à-dire Taylor et Carros, lui en voulait à mort, et voulait le voir tomber. On pourrait peut-être calmer ces deux types, ou les retenir. Mais il n'en était pas sûr.

Qu'arriverait-il à ses partenaires ? voulut savoir Leuci.

Giuliani n'était pas maître de la réaction des juges, Mandato, Wolff et les autres seraient certainement accusés. Il n'y avait pas moyen de l'éviter. Mais peut-être pourrait-on trouver une solution, à condition qu'ils acceptent de coopérer avec les procureurs.

« Vous avez mis le processus en marche dès l'instant où vous avez entrepris de passer dans la clandestinité, dit Giuliani. Ceux qui vous ont dit le contraire vous ont trompé. Ils ont été tellement impressionnés par ce que vous pouviez faire qu'ils ne se sont jamais réellement appesantis sur cet aspect des choses. Mais lorsque vous vous êtes mis en position de témoin, alors il est devenu évident que toute la vérité devait être faite. »

Il était quatre heures du matin lorsque Giuliani et Jaffe furent conduits à leur chambre. Des petits lits. Ceux des enfants sans doute. Ils s'y glissèrent et dormirent plusieurs heures. Puis Gina prépara le petit déjeuner, et ensuite Giuliani et Leuci se retrouvèrent seuls pour continuer leur discussion. Giuliani exposa ses derniers arguments.

« Que vous nous racontiez ce qui s'est passé ou non, nous finirons par le découvrir. La presque totalité des inspecteurs du SSR vont se retrouver en prison. Si vous ne nous dites pas vous-même ce que vous nous cachez, quelqu'un d'autre nous le dira. Quelqu'un d'autre déposera contre les partenaires que vous essayez de protéger, et contre vous, et en définitive le résultat sera le même. Ils iront en prison. Et vous aussi. »

Aux environs de trois heures de l'après-midi, Leuci conduisit Giuliani et Jaffe à l'aéroport. Juste avant leur embarquement, le policier, les yeux fixés sur le bout de ses souliers, leur marmonna qu'il viendrait au bureau le lendemain et qu'il dirait tout. Giuliani poussa un soupir de soulagement. Ils se dirent au revoir et les deux magistrats descendirent vers l'aire d'embarquement.

Leuci les regarda s'éloigner. A cet instant, il avait déjà décidé de se donner la mort.

Lorsqu'il arriva chez lui, Leuci emmena son fils faire un tour. Il voulait avoir une idée de ce que comprenait l'enfant, de ce qu'il penserait de son père. Que pensait-il du déménagement aux Catskills et de leur venue en Virginie ? Que pensait-il de tous ces hommes en armes qu'il avait comme copains de jeu ?

Mais rien n'avait beaucoup marqué le cerveau de l'enfant. Les hommes à mitraillette étaient de bons copains, sans plus. Le petit garçon n'avait strictement rien compris. Il avait sept ans. A genoux, Leuci l'entoura de ses bras, il lui dit adieu.

Il monta en voiture. Je ne peux pas simplement me faire sauter la cervelle comme Nunziata, se dit-il. Je vais me mettre en l'air en voiture, ainsi ma famille bénéficiera de l'assurance.

Il roulait sur la voie George Washington, à vive

allure, se demandant comment faire. Heurter quelqu'un d'autre de plein fouet ? Il ne pouvait risquer de tuer un brave type et sa famille venant en sens inverse. Il valait mieux s'écraser contre un pylône. Il se mit à en chercher un bon. Il en passa un, puis un deuxième, puis encore un. Il roulait à cent vingt, cent quarante, cent soixante, c'est alors qu'une voiture de police arriva à sa hauteur et le fit arrêter sur le côté.

Leuci bondit de sa voiture, montrant son insigne. « Je suis flic à New York. »

Comme par un fait exprès, l'autre flic était italien lui aussi. Tous deux s'appuyèrent dos à la rambarde et se mirent à bavarder. Le flic de Washington avait travaillé aux Stups à une époque, dit-il, mais il s'en était vite tiré. Les Stups, c'était de la folie. Il ne voulait plus en faire partie. Il avait lu tous ces articles sur tous ces inspecteurs qui se faisaient coffrer à New York. Est-ce que certains des amis de Leuci avaient des problèmes ?

« Oui, dit Leuci, certains de mes amis ont vraiment de sérieux ennuis. »

Ils échangèrent leur numéro de téléphone. L'autre flic invita Leuci aux matches des Redskin en automne. Il avait un abonnement. « J'ai des billets gratis, dit-il.

— Bien sûr ! » fit Leuci.

Le téléphone de Mandato sonna en Floride. C'était Leuci.

« Comment vas-tu ? demanda Mandato.

— Pas très bien, Frank. »

Mandato comprit ce qu'il voulait dire.

« Frank, je vais en ville demain et… »

Mandato se rendit compte soudain que cet appel, il s'y attendait depuis longtemps.

« Pas besoin de m'en dire plus. Tu vas nous dénoncer.

— Ouais, Frank.

— Appelle-moi simplement en arrivant », dit Mandato, et il raccrocha. Au bout d'un moment il s'éloigna du téléphone.

26

Leuci s'envola tôt le lendemain matin pour New York. C'était un jour férié. Les rues de la ville étaient vides. Foley Square, dans le centre de Manhattan, était désert, aucune circulation, personne. Leuci avait toujours trouvé le centre effrayant quand il était désert comme cela. Il était froid, peu agréable, surtout aujourd'hui !

Il entra dans le tribunal fédéral et se rendit directement au bureau de Giuliani. Celui-ci s'y trouvait déjà, avec Jaffe. Les trois hommes s'assirent. Giuliani conseilla à l'inspecteur Leuci de commencer par le pire. Comme sa suggestion était accueillie par un lourd silence, il ajouta : « Enfin, quel est le pire délit que vous ayez commis d'après vous ?

— C'est difficile à dire, répondit Leuci. Je veux dire que votre perception du pire et la mienne pourraient différer…

— Vous savez ce que nous vous demandons ? fit Giuliani.

— Que me demandez-vous ?

— Avez-vous tué quelqu'un ?

— Non, je n'ai jamais tué personne. Et je n'ai jamais rien eu à voir avec le coup de la French Connection non plus. »

Les deux procureurs furent soulagés. Leuci dit : « Vous pensiez donc que j'avais trempé là-dedans ?

— C'est toujours possible, répondit Giuliani.

— Je n'ai jamais rien eu à voir avec ça.

— Formidable ! » s'exclama Giuliani. Il débordait d'enthousiasme et ne réagissait plus en magistrat. Mais il se reprit très vite et sa voix redevint austère. « Avez-vous déjà vendu de la drogue ?

— Jamais.

— Quel genre d'affaires avez-vous traitées concernant la drogue ? Peut-être devrions-nous parler d'abord des déclarations du Baron ?

— Non. »

Il n'allait pas être aisé de parler tout compte fait. A présent, il le comprenait, et Giuliani aussi.

« Racontez-nous le premier truc que vous avez fait, intervint Jaffe.

— Commencez par le jour où vous êtes entré dans la police », continua Giuliani.

Alors, le long récit enchevêtré se dévida. Leuci décrivit ses premières années au commissariat de Rockaway Beach. Aucune corruption dont il eût été témoin là-bas. Il n'y avait qu'un bookmaker dans la circonscription, et s'il donnait parfois deux dollars à un flic, c'était le bout du monde. Dans la Force de répression il n'y avait absolument pas de corruption. Ensuite il était entré aux Stupéfiants, et il s'écoula peut-être une année et demie avant qu'il se mette à donner des sachets à vingt sacs d'héroïne à ses indics.

Les procureurs voulaient des chiffres. Combien de fois avait-il fait cela ? Aussi souvent qu'ils avaient besoin de drogue, répondit Leuci. Des dizaines de fois. Des centaines peut-être. Chaque sachet donné représentait une vente selon la loi. Leuci le savait-il à l'époque ?

Oui, il le savait.

« Bien, dit Giuliani, quelle est le plus gros coup d'arnaque auquel vous ayez participé ? »

Leuci se mit à décrire les événements qui seraient connus sous le nom de l' « affaire Riverdale ». Cela se passait au début de l'année 1968. Mandato et lui venaient de débarquer au SSR et d'être affectés à leur première équipe d'enquête. Il s'agissait d'une grande équipe, de dix inspecteurs en tout, y compris deux sergents. La cible visée était une importante opération de drogue menée à la fois par des Noirs et par des Sud-Américains, aussi l'équipe s'était-elle scindée en deux. Le groupe de Leuci s'occupait des Noirs pendant que l'autre, menée par l'inspecteur Dominick Butera, s'intéressait aux Sud-Américains. Le groupe de Butera avait progressé à une telle rapidité qu'il était devenu nécessaire d'établir une surveillance sur les Sud-Américains pendant soixante-douze heures d'affilée, car un gros paquet devait arriver sous peu. Mais le paquet n'était pas arrivé et les inspecteurs de garde étant épuisés, une partie de l'équipe de Leuci (Leuci, Mandato et un autre) reçut l'ordre de les relayer pendant une nuit.

Les trois policiers se rendirent au motel avec deux voitures, puis ils s'installèrent dans l'une d'elles et observèrent les abords du motel. Deux Cadillac identiques étaient garées devant l'établissement. Bientôt un Sud-Américain portant un chapeau de cow-boy monta dans l'une des deux et s'en alla. Leuci et le troisième de l'équipe suivirent. Ils le filèrent jusque dans Manhattan où il alla de bar en bar.

Leuci téléphona à l'officier de garde du SSR. Y avait-il un message de Mandato, de Riverdale ?

Oui. Mandato avait fait savoir que l'autre Sud-Américain chargeait la seconde Cadillac. Il sortait des valises de la chambre du motel. De toute évidence les deux hommes projetaient de quitter la ville.

Leuci appela l'inspecteur Butera chez lui, il le réveilla. Que devaient-ils faire ?

« Les pincer », dit Butera.

Mandato avait laissé un numéro de téléphone. Leuci le rappela. L'autre Sud-Américain était-il seul ? Bon, alors, Mandato pouvait-il l'arrêter sans aide ? Mandato rit. « Bien sûr ! Ne vous inquiétez pas ! »

Quelques minutes plus tard le premier Sud-Américain sortit d'un bar, fit trois pas et se retrouva avec le bras de Leuci sous la gorge et son pistolet dans le dos.

Leuci lui passa les menottes, le fouilla. Il fouilla également la Cadillac. Pas d'arme, pas de drogue. Il reconduisit la Cadillac au motel Riverdale, sous les protestations du prisonnier.

A l'intérieur de la chambre du motel, Mandato surveillait le second Sud-Américain qu'il avait attaché à la chaise à l'aide des menottes. Mandato lui aussi avait effectué une fouille minutieuse. Il n'avait pas trouvé de drogue. Il avait découvert un revolver et aussi autre chose. « Va jeter un coup d'œil dans le placard », dit-il à Leuci.

A l'intérieur, dans une valise, se trouvait la plus grosse somme d'argent que l'un ou l'autre des trois eût jamais vue.

Ils attendirent l'arrivée de Butera, des deux sergents et du reste de l'équipe. Bientôt la pièce fut pleine de policiers et il y eut des murmures. Les Sud-Américains proposaient la moitié de l'argent du placard en échange de leur liberté.

Bon, on n'avait pas trouvé de drogue. L'un des deux Sud-Américains ne pouvait pas être appréhendé du tout, et l'autre ne pouvait l'être que pour détention illégale d'arme, ce qui aboutirait sans doute à une ordonnance de non-lieu au tribunal le lendemain.

Leuci reçut l'ordre d'aller compter l'argent dans la

pièce voisine. Il déversa les énormes liasses de billets sur le lit. L'argent recouvrait entièrement le jeté de lit.

Le revolver et la moitié de l'argent furent rendus aux Sud-Américains qui reçurent l'ordre de quitter immédiatement la ville. Plus tard les inspecteurs se réunirent pour compter et se partager le butin. Ils avaient récolté quarante mille dollars à diviser en dix parts, y compris celle d'un membre de l'équipe absent ce jour-là — en effet la règle numéro un des flics a toujours été qu'un partenaire obtienne sa part à égalité quoi qu'il arrive. Les flics avaient leurs propres dix commandements et le premier disait ceci : si dans la rue tu trouves une pièce de dix *cents,* ton partenaire aura cinq *cents*.

Donc, le lendemain soir Leuci et Mandato emmenèrent dîner le partenaire très surpris, et ils lui remirent ses quatre mille dollars. Celui-ci fit remarquer qu'il venait juste de se faire installer une nouvelle cuisine et qu'il se demandait comment la payer. « A présent, tu le peux », lui répondirent Leuci et Mandato.

En acceptant l'argent le partenaire se rendait coupable d'un grave délit, même si, matériellement, il était difficile d'imaginer ce qu'il aurait pu faire d'autre. L'arnaque avait eu lieu. Il n'y avait pas participé. Il ne pouvait rendre leur argent aux Sud-Américains, ils étaient partis ! Même s'il l'avait voulu, il ne pouvait dénoncer ses partenaires, par manque de preuves, car il y aurait eu neuf voix contre une. Tout ce qu'il pouvait faire s'il choisissait de refuser l'argent, c'était de se discréditer devant ses pairs. Lorsque plus tard le partenaire eut à répondre de certaines accusations contre lui au tribunal de police, le juge Luis Neco, citant les arguments ci-dessus, l'acquitta. Mais le préfet de police Michael Codd renversa le verdict, le révoqua et lui suspendit sa pension. Depuis, ce collègue plaidait pour qu'on le reprenne dans le Département.

« Parlez-nous des autres arnaques », demanda gentiment Giuliani.

Leuci en raconta une quinzaine en tout ; la plupart étaient similaires, même si l'argent en jeu diminuait régulièrement à chaque fois. Le sentiment dominant des magistrats qui écoutaient n'était pas l'horreur mais la tristesse.

Peu après l'affaire Riverdale, Wolff et Cody avaient intégré le SSR où on les avait affectés au duo à présent chevronné de Leuci et Mandato, et dès lors, selon Leuci, les quatre partenaires s'étaient partagé tous les butins. Dans la plupart des cas les « victimes » étaient des trafiquants de drogue hispaniques. Santiago Valdez : saisie de drogue, arrestation, délestage de douze mille dollars. José Vasserman : saisie de drogue, arrestation, délestage de trois mille six cents dollars. Manuel Noa : ni saisie ni arrestation, délestage de vingt mille dollars. Et ainsi de suite.

Parfois, les quatre inspecteurs opéraient avec d'autres et les butins devaient être partagés en parts supplémentaires. En tout, dit Leuci, il avait empoché entre vingt et trente mille dollars au cours de ces années-là.

Le premier interrogatoire de Leuci dura toute la matinée. On ne prit aucune note, et Leuci interrompit souvent son récit moins par besoin de se justifier que pour expliquer les situations. Contrairement à ce que l'on pensait en général, insista-t-il, normalement l'héroïne saisie par les inspecteurs du SSR ne retournait pas dans la rue. Il y eut deux terribles exceptions : la drogue de la French Connection et les cinq kilos revendus par Aguiluz. A part cela il n'avait jamais entendu dire qu'un seul inspecteur du SSR eût vendu de l'héroïne.

Les procureurs non plus.

Les inspecteurs du SSR arrêtaient davantage de

dealers, faisaient de plus grosses saisies que n'importe quel autre organisme, insista Leuci, et de loin. Ces types étaient des inspecteurs formidables qui ne se laissaient corrompre que de temps en temps. C'était une chose qui arrivait, voilà tout. Un beau jour c'était là, et ensuite ça prenait de l'ampleur.

Au cours des années 1968 à 1971, la Mafia s'était désintéressée du trafic des stupéfiants — allez savoir pourquoi ? — et les Sud-Américains avaient pris le relais. Ces gens-là ne parlaient pas l'anglais. Ils se croyaient à l'abri des lois, et très souvent à juste titre. Jamais les inspecteurs du SSR n'avaient vu des individus étaler autant leur fric. Leurs femmes dégoulinaient littéralement de bijoux, elles étaient couvertes de visons traînant jusqu'à terre. Les hommes portaient de grosses chaînes en or autour du cou, d'énormes gourmettes en or massif au poignet et des montres en or extra-plates.

Ils avaient tant d'argent qu'une fois entre les mains de la justice ils parvenaient presque toujours à s'en tirer, ou au moins à se faire libérer sous caution. Si nécessaire ils rassemblaient des sommes énormes en liquide pour la caution, cent mille dollars ou plus, peu leur importait le montant du moment qu'ils retrouvaient la liberté, et une fois à l'air libre, ils disparaissaient tout simplement. Ils perdaient leur caution. Ils retournaient probablement d'où ils venaient, et il en arrivait d'autres pour prendre leur place.

Les policiers du SSR avaient conçu une telle haine à l'égard de ces gens-là qu'ils commencèrent à rendre leur propre justice, expliqua Leuci. Parfois ils parlaient de tuer l'un ou l'autre de leurs prisonniers, même si, à la connaissance de Leuci, cela ne s'était jamais produit. Mais ils se mirent purement et simplement à les plumer. Ils dépouillaient les trafiquants de tout leur argent, les sommaient de rentrer en Amérique du Sud par le premier avion, et se félicitaient de pouvoir accomplir ce qu'aucune cour de justice ne semblait capable de faire : l'application d'une lourde amende suivie de l'expulsion immédiate.

Mais voilà l'ennui : c'était du vol. Pourtant, vu qu'ils le faisaient tous, cela ne leur sembla pas si grave. Ils n'étaient pas surveillés de près. En fait, la plupart du temps on ne les surveillait pas du tout. Il ne se trouvait jamais de supérieur plus âgé ou plus avisé pour les conseiller. Au lieu de cela, la hiérarchie du Département de la police préférait fermer les yeux sur ce qui se passait, sinon même, dans bien des cas, accepter une part du butin.

Le récit de Leuci se poursuivit — et s'arrêta au bout d'une heure et quelque lorsque le policier admit qu'il avait par deux fois donné environ deux cents dollars à l'inspecteur Vinny Russo après des petites arnaques auxquelles ce dernier n'avait pas participé.

« Vous ne pouvez pas toucher à Vinny, supplia Leuci. Il n'était même pas là ! »

Le nom de Russo fut noté.

Giuliani se leva. Il n'était pas encore midi, mais il était épuisé. Tout le monde l'était. La journée étant fériée, on ne pouvait rien faire de plus aujourd'hui. Giuliani autorisa Leuci à rentrer chez lui en Virginie. « Nous vous remercions de ce que vous avez fait », dit-il, remarque banale que personne ne trouva banale à ce moment-là. « Lorsque vous reviendrez, nous ferons venir des agents de la Répression des drogues et du Fisc qui vous poseront des questions.

— Je voudrais appeler Mandato, dit Leuci. Je veux qu'il ait la possibilité de venir coopérer. »

Les procureurs se regardèrent.

« Je voudrais appeler Cody.

— Vous ne pouvez appeler tout le monde, Bob.

— Je veux en appeler le plus possible.

— Vous voulez vous faire descendre ? demanda Jaffe.

— Je veux prévenir mes partenaires les plus proches. Mandato, Cody et Wolff.

— Sûrement pas Wolff ! » L'inculpation de Wolff par Puccio était toujours imminente.

Il y eut une brève discussion. Finalement les procureurs décidèrent de lui permettre d'appeler Mandato. Ils voulaient se donner un temps de réflexion pour Cody. Pour Wolff c'était hors de question. A présent, Leuci devait rentrer chez lui et essayer de se détendre. Essayer de se reposer. La semaine suivante serait très dure.

De chez lui en Virginie, Leuci appela Mandato. « Je leur ai tout dit, Frank. Si tu viens tout leur raconter — la vérité — tu n'auras pas d'ennuis.

— Ah oui ? Et qu'est-ce qu'ils vont faire ? Me réintégrer au Département de police ? Qu'est-ce que tu veux dire par je n'aurai pas d'ennuis ? »

Mais bientôt Mandato accepta de prendre l'avion pour New York. « Et Dave et Les ?

— Je vais leur parler à tous les deux.

— Nous allons marcher la main dans la main tous les quatre, c'est ça ? fit Mandato.

— Oui, Frank.

— Qu'est-ce que tu leur as dit ?

— Tout.

— Tout ? Mais Bob, nous avons fait des trucs avec des gens qui sont morts.

— Je leur ai tout dit.

— Bon », dit Mandato, et il raccrocha sans dire au revoir.

Lorsque les deux hommes se parlèrent à nouveau, ce fut dans les couloirs du tribunal du district sud. Les procureurs les avaient séparés et les faisaient même accompagner aux toilettes de peur qu'ils ne se rencontrent et ne se parlent. Inévitablement, ils se croisaient.

« Je suppose que tu leur as tout dit, Bob, fit Mandato. Ce sont vraiment des types très sympas. Je comprends pourquoi tu as voulu tout leur raconter. »

Mandato n'avait pas été arrêté, si bien que le soir il avait la permission de rentrer chez lui. Il habitait chez sa sœur à Staten Island.

Les procureurs abattaient leurs cartes avec le plus grand soin. Ce n'est que lorsqu'ils furent certains de la coopération de Mandato qu'ils permirent à Leuci de téléphoner à Cody. L'idée était de confronter Cody à deux de ses trois anciens partenaires pour lui montrer qu'il était inutile de résister. Lui aussi se mettrait aux aveux, après quoi on pourrait aller chercher Wolff. Une fois que Wolff aurait compris que ses trois partenaires étaient prêts à témoigner contre lui, il serait à son tour forcé d'avouer — et de coopérer dans les procès à venir.

Cody fut d'abord docile. Il paraissait accablé, et il commença à avouer les infractions passées que l'accusation cherchait à entendre. Il accepta de revenir le lendemain matin pour « coopérer » encore plus pleinement. Il demanda une seule faveur. Wolff devait être convoqué le lendemain. Cody demanda à parler en premier à Wolff.

Cette faveur lui fut accordée et il quitta les bureaux du district sud l'air triste, mais résigné.

Cody, à présent âgé de quarante-sept ans, était quelqu'un de doux, de fragile, même ; il avait passé presque toute sa vie avec sa mère qui venait de mourir, et il vivait seul. Sa vie tournait autour des bars à flics. Soir après soir il y retrouvait des collègues, il leur racontait ses histoires d'ancien combattant, buvait parfois jusqu'à l'oubli, et il fallait souvent le ramener chez lui. Il n'avait personne. Excepté ses partenaires, excepté les autres flics, il était seul au monde.

Il avait atteint la quarantaine lorsqu'il était passé inspecteur et avait été affecté aux Stups de Harlem, c'est là qu'il avait rencontré l'inspecteur Leslie Wolff, qu'il s'était lié d'amitié avec lui avant de finalement devenir son partenaire. Wolff était chef d'équipe. Wolff était la force de Cody. C'était lui qui indiquait à Cody où aller le lendemain et que faire une fois arrivé.

Pour un flic, Cody était exceptionnellement doux. Il ne ressentait que de la pitié pour les drogués, qu'il comparait à des alcooliques. Il les appelait des malades. Il n'était jamais désagréable envers quiconque, même envers les prisonniers, et aucun de ses partenaires ne l'avait jamais vu en colère, même dans les bagarres de rues. Il était grand, maigre, semblait presque desséché par trop d'années passées à hanter les bistrots et à se nourrir mal.

Ce jour-là il retrouva Wolff et exhorta son partenaire à coopérer. Peut-être utilisa-t-il les mêmes arguments que Mandato. Si les quatre partenaires traversaient cette épreuve la main dans la main, ils s'en sortiraient.

Mais Wolff n'avait aucune intention de coopérer. Ni maintenant ni jamais, dit-il à Cody ; peu importait le nombre de ses amis qui le trahiraient. Wolff ne céderait pas.

Cody n'était absolument pas en mesure de supporter une telle nouvelle. Si Wolff se défendait, alors Cody serait dans l'obligation de déposer contre lui devant la Cour.

Cody était quelqu'un de trop faible. S'il était incapable de dureté même verbale vis-à-vis des trafiquants de drogue qu'il arrêtait, comment pouvait-il entrer dans une salle d'audience bondée et dénoncer Les Wolff, son ami ?

Il quitta Wolff, entra dans un bar et se mit à boire.

Lorsqu'il fut assez ivre, il se rendit dans le parc voisin de son appartement, dans le Bronx nord, il sortit son revolver calibre 38 Smith & Wesson Chief de sa gaine et se tira une balle dans la tempe gauche. Il était seize heures dix-neuf.

Leuci avait un tube de Valium dans la poche. Il en avala le contenu entier, tous les cachets, quinze ou peut-être plus. Il voulait avoir la tête ailleurs.

Il ne lui fallut que quelques secondes pour perdre les gardes du corps qu'on lui avait affectés ce jour-là. Il tourna à droite, à gauche, puis encore à droite, se retrouva devant l'ascenseur du juge et appuya sur le bouton. Les portes s'ouvrirent, faisant apparaître un juge vieillot et petit dont l'expression, dès qu'il vit Leuci, trahit la peur. Leuci entra dans la cabine de l'ascenseur. Le juge se recula contre la paroi du fond et s'y colla, sans rien dire.

Dans la rue, alors qu'il s'éloignait du tribunal fédéral, Leuci, ahuri, se demanda encore une fois : qu'ai-je fait, mais qu'ai-je donc fait ?

Quelqu'un le vit se diriger vers Brooklyn Bridge, et se hâta d'aller prévenir Giuliani. Giuliani s'était aperçu de l'absence de Leuci. Il avait déjà envoyé des agents à sa recherche. Il en expédia d'autres du côté du pont. « Nous avons été trop loin avec lui », dit-il à Jaffe.

Récemment encore, Giuliani n'éprouvait pas plus de scrupules à poursuivre des flics corrompus qu'il n'en aurait eu pour les auteurs d'un casse dans une banque. Mais son attitude avait changé. A présent, il ne pouvait s'empêcher d'éprouver de la compassion. C'étaient des hommes consciencieux qui s'étaient presque tous fourvoyés, et même s'ils avaient commis un délit, leur conscience était restée intacte. C'était elle qui, une fois qu'ils s'étaient fait prendre, leur causait tant d'ennuis, ainsi qu'à leurs procureurs. Tous les philosophes moralistes s'accordent à dire que chaque homme doit obéir à sa propre conception du bien et du mal, que sa propre conscience est souveraine. Le problème, c'est que chez un flic le principe moral numéro un était sa loyauté envers ses collègues, et en particulier ses partenaires. Voilà le principe que les procureurs les forçaient à renier, les obligeant par conséquent à commettre un acte, moralement parlant, abject. Plutôt que de commettre un tel acte, deux flics s'étaient déjà donné la mort, un autre était fou, et Leuci se dirigeait vers Brooklyn Bridge.

Bien que Giuliani n'eût pas joué un grand rôle au début de l'enquête clandestine de Leuci, il avait néanmoins participé à l'affaire Perrazzo, il conduisait la voiture emmenant les officiers chargés de l'arrestation du policier. Il ne pouvait plus être objectif. Si Leuci se jetait du haut du pont, alors une part de Giuliani disparaîtrait avec lui.

A ce même moment, Leuci se tenait au milieu du pont, fixant l'eau en bas, au-dessous de lui. Il ne se rappelait plus comment il était arrivé là, ni pourquoi. Peut-être pleurait-il car il ne voyait pas bien l'eau. Il mit ses mains sur le garde-fou. Je devrais le faire, se dit-il. Je rendrais service à tout le monde en faisant ça. Il pensa à Mandato, il le trouvait plus fragile que lui. Lorsqu'il apprendrait la nouvelle, Frank se supprimerait. Non, il fallait d'abord aller sauver Frank à Staten Island.

De l'autre côté du pont il y avait l'appartement de Shaw. Shaw saurait quoi faire. Leuci se mit à marcher comme un somnambule en direction de Brooklyn. Ses idées s'embrouillaient. Une autre solution lui vint à l'esprit. Il avait oublié de sauter, et les cachets avaient eu pour seul effet de l'abrutir. Ce sont les femmes qui prennent des cachets, pensa-t-il. Pour lui il faudrait une balle.

Une heure plus tard il se trouvait dans les rues de

Brooklyn Heights, sous l'auvent d'un théâtre. Il voulait toujours aller chez Shaw, mais il ne se souvenait plus du chemin. Une femme passa et le regarda d'un air bizarre. Un moment plus tard elle le tenait par le coude. C'était Margaret Shaw.

Dans l'appartement, Shaw lui servit un café très fort et lui passa un gant d'eau froide sur son visage brûlant. Shaw téléphona également au district sud, car là-bas on était affolé, et il fallait faire cesser immédiatement les recherches.

Après cela il n'eut plus qu'à écouter, et il hocha la tête avec sympathie à mesure que le terrible récit s'écoulait de la bouche de Leuci.

« Ne voyez-vous donc pas, disait Leuci, que nous ne sommes pas des criminels ! Nous sommes des policiers et nous ne supportons pas d'être traités comme des malfaiteurs. Est-ce qu'il est déjà arrivé qu'un type de la Mafia se suicide parce qu'il a des ennuis ? Ce ne sont pas les gangsters qui se donnent la mort, ce sont les flics.

— C'est vraiment horrible, dit Shaw. Toute cette affaire est un vrai cauchemar. »

L'inquiétude de Leuci se polarisa de nouveau sur Mandato. Mandato pouvait commettre un acte terrible, dit-il. Il voulait aller le voir, lui annoncer lui-même la nouvelle.

On sonna à la porte de Shaw, le procureur adjoint Joe Jaffe et un commissaire fédéral entrèrent. Ce furent eux qui conduisirent Leuci chez la sœur de Mandato à Staten Island. Leuci traversa la pelouse et sonna à la porte.

Mandato vint lui-même ouvrir. Son regard alla de Leuci à Jaffe. « Que se passe-t-il ? »

Pendant que Jaffe et le commissaire attendaient à l'extérieur, Leuci entra dans la maison avec Mandato.

Celui-ci était inquiet. « Tu vas bien ? demanda-t-il. Tu as une sale mine. Tu es sûr que ça va bien ?

— Cody s'est tué, Frank ! »

Mandato étouffa un cri, puis : « Oh, mon Dieu, Dave, Dave, Dave ! »

Un moment plus tard, les deux inspecteurs sortirent. Mandato s'appuyait sur Leuci, l'étreignait presque. Ils se mirent à arpenter le trottoir à vive allure. Mandato geignait ou criait le nom de Cody.

Les deux policiers marchaient si vite que derrière eux Jaffe n'arrivait pas à suivre. Ils l'entendirent marmonner : « Je ne remettrai jamais le nez dans une pareille affaire, jamais ! Jamais je ne m'occuperai de flics. » Le commissaire fédéral était assis sur le bord du trottoir d'en face et les regardait.

Une heure passa. Les deux inspecteurs marchaient de long en large sur le trottoir, toujours agrippés l'un à l'autre.

Jaffe décida de mettre fin à la rencontre. « Vous vous en êtes dit assez, leur fit-il. Retournons à la voiture, Bob. »

A la lumière du réverbère, Mandato examina son ancien partenaire. Il commençait à se ressaisir, mais vit que Leuci était plus fragile que jamais. « Ça va, Bob ? Tu ne vas pas faire une bêtise, n'est-ce pas ? Tu ne vas pas te faire de mal, hein ? Tu ne vas pas me laisser affronter ça tout seul, dis ? »

Mandato regarda Leuci monter en voiture.

Jaffe était inquiet lui aussi. Mandato n'avait plus son revolver, mais Leuci avait le sien. Le procureur se retourna vers l'arrière et demanda où il était.

« Je ne porte pas mon arme sur moi. Elle est dans mon attaché-case. » Mais il refusa de la donner à Jaffe.

Le commisaire sur ses talons, Leuci avançait en trébuchant dans la nuit. Il retrouva Giuliani dans un bar, puis il entra un moment dans un autre pour essayer d'oublier, tandis que le commissaire fédéral, inquiet, l'observait de loin. Il dut s'endormir un instant dans la voiture en stationnement. Le matin arriva. Avec sa barbe et ses vêtements de la veille, il déambula dans les couloirs du tribunal du district sud en demandant à voir Mandato. Mais son ancien partenaire se faisait interroger dans un bureau par un procureur et trois agents de la Répression des drogues, lui dit-on, et une sentinelle montait la garde devant la porte et lui barrait le passage. D'un geste brusque Leuci écarta l'homme et ouvrit la porte d'un coup de pied.

Cinq visages surpris se levèrent vers lui. Son expression montrait clairement qu'il avait perdu tout contrôle de lui-même. Néanmoins, l'agent de la Répression des drogues le plus proche de la porte dit : « Où vous croyez-vous donc pour défoncer ainsi la porte ?

— Tirez-vous de cette chaise ou je vous bute, bordel ! » hurla Leuci.

Un silence stupéfait emplit la salle. Puis Mandato se leva. « Je vais m'occuper de lui », dit-il doucement, et il alla rejoindre Leuci.

Il se mit à arpenter le hall avec lui, en lui parlant d'une voix douce.

« Je veux simplement foutre le camp d'ici, lui dit Mandato. Je veux rentrer chez moi en Floride. Je vais leur dire ce qu'ils veulent entendre, et ensuite je me tire. Il n'y a plus rien d'autre à faire.

— Frank, je ne peux pas. C'est fini. Je vais appeler Les. »

Ecartant Mandato, Leuci alla dans une cabine et composa le numéro personnel de Wolff. Lorsque Wolff répondit, Leuci, la voix brisée, laissa libre cours à son chagrin et à ses remords.

« Bob, coupa rudement Wolff. J'ai pleuré tout mon soûl hier soir. J'ai pleuré pour Cody. J'en ai fini de pleurer pour toi. Tu m'emmerdes. Lui aussi. C'était un ivrogne. De toute façon, personne ne l'aurait cru. » Dans la voix de Wolff, Leuci ne perçut qu'un sentiment et un seul : la haine. De la haine pour les procureurs, pour Leuci et Mandato aussi. « Si les procureurs veulent croire les divagations d'un ivrogne, s'ils veulent te croire, libre à eux. Qu'ils croient ce qu'ils veulent, mais moi je ne joue pas ce jeu-là. Ils ne feront pas de moi ce qu'ils ont fait de vous. »

Leuci ressentit une sorte d'admiration pour Wolff. Il était fier de lui. Wolff pourrait défier le gouvernement des Etats-Unis tout entier.

« Les, tu n'as aucun souci à te faire à cause de moi, en ce qui me concerne, toi et moi n'avons jamais rien fait ensemble.

— Ne me dis pas cela à moi, répondit froidement Wolff. Dis-le aux gens pour qui tu travailles. » Et il raccrocha.

Leuci resta un moment planté là comme un clown débordant de fierté pour Wolff. La haine de Wolff ne s'enfonça que progressivement en lui, et soudain il vit comment tout cela allait se terminer. Oui, Wolff tiendrait bon, mais pas lui. Lors du procès, Les Wolff se trouverait dans le box des accusés et l'inspecteur de deuxième échelon Leuci, principal témoin à charge, prêterait serment.

Leuci retourna au bureau où attendaient les procureurs. Vu son état, ils lui conseillèrent de rentrer chez lui. Mandato put l'accompagner jusqu'à l'ascenseur. En entrant dans la cabine, Leuci se tourna vers son ancien partenaire et dit : « Frank, ne me hais pas ! »

Juste comme les portes se refermaient, Mandato répondit : « Bob, je ne te haïrai jamais. »

27

Pendant ce temps, Giuliani était confronté à deux problèmes. Le premier : comment présenter les nouveaux éléments du dossier Leuci à la Cour ? Le second : est-ce que Leuci serait inculpé ou non ?

Le premier fut plus vite réglé que le deuxième. Jaffe réunit les aveux de Leuci, y compris les innombrables faux témoignages, et les présenta sous forme de recueil. Ce petit volume, épais de quatre-vingt-quatre pages, était un chef-d'œuvre de répétitions et de renvois. Il enchanterait les avocats de la défense des procès à venir, car non seulement il faciliterait énormément le contre-interrogatoire de Leuci, mais aussi à cause du bruit qu'il ferait lorsque, d'un geste théâtral, on le lancerait sur une table ou sur les genoux du témoin principal du gouvernement. On envoya des exemplaires de ce livret au nouvel avocat de Rosner, Alan Dershowitz, et au juge Bauman qui avait présidé au premier procès et présiderait également à l'audience requise suite aux déclarations du Baron.

La compilation du recueil fut pénible pour Leuci, car ses interrogateurs le faisaient sans cesse revenir sur des événements qui remontaient maintenant à sept ans en arrière. Il avait changé et était un homme différent aujourd'hui, du moins l'espérait-il, et il lui était douloureux d'avoir à se confronter à l'homme qu'il avait alors été : l'inspecteur connu sous le sobriquet de Frimousse. Parler de Frimousse l'écœurait. Frimousse était son ennemi. Et pourtant il se rappelait l'idéalisme avec lequel Frimousse avait fait son boulot ces années-là. Frimousse n'avait jamais été tout noir, du moins était-ce ce que voulait croire Leuci, et le renier maintenant, comme il devait et voulait le faire, équivalait à renier un frère, ou un père.

Les audiences commencèrent. Leuci entra dans la salle et le juge Bauman, si bienveillant et compréhensif pendant le procès Rosner, refusa même de le regarder. Chaque fois que le témoin Leuci levait les yeux vers lui pendant l'interrogatoire, le juge faisait pivoter son fauteuil et se détournait.

Les questions de Dershowitz durèrent un temps infini. L'avocat exploitait chaque situation, chaque incident, forçant le témoin à fournir les moindres détails, à baigner dans sa honte.

Au bout d'un certain temps, craignant vomir pour de bon, le témoin demanda à être excusé et se précipita aux toilettes. Lorsqu'il sortit, il se retrouva soudain seul dans le couloir, face à face avec Edmund Rosner. Il reçut un choc, mais il baissa les yeux, il allait passer son chemin.

« Désolé, dit Rosner. J'aurais préféré qu'on n'en arrive jamais là ! »

Leuci le regarda. « Moi aussi, mon vieux.

— Vous permettez que je vous serre la main ? demanda Rosner.

— Bien sûr. » Et les deux hommes échangèrent une poignée de main.

« Bonne chance, fit Rosner.

— Bonne chance à vous aussi », répondit Leuci.

Ensuite il retourna à la barre. Lorsqu'il regarda dans la salle, ce fut pour voir des types des Affaires intérieures, un demi-sourire aux lèvres, carnet ouvert sur les genoux, stylobille en action, qui notaient un à un les noms qu'il divulguait. Les regarder fut pour Leuci comme regarder dans un miroir : tout ce qu'il avait juré ne jamais faire, voilà qu'il le faisait maintenant devant la Cour, pour la postérité.

Sa déposition prit fin. L'audience était terminée. Le juge Bauman se retira pour délibérer. Rosner avait-il droit à un nouveau procès ?

Au moment même où le juge Bauman étudiait la nouvelle déposition de Leuci et pesait sa décision, d'autres arguments résonnaient dans les couloirs du tribunal du district sud. Et Leuci ? Fallait-il l'inculper ou non ? Il semblait y avoir trois camps, dont un seul en faveur de Leuci. Les deux autres voulaient le voir en prison, même si c'était pour des raisons différentes.

L'Administration de répression des drogues, représentée par Tom Taylor et George Carros, ne se contentant pas de se déclarer favorable à l'inculpation de Leuci, elle l'exigeait pratiquement. Les deux fonctionnaires méprisaient et haïssaient Leuci, voilà au moins qui était clair. De toutes les personnes à qui l'inspecteur avait eu à faire durant ces trois dernières années et demie, ces deux-là semblaient être les seules qu'il n'eût jamais réussi à séduire.

Lorsque Taylor et Carros se déclarèrent favorables à l'inculpation, ils le firent d'une voix forte, le visage grimaçant, mais on ne pouvait rejeter leurs arguments sur ces bases car au bureau des procureurs fédéraux leur position était importante. Leur tâche consistait entre autres à assigner aux agents le travail de fourmi nécessaire après l'établissement des dossiers de l'enquête Leuci. De plus, nombre de leurs arguments avaient du poids. Comment pouvait-on ne pas inculper Leuci ? demandaient-ils. Comment pouvait-on laisser les crimes de Leuci impunis ? Pourquoi d'autres personnes seraient-elles poursuivies pour des délits de moindre importance ?

Bon nombre de procureurs adjoints poussaient également dans le sens de l'inculpation. Dans l'ensemble leurs arguments étaient plutôt intellectuels et pour cette raison plus efficaces. Le gouvernement, faisaient-ils remarquer, se trouvait ici confronté à un exemple clair et net de faux témoignage. Ne serait-ce qu'au cours du procès Rosner, Leuci avait menti des dizaines de fois, et le verdict risquait maintenant de changer. Il n'y avait eu qu'un seul autre procès — celui des deux complices de Perrazzo — où les faux témoignages avaient été identiques. Ajoutez à cela les centaines d'autres infractions, distribution d'héroïne aux indicateurs, écoutes illégales, arnaques, que Leuci avait à présent avouées. Les procureurs eux aussi se mirent à demander : « Comment peut-on ne pas l'inculper ? »

Même si la plupart des magistrats essayaient de rester objectifs pendant les délibérations, c'était difficile dans ce cas. Le délit de faux témoignage était le délit qu'ils admettaient le moins. D'abord, c'était le seul crime dont un procureur était normalement témoin. Et d'autre part, il se trouvait à la base de tout le système judiciaire. Le tribunal était une sorte de temple où résidait le dieu de la justice, mais ce temple était bâti sur la plus fragile des fondations, à savoir la déposition des témoins. Ces fragiles fondations n'avaient qu'une seule garantie : le serment. Selon eux, le faux témoignage devait toujours et partout être traité comme le crime le plus abominable, car il l'était.

Aussi décrétèrent-ils que, pour des raisons purement tactiques, Leuci devait être inculpé. Cela pouvait sauver l'affaire Rosner. Cela pouvait également sauver les affaires qui n'avaient pas encore été jugées. Cela désamorcerait les arguments de Rosner et de ceux qui affirmaient que le gouvernement avait eu connaissance des faux témoignages de Leuci mais avait gardé le silence. Cela prouverait la fureur du gouvernement contre son témoin principal, et ces arguments, devant le juge Bauman et les autres, sembleraient plus honorables, plus substantiels et plus convaincants.

La décision serait prise par le nouveau procureur fédéral, Paul Curran, qui connaissait personnellement très peu Leuci. Il n'était pas là pendant la période héroïque des activités clandestines de Leuci, ni lors de l'inculpation ou du procès de Rosner, ni ensuite lorsque tant d'autres s'étaient fait écrouer. Il n'avait de préjugés ni pour les uns ni pour les autres. Il chercha conseil auprès de ses assistants, et il en reçut plus qu'il ne l'avait escompté, la plupart du temps contradictoires. Cependant, ils étaient en majorité contre l'inspecteur Leuci. Parmi ses conseillers les plus proches et les plus élevés dans la hiérarchie, seul Giuliani défendit fermement la thèse de la non-inculpation.

Puis le prédécesseur de Curran, Whitney North Seymour, arriva au pas de charge. Seymour était gigantesque, non seulement par sa taille, mais par son prestige aussi. Dans l'univers de la justice et de la police, Seymour était un poids-lourd et voilà qu'il parlait en faveur de Leuci. Il mettait en avant les services que Leuci avait rendus au gouvernement. Pour Seymour, Leuci avait tenté de s'amender dès le premier pas qu'il avait fait vers eux. Même en mentant à la barre, il avait obéi aux impératifs de sa conscience, il avait essayé de protéger ses partenaires. Voilà qui était sans aucun doute répréhensible, mais cela pouvait se comprendre et il était possible, tout en condamnant la chose, d'envisager le faux témoignage de Leuci comme un acte d'intégrité.

En termes mesurés, posés, Seymour garantit la personne de Leuci.

Les jours suivants, il fut suivi au bureau de Curran

par Scoppetta, puis par Shaw. En fait, Shaw vint deux fois. Les arguments de ces deux hommes ressemblaient fort à ceux de Seymour. Tous deux essayaient de maintenir autant que possible leurs conseils sur un plan professionnel, intellectuel, mais Shaw en fut finalement incapable.

A son bureau de procureur fédéral, Shaw avait toujours été considéré comme un intellectuel distant. Souvent ses collègues venaient le trouver avec des problèmes de droit qu'il résolvait instantanément, et ils le considéraient comme un cerveau. A présent que sa plaidoirie en faveur de Leuci se faisait personnelle et même émotionnelle, tout le monde fut surpris.

Shaw était affligé de voir dans quel sens penchait la balance dans ce bureau, commença-t-il. Sûr qu'il y avait des arguments rationnels en faveur de l'inculpation de Leuci, mais il y en avait aussi d'irrationnels. Il qualifia la conduite de Carros et de Taylor qui menaçaient d'inculper Leuci d'abjecte. Shaw lui-même avait été confronté à Leuci depuis les tout débuts, et à ce qu'il avait fait, et à ce que cela lui avait coûté. Bien que Curran n'eût rien vu de tout cela, il devait en tenir compte. Le magistrat était assis sur le canapé du bureau de Curran et les sentiments qu'il gardait en général pour lui transparaissaient à la surface. « Si vous envisagiez la façon dont tout cela a commencé, dit Shaw, ce que cela a donné et combien ses mensonges étaient compréhensibles, vous ne pourriez pas en votre âme et conscience rassembler de chefs d'accusation contre lui. Cela ne serait pas un traitement équitable pour cet être humain. »

Giuliani fut présent au cours des deux visites de Shaw ainsi que, parfois, d'autres procureurs adjoints ; tous marquèrent leur surprise devant l'analyse et la compréhension du caractère de Leuci par Shaw, car en apparence ce fils de riches sorti de Harvard et le flic du

Queens n'avaient rien en commun. « Bob Leuci est un type que j'admire », conclut Shaw.

La décision finale incomberait à Curran et à lui seul. S'il se décidait en faveur de l'inculpation, pour faux témoignage ou pour toute autre infraction passée, alors vu les aveux qu'avait faits Leuci, sa condamnation suivrait automatiquement. Curran représentait pour Leuci à la fois le juge et le jury et de son verdict dépendrait en grande partie la vie à venir de Leuci. L'inculpation signifierait au minimum une radiation du Département de la police, c'est-à-dire l'impossibilité pour lui d'obtenir un emploi dans les forces de l'ordre. Inculper Leuci serait le bannir à jamais du seul monde qu'il connaissait et qu'il aimait.

Dans le système judiciaire américain, à l'intérieur de leur juridiction les procureurs ont un pouvoir discrétionnaire absolu. Ils peuvent à leur gré choisir de poursuivre ou non. Les deux décisions, celle de Curran et celle du juge Bauman, furent rendues presque simultanément, même si celle du procureur arriva la première.

Le gouvernement décidait de ne pas poursuivre l'inspecteur Leuci, statua Curran. La déposition de Leuci à propos de ses infractions avait été subsidiaire, décida le juge Bauman. « Subsidiaire » est un terme juridique signifiant hors sujet et donc ne prêtant pas à conséquence. La condamnation de Rosner fut maintenue.

28

Il arriva un jour où, essayant de monter une importante enquête dans le secteur de la drogue avec les nouveaux agents des Stupéfiants qui venaient de lui être affectés, le procureur adjoint Rudolph Giuliani se rendit compte que c'étaient tous des incapables. Ils n'arrivaient pas à filer un suspect sans se faire repérer. Ils ne parvenaient pas à conduire une surveillance sans appeler pour dire qu'ils étaient perdus. Ils manquaient toujours d'intuition.

Un bon inspecteur devrait être imaginatif et téméraire, pensa Giuliani. Il devrait avoir le sens de l'aventure, ne pas être limité par la procédure. Il n'avait trouvé aucune de ces qualités chez ses nouveaux inspecteurs, si bien qu'il se demanda presque avec désespoir : où sont donc tous les grands policiers ? Et la réponse vint d'elle-même : je les ai mis en prison.

Le SSR avait été démantelé. Parmi les quelques soixante-dix hommes qui avaient servi dans cette petite unité d'élite entre 1968 et 1971, cinquante-deux étaient écroués. Et même ce dernier chiffre ne dit pas tout. Nunziata et Cody ne furent jamais détenus, ni Bermudez ni Hubert ni Leuci lui-même. Nombre d'autres furent impliqués, mais pour une raison ou une autre, ils ne furent jamais poursuivis.

Parmi ceux-là se rangeait l'inspecteur Vinny Russo. Il était peu vraisemblable qu'un jury fît enfermer Russo pour avoir accepté cent cinquante dollars à une occasion ou une autre, avaient pensé les procureurs, et même pour avoir menti dans le but de protéger d'autres flics. D'autre part, l'un des témoins à charge aurait été Leuci. « Si vous poursuivez Vinny Russo, n'avait cessé de leur répéter Leuci, vous aurez un nouveau Dave Cody sur les bras. » En voyant Leuci plaider ainsi pour son ami, les procureurs furent frappés par la tension que trahissaient sa voix et son regard. S'ils poursuivaient Vinny Russo, ils risquaient d'avoir deux Dave Cody sur les bras ! Cependant Russo se vit admis à faire valoir ses droits à la retraite.

Très peu nombreux furent les inspecteurs acquittés après les accusations portées contre eux. Après avoir déposé dans huit procès, après avoir plaidé coupable de fraude fiscale dans le district sud et dans le district est, Aguiluz obtint un sursis et fut transféré on ne sait où. Ses deux partenaires, l'Irlandais Peter Daly et Joe Novoa, jugés coupables de la vente des cinq kilos d'héroïne d'Aguiluz, furent envoyés au pénitencier fédéral d'Atlanta pour y casser des cailloux pendant dix ans.

On avait proposé à Novoa de coopérer ; il avait refusé à la dernière minute. Il n'allait pas dénoncer ses partenaires et amis, et il n'allait pas avouer à ses enfants qu'il faisait du trafic de drogue. Aguiluz déposa contre lui, Giuliani le poursuivit et il fut condamné. Environ un an plus tard, on le ramena à New York où les procureurs le questionnèrent sur une autre affaire ; mais il ne ressemblait déjà plus à un flic. Il avait les épaules voûtées, marchait la tête basse et ne levait plus les yeux quand on s'adressait à lui.

Peter Daly avait en quelque sorte prévu ce qui allait arriver dès l'instant où Aguiluz avait été convoqué pour témoigner devant le grand jury. Daly prit immédiatement l'avion pour l'Irlande, car là-bas il serait en sûreté. Aucun accord d'extradition n'existait entre l'Irlande et les Etats-Unis. Il rentra au pays, il était libre. Un jour il envoya sa photo à Aguiluz. Il posait près d'un joli lac, en pull-over à torsades, et agitait le bras. Il y avait un ponton à proximité et à l'arrière-plan la splendide campagne irlandaise.

Mais sa sœur, qui vivait en Angleterre, reçut des coups de son mari et Daly fit ce que n'importe quel flic aurait fait pour sa sœur : il prit deux fois l'avion pour lui porter secours. Un prêtre le dénonça. Au cours de sa première visite, les policiers de Scotland Yard le loupèrent. Mais pas la deuxième.

On le mit dans l'avion de New York entre deux inspecteurs de Scotland Yard, et pendant le long vol l'un d'eux lui demanda l'importance de la plus grosse saisie d'héroïne qu'il eût jamais effectuée. « Cent cinq kilos », répondit fièrement Peter Daly. Mais on n'avait déposé que cent kilos au greffe. Si bien qu'au procès de Daly non seulement Aguiluz témoigna contre lui, mais également les deux inspecteurs de Scotland Yard. Coupable sur les quatre chefs d'accusation. Dix ans.

L'inspecteur Jack McClean, l'oncle irlandais de tout le monde, celui qui s'était occupé des obsèques de Nunziata, fut condamné à neuf ans, ainsi que ses partenaires Viera et Eddie Codelia, pourtant décoré de la médaille du Mérite, pour avoir arnaqué des trafiquants de drogue hispaniques. Plus tard leur peine fut ramenée à quatre ans. La plupart des autres inspecteurs furent poursuivis pour fraude fiscale, car c'était le motif le plus facile, et la peine le plus généralement infligée était de deux ans et demi, que les inspecteurs soient passés en procès ou qu'ils aient plaidé coupable.

Un ou deux, dont Sheridan, furent forcés de collaborer dans d'autres affaires, puis ils eurent la possibilité de plaider coupables pour leurs infractions. Finalement Sheridan obtint un sursis qui lui évita la prison.

Aucun inspecteur ou presque ne survécut au SSR avec une réputation intacte. Imagination, témérité, sens de l'aventure, mépris de la procédure — les hommes du SSR possédaient ces qualités en abondance. C'étaient de grands policiers. Et ces qualités-là leur avaient coûté cher.

Les procès durèrent des mois et des mois tellement il y en avait, et le dernier fut celui de l'inspecteur Leslie Wolff.

29

La veille du jour où il devait témoigner contre son ancien partenaire, Leuci, allongé sur son lit dans le noir, se rappela combien il avait appris à apprécier Les au cours des années.

Il se souvint de l'époque où la construction de son petit chalet des Catskills étant achevée, le moment était venu de transporter là-bas des vieux meubles. Il s'était plaint au bureau de la corvée d'avoir à louer une camionnette, à charger et décharger les meubles, et du long trajet aller et retour. Sans qu'on lui ait rien demandé Wolff dit : « Je passe te prendre demain matin. Nous irons chercher le camion. Je ferai la route avec toi. Nous passerons une bonne journée. »

Il se souvint de la première fois que Les et Sandy étaient venus dîner chez eux. Les avait apporté une tête de Christ sculptée qu'il avait trouvée dans un magasin d'antiquités en Allemagne quand il y faisait partie des troupes d'occupation. De toute évidence cette pièce avait une grande valeur, et Leuci fut si surpris qu'il dit : « Les, laisse-moi te la payer.

— Non, je tiens à te la donner. Ce n'est pas grand-chose », avait répondu Wolff.

Il se souvint d'un autre dîner chez les Wolff. Après le repas la fille de Wolff, qui devait alors avoir une douzaine d'années, avait joué pour eux de la guitare classique.

Il se souvint de sa rencontre avec Wolff devant chez sa mère après son inculpation par Puccio. Leuci avait commencé par lui mettre le bras autour des épaules tout en le palpant subrepticement pour s'assurer qu'il ne portait pas de micro, si bien que Wolff, un demi-sourire aux lèvres, s'était exclamé : « Tu me fouilles ou quoi ? Tu es le type le plus parano que je connaisse !

— Tu as un micro ?

— Non, et toi ?

— Non. Tu veux me fouiller ? »

Le même demi-sourire. « Non, pas du tout. Je te crois sur parole. »

Et puis la façon dont s'était terminée la rencontre ; d'abord l'accolade, et ensuite : « Bob, je ne me suis jamais senti plus proche de toi que ce soir. »

Wolff montrait rarement son affection. Il ne riait pas souvent non plus. Il se souciait toujours de ce que les gens pensaient de lui. Ce qui expliquait probablement pourquoi il avait choisi de passer en jugement. En cas de condamnation il pourrait toujours proclamer qu'on lui avait tendu un piège. Mais plaider coupable aurait été avouer à ses deux enfants, à présent adolescents, qu'il avait été un flic corrompu.

Et le lendemain, Leuci serait forcé de faire une déposition qui risquait d'envoyer Les en prison. Leuci sortit de son lit, alla à tâtons jusqu'aux toilettes, vida le contenu de son tube de Valium dans sa main et avala les cachets dans le noir.

Mais lorsqu'il fut de nouveau dans son lit, il ne trouva quand même pas le sommeil et les visages coutumiers commencèrent à défiler devant ses yeux étroitement fermés : Nunziata, Cody, Lusterino, Butera, Hourigan. Butera avait participé à l'arnaque du motel Riverdale, il avait été arrêté, inculpé, suspendu, on lui avait retiré son arme et son insigne, et ensuite, pendant plus de six mois, les procureurs l'avaient harassé. Il mourut d'une crise cardiaque un jour en route vers le bureau des procureurs du district est. Il avait quarante-deux ans. Hourigan avait pris part à l'une des escroqueries pour lesquelles Wolff passerait en jugement le lendemain. Après son arrestation, il s'était mis à boire, et avant la fin de l'année il avait bu à en tomber raide mort. Lui aussi avait quarante-deux ans.

Ceux-là étaient morts, mais dans le noir Leuci ne cessait de se représenter le visage des vivants dont il avait gâché la vie. Ce pauvre Perrazzo, Vinny Russo, Mandato et maintenant Les Wolff.

Le Valium ne fit rien. Leuci n'arrivait pas à s'endormir, finalement il se leva et fit les cent pas jusqu'au matin. Hagard, épuisé, il prit sa voiture et se rendit au tribunal où il avala quelques cachets supplémentaires de Valium, puis il entra dans la salle d'audience, s'installa à la barre et prêta serment.

Le procureur Tom McDermott était un de ceux, nombreux, qui, presque malgré eux, ressentaient maintenant une profonde sympathie pour l'inspecteur Leuci.

Leuci et Wolff se dévisageaient de part et d'autre des dix mètres qui les séparaient. Aux yeux d'une personne extérieure les deux visages auraient pu paraître dénués d'expression, mais McDermott crut discerner l'échange d'un millier de messages entre les deux anciens partenaires. Il s'interposa dans la ligne de mire, interrompant ainsi cet échange angoissé, et il commença son interrogatoire.

Pas à pas il ramena Leuci aux trois faits pour lesquels Wolff se faisait juger.

1. Muni de mandats en bonne et due forme, Leuci, Mandato, Cody et Wolff, un sergent, un lieutenant et son chauffeur firent une descente au bar et à l'appartement d'un important trafiquant de drogue, un certain

Santiago Valdez. Ils l'arrêtèrent et saisirent la drogue. Pendant que Leuci fouillait le bar, Wolff descendit avertir qu'il avait trouvé de l'argent en haut dans l'appartement. Le sergent, qui avait également vu l'argent, suggéra d'en prélever environ deux cents dollars pour couvrir les frais légitimes occasionnés par l'opération, étant donné que le Département de la police ne remboursait jamais un *cent.* Selon Leuci, Wolff déclara : « Il y a un sacré paquet d'argent là-haut, et je n'en ferai pas cadeau à ce marchand de drogue. »

Alors ils imaginèrent un moyen de faire sortir l'argent de la maison. Ils synchronisèrent leurs montres. Wolff remonta. Au bout de quatre-vingt-dix secondes exactement, Leuci sortit sur le trottoir et l'argent placé dans une boîte à chapeau tomba d'une fenêtre. Leuci saisit la boîte, avança jusqu'à sa voiture et s'en alla. Plus tard les sept inspecteurs se partagèrent douze mille dollars.

2. Leuci et ses coéquipiers obtinrent un mandat de dépôt contre José Vasserman, autre gros importateur de drogue. De nouveau leur travail fut impeccable. Vasserman était censé être armé et dangereux et il se barricadait très probablement dans son appartement. Enfoncer sa porte à coups d'épaule ne servirait qu'à deux choses. La drogue disparaîtrait dans les W-C et un ou deux inspecteurs risquaient de se faire tirer dessus. Alors Leuci et son équipe persuadèrent le gardien de l'immeuble de couper simultanément l'eau et l'électricité chez Vasserman. Lorsque Vasserman passa la tête dans le couloir pour voir si la coupure était générale, les policiers l'empoignèrent sans qu'il y eût violence.

A l'intérieur de l'appartement ils découvrirent que Vasserman conditionnait des sachets d'héroïne en présence d'un deuxième homme qui n'était pas recherché mais qui à présent devenait aussi coupable que lui ; ce dernier se hâta de leur offrir trois mille six cents dollars pour laisser filer son comparse. Après en avoir discuté, ils acceptèrent l'argent. Ensuite ils arrêtèrent Vasserman, saisirent sa drogue et la déposèrent au greffe.

Environ deux semaines plus tard, Leuci reçut un coup de fil de Lusterino lui disant que Mikey Coco désirait le voir. Leuci et Mandato retrouvèrent Coco à l'Holiday Inn de la 57e Rue. Le gangster dit : « Je connais un garant prêt à lâcher vingt mille dollars pour régler l'affaire Vasserman. »

Les deux inspecteurs déclarèrent que Vasserman n'avait aucun moyen de s'en tirer.

« Prenez ces dix mille, dit Coco. Si le mec va en prison vous me les rendrez, parce que j'aurai à rendre compte de cet argent. S'il s'en tire vous aurez dix mille dollars de plus. »

Leuci et Mandato acceptèrent l'argent, et le lendemain ils en discutèrent avec Cody et Wolff. Leuci dit : « Si Vasserman est incarcéré, il faudra rendre le fric, parce que Coco s'en est porté garant. » Il ajouta : « Je ne veux pas me retrouver à devoir de l'argent à un type comme ça. »

Selon Leuci, Wolff aurait dit : « Qu'il porte plainte contre moi ! Il n'a qu'à aller se faire foutre. »

Vasserman fut condamné à sept ans. Les dix mille dollars ne furent jamais rendus à Coco.

3. Les quatre policiers avaient tenté de monter un dossier contre Manuel Noa, autre gros trafiquant de drogue. Mais Noa ne touchait jamais de drogue sauf s'il était payé d'avance. Les inspecteurs décidèrent de commander les stupéfiants eux-mêmes, puis d'arrêter Noa pour possession de drogue. Pour cela il leur fallait neuf mille dollars d'avance. Le Département de la police n'avait pas cette somme. S'ils allaient trouver l'administration fédérale pour l'obtenir, les agents fédéraux leur souffleraient l'affaire et la feraient proba-

blement échouer. Pour les policiers du SSR, les « feds » étaient tous des pitres, sans exception. Aussi allèrent-ils trouver un indicateur, trafiquant de moyenne importance, qui accepta de commander la drogue et d'avancer la somme.

Finalement Noa informa l'indic que la marchandise était arrivée. L'informateur prévint les inspecteurs qui montèrent en voiture et se rendirent chez Noa, 49e Rue Ouest, munis de mandats de dépôt et de perquisition. A l'intérieur ils trouvèrent tout un bazar d'articles ayant trait à la drogue, des feuilles de transactions, mais pas de came, même après avoir mis l'appartement à sac. Par contre ils découvrirent un panier à pique-nique plein de fric, une somme énorme, cent mille dollars au moins ; ils en devaient neuf mille à leur indic.

Des négociations s'ensuivirent. Les cinq inspecteurs (l'équipe de Leuci plus le sergent Hourigan) quittèrent l'appartement en emportant un sac en papier plein de billets. Ils rendirent ses neuf mille dollars à l'indic et se partagèrent le reste, ce qui leur fit à peu près deux mille dollars à chacun.

30

En tout, Leuci passa deux jours pleins à la barre. Dès que le procureur McDermott en eut fini avec lui, l'avocat de la défense de Wolff, Paul Goldberger, se leva et s'approcha de lui. Dans le box des accusés, Wolff observait passivement Leuci subir le contre-interrogatoire de Goldberger, être accusé — et s'accuser lui-même — des actes pour lesquels se déroulait le procès de son ancien partenaire. La vie de Leuci avait accompli une boucle complète et, debout devant le jury du tribunal, il semblait remplir deux rôles à la fois : celui du procureur et celui de l'accusé.

Goldberger commença par les sobriquets. Leuci avait-il un surnom ? Etait-ce Frimousse ?

Leuci : « Frimousse était un surnom courant donné à tous les jeunes inspecteurs des Stups. Lorsque j'ai débuté à la Brigade, j'étais beaucoup plus jeune qu'aujourd'hui et... »

Goldberger : « Inspecteur Leuci, voulez-vous répondre à la question ? Vous appelait-on par le surnom de Frimousse ? »

Leuci : « Les petits junkies avaient coutume de m'appeler Frimousse, oui. Aucun inspecteur ne m'aurait désigné sous le nom de Frimousse, maître. »

Goldberger : « Pourquoi ? Avaient-ils peur de vous ?

Etiez-vous un dur sur le terrain ? Recouriez-vous beaucoup à la force physique ? »

Goldberger : « Vous aviez coutume de porter de la drogue sur vous à Brooklyn, n'est-ce pas ? En fait, vous aviez une petite boîte magnétique qui se collait sous le tableau de bord, et vous y conserviez quelques sachets de drogue, c'est exact ? »

Goldberger : « Vous aviez aussi autre chose sur vous, une autre poudre blanche parfois... »

Leuci : « J'emportais parfois des paquets de farine. »

Goldberger : « Et avec cette farine vous menaciez de pincer les petits camés du quartier, n'est-ce pas ? »

Leuci : « Je les menaçais de leur en mettre dans la poche s'ils essayaient d'avaler leur sachet à mon approche. »

Goldberger : « Et où mettiez-vous cette poudre blanche, dans votre poche ? »

Leuci : « Parfois. »

Goldberger : « Pièces à conviction ? »

Leuci : « C'était de la farine, maître. »

Goldberger : « Aurait-ce été des pièces à conviction s'il s'était agi de drogue ? »

Leuci : « J'aurais pu faire dix crêpes avec cette farine. »

Goldberger : « Mais d'après votre déposition vous n'avez jamais pincé personne ? Vous n'avez jamais tendu de piège à personne ? »

Leuci : « Il était bien trop facile de les arrêter. »

Goldberger : « Bon, et maintenant, serait-il exact de déclarer que de temps à autre vous couvriez Mandato et vice versa ? »

Leuci : « Oui. »

Goldberger : « Mandato avait l'habitude de s'échapper souvent et longtemps lorsqu'il était censé être au travail, n'est-ce pas ? Mandato se retrouvait avec une fille dans un motel au lieu d'être à son poste, n'est-ce pas ? »

McDermott : « Objection, votre honneur. »

Goldberger : « Connaissez-vous bien le motel Jade East dans le Queens ? »

Leuci : « Si je le connais bien ? »

Goldberger : « Oui. »

Leuci : « Oui. »

Goldberger : « Mandato y allait-il ? »

Leuci : « J'ai entendu dire que Mandato... j'ai entendu Mandato mentionner le Jade East Motel devant moi. »

Goldberger : « Etes-vous jamais allé au Jade East Motel alors que vous étiez censé être de service ? »

La Cour : « Pouvons-nous faire une suggestion, maître Goldberger ? Peut-être sommes-nous un peu obtus. Nous ne pensons pas que cette curiosité sexuelle... »

Goldberger : « La sexualité des témoins ne m'intéresse pas du tout, monsieur le juge. »

La Cour : « ... ait quelque chose à voir avec la procédure.

Goldberger : « Parfois Mandato avait des problèmes psychiatriques, exact ? »

Selon les règles de procédure du tribunal, les questions ne devaient nécessiter que des réponses par oui ou par non, aussi Leuci fut-il obligé de répondre par l'affirmative. Il porta son regard vers un jury qui lui était déjà hostile, qui n'avait même pas encore rencontré Mandato mais qui déjà le méprisait, et il voulut expliquer que lorsqu'il avait été radié de la police, Mandato avait fait une dépression si longue et si grave qu'il n'avait eu d'autre recours que de faire appel aux soins d'un psychiatre.

Mais Goldberger passait déjà à une nouvelle série de questions. « Avez-vous déjà rencontré une personne du nom de Jacobs ? Avez-vous déjà rencontré une personne du nom de Johnny Ryan ? Avez-vous donné de l'héroïne à Johnny Ryan pour le récompenser de vous avoir rendu service ou lavé votre voiture devant la Cour suprême de Brooklyn ? »

Leuci : « Je ne me souviens pas d'avoir donné de l'héroïne à Johnny Ryan devant la Cour suprême de Brooklyn. Je lui ai souvent donné de l'héroïne du côté du siège des Stups en ville, oui il lavait ma voiture, de même que celle d'autres agents. C'était la seule façon pour lui d'obtenir de la drogue. Johnny Ryan était grillé comme indic. Parfois nous avions fait laver notre voiture la veille. Nous n'avions pas besoin d'un lavage supplémentaire. Mais il fallait qu'il se sente utile. C'était un type qui ne traînait plus que du côté des Stups, il ne pouvait plus acheter sa drogue dans la rue, nous prenions soin de lui. »

Goldberger : « Et lorsque vous donniez de la drogue à Ryan, ou à Jacobs, étiez-vous conscient que vous commettiez un délit ? »

Leuci : « Si j'étais conscient que le fait de donner de la drogue à quelqu'un était un délit ? A l'époque ? Oui, je suppose que oui. »

Goldberger : « Vous le supposez ? »

Leuci : « Oui, je pense. Je vous l'accorde, maître. Oui, je savais que c'était un délit. »

Goldberger : « Donc, lorsque vous donniez de la drogue à Johnny Ryan ou à Joe Jacobs, vous la leur vendiez en cachette de la loi, exact ? Donc la réponse est oui, vous avez vendu de la drogue. »

Leuci : « Non, je n'ai pas vendu de drogue. Je n'ai jamais donné de la drogue à quiconque en échange d'argent, et c'est ce que vous dites, maître. Je n'ai jamais fait cela. »

Goldberger : « Combien de fois diriez-vous que vous avez vendu de la drogue en cachette de la loi ? »

Puis Goldberger entama une nouvelle série de questions : les arnaques que Leuci venait d'avouer en audience publique, et pour lesquelles on jugeait l'inspecteur Wolff, assis en silence et immobile dans le box des accusés.

Goldberger : « Et l'argent que vous vous êtes fait était en espèces, n'est-ce pas ? En billets verts, exact ? Vous les emportiez chez vous ? »

Leuci : « Oui. »

Goldberger : « Vous avez fait construire une trappe dans votre maison de Kings Park ? »

Leuci : « J'avais une trappe, oui. Elle a été installée pour que j'y range mes armes, maître. J'avais deux enfants en bas âge et j'ai fait construire la trappe, il s'y trouvait aussi de l'argent, mais c'était une toute petite trappe. »

Goldberger : « Une toute petite trappe qui s'est remplie de très fortes sommes. »

McDermott : « Objection. »

Goldberger : « Prenez-vous des médicaments avant de venir déposer à la barre ? »

Leuci : « Parfois. »

Goldberger : « Avez-vous pris des tranquillisants hier ? »

Leuci : « Oui. »

Goldberger : « Quel genre de tranquillisants prenez-vous avant de témoigner ? »

Leuci : « Je prends du Valium de temps à autre. Je ne… hier j'en ai pris. J'ai pris un Valium hier. »

Goldberger : « En avez-vous pris un ce matin ? »

Leuci : « Oui. »

Goldberger : « Cela vous calme avant de venir à la barre ? »

McDermott : « Objection. »

La Cour : « Acceptée. »

Goldberger partit de nouveau dans une autre direction. Mandato, Wolff, Cody, Hourigan ou O'Brien parlaient-ils espagnol ? Leuci répondit que non.

Goldberger : « Donc il y a de fortes chances pour que ce soit vous. Si un trafiquant hispanique ne parlant que l'espagnol devait s'adresser à quelqu'un, c'est vers vous qu'il se tournait, n'est-ce pas ? »

Leuci : « Plein de trafiquants espagnols ont été arnaqués par des types qui ne parlaient pas espagnol, mon ami. »

Goldberger : « Je demande à ce que cette apostrophe soit biffée, monsieur le juge, comme étant sans rapport avec la question. »

La nuit tomba. De nouveau Leuci resta allongé dans le noir sans pouvoir dormir. Il ne cessait de penser à Les, et au procès. Le contre-interrogatoire, qui continuerait le lendemain matin, était le plus féroce et le plus personnel de tous ceux qu'il avait subis jusque-là — le surnom, la farine, la trappe, le Valium, le Jade East Motel. Goldberger possédait des renseignements que seul un partenaire pouvait connaître. Devoir subir un tel contre-interrogatoire était une expérience écœurante. Mais il n'en voulait pas à Les, Les se battait pour sauver sa peau.

Je fais cela pour ma famille, se dit Leuci, pour mes enfants. Puis il se demanda : Les aime-t-il moins, ses enfants, que moi ?

Allongé sur son lit, il comprit combien il aimait encore Les Wolff. Il voulait que Les se sorte indemne de ce procès. En même temps, il ne voulait pas perdre le procès, car cela aurait signifié qu'il avait traversé toutes ces épreuves, toutes ces années, pour rien. Ses idées étaient embrouillées. Il ne voulait pas voir Wolff condamné, et pourtant si Wolff était acquitté, le grand jury ne le condamnerait-il pas en fait à sa place ?

Lorsque l'aube se leva, il tentait toujours de démêler ses pensées.

Il revint à la barre, sans avoir résolu ses questions, ni clarifié ses émotions, ni éclairci son cerveau embué par deux nuits d'insomnie.

Goldberger : « Et pourriez-vous préciser votre déposition d'hier selon laquelle l'inspecteur Wolff serait allé jusqu'au panier à pique-nique, aurait mis les mains dedans et dit quelque chose comme : “ C'est pour nous ”, ou “ C'est pour moi ? ” »

Leuci : « Le panier est ouvert. L'accusé s'est avancé jusqu'au panier, y a plongé la main, et il y a eu un sourire sur son visage, moi je riais. Nous riions tous. Nous pensions que c'était plutôt marrant. Noa ne trouva pas cela tellement drôle, je ne crois pas. Wolff a dit : “ Nous allons prendre ce fric ”, et Noa s'est écrié : “ Non, non, non ! ” et nous avons souri, l'accusé a remis l'argent dans le panier. »

Goldberger : « Est-ce bien la vérité, monsieur, est-ce le souvenir le plus précis que vous ayez de Les Wolff allant vers le panier et prenant l'argent — et dont vous n'avez jamais fait état devant un grand jury ? »

McDermott : « Objection. »

La Cour : « Acceptée. »

De temps en temps, Leuci jetait un coup d'œil vers le jury. Il n'y vit aucune sympathie, aucune compréhension d'aucune sorte. Dans le box des accusés, Wolff le regardait, impassible, tandis que sa femme Sandy, au premier rang dans la salle, proférait des injures en direction de la barre des témoins.

Finalement Leuci eut la permission de descendre de son estrade et l'ancien inspecteur Frank Mandato prêta serment à sa place. Soumis à l'interrogatoire du procureur Joel Cohen, Mandato décrivit les trois arnaques sans différence significative. Son contre-interrogatoire par Goldberger fut presque identique. L'ancien inspecteur témoigna d'une voix monocorde, dénuée d'émotion, et lorsque de temps à autre il regardait du côté de

Wolff, lui aussi semblait essayer d'envoyer des messages, dont l'un sembla être : il se peut que je te rende un meilleur service ici qu'assis avec toi dans le box des accusés.

D'autres témoins suivirent, y compris Domingo Coca, l'indicateur qui avait avancé les neuf mille dollars, Wilfredo Risco, l'ami de José Vasserman, qui avait payé sa liberté trois mille six cents dollars, et l'ex-femme de Manuel Noa. Coca venait juste de plaider coupable dans une affaire de vente de drogue et avait écopé de cinq ans de prison. Risco, qu'ils avaient laissé filer, était pire que Vasserman et de loin, même s'ils ne s'en étaient pas rendu compte. Risco avait descendu un flic en Equateur, il avait payé pour sortir de sa prison là-bas, en ce moment il purgeait une peine pour cambriolage à main armée et il allait être jugé pour le meurtre d'un autre flic à Porto Rico.

Lorsque vint le tour de la défense, Goldberger n'appela que des témoins de moralité, toute une série, dont le plus important était William Aronwald, qui avait succédé à Shaw comme procureur général de la Commission de justice contre le syndicat du crime. Aronwald témoigna que Wolff avait une grande réputation d'honnêteté et d'intégrité. Quant à Leuci, il n'était « pas digne de foi ». Un second magistrat de la Force fédérale, Steven Frankel, témoigna que Leuci « avait une réputation abominable en ce qui concernait la vérité... il est impossible de croire ce qu'il raconte ».

Il y eut une pause pendant laquelle on amena un deuxième groupe de procureurs qui firent l'éloge de Leuci. Scoppetta, à présent adjoint au maire, vint témoigner. Whitney North Seymour également, E. Michael Shaw aussi. Et Rudolph Giuliani, devenu adjoint au procureur général, arriva par l'avion de Washington. Leur présence, ainsi que leurs paroles, témoignèrent de l'acte exceptionnel accompli par Leuci lorsqu'il avait fait le premier pas de son propre chef, elles témoignèrent de sa bonne foi, de son intégrité. Oui, il s'était parjuré dans deux procès, mais uniquement pour sauver ses partenaires, pour sauver Leslie Wolff.

Ce n'était plus un procès basé sur des faits. C'était Leuci contre Leslie Wolff, un partenaire contre l'autre. On demandait au jury de choisir entre l'un et l'autre. Les jurés sortirent pour délibérer. Leuci se rendit compte que six ans presque jour pour jour s'étaient écoulés depuis ses premières conversations avec Scoppetta. Ces six années n'avaient-elles rien racheté ?

Leuci lui-même sembla espérer un verdict qui justifierait non seulement son témoignage contre Wolff, mais aussi sa déposition contre tous les autres, un verdict dépassant la compétence de ce jury ou de tout autre.

Il était quatorze heures cinq le lendemain lorsque les jurés revinrent prendre place dans la salle d'audience.

Le verdict fut l'acquittement total.

Au moment de l'annonce, Sandy Wolff bondit de son banc en hurlant et en frappant des mains. Wolff lui-même sourit faiblement au jury. Autrement, il ne montra aucune émotion.

Quelques jours plus tard, Wolff fut jugé sur les mêmes chefs d'accusation par le tribunal de police, devant le préfet adjoint Francis Looney. Il y eut peu de témoins, peu de spectateurs. Le verdict de Looney, avalisé plus tard par le préfet de police Michael Codd, fut la culpabilité totale. L'inspecteur de troisième échelon Leslie Wolff reçut son congé de la police, et sa pension fut supprimée.

Il y eut une dernière rencontre entre Leuci et Wolff.

A cette époque, Leuci avait été affecté à la Brigade spéciale du premier adjoint du préfet, dans un bureau du 280 Broadway, en face de la préfecture de police. Quand il reçut le coup de fil qui le convoquait à la préfecture, il jeta un coup d'œil autour de lui, à la recherche de quelqu'un pour l'escorter. Mais personne n'était disponible, et il se rendit soudain compte qu'il ne s'était pas déplacé seul dans la ville depuis au moins quatre ans.

L'officier en chef de la Brigade spéciale, le commandant Harold Hess, lui dit qu'il pouvait attendre, ou y aller seul. « Tôt ou tard vous aurez à sortir seul », dit Hess.

Pendant la descente, seul dans l'ascenseur, Leuci fut en proie à une terreur subite qu'il ne comprenait pas, et il eut envie de remonter. Mais il commença à traverser Police Plazza, les yeux baissés. Lorsqu'il releva la tête, qui vit-il venir vers lui : Les Wolff. Inévitablement leurs chemins allaient se croiser. Leuci comprit qu'il n'avait pas grand choix. Ou il s'arrêtait net, ou il retournait au 280 Broadway, ou il poursuivait sa route vers la préfecture de police. Mais s'il continuait, il se trouverait face à face avec Les Wolff en plein milieu de cette grande place dégagée.

Un rapide coup d'œil lui indiqua que Wolff n'avait ni ralenti son allure ni fait demi-tour. Brusquement, Leuci se résolut à faire comme lui. Il décida aussi que lorsque leurs chemins se croiseraient, il laisserait Wolff parler le premier. Mais ses jambes s'alourdirent. Regardant devant lui, il vit que Wolff avait ralenti lui aussi.

Et ils se rencontrèrent. Ils se regardèrent et, l'ombre d'un instant, Leuci pensa que Wolff ébauchait un sourire. Une seconde plus tard il se rendait compte de son erreur. Ce pli sur la joue de Wolff n'était pas un sourire. Leuci regarda Wolff droit dans les yeux et n'y vit que froideur et haine. Puis Wolff baissa les yeux. Secouant la tête, il passa son chemin.

Quelques mois plus tard, lorsqu'on lui demanda de décrire Wolff, Leuci dit : « Les Wolff était un dur, très fort, beaucoup plus fort que moi, calculateur, retors. Il coulait de la glace dans ses veines. Je ne crois pas une seule seconde qu'il ait pleuré sur la mort de Dave Cody. Les Wolff n'a jamais pleuré pour personne d'autre que lui-même. C'est l'homme le plus froid que j'aie jamais rencontré. Je respecte Les, et — Leuci eut un hoquet — je le regrette. »

31

On proposa à Leuci de prendre un nouveau nom et on lui offrit de le muter ailleurs, mais il choisit de rester flic à New York. Avant même la fin des procès il avait vendu sa maison de Virginie et en avait acheté une autre dans la grande banlieue de New York. A partir de ce moment-là il fit le trajet dans sa Volkswagen, sans gardes du corps.

Mais il pensait à garder son attaché-case près de lui plus souvent que par le passé, et il ne le fermait jamais à clé. Il essayait de ne plus penser aux éventuelles tentatives de meurtre contre sa personne. Mikey Coco se trouvait toujours en prison, mais il en sortirait bientôt. L'avocat Benny Caiola était déjà sorti, Edmund Rosner, ayant perdu son dernier appel, venait juste d'y entrer, logiquement il n'était donc plus une menace, pour autant qu'il l'eût jamais été. D'un autre côté, un par un les différents ex-policiers commençaient à refaire surface. Etaient-ils une menace ? Leuci choisit de penser que non.

La phase clandestine de sa vie avait duré seize mois. Ensuite, les procès s'étaient étalés sur quatre années et demie, et même s'ils avaient marqué la fin de plus d'une vie, on pouvait dire qu'ils avaient donné le signal d'un nouveau départ pour la sienne. La route du retour serait longue, Leuci le savait. Il ne s'attendait pas à ce que ce soit facile. Mais si seulement il pouvait rester flic, il pensait pouvoir s'en sortir. Etre flic faisait partie de sa protection physique. Le tuer, ce serait tuer un flic, et personne ne se risquerait à le faire à la légère sinon un fou. Mais être flic préservait également sa santé mentale.

S'il pouvait rester flic, alors seulement il y aurait un espoir de reconstruire un nouveau Bob Leuci, du moins le croyait-il.

Ce ne serait pas facile.

Au milieu des procès, il avait été affecté à une unité nouvellement formée, la Brigade spéciale du premier adjoint du préfet. Cette unité était pour l'essentiel composée d'officiers parfaitement intègres ayant déjà servi de nombreuses années aux Affaires intérieures. Si Leuci n'avait jamais espéré être reçu à bras ouverts, il avait tout de même pensé qu'on lui réserverait au moins un accueil poli même s'il s'y mêlait de la rancune.

Il n'en avait rien été. Lorsqu'il était entré au bureau le premier jour, personne ne lui avait dit bonjour. Personne ne lui avait souri. Les hommes levèrent le nez de leur travail, le dévisagèrent, puis détournèrent le regard. Leuci fit équipe avec un lieutenant et un sergent. Il ne rencontra là aucune chaleur, aucune marque de cette camaraderie qu'il avait toujours recherchée et trouvée dans d'autres unités, par le passé. Il n'avait jamais fait l'expérience d'une telle froideur jusqu'ici, et il ne savait comment la prendre.

Décidant d'essayer de les séduire, il se mit à venir le matin avec des gobelets de café sur un couvercle de boîte en guise de plateau, ou il sortait en milieu de matinée et rapportait du café. Il mettait un gobelet sur le bureau de tous ceux avec qui il travaillait, et les gobelets y restaient toute la journée sans que personne y ait touché. Parfois même, les policiers se levaient de leur bureau et revenaient quelques minutes plus tard avec leur propre gobelet de café. Ils s'asseyaient et buvaient le leur, sans un mot pour Leuci.

Finalement il avait décidé de tenter une conversation d'homme à homme avec les deux lieutenants et le sergent qu'il considérait comme les officiers les plus influents de l'unité. Mais en conduisant les trois gradés dans un petit bureau, il n'avait aucune idée de ce qu'il allait leur dire.

Ils s'assirent et lui demandèrent de quoi il retournait.

Sa vie était assez dure comme ça, leur dit Leuci. Il vivait dans une sorte de no man's land. Il pensait qu'ils pourraient peut-être essayer de le comprendre. Apparemment ils n'y tenaient pas. Il avait au moins besoin de savoir pourquoi ils ressentaient envers lui les sentiments qu'ils affichaient si ouvertement. Peut-être serait-il utile qu'ils comprennent d'où il venait et pourquoi il avait agi comme il l'avait fait.

Le sergent James Meehan, la cinquantaine, lâcha : « Leuci, je me fous pas mal de vous. Et vos histoires, j'en ai rien à cirer.

— Je me disais que vous vous étiez peut-être mépris sur mon compte », fit Leuci d'une voix hésitante.

Le sergent Meehan lui coupa la parole. « Vous êtes un foutu mouchard. Et je les ai en horreur. » Il se leva et quitta la salle.

Les deux lieutenants restèrent encore un moment. L'un d'eux expliqua qu'il avait passé vingt-six ans dans la police et que, tant qu'il serait à la Brigade spéciale, il ferait son boulot. Il ne jugerait jamais Leuci d'après ce qu'il avait fait. D'un autre côté, Leuci ne devait pas s'attendre à ce qu'il le traite en ami. Et il quitta la pièce.

Le lieutenant restant était le plus instruit des trois. Il portait une énorme bague de son université. Sa réaction fut plus philosophique. Il ne connaissait pas toute l'histoire de Leuci, avoua-t-il. Il savait qu'il ne s'était pas fait prendre, qu'il avait « coopéré » de son propre chef, ce qui était peut-être très bien, supposait-il. A présent, Leuci devait faire son boulot, et s'il le faisait correctement, personne ne lui cherchait d'ennui. « Mais si vous êtes là pour vous faire des amis, conclut le lieutenant, vous pouvez faire une croix dessus.

— Que suis-je donc censé faire ? demanda Leuci. Venir ici et ne parler à personne ? Je ne peux pas passer mes journées comme ça !

— Votre vie n'est plus à la police maintenant, dit le lieutenant. Elle n'a plus rien à voir avec le Département. » Et il s'en alla.

Resté seul, Leuci tenta de se convaincre qu'il n'était pas aussi mauvais que ces hommes semblaient le penser. Il gagnerait leur sympathie. Il y avait des types bien au Département de la police. Il voulait en faire partie, sentir l'affection et la chaleur qu'il avait connues jadis lorsqu'il patrouillait à Rockaway Beach, et aussi lorsqu'il était un flic corrompu au SSR.

A partir de ce moment-là, s'il se présentait une tâche dont personne ne voulait se charger, Leuci disait : « Je vais le faire. » Même s'il n'aimait pas boire, il allait au bar avec les autres à la fin de la journée, il payait des tournées, écoutait leurs conversations, n'y participait que rarement, sauf parfois pour leur signifier son accord. Au fil des mois il commença à obtenir un sourire de temps à autre. Ils eurent des difficultés à être sympas avec lui, mais finalement ils ne purent s'en empêcher.

Arriva le jour où le fils du sergent Meehan, jeune agent de la neuvième circonscritpion, fut inculpé.

Le sergent Meehan croyait fermement en bien des principes de droite. Il avait foi dans le drapeau américain. Il jouait les marches de Sousa sur son électrophone du bureau, et l'hymne américain *The Stars and Stripes Forever* était l'un de ses morceaux favoris.

Son fils faisait sa fierté et sa joie. Après s'être distingué dans des combats au Viêt-nam, le jeune homme était devenu flic, c'était l'image de son père. Il avait été affecté à l'une des circonscriptions les plus dures de la ville, il avait survécu à une fusillade, il avait reçu des décorations. Comme son père, c'était un type de terrain, bourru, un flic très dur qui, cependant, ne jurait jamais en présence d'une femme.

James Meehan Junior était exactement ce qu'avait toujours souhaité son père.

Mais les Affaires intérieures avaient mené une enquête sur la corruption dans la neuvième circonscription, et six policiers furent inculpés, sans tapage. Le sergent Meehan ne fut jamais prévenu que son fils en faisait partie, jusqu'au jour où Jimmy Meehan Junior fut arrêté.

A cette époque, le sergent Meehan en était au stade de désirer engager de longues conversations avec Leuci. Il comprenait les flics qui palpaient, dit-il, car il avait maintes fois été témoin du phénomène au cours de ses longues années dans le boulot. Ce qu'il n'arrivait pas à croire, c'était qu'un flic accepte du fric d'un trafiquant de drogue.

Leuci essaya d'expliquer. Une érosion avait lieu exactement comme dans le cas des flics qui travaillaient sur des joueurs connus, et qui se faisaient prendre en flagrant délit de corruption lorsqu'ils acceptaient de l'argent des joueurs. En fait, le fric du joueur venait probablement de la drogue, dit Leuci. Les flics qui acceptaient cet argent-là ne pensaient pas si loin.

Habituellement ces discussions se terminaient par le départ de Meehan, qui claquait la porte derrière lui. Accepter l'argent de la drogue était la chose la plus vile du monde. Comment les flics pouvaient-ils faire cela et continuer à se considérer comme des flics ?

La tâche incomba à l'inspecteur Hess, le responsable

de l'unité, d'informer le sergent Meehan que son fils allait être arrêté. Ce matin-là, Meehan passa la porte avec un grand sourire aux lèvres, il portait un costume en lainage, une cravate rayée rouge et vert qui détonnait, et de gros souliers de cuir marron. Hess dit : « Jimmy, j'ai quelque chose à vous annoncer. »

Tandis qu'il écoutait Hess, le sergent Meehan sentit son visage se vider de son sang.

« Mon fils n'est pas un voleur, s'écria Meehan, lorsque Hess eut terminé, je sais qu'il ne l'est pas. »

Il se mit à parler d'avocats. Il prendrait le meilleur avocat du pays pour son fils.

Leuci vint à lui. « Jimmy, si tu as besoin de quoi que ce soit, dis-le-moi. Je ferai tout ce qui est en mon pouvoir pour t'aider. »

Pendant un instant Meehan se contenta de le fixer. Puis son bras entoura les épaules de Leuci, et il dit : « Ne t'en fais pas, je m'occupe moi-même de mes enfants *. »

L'acceptation de Leuci par les autres membres de la Brigade spéciale data de ce jour. Cela avait pris des années.

Après le procès de Wolff, il fut nécessaire de muter Leuci ailleurs. Si l'on s'appesantit profondément sur le sujet dans les hautes sphères de la police, cela ne fut jamais rendu public. A l'occasion de mutations périodiques, on le transféra aux Affaires intérieures, unité qui, au sein du Département, avait toujours été un lieu à part, coupé du reste, des autres flics. On lui attribua un bureau, un horaire régulier, et il commença à donner des cours de surveillance dans le cadre du programme de formation dispensé par les Affaires intérieures.

Lorsqu'il se trouva devant sa première classe d'étu-

* James Meehan Junior fut acquitté et fut plus tard réintégré dans les rangs de la police.

diants, on le présenta uniquement comme un inspecteur chevronné ayant onze années d'expérience derrière lui, un expert en techniques de surveillance. Il commença à parler de manœuvres d'approche, de quadrillage de rues. Pour mener à bien une surveillance, expliqua Leuci, il fallait idéalement quatre voitures et...

Au milieu de la salle de classe une main se leva. « Comment vous appelez-vous déjà, s'il vous plaît ?

— Inspecteur Leuci.

— Le fameux inspecteur Leuci ?

— Je suis l'inspecteur Leuci.

— Je ne pense pas avoir quoi que ce soit à apprendre de vous », dit l'étudiant, un lieutenant. Il se leva, sortit de la salle et ne revint pas.

Bien sûr certains flics dirent à Leuci qu'ils étaient fiers de ce qu'il avait fait. Nombre d'autres étaient nouveaux, ils n'avaient jamais entendu parler de lui.

Il était de nouveau policier, se dit-il. Il était d'avis qu'on ne pouvait être policier que si l'on était accepté comme tel par les autres policiers. Ici on l'acceptait. Il était plus ou moins de retour au sein du Département de la police. Il regrettait le travail de terrain, il avait l'impression que c'était là qu'il était au meilleur de sa forme, et il comprit que le Département ne lui ferait probablement plus jamais assez confiance pour l'y renvoyer. Il continua à enseigner. Je ne suis pas sur le terrain, se dit-il, mais tout le monde ne peut pas y être !

Tout au fond de lui, il voulait croire, et il voulait que le monde entier croie qu'il avait agi comme il l'avait fait parce qu'il était un policier, parce qu'il avait vu le mal croître sous ses yeux, un mal auquel lui-même avait contribué, et il avait réagi pour y mettre fin, utilisant les seuls moyens à sa disposition. Il avait agi non comme un mouchard, mais comme un flic. Pas par calcul, mais par sentiment. Et parmi tous ceux qu'il avait détruits, c'est surtout l'ancien Bob Leuci qu'il avait anéanti.

Voici son cauchemar le plus fréquent ; on lui demande de quitter le Département de la police. Rester flic, évoluer parmi d'autres flics, c'est la seule vie qu'il puisse concevoir pour lui, et il la vit au jour le jour.

Le Livre de Poche / Thrillers

Extrait du catalogue

Adler *Warren*
La Guerre des Rose

Attinelli *Lucio*
Ouverture sicilienne

Bar-Zohar *Michel*
Enigma

Benchley *Peter*
Les Dents de la mer

Breton *Thierry*
Vatican III

Breton *Thierry* et **Beneich** *Denis*
Softwar " La Guerre douce "

Carré *John le*
Comme un collégien
La Petite Fille au tambour

Clancy *Tom*
Octobre rouge
Tempête rouge
Jeux de guerre
Le Cardinal du Kremlin
Danger immédiat

Coatmeur *Jean-François*
La Nuit rouge
Yesterday
Narcose
La Danse des masques

Cook *Robin*
Vertiges
Fièvre
Manipulations
Virus
Danger mortel
Syncopes
Sphinx

Cooney *Caroline B.*
Une femme traquée

Coonts *Stephen*
Le Vol de l'Intruder
Dernier Vol

Crichton *Michael*
Sphère

Crumley *James*
La Danse de l'ours

Cruz Smith *Martin*
Gorky Park
L'Étoile Polaire

Curtis *Jacques*
Le Parlement des corbeaux

Cussler *Clive*
L'Incroyable Secret
Panique à la Maison Blanche
Cyclope
Trésor
Dragon

Daley *Robert*
L'Année du Dragon
La Nuit tombe sur Manhattan
L'Homme au revolver
Le Prince de New York

Dickinson *William*
Mrs. Clark et les enfants du diable
De l'autre côté de la nuit
(Mrs. Clark à Las Vegas)

Dunne *Dominick*
Une femme encombrante

Erdmann *Paul*
La Panique de 89

Fast *Howard*
La Confession de Joe Cullen

Follett *Ken*
L'Arme à l'œil
Triangle
Le Code Rebecca
Les Lions du Panshir

Forbes *Colin*
Le Léopard

Forsyth *Frederick*
Le Quatrième Protocole
Le Négociateur

Giovanni *José* et **Schmitt** *Jean*
Les Loups entre eux

Goldman *William*
Marathon Man

Graham *Caroline*
Meurtres à Badger's Drift

Granger *Bill*
Un nommé Novembre

Hayes *Joseph*
La Nuit de la vengeance
La Maison des otages

Heywood *Joseph*
L'Aigle de Sibérie

Higgins *Jack*
Solo
Exocet
Confessionnal

L'Irlandais
La Nuit des loups
Saison en enfer
Opération Cornouailles

Higgins Clark *Mary*
La Nuit du renard
La Clinique du docteur H
Un cri dans la nuit
La Maison du guet
Le Démon du passé
Ne pleure pas ma belle
Dors ma jolie
Le Fantôme de Lady Margaret

Highsmith *Patricia*
L'Homme qui racontait des histoires

Hunter *Stephen*
Target

Kakonis *Tom*
Chicane au Michigan

Katz *William*
Fête fatale

Kerlan *Richard*
Sukhoï
Vol sur Moscou

King *Stephen*
Dead Zone

Kœnig *Laird*
La Petite Fille au bout du chemin

Koontz *Dean R.*
La Nuit des cafards

Lenteric *Bernard*
La Gagne
La Guerre des cerveaux
Substance B
Voyante

Le Roux *Gérard* - **Buchard** *Robert*
Fumée verte
Fumée rouge

Ludlum *Robert*
La Mémoire dans la peau
Le Cercle bleu des Matarèse, *t. 1 et 2*
Osterman week-end
L'Héritage Scarlatti
Le Pacte Holcroft
La Mosaïque Parsifal, *t. 1 et 2*
La Progression Aquitaine
La Mort dans la peau
La Vengeance dans la peau
Une invitation pour Matlock
Sur la route de Gandolfo
L'Agenda Icare
L'Echange Rhinemann

MacDonald *Patricia J.*
Un étranger dans la maison
Sans retour

Melnik *Constantin*
Des services « très » secrets

Morrell *David*
La Fraternité de la Rose
Le Jeu des ombres
Les Conjurés de la pierre
La Cinquième Profession

Nathan *Robert Stuart*
Le Tigre blanc

Oriol *Laurence*
Le Domaine du Prince

Puzo *Mario*
Le Quatrième K

Randall *Bob*
Le Fan

Raynal *Patrick*
Arrêt d'urgence

Ryck *Francis*
Le Nuage et la Foudre
Autobiographie d'un tueur professionnel

Salinger *Pierre* et **Gross** *Leonard*
Le Scoop

Sanders *Lawrence*
Péchés mortels
Les Jeux de Timothy
Chevaliers d'orgueil

Simmel *Johannès Mario*
Le Protocole de l'ombre
On n'a pas toujours du caviar
Et voici les clowns...

Spillane *Mickey*
L'Homme qui tue

Topol *Edward*
La Substitution

Topol *Edward* et **Neznansky** *Fridrich*
Une place vraiment rouge

Uhnak *Dorothy*
La Mort est un jeu d'enfants

Vachss *Andrew*
La Sorcière de Brooklyn

Wallace *Irving*
Une femme de trop

Wiltse *David*
Le Baiser du serpent

Dans Le Livre de Poche policier

Extraits du catalogue

Histoires avec pleurs et couronnes
Histoires à risques et périls
Histoires d'argent, d'armes et de voleurs
Histoires de la crème du crime
Histoires de sang et de sous
Histoires de trouble émoi
Histoires de faisans à l'hallali
Histoires pleines de dommages et d'intérêt

Irish *William*
Rendez-vous mortel

James *P.D.*
La Proie pour l'ombre
L'Ile des morts
Meurtre dans un fauteuil
La Meurtrière
Un certain goût pour la mort
Sans les mains
Une folie meurtrière
Meurtres en blouse blanche
Mort d'un expert
A visage couvert
Par action et par omission
Les Enquêtes d'Adam Dalgliesh, *t. 1 et 2* (*La Pochothèque*)
Romans (*La Pochothèque*)

Jaouen *Hervé*
Histoires d'ombres

Keating *H.R.F.*
Un cadavre dans la salle de billard
L'Inspecteur Ghote en Californie

Leblanc *Maurice*
Arsène Lupin, gentleman cambrioleur
Arsène Lupin contre Herlock Sholmès
La Comtesse de Cagliostro
L'Aiguille creuse
Les Confidences d'Arsène Lupin
Le Bouchon de cristal
813
Les 8 Coups de l'horloge
La Demoiselle aux yeux verts
La Barre-y-va
Le Triangle d'Or
L'Ile aux 30 cercueils
Les Dents du Tigre
La Demeure mystérieuse
L'Éclat d'obus
L'Agence Barnett et Cie
La Femme aux deux sourires
Les Trois Yeux
Le Formidable événement
Dorothée, danseuse de corde
Victor de la Brigade mondaine
La Cagliostro se venge

Leonard *Elmore*
D'un coup d'un seul

Leroux *Gaston*
Le fantôme de l'Opéra
Le Mystère de la chambre jaune
Le Parfum de la dame en noir
Le Fauteuil hanté

Monteilhet *Hubert*
La Part des anges
Mourir à Francfort
Le Retour des cendres
Les Mantes religieuses
Meurtre à loisir
De quelques crimes parfaits
Les Pavés du diable

Raynal *Patrick*
Fenêtre sur femmes

Rendell *Ruth*
Le Jeune Homme et la mort
Un enfant pour un autre
L'Homme à la tortue
L'Arbre à fièvre
Le Désarroi du professeur Sanders

Steeman *Stanislas-André*
L'assassin habite au 21

Thomson *June*
Claire... et ses ombres
La Mariette est de sortie

Topin *Tito*
Un gros besoin d'amour

Traver *Robert*
Autopsie d'un meurtre

Vickers *Roy*
Service des affaires classées 1 - Un si beau crime
Service des affaires classées 2 - L'ennemi intime
Service des affaires classées 3 - Le Cercle fermé
Service des affaires classées 4 - Le Mort au bras levé

Wambaugh *Joseph*
Soleils noirs
Le Crépuscule des flics

Composition réalisée par BUSSIÈRE 18200 Saint-Amand-Montrond

IMPRIMÉ EN FRANCE PAR BRODARD ET TAUPIN
Usine de La Flèche (Sarthe).
LIBRAIRIE GÉNÉRALE FRANÇAISE - 6, rue Pierre-Sarrazin - 75006 Paris.
ISBN : 2 - 253 - 06274 - X

30/7600/7